1

Ce fut miss Lemon, la très efficace secrétaire de Poirot, qui prit la communication.

Posant son bloc-sténo à côté du téléphone, elle décrocha et annonça d'un ton posé :

— Ici Trafalgar 8137, j'écoute.

Hercule Poirot se laissa aller contre le dossier de son fauteuil et ferma les yeux, pensif, en tapotant du bout des doigts le bord de la table. Il repassait dans son esprit les phrases bien balancées de la lettre qu'il venait de dicter.

Miss Lemon plaqua la main sur le récepteur pour s'enquérir en baissant la voix :

— Acceptez-vous un appel de personne à personne en provenance de Nassecombe, dans le Devon ?

Poirot fronça les sourcils. Cet endroit ne lui disait rigoureusement rien.

— Quel est le nom du demandeur ? voulut-il savoir, prudent.

Miss Lemon prononça quelques mots dans l'appareil.

— *Air-raid* ? articula-t-elle en écho d'une voix incrédule. Ah ! oui... et le nom de famille ? Vous voulez bien répéter ?

Elle se retourna vers Hercule Poirot :

— Mrs Ariadne Oliver.

Les sourcils d'Hercule Poirot partirent à l'escalade de son front. Une image se formait dans sa mémoire : une tignasse grise hirsute... un profil d'aigle...

Il se leva et prit le récepteur des mains de miss Lemon.

— Hercule Poirot lui-même à l'appareil, déclara-t-il avec emphase.

— Il s'agit vraiment de Mr Herculès Porrot en personne ? insista la voix méfiante de l'opératrice.

Poirot lui garantit que tel était bien le cas.

— Vous avez Mr Porrot en ligne, demandeur ! affirma l'opératrice à l'autre bout du fil.

À la petite voix aiguë de l'opératrice succéda un contralto si puissant que Poirot éloigna précipitamment le récepteur de son oreille.

— Monsieur Poirot, c'est bien *vous* ? tonitrua Mrs Oliver.

— Moi-même et en personne, très chère madame.

— Mrs Oliver à l'appareil. Je ne sais si vous vous souvenez encore de moi...

— Mais bien sûr que si, voyons. Qui pourrait vous oublier ?

— Eh bien, figurez-vous que cela arrive, avoua Mrs Oliver, soudain morose. Assez souvent, même. Je ne dois pas posséder une personnalité très marquée. À moins que le phénomène ne résulte de cette manie que j'ai de changer tout le temps de coiffure. Mais là n'est pas la question. J'espère que je ne vous ai pas dérangé en plein travail ?

— Non, non, pas le moins du monde ! s'empressa d'affirmer Poirot dans son plus bel anglais.

— Dieu sait, vraiment, que je ne voudrais pas vous mettre martel en tête. Mais le fait est que j'ai *besoin* de vous.

— Besoin de moi ?

— Oui. Tout de suite. Pouvez-vous sauter dans un avion ?

— Je ne prends jamais l'avion. Mon estomac ne le supporte pas.

— Le mien non plus. Et de toute façon, étant donné que le plus proche aéroport — celui d'Exeter — se trouve à je ne sais combien de kilomètres d'ici, j'estime que vous arriverez beaucoup plus vite par le train. Sautez donc dans le train. Vous en avez un à 11 heures, qui vous mettra directement à Nassecombe. C'est on ne peut plus faisable : ça vous laisse quarante minutes pour vous rendre à la gare de Paddington... si toutefois ma montre est à l'heure, ce qui n'est généralement pas le cas.

— Mais où êtes-vous, chère madame ? Et de quoi s'agit-il au juste ?

— Nasse House, Nassecombe. Une voiture, ou un taxi, vous attendra à la gare de Nassecombe.

— Mais *pourquoi* avez-vous besoin de moi ? De *quoi* s'agit-il ? répéta Poirot.

— Les téléphones sont toujours si mal placés, éluda Mrs Oliver. Celui-ci est dans le hall... Les gens ne cessent d'aller et venir autour de moi en jacassant... Je vous entends mal. Mais je compte sur vous. Tout le monde sera *tellement* enchanté de vous voir ! À très bientôt !

Un déclic à l'autre bout de la ligne, suivi d'un bourdonnement, indiqua qu'on avait raccroché.

Sidéré, Poirot raccrocha à son tour en marmonnant entre ses dents. Miss Lemon attendait, indifférente, le crayon en suspens. Elle répéta à mi-voix la phrase dictée par Poirot avant l'interruption du téléphone :

— « ... et permettez-moi de vous assurer, très cher monsieur, que l'hypothèse que vous développez... »

D'un geste de la main, Poirot coupa court au développement de ladite hypothèse.

— C'était Mrs Oliver, dit-il. Ariadne Oliver, l'auteur de romans policiers. Vous avez peut-être lu...

Mais il n'alla pas plus loin, se souvenant que miss Lemon ne se gavait que d'ouvrages édifiants et tenait dans le plus grand mépris la littérature policière.

— Elle me demande de partir pour le Devon toute affaire cessante. Dans...

Il jeta un coup d'œil à la pendule :

— ... dans trente-cinq minutes.

Miss Lemon leva un sourcil désapprobateur :

— Il ne manquerait plus que ça ! Pourquoi tant de précipitation ?

— Si je le savais ! Elle ne me l'a pas dit.

— Comme c'est étrange. Et pourquoi ce mutisme ?

— Parce que, murmura Poirot, pensif, elle craignait qu'on ne l'entende. Oui, elle a été très claire là-dessus.

— Vraiment ! s'indigna miss Lemon, prompte à prendre la défense de son patron. Vraiment, les gens sont extraordinaires ! S'imaginer que vous allez vous précipiter dans une aventure aussi abracadabrante ! Un homme de votre importance ! J'ai souvent remarqué que ces artistes et ces écrivains étaient des gens terriblement déraisonnables — ils n'ont pas le sens de la mesure. Voulez-vous que j'envoie un télégramme : *« Désolé, impossible quitter Londres. »* ?

Sa main, déjà, se tendait vers le téléphone. Poirot l'arrêta :

— Pas question ! Au contraire, soyez assez aimable pour m'appeler immédiatement un taxi.

Puis, élevant la voix :

— Georges ! Mettez mon nécessaire de toilette dans ma petite valise. Et vite, très vite ! J'ai un train à prendre !

Après avoir foncé à toute vapeur sur les trois cents premiers kilomètres de son parcours, le train ralentit pour franchir comme à regret les trente derniers et s'arrêta en gare de Nassecombe sous un panache de fumée. Une seule personne en descendit : Hercule Poirot. Il enjamba avec précaution le vide qui le séparait du quai et regarda autour de lui. En queue de convoi, un porteur s'affairait dans le fourgon à bagages. Poirot prit sa valise et se dirigea vers la sortie. Il tendit son billet au contrôleur et traversa le hall de la petite gare.

Une longue limousine était garée devant la sortie et un chauffeur en livrée vint à sa rencontre.

— Mr Hercule Poirot ? demanda-t-il respectueusement.

Il prit la valise des mains d'Hercule Poirot et ouvrit la portière de la voiture. Ils s'éloignèrent de la gare en franchissant un pont au-dessus des voies ferrées avant de s'engager sur une petite route qui serpentait entre des haies. Puis le sol s'inclina sur leur droite, découvrant un magnifique fleuve et, au loin, des collines bleutées noyées dans la brume. Le chauffeur ralentit et s'arrêta le long de la haie.

— L'Helm, monsieur, dit-il avec componction en montrant le fleuve. Et tout au fond, là-bas, vous apercevez Dartmoor.

Le moment, à l'évidence, était venu de manifester quelque admiration. Poirot émit les exclamations attendues en psalmodiant *Magnifique !* à plusieurs reprises. La Nature avec un grand N, en fait, ne l'inspirait guère. Un potager bien entretenu avait plus de chance de provoquer chez lui un commentaire admiratif. Deux jeunes filles qui gravissaient la pente avec peine passèrent le long de la voiture. Elles étaient en short, la tête ceinte de foulards aux couleurs vives, et pliaient sous le poids de lourds sacs à dos.

— Il y a une Auberge de Jeunesse tout près de chez nous, monsieur, expliqua le chauffeur, bien décidé à jouer les guides. Hoodown Park. L'ancienne propriété de Mr Fletcher. L'Association des Auberges de Jeunesse l'a achetée, et c'est bondé pendant l'été. L'auberge peut accueillir jusqu'à cent personnes, mais les gens ne doivent pas rester plus de deux nuits consécutives. On y reçoit des hôtes des deux sexes, étrangers pour la plupart.

Poirot hocha distraitement la tête. Il était en train de se dire, et pas pour la première fois, que, vus de dos, les shorts n'étaient vraiment pas une tenue seyante pour les représentantes du sexe faible. Il ferma les yeux, déprimé. Pourquoi, pourquoi ces jeunes personnes s'accoutraient-elles ainsi ? Ces cuisses écarlates, vraiment, n'avaient rien d'attirant !

— Elles me paraissent bien chargées, murmura-t-il.

— Oh ! oui, monsieur, et le trajet est long, depuis la gare ou depuis l'arrêt d'autobus. Il faut compter trois bons kilomètres jusqu'à Hoodown Park.

Il hésita une seconde avant d'ajouter :

— Si vous n'y voyez pas d'objection, monsieur, peut-être pourrions-nous les prendre en stop ?

— Bien entendu, bien entendu, acquiesça Poirot d'un ton aimable.

Après tout, n'était-il pas là, luxueusement installé dans cette voiture quasiment vide, tandis qu'elles peinaient sur le chemin, haletantes et en sueur sous le poids de leurs sacs à dos, sans la moindre idée de la façon dont elles pourraient se vêtir pour se rendre un tant soit peu attrayantes aux yeux du sexe opposé ? Le chauffeur démarra pour s'en aller s'arrêter un peu plus loin, son moteur tournant au ralenti avec un doux ronronnement, à la hauteur des deux jeunes filles qui levèrent vers eux, pleines d'espoir, leurs visages empourprés et luisants de transpiration.

Poirot ouvrit la portière. Et elles montèrent.

— C'est très gentil, s'il vous plaît, baragouina l'une, une blonde à l'accent étranger. C'est un plus long chemin que je pensais.

L'autre, qui avait un coup de soleil et un visage très rouge encadré par des boucles de cheveux roux s'échappant de son foulard, se contentait de hocher la tête en souriant de toutes ses dents et en répétant *Grazie* à mi-voix. La blonde continua à parler avec volubilité :

— J'ai venu en Angleterre pour deux semaines de

vacances. De Hollande, j'ai venu. Je voyais déjà Stratford Avon, le théâtre Shakespeare et le château de Warwick. Je voyais aussi Clovelly, et la cathédrale d'Exeter, et Torquay — tout très beau. J'ai venu ici pour admirer fameux panorama, et demain je irai autre côté de la rivière, à Plymouth, d'où Nouveau Monde découvert.

— Et vous, signorina ? fit mine de s'intéresser Poirot en se tournant vers l'autre fille.

Mais elle se borna à sourire en secouant ses boucles.

— Elle pas beaucoup parler anglais, dit gentiment la Hollandaise. Elle et moi connaître français un peu, et parler dans le train. Elle de Milan, et avoir une amie en Angleterre mariée à monsieur marchand d'épicerie, gros marchand. Elle venue à Exeter hier avec amie, mais l'amie d'elle mangé pâté veau-jambon mauvais dans magasin, et restée là-bas malade. Pâté veau-jambon dangereux, avec chaleur.

Le chauffeur ralentit car la route se scindait. Les deux filles descendirent, remercièrent dans leurs langues respectives et prirent à gauche. Le chauffeur, renonçant momentanément à son flegme olympien, confia à Poirot d'un air convaincu :

— Ce n'est pas seulement du pâté de veau et de jambon qu'il faut se méfier, mais de *tous* les pâtés. En période de vacances, ils sont capables de mettre *n'importe quoi* dedans !

La voiture repartit, obliqua vers la droite pour s'enfoncer bientôt dans un bois épais. Le chauffeur n'en avait néanmoins pas terminé avec la clientèle de l'Auberge de Jeunesse de Hoodown Park.

— Ce n'est pas qu'elles soient méchantes, ces petites, maugréa-t-il. Mais allez leur faire comprendre que les gens, ici, sont *chez eux*, et qu'on ne pénètre pas dans une propriété privée. Elles sont tout le temps à traîner dans nos bois, et elles font semblant de ne pas comprendre ce qu'on leur dit.

En ayant fini de sa diatribe, il secoua la tête d'un air sombre.

Ils descendirent, toujours à travers bois, une pente assez raide, franchirent un haut portail en fer forgé au-delà duquel une allée les amena devant une grande maison blanche de style géorgien dominant le fleuve.

Comme le chauffeur ouvrait la portière de la voiture, un maître d'hôtel, brun et de haute taille, apparut en haut des marches :

— Monsieur Hercule Poirot ?

— Oui.

— Mrs Oliver vous attend, monsieur. Vous la trouverez en bas, à la bretèche. Permettez-moi de vous y conduire.

Poirot suivit le maître d'hôtel sur un chemin en pente douce serpentant le long du bois avec, de temps à autre, des échappées sur le fleuve qui coulait en contrebas. Ce chemin déboucha sur un espace découvert de forme circulaire, borné par un parapet bas à créneaux. Mrs Oliver s'y tenait assise.

Comme elle se levait pour venir à sa rencontre, une myriade de pommes tombèrent à ses pieds et roulèrent dans toutes les directions. Les pommes en cascade semblaient indissociables du personnage de Mrs Oliver.

— Je me demande pourquoi je laisse toujours tout tomber, bafouilla-t-elle, d'une voix assez indistincte car elle avait la bouche pleine de pomme mâchée. Comment allez-vous, monsieur Poirot ?

— On ne peut mieux, chère madame, mondanisa Hercule Poirot. Et vous-même ?

Mrs Oliver lui paraissait changée depuis leur dernière rencontre, sans doute parce que, comme elle y avait fait allusion au téléphone, elle avait une fois de plus transformé sa coiffure. Ses cheveux, qu'il avait connus « en coup de vent », étaient désormais teintés de bleu et formaient sur son crâne un échafaudage d'improbables bouclettes du style « marquise ». Le côté marquise s'arrêtait cependant à la nuque, le reste de l'accoutrement étant plutôt du genre « pratique campagnard », avec un tailleur en gros tweed d'un jaune d'œuf agressif porté sur un pull-over moutarde d'aspect éminemment bilieux.

— J'étais *sûre* que vous viendriez ! s'épanouit Mrs Oliver.

— Vous ne pouviez absolument pas l'être, rétorqua Poirot d'un ton sévère.

— Oh ! que si.

— J'en suis pourtant moi-même encore à me demander *pourquoi* je suis ici.

— Eh bien, moi, je le sais.

— Ah bon ?

— Cu-rio-si-té.

Une petite lueur malicieuse dansa dans le regard de Poirot :

— Il se pourrait en effet que, pour une fois, votre fameuse intuition féminine ne vous ait point trop égarée.

— Ne vous moquez pas de mon intuition féminine. Est-ce que je n'ai pas toujours, dans tous les cas et d'un coup d'un seul, démasqué le coupable ?

Galamment, Poirot s'abstint de répondre, comme il en avait envie : « D'un coup d'un seul, ça reste à voir... À la cinquième tentative, je le veux bien... Mais toujours, alors là, non ! »

Au lieu de quoi il murmura, en regardant autour de lui :

— C'est vraiment une propriété magnifique que vous avez là.

— Ça ? Mais ça ne m'appartient pas, monsieur Poirot ! Vous vous l'êtes imaginé un instant ? Oh ! non, nous sommes ici chez les Stubbs.

— Qui sont les Stubbs ?

— Bah ! personne, en vérité, dit Mrs Oliver d'un air vague. Des gens riches, un point c'est tout. Non, je suis ici à titre professionnel, j'ai un travail à effectuer.

— Ah ! je vois. Vous faites provision de couleur locale pour le prochain de vos chefs-d'œuvre ?

— Non, non. Je viens de vous le dire : j'ai un *travail* à effectuer. J'ai été embauchée pour concocter un meurtre.

Poirot écarquilla les yeux.

— Oh ! pas un vrai meurtre, le rassura Mrs Oliver. Il va y avoir une grande fête ici, demain, une sorte de kermesse, et, histoire de corser un peu l'ambiance, on va organiser une Course à l'Assassin. Sous ma houlette. Un peu, si vous voulez, sur le modèle d'une Course au Trésor ; seulement des Courses au Trésor, ils ont déjà fait ça si souvent qu'ils ont voulu cette fois donner dans la nouveauté. D'où leur idée de m'offrir des honoraires substantiels pour que je vienne réfléchir à la question. C'est rigolo comme tout, au fond. Et ça me change agréablement du train-train quotidien.

— Comment voyez-vous la chose ?

— Eh bien, il y aura une Victime, évidemment. Et des Indices. Et des Suspects. Tout cela très conventionnel, en fait : la Vamp, l'Affreux Maître Chanteur, les Jeunes Amants, l'Inquiétant Majordome, etc. On paiera deux couronnes pour participer et, après avoir pris connaissance du Premier Indice, on devra trouver la Victime, l'Arme du Crime, l'Assassin et le Mobile. Et il y aura des prix pour les meilleurs.

— Remarquable !

— En vérité, ajouta Mrs Oliver en se rembrunissant, mettre sur pied ce genre de mécanique est bien plus difficile que vous ne l'imaginez. Car il faut obtenir de personnages réels qu'ils se montrent futés, alors que dans mes livres ils n'en ont aucun besoin.

— Et c'est pour vous seconder dans cette tâche que vous m'avez convoqué ?

Poirot ne faisait rien pour dissimuler l'irritation qui perçait dans sa voix.

— Oh ! *non*, se récria Mrs Oliver. Bien sûr que non ! Ma tâche est terminée. Tout est prêt pour demain. Non, si je vous ai appelé, c'est pour un tout autre motif.

— Lequel ?

Mrs Oliver porta la main à sa tête. Elle s'apprêtait à se la passer dans les cheveux lorsqu'elle se souvint que sa nouvelle coiffure lui interdisait désormais ce geste machinal. Et il lui fallut, pour masquer l'émotion qui l'étreignait, se contenter de tirailler les lobes de ses oreilles.

— Je suis peut-être idiote, frémit-elle. Mais j'ai l'impression qu'il se prépare du vilain.

2

Un long silence suivit. Poirot la regardait. Puis il demanda, non sans une certaine brusquerie :

— Du vilain ? Qu'entendez-vous par là ?

Comment dire... C'est précisément ça que je voudrais que *vous* tiriez au clair. Mais j'ai comme l'impression d'avoir été — et ce, chaque jour davantage — *manipulée*... menée en fait par le bout du nez. Libre à vous de me traiter de toquée, mais je vous fiche mon billet que si un *vrai* crime était commis demain, je n'en serais pas autrement surprise !

Poirot la fixait toujours. Elle soutint son regard d'un air de défi.

— Voilà qui est intéressant, commenta Poirot.

— Vous me trouvez complètement idiote, n'est-ce pas ?

— Je ne vous ai jamais considérée comme une idiote.

— Je sais en outre ce que vous dites toujours — ou ce que vous pensez — de tout ce qui relève de l'intuition.

— Nous avons vous et moi des façons radicalement différentes de nommer des choses pourtant identiques, rectifia Poirot. Je croirais volontiers que vous avez remarqué un détail, ou entendu un mot, qui aura suscité votre inquiétude. Et je ne serais pas étonné que vous ne sachiez pas au juste vous-même quel est ce mot ou ce détail. Mais vous redoutez ce qui pourrait en *résulter*. Si j'ose m'exprimer ainsi, vous ne savez pas très bien vous-même ce que vous savez. Baptisez cela intuition si ça vous chante.

— On se sent tellement idiot, confessa Mrs Oliver d'un air penaud, quand on est incapable de se montrer *précis*.

— La précision, nous y parviendrons, décréta Poirot d'un ton qui se voulait encourageant. Vous avez eu, selon vos propres termes, l'impression d'être — comment avez-vous formulé ça ? — manipulée. Pourriez-vous m'expliquer un peu plus clairement ce que vous entendiez par là ?

— Ma foi, ce n'est pas facile... Voyez-vous, il s'agit après tout de *mon* meurtre. C'est moi qui l'ai conçu et organisé jusque dans les moindres détails. Et si vous connaissez un tant soit peu la mentalité du romancier, vous devez savoir qu'il ne supporte pas les suggestions. Vous savez, quand les gens vous disent : « Sensationnel ! Mais vous ne croyez pas que ce serait cent fois mieux si Untel au lieu d'Untel faisait ceci au lieu de cela ? » ou encore : « J'ai une idée mille fois meilleure ! Et si la victime était A plutôt que B ? Et le coupable, D plutôt que E ? » Dans ces cas-là, on meurt d'envie de répondre : « Parfait ! Qu'est-ce que vous attendez pour l'écrire vous-même ! »

Poirot hocha la tête :

— Et c'est ce qui s'est passé ?

— Pas vraiment... On m'a effectivement fait ce genre de suggestions ineptes et, comme je suis montée sur mes grands chevaux, on y a aussitôt renoncé ; puis on m'a proposé une modification de détail, et comme j'avais très mal pris les inepties, je me suis crue obligée de céder sur le chapitre du détail.

— Je vois, acquiesça Poirot. Oui... c'est le type même de la méthode imparable... On commence par monter en épingle une exigence absurde, incongrue... mais l'important est ailleurs. Obtenir la modification mineure, tel est le véritable objectif. C'est bien cela ?

— Exactement, dit Mrs Oliver. Et il se *peut*, bien sûr, que tout cela ne soit que le fruit de mon imagination, mais cela m'étonnerait quand même. Ce ne sont que des faits sans importance, et pourtant je ne peux pas m'empêcher d'être inquiète. C'est aussi une question de... d'*atmosphère*, dirons-nous.

— Ces suggestions, qui vous les a faites ?

— Diverses personnes. S'il n'y en avait eu qu'une, je ne l'aurais pas laissée piétiner ainsi mes plates-bandes. Mais il n'y en avait pas qu'une — encore qu'à mon avis tout vienne de la même, au travers de gens qui ne s'en doutent même pas.

— Avez-vous une idée sur l'identité de cette personne ?

Mrs Oliver secoua la tête :

— C'est quelqu'un d'habile et de très prudent. Mais cela mis à part, ça pourrait être n'importe qui.

— Qui est ici ? demanda Poirot. Le nombre de personnages devrait être limité ?

— Eh bien, commença Mrs Oliver, il y a sir George Stubbs, le propriétaire des lieux. Riche et vulgaire, et, à mon humble avis, d'une insondable stupidité en dehors du domaine des affaires... où il doit en revanche se comporter en véritable requin. Puis il y a lady Stubbs — Hattie — de vingt ans sa cadette au bas mot, éminemment spectaculaire, mais bête comme ses pieds — en fait, *je* la crois débile profonde. Elle l'a épousé pour son argent, comme de bien entendu, et semble incapable de penser à autre chose qu'à ses toilettes et à ses bijoux. Il y a Michael Weyman — un architecte, assez jeune et plutôt beau garçon dans le genre artiste et débraillé. Il travaille à un projet de pavillon près des courts de tennis et s'occupe de faire restaurer la Folie.

— La Folie ? Qu'est-ce que c'est ?

— Un de ces similitemples à colonnade dont les gens raffolent dans les parcs. Vous avez dû en voir à Kew. Il y a aussi miss Brewis — sorte de secrétaire-majordome, qui tient la maison et s'occupe de la correspondance — pas drôle pour deux sous mais efficace en diable. Et puis il y a tous les voisins qui viennent, pour l'occasion, donner un coup de main. Un jeune couple, Alec et Sally Legge, qui ont loué un cottage au bord du fleuve. Et le capitaine Warburton, régisseur des propriétés des Masterton. Et les Masterton eux-mêmes, bien sûr, et la vieille Mrs Folliat, qui habite dans ce qui était jadis le pavillon des gardiens. Nasse House a appartenu à la famille de son mari. Mais ils sont tous morts, dans leur lit ou à la guerre, et les droits de succession étaient si élevés que le dernier héritier a été obligé de vendre.

Poirot enregistra ce qui, pour le moment, n'était pour lui qu'une liste de noms dépourvus de visages.

— Qui a eu l'idée de cette Course à l'Assassin ?

— Mrs Masterton, je crois, l'épouse du député de la circonscription. C'est une excellente organisatrice, et c'est elle aussi qui a su convaincre sir George d'accueillir cette kermesse sur sa propriété. L'endroit est resté longtemps inhabité, et elle s'est dit que les gens seraient trop heureux de payer pour y pénétrer.

— Tout cela me semble très normal.

— Ça *semble* normal à première vue, mais c'est loin

d'être le cas, s'obstina Mrs Oliver, têtue. Je vous le dis, monsieur Poirot. Il y a *du vilain* à l'horizon.

Poirot regarda Mrs Oliver et Mrs Oliver rendit son regard à Poirot.

— Comment comptez-vous expliquer ma présence ici ? Le fait que vous m'ayez fait venir ? demanda ce dernier.

— C'est fait ! triompha Mrs Oliver. Et ça n'était pas sorcier : c'est vous qui remettrez les prix pour la Course à l'Assassin. Tout le monde est fou de joie. Je leur ai dit que je vous connaissais, que j'allais faire l'impossible pour vous décider à venir et que j'étais persuadée que le seul énoncé de votre nom attirerait les foules — et je parie d'ailleurs bien que c'est ce qui va se passer, conclut Mrs Oliver avec tact.

— Et votre proposition a été acceptée... sans difficulté ?

— Je vous l'ai dit, tout le monde s'est montré fou de joie !

Mrs Oliver jugea inutile d'ajouter que, parmi les membres de la jeune génération, quelques individus incultes avaient osé demander : « Hercule Poirot ? Qui c'est ? »

— *Tout le monde* ? Personne n'a soulevé d'objection ?

Mrs Oliver secoua la tête.

— C'est bien dommage, maugréa Hercule Poirot.

— Vous voulez dire que cela aurait pu nous fournir une piste ?

— On voit mal un criminel en puissance se réjouir à la perspective de mon arrivée.

— J'ai l'impression très nette que vous me soupçonnez d'avoir tout inventé, s'attrista Mrs Oliver. Et je dois reconnaître qu'avant d'en parler avec vous, je ne m'étais pas rendu compte du peu d'éléments tangibles dont je disposais.

— Calmez-vous, lui conseilla Poirot avec douceur. Tout cela m'intrigue et m'intéresse. Par où allons-nous commencer ?

— C'est l'heure du thé. Nous allons retourner à la maison, et vous y verrez tout le monde.

Le chemin qu'elle prit, et qui n'était pas celui par lequel Poirot était arrivé, semblait filer dans la direction opposée.

— Nous allons passer par l'abri à bateaux, décréta-t-elle.

L'abri en question apparut effectivement à leurs yeux. C'était une construction pittoresque, au toit de chaume et qui surplombait le fleuve.

— C'est là-dedans que va se trouver le Cadavre, annonça Mrs Oliver. Le cadavre de la Course à l'Assassin, j'entends.

— Et qui va se faire tuer ?

— Oh ! une jeune randonneuse, dont on va s'apercevoir qu'elle a été la première femme — yougoslave — du Jeune Savant Atomiste, expliqua Mrs Oliver, volubile.

Poirot cligna des paupières.

— Bien entendu, tout semble indiquer que c'est le Jeune Savant qui a voulu s'en débarrasser, poursuivit la romancière. Mais il va de soi que les choses ne sont pas aussi simples.

— Et il n'est rien là que de très naturel, chère madame, puisque c'est *vous* qui les avez imaginées...

Mrs Oliver salua le compliment d'un geste de la main.

— En fait, confia-t-elle, c'est le Châtelain qui la tue — et son mobile est assez peu banal... je ne pense pas que beaucoup de gens le trouveront... bien que le cinquième indice le désigne très clairement.

Renonçant à dénouer pour l'instant les fils compliqués de l'intrigue imaginée par Mrs Oliver, Poirot s'en tint à une question pratique :

— Et le cadavre adéquat, comment vous le procurez-vous ?

— Le rôle sera tenu par une jeune Éclaireuse, soupira Mrs Oliver. Ce devait d'abord être Sally Legge, sur quoi les organisateurs de la kermesse lui ont demandé de se coiffer d'un turban et de jouer les diseuses de bonne aventure. Nous nous sommes donc rabattus sur cette gamine, une dénommée Marlene Tucker. Elle est bête comme ses pieds et renifle à tout bout de champ... mais, bah ! son rôle n'est pas difficile. Elle a un sac à dos, un fichu de paysanne sur la tête, et tout ce qu'on lui demande c'est de se laisser choir en se passant la corde autour du cou chaque fois qu'elle entendra quelqu'un approcher. Comme la malheureuse risque de se morfondre, toute seule dans cet abri à bateaux en attendant qu'on la découvre, j'ai demandé qu'on lui fournisse une pile de bandes dessinées — à propos, il y en a une dans le lot sur laquelle un indice susceptible de mener au coupable est griffonné à la main... vous voyez que la boucle est bouclée.

— Votre ingéniosité me confond ! Où prenez-vous toutes ces idées ?

— Oh ! il n'est jamais difficile de lâcher la bride à son imagination, se rengorgea Mrs Oliver. Le problème, c'est qu'elle s'emballe, qu'elle en fait *trop*, si bien que tout se complique, et qu'il faut élaguer, et c'est *là* que ça vire au cauchemar. Passons par ici.

Ils suivirent un sentier en zigzag qui les ramena vers le fleuve, un peu plus en amont, pour déboucher dans une clairière au centre de laquelle se dressait un petit temple blanc à colonnade. Un jeune homme vêtu d'un pantalon de flanelle qui avait connu des jours meilleurs et d'une chemise d'un vert à faire grincer les dents le contemplait en fronçant les sourcils. Il se tourna vers eux. Mrs Oliver fit les présentations :

— Mr Michael Weyman, M. Hercule Poirot.

Le jeune homme salua le nouveau venu d'un hochement de tête désinvolte avant de fulminer :

— L'*endroit* où les gens mettent les choses ! C'est à ne pas croire ! Ce truc-là, par exemple. Bâti il n'y a pas un an — assez chouette dans son genre, et bien en harmonie avec le style de la baraque. Mais pourquoi *là* ? Ces machins étaient censés être vus de loin... « situés sur une éminence », comme on disait alors... et si possible dans un environnement d'herbacées, de narcisses, et j'en passe. Mais non : il a fallu qu'ils nous plantent celui-ci au beau milieu des arbres — on ne l'aperçoit de nulle part, et il faudrait abattre une bonne vingtaine d'érables pour qu'il soit visible depuis le fleuve !

— Il n'y avait peut-être pas d'autre endroit, hasarda Mrs Oliver.

Michael Weyman se mit à bouillir :

— Le sommet de la pelouse en terrasse, à côté de la maison... voilà un emplacement parfait. Mais non, ces gros nababs sont tous les mêmes — pas le moindre sens artistique. Il s'est fourré dans la tête qu'il lui fallait une

Folie, comme il appelle ça, et il s'en est commandé une. Et puis il a regardé autour de lui en se demandant où il pourrait bien la coller. Sur quoi, d'après ce que je me suis laissé dire, survient une tempête qui déracine un grand chêne. Ça chamboule le terrain en laissant une cicatrice qui fait moche comme tout. « Qu'à cela ne tienne ! On va colmater la brèche en y mettant la Folie ! » décrète cette triple andouille. Colmater la brèche ! Ils n'ont que ça en tête, ces hommes d'affaires pourris de fric ! M'étonne qu'il n'ait pas encore planté des parterres de géraniums et de calcéolaires autour de la maison ! Ça ne devrait pas être permis qu'un type pareil ait le droit de posséder un endroit comme celui-ci !

Il paraissait hors de lui.

« En voilà un, se dit Poirot, qui n'a manifestement pas l'air de porter sir George Stubbs dans son cœur. »

— Le socle est en béton, reprit Weyman. Mais le sol, en dessous, n'est pas stable — ce qui fait qu'il y a déjà des fissures et que ça craque de partout. Bientôt ce sera dangereux... Mieux vaudrait flanquer le tout par terre pour le reconstruire sur le talus en vue de la maison. C'est ce que je préconise, mais ce vieil abruti ne veut rien entendre.

— Et pour ce qui est du pavillon de tennis ? demanda Mrs Oliver.

— Il veut qu'on donne dans le genre pagode ! s'étrangla Michael Weyman. Avec des dragons, figurez-vous ! Tout ça parce que lady Stubbs se pavane coiffée comme un coolie. À vous dégoûter d'être architecte. Les gens qui voudraient se faire construire quelque chose de décent n'ont pas le sou, et ceux qui ont les moyens ne veulent que des horreurs sans nom !

— Vous avez droit à ma compassion pleine et entière, décréta gravement Hercule Poirot.

— Ce George Stubbs continua de vitupérer l'architecte. Non, mais il se prend pour qui ? C'est quoi, ce type ? Un planqué qui a passé toute la guerre à pantoufler dans un bureau de l'Amirauté, au fin fond du pays de Galles où il s'est laissé pousser la barbe, histoire de se donner des airs de convoyeur de haute mer — c'est du moins ce qu'on raconte. Un salopard qui pue le fric... qui le pue à plein nez !

— Seulement voilà, vous autres architectes avez besoin de ce genre de gens si vous ne voulez pas être condamnés au chômage, fit observer, non sans justesse, Mrs Oliver.

Comme elle se dirigeait vers la maison, Poirot et l'infortuné architecte lui emboîtèrent le pas.

— Ces gros richards sont incapables de comprendre les choses les plus simples, grommela Weyman en lançant, au passage, un dernier coup de pied à la Folie posée de guingois entre les arbres. Quand les fondations sont fichues, tout est fichu.

— C'est profond, ce que vous dites là, approuva Poirot. Oui, c'est profond.

Le sentier déboucha sur un espace découvert. La superbe demeure se détachait, toute blanche sur le vert sombre des arbres qui l'entouraient.

— C'est de toute beauté, vraiment, murmura Poirot.

— Et maintenant, il veut l'agrandir pour construire une salle de billard, commenta Weyman avec aigreur.

En contrebas, sur un talus tapissé de gazon, une vieille dame toute menue, armée d'un sécateur, s'affairait autour d'un bouquet d'arbustes. Elle grimpa les rejoindre, quelque peu essoufflée par l'escalade.

— Tout est resté des années à l'abandon, se justifia-t-elle. Et il est si difficile, de nos jours, de trouver un jardinier qui connaisse quoi que ce soit à la taille des arbustes. Ce versant aurait dû être éclatant de couleurs en mars et avril, mais nous avons été bien déçus cette année — il aurait fallu supprimer tout ce bois mort l'automne dernier...

— M. Hercule Poirot, Mrs Folliat, les présenta Mrs Oliver.

Un large sourire illumina les traits de la vieille dame :

— Voici donc l'illustrissime M. Poirot ! C'est *tellement* aimable à vous de venir nous aider. Cette dame nous a concocté un véritable casse-tête — pour une nouveauté, ce sera une nouveauté !

Poirot était légèrement surpris par l'amabilité de la vieille dame. Elle aurait tout aussi bien pu, songeait-il, être la maîtresse des lieux.

Il se répandit en politesses :

— Mrs Oliver est une amie de longue date. C'est avec grand plaisir que j'ai répondu à son appel. Quel paysage magnifique vous avez là, quelle beauté et quelle noblesse se dégagent de cette demeure !

Mrs Folliat répondit par un hochement de tête entendu :

— Oui. C'est l'arrière-grand-père de mon mari qui l'a fait ériger en 1790. Il y avait auparavant une bâtisse d'époque élisabéthaine. Mais elle n'était pas entretenue et un incendie l'a détruite au tout début du XVIIIe siècle. Notre famille est établie ici depuis 1598.

Elle s'exprimait d'un ton calme et avec le plus parfait

naturel. Poirot l'examina avec attention. Un minuscule bout de femme dans un ensemble de tweed fatigué, aux cheveux gris enserrés dans un filet et dont le seul trait distinctif semblait être ses yeux d'un bleu de porcelaine. Bien que, à l'évidence, elle se souciât peu de son apparence, il se dégageait d'elle ce je-ne-sais-quoi si difficile à définir qui vous fait sentir que vous n'avez pas affaire à n'importe qui.

— Il doit vous être amer de voir des étrangers vivre ici, compatit doucement Poirot comme ils se dirigeaient vers la maison.

Il y eut un silence avant que Mrs Folliat ne réponde, de sa voix claire, précise, et étrangement dénuée d'émotion :

— Bah ! tant de choses sont amères en ce bas monde, monsieur Poirot.

3

Mrs Folliat entra la première, suivie par Hercule Poirot. La demeure avait de superbes proportions, dont elle tirait toute son élégance. Mrs Folliat traversa un petit salon meublé avec goût avant de pénétrer dans la grande pièce de réception où se trouvaient déjà un grand nombre d'invités qui semblaient, à ce moment précis, parler tous en même temps.

— George, dit Mrs Folliat, je vous présente M. Poirot, qui a la gentillesse de venir nous prêter son concours. Sir George Stubbs.

Sir George, qui discutait avec de grands éclats de voix, se tut aussitôt et fit volte-face. C'était un homme de haute taille dont la face rougeaude s'ornait d'une barbe assez incongrue. À le voir, on avait l'impression déconcertante de se trouver en face d'un acteur qui ne serait pas parvenu à se décider entre le rôle du châtelain et celui du baroudeur colonial. Mais il n'avait rien d'un marin, quoi qu'en pensât Michael Weyman. Et quelque chose, dans le regard perçant et rusé de ses petits yeux d'un bleu très clair tranchait avec la jovialité du ton et des manières.

Il fit à Poirot un accueil chaleureux :

— Nous sommes si contents que votre amie Mrs Oliver ait réussi à vous persuader de venir. Elle s'est déchaînée... une véritable tornade sous un crâne ! Quant à votre présence, elle va faire sensation !

Son regard erra autour de lui :

— Hattie ?

N'obtenant pas de réponse, il répéta plus sèchement :

— Hattie !

Lady Stubbs reposait un peu à l'écart au creux d'un grand fauteuil, dans une pose pleine d'abandon, l'air totalement indifférente à ce qui se passait autour d'elle. Elle souriait en regardant sa main posée sur l'accoudoir et en la tournant de gauche à droite pour voir la lumière scintiller sur la grosse émeraude qu'elle portait en solitaire.

Elle leva les yeux, avec un air de surprise enfantine.

— Comment allez-vous ? murmura-t-elle d'un air absent.

Poirot s'inclina pour lui baiser la main.

Sir George poursuivit les présentations :

— Mrs Masterton...

Mrs Masterton était une femme d'aspect monumental à laquelle Poirot trouva, à cause de sa mâchoire épaisse et du regard triste de ses yeux protubérants et légèrement injectés de sang, une vague ressemblance avec un bouledogue. Cette impression fut confirmée quand elle se pencha vers son voisin pour dire d'une grosse voix un peu rauque :

— Il faut en finir avec cette querelle stupide à propos de la tente sous laquelle on doit servir le thé, Jim. Ces idiotes doivent comprendre que nous ne pouvons pas risquer un fiasco à cause de leurs petites rivalités de clocher !

— Mais bien sûr, répondit l'homme auquel elle s'adressait.

— Le capitaine Warburton, annonça sir George.

Le capitaine portait une veste sport à gros carreaux et ressemblait vaguement à un cheval. Il découvrit une double rangée de dents blanches en un sourire carnassier à l'adresse du nouveau venu avant de poursuivre sa conversation avec Mrs Masterton.

— Comptez sur moi, je m'en charge, lui promit-il. Je vais leur faire mon numéro de semonce paternelle. À propos, et la tente de notre diseuse de bonne aventure, où la voyez-vous ? Près du magnolia ? Ou de l'autre côté de la pelouse, le long du massif de rhododendrons ?

Sir George n'en finissait pas de ses présentations :

— Mr et Mrs Legge...

Un grand jeune homme dont le visage pelait de façon spectaculaire sous l'effet d'un coup de soleil sourit aimablement. Sa femme, jolie rousse aux joues semées de taches de rousseur, répondit par un hochement de tête amical avant de se lancer dans une discussion animée avec Mrs Masterton, sa voix aux notes claires faisant un plaisant contraste avec la basse profonde de la grosse dame :

— *Surtout pas* près du magnolia — le passage y est trop étroit, on s'y bousculerait !

— Il faut disperser les attractions... Mais si les gens font la queue...

— ... beaucoup plus frais. Avec le soleil qui donne en plein sur la maison...

— ... et le chamboule-tout ne doit pas être près de la maison, les gamins lancent les boules avec une telle violence...

— Voici enfin miss Brewis, dit sir George, qui veille sur nous et sur la maison.

Miss Brewis était assise devant un grand service à thé en argent.

C'était une femme d'une quarantaine d'années, mince et vive, d'un abord agréable sous ses manières énergiques.

— Enchantée de vous connaître, monsieur Poirot, dit-elle. J'espère que votre voyage n'a pas été trop pénible ? Les trains sont si souvent bondés en cette période de l'année. Laissez-moi vous servir une tasse de thé. Vous prenez du lait ? Du sucre ?

— Un nuage de lait, chère mademoiselle, sans plus... et quatre morceaux de sucre. Je vois que tout le monde, ici, est très occupé.

— En effet. Il y a toujours mille et un problèmes de dernière minute. Et les fournisseurs, de nos jours, vous laissent tomber sans crier gare. Il faut être sur leur dos en permanence, et j'ai passé la matinée au téléphone à m'occuper des tentes, des chaises et de l'aménagement du buffet.

— À propos, et ces piquets, Amanda ? réclama sir George. Et les marques supplémentaires pour le golf ?

— C'est réglé, sir George. Mr Benson, au club de golf, s'est montré très obligeant.

Elle tendit sa tasse de thé à Poirot :

— Un canapé, monsieur Poirot ? Ceux-ci sont à la tomate, et ceux-là au pâté. Mais peut-être, ajouta-t-elle en pensant aux quatre morceaux de sucre, préféreriez-vous un gâteau à la crème ?

Elle avait vu juste. Poirot opta pour un petit chou fondant et bien sucré.

Puis, ledit petit chou en équilibre sur sa soucoupe, il alla s'asseoir à côté de la maîtresse de maison. Elle jouait toujours à faire miroiter sa bague dans la lumière, et leva les yeux vers lui avec un sourire enfantin.

— Regardez ! roucoula-t-elle. C'est joli, n'est-ce pas ?

Poirot l'observait déjà depuis un moment. La grande capeline en paille rose vif, dont la forme rappelait celle d'un chapeau chinois, jetait des reflets sur la peau très blanche de son visage. Le maquillage, outrancier, visait à l'exotisme : blanc mat pour les joues, rouge cyclamen pour les lèvres, et beaucoup de noir autour des yeux. Les cheveux, noirs et souples, apparaissaient sous le chapeau comme une coiffe de velours. Et la beauté langoureuse du visage n'avait rien de britannique. Hattie était une fille des Tropiques, un oiseau des îles retenu comme par hasard dans ce salon anglais. Ses yeux, surtout, frappèrent Hercule Poirot. Leur regard était enfantin, presque vide.

Elle lui avait posé sa question sur un ton confidentiel, comme le font les enfants entre eux, et Poirot lui répondit comme à une enfant :

— C'est une fort jolie bague, en effet.

Elle parut comblée.

— George me l'a donnée hier, dit-elle en baissant la voix d'un ton, comme pour partager un secret avec lui. Il me fait des tas de cadeaux, George. Il est très gentil.

Poirot regarda de nouveau la bague, puis la main posée sur l'accoudoir. Elle avait des ongles très longs, laqués de brun-rouge assez foncé.

Une citation lui revint en mémoire : « Regardez croître les lis des champs, qui ne ravaudent ni ne filent... »

Il avait du mal, effectivement, à imaginer lady Stubbs ravaudant ou filant. Mais il ne la voyait pas non plus en lis des champs. C'était une fleur infiniment plus artificielle.

— Vous avez là une pièce magnifique, madame, dit-il en promenant autour de lui un regard admiratif.

— Certainement, concéda-t-elle d'un air distrait.

Toute son attention était concentrée sur la bague. Elle penchait la tête de côté, guettant les éclats de lumière dans la matière vert sombre de l'émeraude à chaque mouvement de sa main.

Elle chantonna, toujours sur le même ton de confidence :

— Vous avez vu ? Elle me fait des clins d'œil !

Et elle éclata soudain de rire, au grand émoi de Poirot : elle riait très fort, sans la moindre retenue.

— Hattie, la rappela soudain à l'ordre sir George, de l'autre bout de la pièce.

Le ton était amène, mais n'en renfermait pas moins une note de réprobation. Le rire de lady Stubbs s'éteignit instantanément.

Poirot reprit, sur le mode mondain et conventionnel :

— Le Devon est une très jolie région. Vous ne trouvez pas ?

— C'est très bien pendant la journée, bâilla lady Stubbs. Et encore, quand il ne pleut pas, ajouta-t-elle d'un air morose. Mais il n'y a pas le moindre night-club.

— Ah ! je vois. Vous aimez les night-clubs ?

— Oh ! *oui*, dit lady Stubbs avec ferveur.

— Et pourquoi les aimez-vous tant ?

— Parce qu'il y a de la musique, et qu'on y danse. Et que je mets mes plus jolies toilettes, mes bagues et mes bracelets. Et que les autres femmes sont toutes bien habillées et qu'elles ont de beaux bijoux, mais pas aussi beaux que les miens.

Elle le regardait avec un sourire d'intense satisfaction. Poirot éprouva pour elle un élan soudain de pitié :

— Et tout cela vous amuse follement ?

— Oui ! J'aime aller au casino, aussi. Pourquoi n'y a-t-il pas de casinos en Angleterre ?

— Je me le suis souvent demandé, répondit Poirot avec un soupir. Ce genre d'établissements s'accorde sans doute mal avec le caractère anglo-saxon.

Elle le regarda sans comprendre. Puis, se penchant légèrement vers lui :

— Une fois, à Monte-Carlo, j'ai gagné soixante mille francs. J'avais tout misé sur le 27, et il est sorti !

— Ç'a dû être palpitant, madame.

— Oh ! *oui*. George me donne de l'argent pour jouer — mais en général, je perds.

Elle semblait soudain inconsolable.

— Comme c'est triste.

— Oh ! ce n'est pas bien grave. George est très riche. C'est bien d'être riche, vous ne trouvez pas ?

— Très bien, acquiesça gentiment Poirot.

— Peut-être que si je n'étais pas riche, je ressemblerais à Amanda.

Son regard se posa sur miss Brewis, occupée à servir le thé, pour l'examiner froidement :

— Elle est vraiment affreuse, non ?

À cet instant précis, miss Brewis leva les yeux pour regarder dans leur direction. Bien que lady Stubbs n'ait pas parlé très fort, Poirot se demanda si Amanda Brewis ne l'avait pas entendue.

Comme il se détournait, son regard croisa celui du capitaine Warburton. Il y lut une lueur ironique.

Poirot se hâta de changer de sujet :

— La préparation de cette kermesse a dû vous donner bien du travail, je présume ?

Hattie Stubbs secoua vivement la tête :

— Oh, non ! Je trouve tout ça assommant — assommant et stupide. Il y a ici un tas de domestiques et de jardiniers. Pourquoi ne se chargeraient-ils pas des préparatifs ?

— Mais enfin, ma chère !

C'était Mrs Folliat qui avait lancé l'exclamation. Elle venait de s'asseoir sur le plus proche canapé :

— Ce sont là des idées rapportées de vos îles lointaines. Elles n'ont plus cours ici. Même s'il est permis de le regretter.

Elle ajouta, avec un profond soupir :

— De nos jours, il faut presque tout faire soi-même.

Lady Stubbs haussa les épaules :

— Je trouve ça stupide. À quoi bon être riche, s'il faut tout faire soi-même ?

— Il y a des gens qui trouvent cela amusant, sourit Mrs Folliat. C'est d'ailleurs mon cas. Pas pour tout, évidemment. Mais j'adore jardiner, par exemple, et j'aime bien préparer des fêtes comme celle de demain.

— Ce sera vraiment une fête ? demanda lady Stubbs, soudain pleine d'espoir.

— Une kermesse, dirons-nous... avec des tas, des tas de monde.

— Comme à Ascot ? Avec tout plein de grands chapeaux et rien que des gens ultrachic ?

— Hum ! pas tout à fait comme Ascot, concéda Mrs Folliat.

Elle ajouta avec gentillesse :

— Il ne faut pas refuser les plaisirs de la campagne, Hattie. Vous auriez dû venir nous aider, ce matin, plutôt que de rester couchée jusqu'à l'heure du thé.

— J'avais la migraine, répliqua Hattie d'un ton boudeur.

Puis, retrouvant brusquement sa bonne humeur, elle sourit affectueusement à Mrs Folliat :

— Mais demain, je serai sage. Et je ferai tout ce que vous me direz de faire.

— Ce sera très gentil à vous, ma chérie.

— J'ai une nouvelle robe, vous savez. On me l'a livrée ce matin. Venez avec moi, je vais vous la montrer !

Mrs Folliat parut hésiter. Lady Stubbs s'était levée d'un bond :

— Allons, venez ! Je vous en prie ! Elle est ravissante. Venez, *bon sang* !

— Si tel est votre bon plaisir... capitula Mrs Folliat avec un rire un peu forcé.

Comme elle sortait du salon, minuscule derrière la haute silhouette de Hattie, Poirot aperçut brièvement son visage et fut sidéré par la brusque lassitude qui se lisait sur ses traits. Comme si, renonçant soudain à son masque d'amabilité mondaine, elle avait laissé voir quelque souffrance cachée. Cette femme, songea Poirot, était peut-être gravement malade et, comme souvent les femmes, n'en voulait rien laisser paraître. Elle n'était certainement pas de celles qui réclament la pitié.

Le capitaine Warburton se laissa choir dans le fauteuil que Hattie venait de libérer. Il avait, lui aussi, suivi les deux femmes du regard, mais ce n'était pas, à l'évidence, la plus âgée qui avait retenu son attention.

— Superbe créature, n'est-ce pas ? fit-il tout en lorgnant du coin de l'œil sir George qui venait à son tour de sortir par l'une des portes-fenêtres en compagnie de Mrs Masterton et suivi par Mrs Oliver. Elle a complètement embobiné ce bon vieux Stubbs. Rien n'est trop beau pour elle ! Bijoux, visons, et tout le saint-frusquin. Quant à savoir s'il se rend compte, ou non, du vide sidéral qui règne sous ces chapeaux chinois, c'est une question que je n'ai jamais pu tirer au clair. Il y voit sans doute un détail sans importance. Après tout, la communion intellectuelle n'est pas ce que recherchent en priorité ces pontes de la finance !

— De quelle nationalité est-elle ? s'enquit Poirot, curieux.

— Je lui ai toujours trouvé de faux airs de Sud-

Américaine. Mais je crois qu'elle est née aux Antilles. Dans une de ces îles qui produisent du rhum et de la canne à sucre, vous voyez le genre. Le type même de la bonne famille du cru — une créole, donc, ce qui ne signifie pas métisse, bien au contraire. Tous ces gens se marient entre eux... ce qui pourrait expliquer le côté débile mentale.

La jeune Mrs Legge vint se joindre à eux :

— J'ai besoin que vous me souteniez, Jim ! Il faut installer cette tente là où nous l'avons décidé — tout au fond de la pelouse, devant le massif de rhododendrons. C'est le seul emplacement possible.

— Ce n'est pas ce qu'en pense Mémé Masterton.

— Eh bien, arrangez-vous pour la faire changer d'avis !

Le capitaine lui décocha l'un de ses sourires roublards :

— Mrs Masterton est mon patron.

— C'est Wilfred Masterton votre patron. C'est lui le député, non ?

— C'est pourtant elle qui devrait siéger au parlement. Parce que c'est elle qui porte la culotte — et ça, je suis bien placé pour le savoir.

Sir George venait de réapparaître :

— Ah ! vous voilà, Sally ! J'ai besoin de vous. Figurez-vous qu'elles sont toutes à se chamailler pour savoir qui va beurrer les tartines, qui va mettre le gâteau aux enchères, et pourquoi le stand des produits du jardin a été installé à l'endroit où il était prévu de mettre le stand de tricot. Où est donc passée Amy Folliat ? Elle sait parler à ces gens-là. Elle est bien la seule, d'ailleurs.

— Elle vient de monter avec Hattie.

— Oh, elle est... ?

Sir George regarda autour de lui, vaguement désemparé. Miss Brewis, occupée dans son coin à préparer des billets d'entrée, sauta sur ses pieds :

— Je vais la chercher, sir George.

— Merci, Amanda.

Miss Brewis, déjà, quittait la pièce.

— Il nous faudrait encore du fil de clôture, murmura sir George.

— Pour la kermesse ?

— Non, non. Pour fermer le passage, dans le bois, entre la propriété et Hoodown Park. L'ancienne clôture tombe en morceaux, et c'est par là qu'ils passent.

— Qui est-ce qui passe ?

— Des gens qui ne le devraient pas ! rugit sir George.

— Vous me faites penser à Betsy Trotwood aux prises avec les ânes, pouffa Sally Legge, amusée.

— Betsy Trotwood ? interrogea ingénument sir George. Qui est-ce encore ?

— Ce n'est rien. Un personnage de Dickens.

— Ah ! Dickens. J'ai lu un jour *Les Aventures de Mr Pickwick*. Pas mal. Pas mal du tout — je n'en suis pas revenu. Mais franchement, ces gens sont une plaie depuis qu'on a installé cette satanée Auberge de Jeunesse. Il en déboule de partout, affublés des chemises les plus insensées — pas plus tard que ce matin, un de ces gaillards en arborait une sur laquelle semblaient s'ébattre une centaine de tortues de mer et autres bestioles aquatiques — pour un peu, je me serais demandé si je n'avais pas forcé sur la bouteille ! La moitié d'entre eux ne parle pas un traître mot d'anglais — ils vous baragouinent aux oreilles...

Il les singea :

— « Oâh ! siouplaît... avez-vous... me dire... cette chemin pour la bac ? » Je leur dis que non, que ce n'est pas par là, je leur braille de retourner d'où ils viennent, mais la plupart du temps ils se contentent de battre des paupières et de me regarder avec des yeux ronds, sans comprendre. Et les filles de glousser comme des dindes ! Il y en a de toutes les nationalités : des Italiens, des Yougoslaves, des Hollandais, des Finlandais — des Esquimaux, que ça ne m'étonnerait pas ! Avec une bonne moitié de communistes, j'en mettrais ma main au feu, conclut-il d'un air sombre.

— Allons, sir George, vous n'allez pas recommencer avec les communistes, sourit Mrs Legge. Je vous accompagne pour aller affronter ces femelles enragées.

Elle le précéda vers la porte-fenêtre et se retourna sur le seuil :

— Venez aussi, Jim ! Venez donc vous faire écharper pour une juste cause !

— D'accord. Mais je voudrais expliquer cette Course à l'Assassin à M. Poirot, puisque c'est lui qui doit remettre les prix.

— Vous pourrez le faire un peu plus tard.

— Je vous attendrai ici, promit aimablement Poirot.

Dans le silence qui suivit ce départ, Alec Legge s'étira en soupirant au fond de son fauteuil :

— Ah ! les femmes... On dirait toujours une ruche en folie...

Il tourna la tête pour regarder par la porte-fenêtre :

— Et tout ça pour quoi ? Pour une kermesse champêtre dont tout le monde se fiche éperdument.

— Il y en a manifestement quelques-uns, objecta Hercule Poirot, qui n'ont pas l'air de s'en ficher le moins du monde.

— Pourquoi les gens n'ont-ils pas un peu de *jugeote* ? Pourquoi ne *réfléchissent*-ils pas ? Voyez dans quel état est le monde. Personne ne comprend-il donc que l'humanité court à sa perte, et qu'elle le sait, et qu'elle fait tout pour y arriver ?

Estimant à juste titre que nul n'attendait de lui une réponse à cette grave question, Poirot se contenta de secouer la tête d'un air dubitatif.

— À moins que nous ne nous prenions par la main avant qu'il ne soit trop tard... continua Alec Legge.

Un éclair de colère brilla dans son regard :

— Oh ! je sais... Je sais très bien ce que vous vous dites en ce moment même. Que je suis un agité, un névrosé, et Dieu sait quoi encore. Comme ces fichus médecins qui m'ont prescrit du repos et un changement d'air. Ce qui fait que nous sommes venus ici, Sally et moi, et que nous avons loué Mill Cottage pour trois mois, et que j'ai pêché, et que j'ai nagé, et que j'ai marché, et que j'ai pris des bains de soleil...

— J'ai effectivement remarqué que vous aviez des couleurs, dit poliment Poirot.

— Ça ?

Alec porta une main à son visage enflammé :

— Vous voyez là les effets d'un bel été anglais — une fois n'est pas coutume. Mais *à quoi bon* tout ça ? Ce n'est pas en prenant ses jambes à son cou qu'on échappe à la réalité.

— Non, il n'est jamais bon de fuir, approuva Poirot.
— D'autant que vivre dans une ambiance campagnarde comme celle-ci ne fait que vous rendre plus sensible à la gravité des problèmes — et à l'invraisemblable apathie de nos compatriotes ! Même Sally, qui a pourtant oublié d'être stupide, donne aussi dans le panneau. Pourquoi s'en faire ? Voilà ce qu'elle clame à tous les échos. C'est à vous rendre dingue ! Pourquoi s'en faire ?
— Surtout ne voyez rien là que l'intérêt que je vous porte... mais vous-même, au juste, pourquoi vous en faites-vous ?
— Seigneur ! Vous aussi ?
— Non. Ne prenez pas cela comme un conseil. Je suis seulement curieux de connaître votre réponse à cette question.
— Vous ne voyez pas qu'il faudra bien un jour que quelqu'un se décide à prendre le taureau par les cornes ?
— Et vous seriez ce quelqu'un ?
— Non, non. Pas moi personnellement. On ne peut plus, par les temps qui courent, raisonner en termes d'individu.
— Je ne vois pas pourquoi. Même « par les temps qui courent », un individu reste un individu.
— C'est justement ce qu'il ne faudrait pas ! En période de crise, lorsqu'il s'agit de vie ou de mort, chacun doit oublier ses petits soucis et ses petites misères.
— Je vous assure que vous vous trompez du tout au tout. Pendant la dernière guerre, alors que les bombes tombaient autour de moi, j'étais moins préoccupé par l'idée de ma mort prochaine que par la douleur lancinante que me causait un cor incrusté dans mon orteil

gauche. J'en étais, d'ailleurs, le premier étonné. « Allons, me répétais-je, la mort peut survenir à tout instant. » Mais je sentais avant tout ce cor au pied, et j'étais outré d'avoir à subir cette douleur à la minute même où je craignais de mourir. Or, c'était précisément *parce que* je risquais de mourir que les moindres détails de mon existence prenaient soudain de l'importance. Une autre fois, j'ai vu une femme dont la jambe avait été brisée dans un accident de la circulation éclater en sanglots parce que son bas avait filé.

— Ce qui prouve bien, n'est-ce pas, à quel point les femmes sont idiotes !

— Non. Cela vous montre tout simplement comment sont les gens. C'est, peut-être, cette capacité de chacun à s'absorber en lui-même et en sa propre existence qui a permis à la race humaine de survivre.

Alec Legge éclata d'un rire méprisant :

— Je me dis parfois que c'est vraiment dommage !

— C'est qu'il s'agit, voyez-vous, d'une forme d'humilité, poursuivit Poirot. Et l'humilité a sa valeur. Je n'ai pas oublié la phrase qu'on lisait, pendant la guerre, dans les couloirs du métro : « Tout dépend de *vous*. » Je ne sais quel éminent prédicateur en était l'auteur, mais j'y ai toujours vu l'expression d'une doctrine dangereuse. Car ce n'est pas *vrai*. Tout ne dépend *pas* de Mme Tartempion de Trifouillis-les-Oies. Et si elle vient à le penser, elle n'en retirera rien de bon. Car pendant qu'elle s'interrogera sur le rôle qu'elle peut jouer dans les affaires de la planète, son gamin se renversera la casserole d'eau bouillante sur la tête.

— Les idées que vous professez me semblent assez démodées. Quelle serait donc votre devise ?

— Je n'ai nul besoin de m'en forger. Il en est une, très ancienne et bien de chez vous, qui me convient tout à fait.

— Laquelle ?

— « Aie confiance en Dieu et garde ta poudre au sec. »

— Tiens, tiens !

Alec Legge parut amusé :

— Venant de vous, voilà qui ne manque pas de sel. Savez-vous ce que je voudrais qu'on fasse dans ce pays ?

— Quelque chose de violent et de désagréable, je parie, dit Poirot en souriant.

Alec Legge ne se dérida pas :

— Je voudrais qu'on fasse disparaître tous les faibles d'esprit — qu'on s'en débarrasse ! Qu'on les empêche de se reproduire ! Supposez que, pendant une génération, seuls les gens intelligents aient le droit de procréer, et imaginez le résultat.

— Une forte augmentation de la population des hôpitaux psychiatriques, sans doute, ironisa Poirot. Une plante a besoin de racines aussi bien que de fleurs, Mr Legge. Aussi grandes et aussi belles que soient les fleurs, si les racines qui plongent dans la terre sont détruites, il n'y aura plus de fleurs.

Il ajouta, sur le ton de la conversation :

— Enverriez-vous lady Stubbs à la chambre à gaz ?

— Sans la moindre hésitation. À quoi sert une femme comme ça ? Quel service a-t-elle jamais rendu à la société ? A-t-elle, un seul jour, pensé à autre chose qu'à ses toilettes, à ses bijoux et à ses fourrures ? À quoi sert-elle, je vous le demande ?

— Nous sommes certainement, vous et moi, beaucoup plus intelligents que lady Stubbs, déclara Poirot d'un ton égal. Mais, hélas...

Il secoua tristement la tête :

— Mais, hélas ! il saute aux yeux que nous sommes infiniment moins décoratifs.

— Décoratifs... commença Alec avec un ricanement féroce.

Mais il fut empêché de discourir plus avant car Mrs Oliver et le capitaine Warburton revenaient dans la pièce par la porte-fenêtre.

4

— Il faut que vous veniez voir les indices et tout ce que nous avons préparé pour la Course à l'Assassin, monsieur Poirot ! haleta Mrs Oliver, tout essoufflée.

Poirot se leva et les suivit docilement.

Tous trois traversèrent le hall pour pénétrer dans un petit bureau.

— À votre gauche, les armes léthifères ! annonça le capitaine Warburton en désignant du doigt une petite table à jeu recouverte d'un tapis vert.

On y voyait un petit pistolet, un tuyau de plomb sinistrement taché de rouille, un flacon bleu étiqueté POISON, une corde à linge et une seringue hypodermique.

— Vous avez donc là les Armes, expliqua Mrs Oliver, et voici maintenant les Suspects.

Elle lui tendit une petite fiche sur laquelle était dactylographiée une liste de noms qu'il lut avec intérêt.

Suspects :

Estelle Glynne — une belle et mystérieuse jeune femme invitée du

Colonel Blunt — le Châtelain, dont la fille

Joan — est l'épouse de

Peter Gaye — un jeune Savant atomiste.

Miss Willing — une gouvernante.

Quiett — un maître d'hôtel.

Maya Stavisky — une jeune touriste.

Esteban Loyola — un invité de dernière minute.

Poirot cligna des paupières et regarda Mrs Oliver non sans un certain égarement.

— Très belle distribution de personnages, la félicita-t-il poliment. Mais permettez-moi de vous demander, très chère madame... ce que doivent faire les concurrents ?

— Retournez la fiche, conseilla le capitaine Warburton.

Poirot s'exécuta et lut :

Nom et adresse : ....

Solution : ....

Nom de l'Assassin : ....

Arme utilisée : ....

Mobile : ....

Lieu et heure : ....

Les raisons qui vous ont amené à vos conclusions :....

....

— Tous les concurrents vont se voir remettre cette fiche, expliqua le capitaine Warburton. Ainsi qu'un calepin et un crayon pour noter les indices. Il y aura six indices. On ira de l'un à l'autre comme dans une Course au Trésor, et les armes seront cachées en différents endroits aussi stratégiques que suspects. Voici le premier indice : une photographie. Chaque concurrent entrera en lice avec un exemplaire de ce cliché.

Poirot prit le cliché en question et l'étudia en fronçant les sourcils. Puis il le tourna la tête en bas. Le voyant toujours aussi perplexe, Warburton, éclata d'un bon gros rire satisfait :

— Ingénieux artifice photographique, pas vrai ? Mais c'est simple comme bonjour une fois qu'on sait ce que c'est.

Poirot, qui ne comprenait toujours pas, sentait l'impatience le gagner.

— Une fenêtre avec ses barreaux ? demanda-t-il à tout hasard.

— On pourrait le croire, c'est vrai. Non, c'est un détail d'un filet de tennis.

— Ah !

Poirot se pencha sur le cliché :

— Oui, comme vous le dites si bien : c'est simple comme bonjour une fois qu'on sait ce dont il s'agit.

— Tout dépend du regard que l'on pose sur les choses, dit Warburton en s'esclaffant.

— Que voilà une vérité profonde !

— Le deuxième indice se trouvera dans une boîte, sous le filet de tennis : c'est cette fiole de poison vide — là, avec le bouchon de liège.

— Seulement il me faut vous préciser, intervint Mrs Oliver, qu'il s'agit là d'un flacon doté d'une fermeture *à vis*, et que c'est donc le *bouchon de liège* qui constitue l'indice.

— Je suis toujours prêt à saluer, madame, votre ingéniosité, mais je crains de ne pas très bien saisir...

Mrs Oliver l'interrompit :

— Oh ! il y a, bien évidemment, un « résumé des chapitres précédents »... Comme dans les feuilletons.

Elle se tourna vers le capitaine :

— Vous avez les fascicules ?

— L'imprimeur ne les a pas encore livrés.

— Mais il avait *promis* !

— Je sais. Je sais. Tout le monde promet. Ils doivent être prêts à 6 heures. J'irai moi-même les chercher avec la voiture.

— Ah ! vous me rassurez...

Mrs Oliver poussa un profond soupir et se tourna vers Poirot :

— Bon, eh bien, il va donc falloir que je vous explique tout ça de vive voix. Le problème, c'est que je ne suis pas très douée pour l'oral. Quand je couche une histoire sur le papier, ça vient tout seul, c'est clair comme de l'eau de roche, mais quand je la raconte, ça se transforme en bouillie pour les chats. C'est d'ailleurs pour ça que je ne discute jamais de mes intrigues avec qui que ce soit. J'ai appris à m'en abstenir parce que, si par hasard je m'y risque, les gens me regardent avec des yeux ronds et balbutient : « Euh... hum !... oui, seulement voilà... je n'ai rien compris à l'action... et ce qu'il y a de sûr, c'est que ça ne pourra jamais faire un livre. » Avouez qu'on aurait le moral sapé à moins. Et que c'est *archifaux*, parce que quand je l'écris, ça se tient !

Mrs Oliver se tut, le temps de reprendre son souffle avant de poursuivre :

— Bref, voici de quoi il retourne. Vous avez d'un côté Peter Gaye, le Jeune Savant atomiste, qui d'ailleurs est soupçonné d'être à la solde des communistes, et il a pour épouse cette Joan Blunt, et sa première femme est morte, mais en fait elle n'est pas morte, et elle réapparaît car elle est elle-même agent secret, ou peut-être pas, je veux dire qu'il se pourrait aussi qu'elle ne soit au bout du compte qu'une simple touriste... et l'épouse a une aventure, et cet homme, Loyola, finit par se lier avec May, à moins qu'il ne soit là pour l'espionner, et il y a une lettre de chantage qui pourrait bien être de la gouvernante, à moins qu'elle n'émane du maître d'hôtel, et le revolver a disparu, et comme vous ne savez pas à qui était adressée la lettre de chantage et que la seringue hypodermique est tombée de la poche d'on ne sait qui au cours du dîner avant de se volatiliser...

Jaugeant l'effet produit sur Poirot, Mrs Oliver s'interrompit tout net.

— Je sais, fit-elle, compatissante. Ça a l'air d'un embrouillamini impossible, mais ça ne l'est pas — pas dans ma tête, en tout cas — et quand vous lirez le synopsis que nous avons fait imprimer, vous trouverez ça limpide.

» Et de toute façon, conclut-elle, l'histoire n'a pas beaucoup d'importance, n'est-ce pas ? Pour *vous*, j'entends. Tout ce que vous aurez à faire, c'est remettre les prix — de très beaux prix, entre nous : le premier est un étui à cigarettes en argent et en forme de revolver — et féliciter le gagnant pour son extraordinaire perspicacité.

Poirot se dit *in petto* qu'il faudrait effectivement au lauréat une perspicacité peu commune. Il se demandait même s'il y en aurait un. L'intrigue et le déroulement de cette Course à l'Assassin, lui semblaient baigner dans un brouillard impénétrable.

— Bon, dit gaiement le capitaine Warburton en consultant sa montre, je ferais bien d'aller prendre livraison de ces fascicules.

Mrs Oliver poussa un gémissement :

— S'ils n'étaient pas prêts...

— Mais si, ils sont prêts. J'ai téléphoné. À tout à l'heure.

Il quitta la pièce.

Mrs Oliver saisit aussitôt le bras d'Hercule Poirot pour lui demander dans un chuchotement rauque :

— Alors ?

— Alors... quoi ?

— Avez-vous remarqué quelque chose ? Repéré un individu suspect ?

— Je ne vois rien ici que de très normal, répondit Poirot, un léger reproche dans la voix.

— Normal ?

— Le mot est peut-être mal choisi. Lady Stubbs, comme vous le disiez vous-même, se situe très en dessous du niveau de normalité. Quant à Mr Legge, il a déjà fait sauter le couvercle de la marmite.

— Oh ! lui, il se porte comme un charme... il souffre de dépression nerveuse, c'est tout, grommela Mrs Oliver, vaguement agacée.

Poirot s'abstint de relever l'aspect quelque peu contradictoire de cette réflexion :

— Tout le monde semble énervé, excité, fatigué par

les préparatifs, comme toujours à la veille de ce genre de fête. Si vous pouviez simplement m'indiquer...

— Chut !

Mrs Oliver lui réempoigna le bras :

— Quelqu'un vient !

On était en plein mélodrame, et Poirot sentait croître son irritation.

La porte s'ouvrit sur le visage serein de miss Brewis :

— Ah ! vous voici enfin, monsieur Poirot. Je vous cherchais pour vous montrer votre chambre.

Elle le précéda dans l'escalier, puis le long d'un corridor jusqu'à une chambre vaste et claire donnant sur le fleuve.

— Vous avez une salle de bains de l'autre côté du corridor. Sir George parle d'en installer d'autres, mais je crains que les proportions des chambres n'en souffrent. J'espère que vous trouverez tout à votre convenance.

— Je n'en doute pas un instant, affirma Poirot en promenant un regard appréciateur sur la petite étagère à livres, la lampe de lecture et la boîte de biscuits posée sur la table de chevet. J'ai l'impression que l'organisation de cette maison est réglée à la perfection. Est-ce vous que je dois en féliciter, ou ma ravissante hôtesse ?

— Être ravissante constitue pour lady Stubbs une occupation à plein temps, rétorqua miss Brewis, une note d'aigreur dans la voix.

— C'est une jeune femme extrêmement décorative, murmura Poirot, rêveur.

— Comme vous dites.

— Mais pour le reste, elle n'est pas...

Il s'interrompit :

— Pardonnez-moi. Je suis indiscret. J'émets des

commentaires sur un sujet que j'aurais sans doute été mieux avisé de ne pas aborder.

Miss Brewis le regarda bien en face et décréta sèchement :

— Lady Stubbs sait parfaitement ce qu'elle fait. Non contente d'être, comme vous le dites, une jeune femme extrêmement décorative, elle est aussi très maligne.

Déjà, elle quittait la pièce, laissant Poirot à sa surprise. Telle était donc l'opinion de la très compétente miss Brewis ? Avait-elle une raison particulière de parler ainsi ? Et pourquoi s'était-elle laissée aller devant lui, un nouveau venu ? Parce que, peut-être, il était un nouveau venu. Et, de surcroît, un étranger. Poirot savait d'expérience que les Anglais, souvent, considèrent que ce qui est dit à un étranger ne compte pas !

Il fronçait les sourcils, perplexe, en fixant sans la voir la porte par où était sortie miss Brewis. Puis il s'approcha de la fenêtre pour regarder au-dehors. Lady Stubbs apparut, venant de la maison en compagnie de Mrs Folliat, et les deux femmes s'arrêtèrent pour discuter sous le grand magnolia. Mrs Folliat prit congé d'un hochement de tête et s'éloigna dans l'allée après avoir récupéré son panier et ses gants de jardinage. Lady Stubbs la suivit des yeux un instant, cueillit d'un geste machinal une fleur de magnolia, l'approcha de ses narines et descendit à pas lents vers le sentier qui s'enfonçait dans le bois pour rejoindre le fleuve. Elle se retourna une seule fois pour jeter un coup d'œil par-dessus son épaule. Michael Weyman, qui était resté jusque-là dissimulé derrière le magnolia, apparut à son tour, hésita une seconde, puis suivit la jeune femme dont la longue silhouette venait de disparaître sous le couvert des arbres.

« Joli garçon, et plein d'allant, songea Poirot. Plus séduisant, sans doute aucun, que sir George Stubbs... »

Et après ? Ne s'agissait-il pas là d'une combinaison classique et vieille comme le monde ? Le riche époux entre deux âges, la jeune et belle épouse, le fringant jeune premier. Fallait-il pour autant que Mrs Oliver lui lance cet appel pressant par téléphone ? Mrs Oliver avait, certes, une imagination fertile, mais enfin tout de même...

— Tout de même, murmura pour lui-même Hercule Poirot, je ne suis pas conseiller ès-adultère — ou ès-futur adultère.

Se pouvait-il qu'il y ait quelque chose de vrai dans les funestes prémonitions de Mrs Oliver ? Mrs Oliver avait un esprit extraordinairement confus, et il ne s'était jamais expliqué par quel prodige elle parvenait à écrire des romans policiers fondés sur des intrigues cohérentes. Et pourtant, elle l'avait plus d'une fois surpris par ses soudaines intuitions.

« Il reste très peu de temps, très peu, songea-t-il. Y a-t-il, oui ou non, quelque chose de louche comme le prétend Mrs Oliver ? Je suis tenté de le croire. Mais quoi ? Qui pourrait m'éclairer ? J'ai besoin d'en savoir plus, beaucoup plus sur les gens qui vivent ici. Auprès de qui me renseigner ? »

Ayant réfléchi un instant, il prit son chapeau (Hercule Poirot ne se risquait jamais nu-tête dans la fraîcheur du soir), sortit de sa chambre et dévala l'escalier en toute hâte. On entendait à quelque distance la grosse voix autoritaire de Mrs Masterton en train de distribuer des ordres. Plus près, celle de sir George exprimait des préoccupations nettement plus badines :

— C'est fou ce que ce côté femme voilée vous va bien ! Je donnerais gros pour vous avoir dans mon harem, Sally. Demain, vous pouvez compter sur moi pour venir me faire dire mon avenir, et plutôt cent fois qu'une ! Et ce sera quoi, votre verdict ? Hein ?

Il y eut un bruit d'étoffe froissée, puis la voix de Sally Legge s'éleva, quelque peu haletante :

— George... Il ne faut pas...

Poirot haussa les sourcils et s'éclipsa par une porte latérale. Puis il fila à grandes enjambées sur un sentier par lequel il espérait rejoindre la grande allée.

Sa manœuvre ayant réussi, il rattrapa — un tantinet essoufflé — Mrs Folliat, et lui prit galamment son panier des mains :

— Vous permettez, madame ?

— Oh ! merci, monsieur Poirot. Vous êtes trop aimable. Mais ce n'est vraiment pas lourd.

— Laissez-moi le porter jusque chez vous. Vous habitez près d'ici ?

— J'occupe le pavillon de garde, à côté du portail. Sir George a bien voulu me le louer.

« Le pavillon du gardien de son ancienne propriété... Comment ressentait-elle *cela* ? » se demanda Poirot. Mais elle laissait si peu paraître de ses sentiments qu'il n'en avait pas la moindre idée. Il changea de sujet :

— Lady Stubbs est beaucoup plus jeune que son mari, n'est-ce pas ?

— Elle a vingt-trois ans de moins que lui.

— Si l'on s'en tient au seul point de vue physique, elle est très séduisante.

— Hattie est une délicieuse enfant, rectifia Mrs Folliat d'un ton calme.

Ce n'était pas la réponse à laquelle il s'attendait.

— Je la connais bien, vous savez, poursuivit Mrs Folliat. Elle a été confiée à ma charge, pendant un certain temps.

— Je ne savais pas cela.

— Comment l'auriez-vous su ? C'est une histoire assez triste. Sa famille possédait des propriétés, des plantations de canne à sucre, aux Antilles. À la suite d'un tremblement de terre, leur maison a brûlé et les parents de Hattie, ainsi que ses frères et ses sœurs, ont péri dans la catastrophe. Hattie, qui était alors pensionnaire dans un couvent, à Paris, s'est retrouvée pratiquement seule au monde. Ses tuteurs ont estimé qu'après être restée toutes ces années à l'étranger, il serait grand temps qu'elle soit chaperonnée et fasse son entrée dans la bonne société. J'ai donc accepté de m'occuper d'elle.

Et Mrs Folliat d'ajouter avec un sourire :

— Je suis capable de me mettre sur mon trente et un quand c'est nécessaire, et j'avais, naturellement, les relations qu'il fallait — il se trouvait que le gouverneur de la colonie, décédé depuis, avait été un ami de mon mari.

— Je comprends, chère madame.

— Et puis, cela m'arrangeait, car je traversais une période de difficultés. Mon mari était mort à la veille de la guerre. Mon fils aîné, engagé dans la marine, avait disparu dans le naufrage de son bâtiment ; son frère, qui était revenu du Kenya pour combattre comme engagé volontaire, avait été tué en Italie. Dans l'impossibilité de payer trois fois les droits de succession, j'avais dû me résoudre à mettre cette maison en vente. J'ai donc été contente de l'occasion qui m'était offerte de m'occuper d'une jeune fille et de voyager avec elle. Je me suis prise d'une véritable affection pour Hattie, peut-être parce que je me suis vite rendu compte qu'elle n'était pas — avouons-le — tout à fait capable de se prendre en charge. Comprenez-moi bien, monsieur Poirot, Hattie n'est *pas* une débile mentale, mais elle est, comme on dit à la campagne, un peu « simplette ». Elle se laisse facilement dominer, car elle est d'un caractère docile et influençable. J'estime que le fait d'être privée de fortune fut pour elle une bénédiction, car sa position, si elle avait été une héritière, eût été infiniment plus difficile. Elle plaisait aux hommes, et sa nature affectueuse et soumise faisait d'elle une proie facile. Bref, il fallait absolument veiller sur elle. Quand, après la liquidation de la propriété de ses parents, j'ai appris que la plantation était détruite et qu'il restait plus de dettes que de biens, je me suis réjouie qu'un homme comme sir George Stubbs soit tombé amoureux d'elle et désire l'épouser.

— C'était, effectivement, une solution.

— Sir George, continua Mrs Folliat, est un homme parti de rien et, disons-le, assez vulgaire. Mais c'est par ailleurs un être d'une grande bonté, d'une honnêteté foncière, et de plus extrêmement riche. Je ne pense pas qu'il attende de son épouse une complicité intellectuelle, et c'est très bien ainsi. Hattie lui apporte ce qu'il désire. Elle porte à ravir les toilettes et les bijoux, elle est affectueuse, pleine de bonne volonté, et se trouve très heureuse avec lui. J'avoue que j'en suis moi-même ravie, puisque j'ai fait tout ce que j'ai pu pour la convaincre d'accepter cette union. Si les choses avaient mal tourné, ajouta la vieille dame avec un léger tremblement dans la voix, je me serais reproché de l'avoir poussée dans les bras d'un homme tellement plus âgé qu'elle. Car, comme je vous le disais, Hattie est un être influençable. Elle obéit à ce qu'on lui dit.

— Il me semble, dit Poirot, que vous avez agi avec beaucoup de sagesse. Je ne suis pas aussi romanesque que les Anglais. Pour moi, l'aspect sentimental n'est pas déterminant dans la réussite d'un mariage.

Et il enchaîna :

— Quant à cette propriété, Nasse House, je la trouve absolument magnifique. C'est une sorte de paradis.

— Puisqu'il fallait que Nasse soit vendue, reprit Mrs Folliat — et sa voix trembla de nouveau —, je me réjouis que sir George l'ait achetée. La maison a été réquisitionnée par l'armée pendant la guerre, et quelqu'un d'autre aurait pu se l'approprier, ensuite, pour en faire un hôtel ou un pensionnat. On aurait divisé les pièces, elles auraient perdu les proportions qui font leur beauté, on aurait tout abîmé. Nos voisins les Fletcher, à Hoodown, ont été obligés de vendre, et leur maison abrite maintenant une Auberge de Jeunesse. Certes, il faut que les jeunes puissent profiter de leurs loisirs — et Hoodown, d'ailleurs, qui fut construit à la fin de l'époque victorienne, ne présentait pas le même intérêt architectural. Mais tous ces jeunes gens ont tendance à s'égarer sur nos terres, ce qui met sir George en fureur. Ils ont déjà endommagé des arbustes appartenant à des espèces rares en cherchant un raccourci pour aller prendre le bac qui traverse le fleuve.

Ils étaient maintenant devant le portail d'entrée. La maison du gardien, petit pavillon blanc à un étage entouré d'un jardinet, était construite un peu en retrait de la grande allée.

Mrs Folliat reprit son panier des mains de Poirot.

— J'ai toujours beaucoup aimé cette petite maison, dit-elle. Merdell, notre chef jardinier, y habitait. Je la préfère au cottage qui a été agrandi et modernisé par sir George. Mais c'était nécessaire : nous avons maintenant un jeune jardinier marié depuis peu, et les jeunes femmes d'aujourd'hui veulent des fers à repasser électriques, des cuisinières modernes, la télévision... Il faut vivre avec son temps, soupira-t-elle. Presque tous ceux que j'ai connus ici, jadis, ont disparu. Je ne vois que des visages nouveaux...

— En tout cas, il est heureux, madame, que vous ayez trouvé un refuge, dit Poirot.

— Connaissez-vous ces vers de Spencer ? *« Le sommeil après le labeur, le havre après la tempête, le repos après la guerre, la mort après la vie sont pour nous autant de bienfaits... »*

Elle se tut un instant avant de poursuivre, sans changer de ton :

— Ce monde où nous vivons est mauvais, monsieur Poirot. Et il est peuplé de gens malfaisants. Vous le savez sans doute aussi bien que moi. Ce ne sont pas là des propos que j'irais tenir devant des jeunes gens, car je craindrais de les décourager. Mais ce n'est que trop vrai... Oh ! oui, ce monde est irrémédiablement mauvais...

Elle le salua d'un léger signe de tête, tourna les talons et s'engouffra dans la maison. Poirot, immobile, regarda la porte se refermer sur elle.

5

Poussé par son désir d'exploration, Poirot franchit le portail et s'engagea sur le chemin qui descendait en serpentant vers le fleuve jusqu'à un petit quai. Une grosse cloche munie d'une chaîne était flanquée d'un écriteau : *Pour le bac, sonnez.* Quelques embarcations étaient amarrées le long du quai. Un vieillard aux yeux chassieux, assis, dos appuyé à une bitte d'amarrage, se leva à son approche et vint vers lui en traînant les pieds :

— Ça serait-y qu'vous voulez l'bac, m'sieur ?

— Merci, non. Je me promène, tout bonnement — je suis descendu de Nasse.

— C'est là-haut à Nasse qu'vous restez ? J'y ai travaillé quand j'étais gamin, savez-vous ! Et mon fils aussi, vu qu'il était chef jardinier au château. Moi, c'était des bateaux que j'm'occupais. Le vieux Folliat, le châtelain de l'époque, il aimait ça, les bateaux. Fallait qu'il navigue, et par tous les temps ! Mais le major, son fils, il s'en fichait bien, des bateaux. Tout ce qui l'intéressait, lui, c'était les chevaux. Faut voir c'que ça lui a coûté ! Ça, et la bouteille pour sûr ! L'en a bavé, avec lui, sa femme. L'avez peut-être rencontrée, déjà, vu que c't'ici qu'elle habite — dans la maison du garde.

— Oui, je viens justement de l'y raccompagner.

— C'est une Folliat, elle aussi — cousine au second degré par la branche de Tiverton. Et y en a pas deux comme elle pour ce qu'est du jardinage. Tous les arbustes à fleurs qui sont ici, c'est elle qui les a plantés. Même pendant la guerre, quand c'est qu'la maison elle était occupée et qu'les deux jeunes messieurs étaient z'au front, elle a continué à s'échiner dans le jardin.

— Cela a dû être dur pour elle — ses deux fils tués...

— C'est toute sa vie qu'a été dure ! Son mari, ses fils... rien que des ennuis, qu'ils lui ont faits. Pas Mr Henry, non. C'était le gentil gars, lui, il tenait de son grand-père, il aimait les bateaux et c'est comme ça qu'il s'est engagé dans la marine, d'ailleurs. Mais Mr James, par contre, il lui a fait tout un tas d'ennuis. Des dettes, des histoires de femmes... une forte tête, celui-là. L'était de ceux qui naissent comme ça, voyez-vous, pas capables de marcher droit. La guerre, ç'a été sa chance, si on peut dire. Savait pas se tenir en temps de paix, mais à la guerre, l'est mort en héros — y en a des comme ça, voyez-vous.

— Si bien que désormais, dit Poirot, il n'y a plus aucun Folliat à Nasse.

Le flot de paroles du vieux tarit tout net :

— Vous l'avez dit, m'sieur.

Poirot le regardait, intrigué :

— Et à leur place, vous avez sir George Stubbs. Qu'est-ce qu'on pense de lui, dans le coin ?

— Bah ! dit le vieux, pour sûr qu'il a des sous !

Il y avait comme une note moqueuse derrière ce soudain laconisme.

— Et sa femme ?

— Ah ! ça... pour sûr qu'elle est pas vilaine à r'garder ! Une belle dame de Londres. Mais c'est pas les jardins qui l'intéressent, elle.

Et d'ajouter, un doigt sur la tempe :

— Lui manque une case, à c'qu'on dit. Mais c'est pas ça qui l'empêche d'être toujours bien aimable et tout, voyez-vous. Ça fait tout juste un an qu'ils sont ici. Z'avaient à peine acheté qu'ils ont tout refait faire à neuf. J'm'en rappelle comme si qu'c'était d'hier. Sont arrivés un soir, juste après la plus méchante tempête qu'on avait jamais vue par ici. Des arbres arrachés, partout. Même qu'y en avait un d'couché en travers d'l'allée, et qu'il a fallu se dépêcher d'le débiter pour laisser passer la voiture. Et le grand chêne là-bas, qu'était tombé en écrabouillant tous les autres autour de lui...

— Ah ! oui, là qu'on a construit cette Folie, depuis ?

Le vieux tourna la tête pour cracher d'un air dégoûté :

— Folie qu'ça s'appelle, et Folie qu'c'est... — encore une de ces inventions modernes qu'ont point l'sens commun. Y avait jamais eu d'Folie du temps aux Folliat. C'est bien une idée à Sa Seigneurie, c'te Folie, pour sûr, ça peut être que d'elle. Z'étaient pas là depuis trois semaines quand c'est qu'ils l'ont plantée là, et j'suis bien sûr qu'c'est elle qu'avait demandé ça à sir George. C'est bien idiot d'allure, c't'espèce de temple de sauvages en plein milieu des arbres ! Pourquoi pas un joli salon d'été genre rustique, avec des vitraux ? *Ça*, je dirais pas non !

Poirot sourit discrètement :

— Ces dames de Londres, il faut bien leur pardonner quelques petites fantaisies. Dommage, tout de même, que le temps des Folliat soit passé.

— Croyez pas ça, m'sieur !

Le vieil homme eut un petit rire asthmatique :

— Des Folliat, il y en aura toujours à Nasse House.

— Mais la maison appartient désormais à sir George.

— P't'être ben qu'oui, p't'être ben qu'oui... mais reste encore une Folliat. Ah ! c'est qu'c'est quelqu'un... et qu'y sont malins, voyez-vous, ces Folliat !

— Que voulez-vous dire ?

Le vieux lui lança un regard en coin :

— Mrs Folliat, elle habite bien ce pavillon, hein ?

— Oui, dit lentement Poirot. Mrs Folliat habite le pavillon de garde, et nous vivons dans un monde mauvais, peuplé de gens malfaisants.

Le vieil homme le regarda fixement.

— Hé ! hé ! glousse-t-il. P't'être ben qu'vous seriez pas loin du compte, ma foi.

Puis il s'éloigna de son pas traînant.

« Pas loin du compte, mais où donc ? » se demanda Poirot en reprenant lentement le chemin de la maison.

Hercule Poirot se livra à une toilette méticuleuse, appliqua une pommade parfumée sur ses moustaches et les tordit en pointes aiguës d'aspect exceptionnellement féroce. Puis il fit un pas en arrière pour se regarder dans le miroir et se déclara satisfait du résultat de ses efforts.

Comme des coups de gong résonnaient à travers la maison, il descendit de sa chambre.

Le maître d'hôtel, qui venait d'exécuter un véritable morceau d'anthologie — *crescendo, forte, diminuendo, rallentendo* —, raccrochait tout juste sa baguette à tampon. Un certain contentement se lisait sur ses traits habituellement empreints de la plus sombre mélancolie.

« Une lettre de chantage qui pourrait bien être de la gouvernante — à moins qu'elle n'émane du maître d'hôtel... » se remémora Poirot. Ce maître d'hôtel avait une tête à faire des lettres de chantage son pain quotidien. Poirot se demanda si Mrs Oliver inventait ses personnages ou si elle les trouvait dans la vie courante.

Miss Brewis traversait le hall, engoncée dans une robe

à fleurs qui lui allait comme des bretelles à un lapin. Poirot s'en fut à sa rencontre :

— Vous avez une gouvernante, ici ?

— Oh ! non, monsieur Poirot. C'est un luxe qu'on ne se permet plus guère, de nos jours, sauf dans les très, très grandes maisons. Oh ! non. C'est moi qui suis ici la gouvernante — et ce parfois bien davantage que la secrétaire.

Elle laissa fuser un petit rire chargé d'aigreur.

— Ainsi c'est donc vous la gouvernante... marmonna Poirot en la considérant d'un air pensif.

Il ne parvenait pas à imaginer miss Brewis en train de rédiger une lettre de chantage. En revanche, une lettre anonyme... ça, c'était déjà une autre paire de manches. Il avait déjà vu s'y commettre des femmes du genre de miss Brewis — des femmes solides, inspirant la confiance, absolument insoupçonnables aux yeux de leur entourage.

— Comment s'appelle votre maître d'hôtel ? interrogea-t-il.

— Henden.

Miss Brewis paraissait légèrement surprise. Poirot se hâta d'ajouter :

— Si je vous ai posé cette question, c'est qu'il m'a semblé l'avoir déjà vu quelque part.

— Il y a de grandes chances, concéda miss Brewis. Aucun de ces gens-là ne semble capable de rester plus de trois mois sous le même toit. Ils ont donc vite fait le tour de toutes les maisons susceptibles de les employer. D'autant qu'il n'y a plus grand monde, de nos jours, qui ait les moyens de s'offrir des cuisiniers et des maîtres d'hôtel.

Ils pénétrèrent ensemble dans le salon où sir George, l'air quelque peu emprunté dans son smoking, offrait du sherry à la ronde. Mrs Oliver, dans sa robe de satin gris fer, faisait penser à quelque cuirassé de la dernière guerre. Quant à la brune lady Stubbs, on n'apercevait d'elle que sa nuque délicate, penchée qu'elle était sur un numéro de *Vogue*.

Alec et Sally Legge étaient conviés au dîner, ainsi que Jim Warburton.

— Nous allons avoir une soirée chargée, les prévint-il. Pas question de bridge aujourd'hui. Tout le monde sur le pont ! Il y a une quantité de programmes à calligraphier, et il faut rédiger un écriteau pour la tente de la Diseuse de Bonne Aventure. Comment l'appellerons-nous ? Madame Zuleika ? Esmeralda ? Ou encore, Romany Leigh, la Reine des Gitans ?

— Dans ces campagnes, tout le monde déteste les Gitans, dit Sally. Mieux vaut quelque chose qui sonne oriental. Zuleika me semble parfait. J'ai apporté ma boîte à peinture, et je comptais sur Michael pour nous dessiner un beau serpent enroulé autour du nom de la pythonisse.

— Ce serait plutôt Cléopâtre que Zuleika, en ce cas ?

La tête de Henden apparut dans l'encadrement de la porte :

— Madame est servie.

Ils passèrent dans la salle à manger. Des bougies éclairaient la longue table. Le reste de la pièce demeurait plongé dans la pénombre.

Warburton et Alec Legge étaient assis de part et d'autre de la maîtresse de maison. Poirot se trouvait entre Mrs Oliver et miss Brewis. Celle-ci poursuivait une conversation animée à propos des préparatifs de la kermesse.

Mrs Oliver semblait plongée dans ses pensées et ne soufflait mot.

Quand elle sortit enfin de son mutisme, ce fut pour s'excuser.

— Ne vous inquiétez pas pour moi, dit-elle à Poirot. Je cherche ce que j'aurais bien pu oublier.

Sir George partit d'un grand rire :

— La fatale erreur qui flanque tout par terre, hein ?

— Exactement, dit Mrs Oliver. Il y en a toujours une. On ne s'en avise parfois que lorsque le livre est déjà sous presse. Alors, ça, c'est l'*horreur* !

Son émotion se lisait sur son visage. Elle soupira :

— Le plus étonnant, c'est que la plupart des lecteurs ne s'en aperçoivent jamais. Je me dis : « Mais où avais-je la tête ? La cuisinière ne pouvait pas ne pas s'apercevoir qu'il était revenu deux côtelettes ! » Mais personne ne s'en offusque à part moi.

— Fascinant, dit Michael Weyman en se penchant au-dessus de la table. Le Mystère de la Deuxième Côtelette ! Je vous en supplie, je vous en conjure, n'en dites pas plus. Je vais pouvoir y réfléchir dans ma baignoire.

Mrs Oliver lui décocha un sourire ambigu avant de se replonger dans ses pensées.

Lady Stubbs se taisait, elle aussi. Et, de temps à autre, étouffait un bâillement. Warburton, Alec Legge et miss Brewis parlaient entre eux comme si elle n'avait pas été là.

Comme ils quittaient la salle à manger, lady Stubbs s'immobilisa au pied de l'escalier.

— Je vais me coucher, annonça-t-elle. Je tombe de sommeil.

— Oh, lady Stubbs ! s'exclama miss Brewis, il y a encore tant à faire ! Nous comptions sur votre aide.

— Oui, je sais, dit lady Stubbs. Mais je vais me coucher.

Il y avait dans sa voix comme une satisfaction enfantine.

Elle se retourna vers sir George, qui sortait à son tour de la salle à manger :

— Je suis fatiguée, George. Je vais me coucher. Vous voulez bien ?

Il s'en vint lui administrer quelques petites tapes affectueuses sur l'épaule :

— Allez donc vous reposer, Hattie. Il vous faut être belle pour demain.

Il lui posa sur la joue un baiser léger. Et elle gravit les marches en agitant la main et en lançant à la cantonade :

— Bonsoir tout le monde !

Sir George lui sourit. Miss Brewis ravala sa rancœur et tourna sèchement les talons.

— Suivez-moi tous ! ordonna-t-elle avec une gaieté forcée qui sonna tragiquement faux. Nous avons à *travailler* !

Bientôt, chacun fut à l'œuvre. Mais, miss Brewis ne pouvant surveiller tout son monde à la fois, certains ne tardèrent pas à prendre la tangente. Après avoir orné d'un magnifique serpent l'écriteau sur lequel il avait écrit « MADAME ZULEIKA VOUS DÉVOILE VOTRE AVENIR — *2 shillings 6 pence* », Michael Weyman s'éclipsa sur la pointe des pieds. Alec Legge s'acquitta de quelques menues tâches, puis annonça qu'il sortait pour prendre les mesures du Jeu des Anneaux et ne reparut pas. Les femmes, comme elles le font toujours, travaillaient avec énergie et application. Quant à Hercule Poirot, suivant en cela l'exemple de son hôtesse, il alla se coucher de bonne heure.

Poirot, le lendemain, descendit à 9 heures et demie. Le petit déjeuner était servi à la mode d'avant-guerre : une rangée de plats chauds sur une plaque électrique. Sir George était attablé devant un copieux repas d'œufs brouillés, bacon et rognons. Mrs Oliver et miss Brewis l'accompagnaient, avec quelques variantes. Seule, lady Stubbs, dédaignant les plats de viande, grignotait de minces tartines grillées en buvant du café noir à petites gorgées. Son grand chapeau chinois rose bonbon semblait quelque peu incongru à cette table de petit déjeuner.

Le courrier venait d'arriver. Miss Brewis avait devant elle un gros tas de lettres qu'elle triait rapidement pour en faire plusieurs piles, tout en passant à sir George celles qui portaient la mention « Personnel ». Les autres étaient ensuite ouvertes et classées.

Lady Stubbs reçut trois lettres ce matin-là. Elle en ouvrit deux qui contenaient, à l'évidence, des factures, et les mit de côté. Puis, ayant décacheté la troisième lettre, elle poussa une brusque exclamation :

— Oh !

Il y avait une telle surprise dans sa voix que toutes les têtes se tournèrent vers elle.

— C'est une lettre d'Étienne, balbutia-t-elle. De mon cousin Étienne. Il vient ici avec son yacht.

— Montrez, Hattie, coupa sir George en tendant la main.

Elle lui passa la lettre à travers la table. Il la lut après l'avoir défroissée.

— C'est qui, cet Étienne de Sousa ? Un de vos cousins, si j'ai bien compris ?

— Je crois bien. Un cousin issu de germain. Je ne me souviens plus très bien de lui... quasiment plus du tout. Il était...

— Oui, ma chérie ?

Elle haussa les épaules :

— Ça n'a pas d'importance. Il y a si longtemps de cela. Je n'étais qu'une gamine.

— Il va de soi que vous ne vous en souveniez plus très bien. Il faudra néanmoins lui faire bon accueil, dit sir George avec bonne humeur. Ça tombe mal qu'il y ait cette kermesse aujourd'hui, mais nous l'inviterons à dîner. Nous pourrions peut-être le garder un jour ou deux... lui montrer un peu la région ?

Sir George semblait parfaitement à l'aise dans son rôle de nobliau campagnard.

Lady Stubbs ne répondit pas. Ses yeux restaient rivés sur le fond de sa tasse de café.

La conversation reprit, avec pour objet, bien entendu, les derniers préparatifs de la fête. Poirot ne s'y mêla pas. Il observait la fine silhouette de la maîtresse de maison à l'autre extrémité de la table. À quoi pouvait-elle bien penser ? À cet instant précis, la jeune femme leva les yeux pour un bref regard en direction de Poirot. Un regard si rusé et si aigu qu'il en resta pantois. Et quand elle vit qu'il la regardait aussi, l'expression rusée disparut instantanément, aussitôt remplacée par une sorte de vide. Mais Poirot ne rêvait pas, il avait bien vu cet autre regard, froid, calculateur, vigilant...

À moins qu'il ne l'ait imaginé ? Et d'ailleurs, ne savait-on pas que les individus affligés de déficience mentale étaient souvent capables d'une ruse qui surprenait leurs proches, ceux-là mêmes qui croyaient les connaître le mieux ?

Il en conclut que cette lady Stubbs était, décidément, une énigme. Les gens semblaient avoir, sur son compte, des opinions diamétralement opposées. Miss Brewis avait bien dit qu'elle savait exactement ce qu'elle faisait. Mais Mrs Oliver la croyait purement et simplement débile, et Mrs Folliat, qui la connaissait depuis longtemps et de très près, parlait d'elle comme d'une personne un peu anormale, qu'il fallait protéger et surveiller.

Miss Brewis était sans doute partiale. Elle n'aimait pas lady Stubbs, dont elle ne supportait pas le caractère indolent et l'attitude distante. Poirot se demanda si miss Brewis était déjà la secrétaire de sir George avant son mariage. Auquel cas, il se pouvait qu'elle ait mal encaissé le changement de régime.

Jusqu'à cet échange de regard, Poirot lui-même aurait volontiers partagé sans réserve la manière de voir de Mrs Folliat et de Mrs Oliver... Mais, après tout, fallait-il se fier à ce qui n'avait été qu'une impression fugitive ?

Lady Stubbs se leva d'un mouvement brusque :

— J'ai mal à la tête. Je vais m'allonger dans ma chambre.

Sir George se leva à son tour, soudain inquiet :

— Mon petit bout de chou, vous n'êtes pas malade, au moins ?

— C'est une migraine, sans plus.

— Vous serez sur pied cet après-midi ?

— Oui, je crois.

— Prenez de l'aspirine, lady Stubbs, intervint miss Brewis. Vous en avez, ou souhaitez-vous que je vous en monte ?

— J'en ai.

Elle se dirigeait vers la porte. En franchissant le seuil, elle laissa tomber le mouchoir qu'elle tenait à la main. Poirot se leva à son tour et s'en fut discrètement le ramasser.

Sir George s'apprêtait à suivre sa femme, mais miss Brewis l'intercepta au passage :

— Au sujet du parking pour les voitures, cet après-midi, sir George... Il faut que je coure donner des instructions à Mitchell. Ne pensez-vous pas que le mieux serait, comme vous le disiez, de...

Poirot, qui sortait, n'en entendit pas plus.

Il rattrapa la maîtresse de maison dans l'escalier :

— Madame, vous avez perdu ceci.

Il lui tendit le mouchoir en esquissant une courbette.

Elle le prit d'un air absent :

— Ah bon ? Merci.

— Je suis profondément navré, madame, de vous voir souffrante. Surtout le jour où votre cousin arrive.

Elle lui répondit très vite, presque avec violence :

— Je ne veux pas voir Étienne ! Je ne l'aime pas ! Il est malfaisant ! Il a toujours été malfaisant ! Il me fait peur ! Il fait des choses méchantes !

La porte de la salle à manger s'ouvrit et sir George traversa le hall pour s'engager à son tour dans l'escalier :

— Hattie, ma pauvre chérie. Je vais vous mettre au lit.

Ils gravirent les marches ensemble, sir George, l'air inquiet et préoccupé, enlaçant tendrement sa femme.

Poirot les observa un court instant, puis tourna les talons et vit miss Brewis qui passait très vite, une liasse de papiers à la main.

— La migraine de lady Stubbs... commença-t-il.

— Elle n'a pas plus la migraine que moi une jambe cassée, grinça miss Brewis avant de s'engouffrer dans son bureau en refermant la porte derrière elle.

Poirot poussa un soupir et, franchissant la grand-porte, passa sur la terrasse. Mrs Masterton venait d'arriver au volant d'une petite automobile et supervisait le montage d'une tente pour les rafraîchissements en lançant des ordres de sa voix de stentor.

Elle se retourna pour saluer Poirot :

— Quelle corvée, ce genre de bazar ! Les gens ne sont pas fichus de mettre les choses au bon endroit. Non, Rogers ! Plus à gauche — *à gauche* — pas à droite ! Que pensez-vous de ce temps, monsieur Poirot ? Il ne me dit rien qui vaille. S'il pleut, ça va être un fiasco de première grandeur. Alors que, pour une fois, nous avons eu cette année un si bel été ! Où est passé sir George ? Il faut que je le voie pour cette histoire de parking.

— Sa femme avait la migraine, elle est montée se reposer.

— Elle sera remise cet après-midi, trancha Mrs Masterton, confiante. Elle n'aime rien tant qu'être en représentation, voyez-vous. Elle va exhiber une toilette renversante et s'amuser comme une gamine en bas âge.

Pouvez-vous me passer une brassée de ces piquets, là-bas ? Je veux marquer les emplacements des numéros pour le golf miniature.

Poirot, ainsi enrôlé, ne pouvait plus que se plier aux ordres de Mrs Masterton, qui semblait ravie d'avoir trouvé en lui un collaborateur docile. Elle condescendit à échanger quelques mots pendant les pauses imposées par la dureté de la tâche :

— Il faut tout faire soi-même, comme d'habitude. C'est le seul moyen... À propos, vous êtes un ami des Eliot, si je ne m'abuse ?

Poirot était depuis assez longtemps en Angleterre pour savoir que ces mots avaient valeur de reconnaissance sociale. Mrs Masterton disait en fait : « Je sais pertinemment que, bien qu'étranger, vous êtes des Nôtres. » Et la conversation se poursuivit sur un ton familier :

— Ça fait plaisir de voir Nasse revivre. Nous avions tellement peur que ça devienne un hôtel. Vous savez ce qu'il en est, de nos jours : on ne voit plus partout que des pancartes « Chambres d'Hôtes », « Pension de Famille » ou « Hôtel réservé aux membres de l'Automobile Club ». Toutes les demeures que nous avons habitées enfants... ou bien où nous allions danser. C'est bien triste. Oui, je suis contente pour Nasse, tout comme cette pauvre Amy Folliat, évidemment. Elle a eu une vie tellement dure — sans jamais se plaindre, il faut lui reconnaître cette vertu. Sir George a fait des merveilles pour Nasse — et sans une once de vulgarité. Je ne sais s'il faut y voir l'influence d'Amy Folliat ou en créditer son bon goût naturel. Car il a bel et bien le goût assez sûr, figurez-vous ! Tout à fait surprenant chez un homme de sa condition.

— J'ai cru comprendre, avança prudemment Poirot, qu'il n'était pas de vieille noblesse terrienne ?

— Il n'est même pas authentiquement « sir » George... il se sera adoubé lui-même. Je gage que l'idée lui en sera venue en prenant un billet pour le Lord George Sanger's Circus. Cocasse, vous ne trouvez pas ? Bien entendu, nous feignons tous de l'ignorer. La fortune vous donne droit à quelques innocentes marottes, n'est-il pas vrai ? Et le plus drôle, c'est qu'en dépit de ses origines George Stubbs est en fait à sa place partout. Le type même du hobereau au Siècle des lumières. Ah ! l'atavisme... Car il ne fait pas de doute pour moi qu'il a du sang noble dans les veines. Son père devait être un aristocrate décavé, et sa mère serveuse de bastringue.

Mrs Masterton s'interrompit pour vociférer à l'adresse d'un jardinier :

— Non, pas à côté de ce rhododendron ! Il faut laisser de la place à droite pour les quilles. À *droite* — pas à gauche !

Et de poursuivre :

— C'est quand même invraisemblable que ces gens-là ne distinguent pas leur droite de leur gauche ! La Brewis est d'une efficacité rare. Mais elle ne peut pas voir cette pauvre Hattie en peinture. On jurerait même parfois qu'elle est prête à lui faire un mauvais sort. Ces bonnes secrétaires sont neuf fois sur dix amoureuses folles de leur patron. Mais où donc pensez-vous qu'a bien pu passer Jim Warburton ? Puérile cette façon qu'il a de se donner lui-même du « capitaine ». Il n'a jamais été officier d'active, et n'a jamais vu un Allemand, ni de près ni de loin. Bah ! que voulez-vous, de nos jours, il faut bien faire avec ce qu'on a... et le travail, au moins, ne lui fait pas peur. N'empêche que je lui ai toujours trouvé quelque chose de pas net. Ah ! Voici les Legge !

Sally Legge, en pantalon et pull-over canari, les héla d'un ton joyeux :

— Nous sommes venus vous donner un coup de main !

— Ce ne sera pas du luxe ! tonna Mrs Masterton. Voyons un peu si vous ne pourriez pas...

Poirot mit à profit cette diversion pour s'éclipser. Et comme il contournait la maison pour déboucher sur la terrasse, il fut le témoin d'un nouveau drame.

Deux jeunes filles, vêtues de shorts et de blouses aux couleurs vives, venaient de sortir du bois et se tenaient, hésitantes, devant la maison. Il crut reconnaître en l'une d'elles l'Italienne qui était montée la veille dans sa voiture. Penché à la fenêtre de la chambre de lady Stubbs, sir George les apostrophait d'un ton furieux.

— Vous êtes sur une propriété privée ! s'époumonait-il.

— Pardon ? répondit la jeune fille au front ceint d'un foulard vert.

— Vous ne pouvez pas passer par ici ! C'est *privé* !

L'autre jeune fille, qui avait, elle, un foulard bleu, lança d'une voix claire :

— S'il vous plaît ? La embarcation de Nasscombe... (Elle s'appliquait à prononcer correctement.) Ce être bien de ce côté ? S'il vous plaît...

— Ici, c'est une propriété privée ! rugit sir George.

— Pardon ?

— *Pri-vé !* Interdit ! Il faut faire demi-tour ! DEMI-TOUR ! Retournez d'où vous venez !

Elles le regardaient gesticuler. Puis elles échangèrent quelques mots dans une langue étrangère, et le foulard bleu, incrédule, articula :

— Re-tour-ner ? Vers hô-tel ?

— C'est ça ! Et prendre route — la *route* qui fait le tour !

Elles battirent en retraite à contrecœur. Sir George s'épongea le front et aperçut Poirot au pied de la maison.

— Je passe mon temps à refouler des gens, expliqua-t-il. Avant, ils arrivaient par l'entrée du haut. Je l'ai fait condamner. Et maintenant, ils passent à travers bois après avoir enjambé la clôture ! Ils trouvent ça plus court. Évidemment ! Mais il n'y a pas de droit de passage, il n'y en a jamais eu. Et ce sont presque tous des étrangers — ils ne comprennent rien à ce qu'on leur dit, ils baragouinent, en hollandais ou en je-ne-sais-trop-quoi...

— Il y avait effectivement une Allemande, je crois, et l'autre est italienne. Je l'ai vue hier qui montait de la gare.

— Quand je vous répète qu'ils parlent dans toutes les langues... Oui, Hattie ? Qu'est-ce que tu disais ?

Il disparut dans la chambre.

Poirot se retourna. Une grande fille de quatorze ans, passablement développée pour son âge et vêtue de l'uniforme des Éclaireuses, se tenait derrière lui.

— Je vous présente Marlene, dit Mrs Oliver.

Marlene émit un gloussement :

— C'est moi l'Affreux Cadavre. Mais je ne vais pas avoir du sang tout partout.

Elle semblait déçue.

— Non ?

— Non. On m'aura rien qu'étranglée avec une corde, c'est tout. Ce qui m'aurait bien plu, c'est d'être *poignardée* — avec de grandes traînées de peinture rouge !

— Le capitaine Warburton craignait que cela ne soit trop réaliste, expliqua Mrs Oliver.

— Dans un meurtre, moi, je trouve qu'il *devrait* y avoir du sang, insista Marlene d'un air boudeur, tournée vers Poirot et le dévorant des yeux. Z'en avez vu un tas, des meurtres, vous, pas vrai ? C'est ce qu'*elle* m'a dit.

— Bah... un ou deux, répondit Poirot, modeste, tout en constatant avec effroi que Mrs Oliver s'éloignait.

— Et des obsédés sexuels ? s'enquit avidement Marlene.

— Certainement pas.

— Moi, ça m'plaît bien, les obsédés sexuels, poursuivit Marlene avec une mimique gourmande. Lire leurs histoires, j'veux dire.

— Vous apprécieriez moins, sans doute, d'en rencontrer un.

— Oh ! j'en sais rien... Vous voulez qu'j'vous dise ? J'ai l'impression qu'il y en a un dans le coin, d'obsédé sexuel. Mon grand-père, il a vu un cadavre dans les bois, une fois. Il a tellement eu la frousse qu'il est parti en courant, et quand il est revenu, le cadavre avait disparu. Même que c'était çui d'une femme. Seulement faut dire qu'il est timbré, mon grand-père, alors personne écoute ce qu'il raconte.

Poirot parvint à s'échapper et, après avoir regagné la maison par un chemin détourné, se réfugia dans sa chambre. Il éprouvait le besoin de se remettre.

6

Le déjeuner, servi devant un buffet froid, fut prestement expédié. Une star de cinéma de second plan devait ouvrir la fête à 14 h 30. Le temps, jusque-là menaçant, s'était finalement éclairci. À 3 heures, la fête battait son plein. Les gens se pressaient pour acheter leur ticket d'entrée à une demi-couronne, et l'allée était encombrée de voitures. Des étudiants arrivaient par groupes compacts de l'Auberge de Jeunesse en parlant très fort dans toutes les langues de la tour de Babel. Conformément aux prévisions de Mrs Masterton, lady Stubbs avait émergé de ses quartiers à l'heure précise de l'ouverture, arborant une robe cyclamen et coiffée d'un époustouflant chapeau de coolie chinois en paille noire. Elle avait battu le rappel de tous ses diamants.

— Ma parole, elle se croit dans la tribune royale, à Ascot ! murmura miss Brewis, sardonique.

Mais Poirot complimenta son hôtesse avec le plus grand sérieux :

— C'est une exquise toilette de grand couturier que vous avez revêtue là, madame.

— Elle est ravissante, n'est-ce pas ? répondit Hattie, enchantée. Je l'ai portée à Ascot.

La star de second plan venait d'arriver et Hattie fendit la foule pour aller la saluer.

Soucieux de se fondre dans le décor, Poirot se mit à déambuler sans but précis. Cette fête semblait se dérouler le plus normalement du monde. Il y avait un chamboule-tout, animé avec bonne humeur par sir George, un jeu de quilles et un jeu d'anneaux. Des stands vous proposaient fruits et légumes du cru, jambons, gâteaux, et jusqu'à des bibelots artisanaux. Vous étiez à même de gagner, dans diverses tombolas, des gâteaux, des corbeilles de fruits — voire, le cas échéant, un cochon. Et les enfants pouvaient, pour deux pence la partie, tenter leur chance à la Pêche miraculeuse.

La foule était maintenant assez compacte, et une représentation de danses enfantines venait de commencer. Mrs Oliver était introuvable, mais Poirot pouvait suivre des yeux la haute silhouette cyclamen de lady Stubbs tandis que celle-ci allait de groupe en groupe. L'attention générale semblait cependant se focaliser plutôt sur Mrs Folliat. Elle était métamorphosée. Vêtue d'une robe de foulard de soie d'un bleu d'une exquise subtilité, coiffée d'un élégant chapeau gris, accueillant les nouveaux arrivants et les conduisant vers les différentes attractions, elle avait l'air de présider aux réjouissances.

Poirot s'approcha d'elle et saisit quelques bribes de conversation :

— Amy, ma toute bonne, comment allez-vous ?

— Oh ! Pamela, comme c'est gentil à Edward et à vous d'être venus ! C'est une si longue trotte, depuis Everton.

— Le temps est avec vous. Vous vous rappelez, l'année juste avant la guerre ? Le déluge à 4 heures pile ! Ç'a été le signal de la débandade !

— En revanche, nous avons eu droit à un été magnifique, cette année... Dorothy ! Voilà une *éternité* que je ne vous avais pas vue !

— Nous *tenions* à venir admirer Nasse dans toute sa splendeur. Tiens donc ! vous avez rabattu les épines-vinettes du talus ?

— Oui. On voit mieux les hortensias — vous ne trouvez pas ?

— Ils sont admirables. Quel bleu ! Mais dites-moi, ma chère, vous avez fait ici des merveilles, depuis l'année dernière. On commence à retrouver le Nasse que nous avons connu.

Le mari de Dorothy intervint, de sa voix de basse profonde :

— Je suis venu ici pendant la guerre, quand le château était réquisitionné par l'état-major. J'en avais eu le cœur brisé !

Mrs Folliat, déjà, tournait les talons pour accueillir une visiteuse d'apparence plus modeste :

— Mrs Knapper, je suis contente de vous voir. C'est Lucy ? Dieu qu'elle a grandi !

— Elle va finir l'école pas plus tard que l'an prochain. Vous avez une mine qui fait plaisir à voir, m'dame.

— C'est vrai que je me sens bien. Il faut tenter ta chance aux anneaux, Lucy. Je vous verrai tout à l'heure sous la tente, Mrs Knapper. On m'a réquisitionnée pour servir le thé.

Un homme âgé, probablement Mr Knapper, s'approcha pour dire à mi-voix :

— On est heureux de vous revoir à Nasse, m'dame. Ça nous rappelle le bon vieux temps.

La réponse de Mrs Folliat se perdit dans un brouhaha : deux femmes et un grand gaillard sanguin se précipitaient sur elle :

— Amy, ma chère, ça faisait des *siècles* ! Quel succès, dites-moi ! Je vous en conjure, racontez-moi ce que vous avez fait dans la roseraie. Muriel prétend que vous la repeuplez avec ces nouveaux floribundas ?

Le grand gaillard y alla de sa question :

— Où est Marylin Gale ?

— Reggie meurt d'envie de la rencontrer. Il a vu son dernier film.

— Ce ne serait pas elle, là-bas, sous ce grand chapeau ? Quel accoutrement, dites donc !

— Ne sois pas stupide, chéri. C'est Hattie Stubbs. Franchement, Amy, vous ne devriez pas la laisser s'exhiber ainsi... on croirait un *mannequin*.

— Amy ?

Une autre femme cherchait à attirer son attention :

— Je vous présente Roger, le fils d'Edward. Ma chère, quel bonheur de vous revoir à Nasse !

Poirot s'éloigna à pas lents et, l'esprit ailleurs, investit un shilling dans un billet de tombola au risque de gagner le cochon.

Mais il entendait toujours, derrière lui, le « Comme c'est gentil d'être venu » indéfiniment répété. Il se demandait si Mrs Folliat se rendait compte du fait qu'elle avait accaparé le rôle de maîtresse des lieux ou s'il s'agissait chez elle d'une attitude inconsciente. Elle était de toute évidence, cet après-midi-là, Mrs Folliat de Nasse House.

Il se trouva bientôt devant la petite tente ornée de l'écriteau « MADAME ZULEIKA VOUS DÉVOILE VOTRE AVENIR — *2 shillings-6 pence* ». On venait de commencer à servir le thé et plus personne n'attendait son tour pour consulter la voyante. Poirot entra en baissant la tête, paya sa demi-couronne pour le seul plaisir de se laisser choir dans un fauteuil et d'offrir quelque repos à ses pieds endoloris.

Madame Zuleika disparaissait sous d'amples vêtements noirs, une écharpe semée de paillettes dorées lui ceignait le front et un voile, qui lui masquait le bas du visage, étouffait un peu ses paroles. Un bracelet d'or chargé de breloques tintinnabulait à son poignet. Elle prit la main de Poirot et se lança dans une série de prédictions aussi prometteuses que prestement assenées : accident évité par miracle, succès assuré auprès d'une beauté sculpturale, plantureuse somme d'argent dans les plus brefs délais.

— Voilà qui est fort plaisant, chère petite madame Legge. Il ne me reste plus qu'à souhaiter que tout cela se réalise.

— Oh ! s'étrangla Sally. Alors vous m'avez reconnue ?

— J'étais prévenu. Mrs Oliver m'a expliqué que vous étiez d'abord destinée au rôle de la « victime », mais qu'on vous l'avait retiré *in extremis* pour vous confier la destinée de vos contemporains.

— J'aurais préféré faire le cadavre, ronchonna Sally. J'aurais été bien plus tranquille. Tout ça, c'est la faute de Jim Warburton ! Il n'est pas encore 4 heures ? Je meurs d'envie de mon thé ! J'ai le droit de faire relâche de 4 heures à 4 heures et demie.

— Il vous faudra patienter encore dix minutes, dit Poirot en consultant son antique montre de gousset. Voulez-vous que j'aille vous en chercher une tasse ?

— Non, non. J'ai vraiment besoin de sortir. On étouffe sous cette tente. Il y a encore beaucoup de gens qui attendent, dehors ?

— Non. Je crois qu'ils sont tous allés faire la queue pour le thé.

— Ouf ! Ça tombe à pic.

Pas plus tôt revenu à l'air libre, Poirot se vit harponner par une créature autoritaire qui lui extorqua six pence en échange du droit de soupeser une brioche pour en deviner le poids.

L'imposante matrone qui animait le jeu des anneaux l'invita sitôt après à tenter sa chance, ce qu'il fit, pour se retrouver, fort embarrassé, avec une grosse poupée sur les bras. Comme il s'éloignait, tout penaud, avec son butin, il tomba sur Michael Weyman, qui s'était mis à l'écart et restait planté, l'air morose, en haut du chemin menant au quai.

— Vous semblez vous amuser comme un gamin, monsieur Poirot, lui fit l'architecte avec un sourire sardonique.

Poirot regarda sa poupée.

— Elle est vraiment affreuse, n'est-ce pas ? dit-il, ne sachant plus où se mettre.

Une petite fille éclata brusquement en sanglots derrière lui. Poirot se retourna vivement et lui planta la poupée dans les bras :

— Tiens ! c'est pour toi !

Les pleurs cessèrent comme par enchantement.

— Eh bien, Violet, n'est-il pas gentil, le Monsieur ? Allons, dis merci...

— Concours de Déguisements ! trompetta soudain le capitaine Warburton dans son mégaphone. Premier groupe, les enfants de trois à cinq ans, en rang s'il vous plaît !

Battant prudemment en retraite en direction de la maison, Poirot fut alors bousculé par un grand escogriffe qui reculait pour mieux lancer sa boule de chamboule-tout. L'escogriffe lui jeta un regard furibond et Poirot s'excusa machinalement, sans parvenir à détacher ses yeux de la chemise du personnage. Il avait reconnu les tortues décrites par sir George : toutes les espèces connues et inconnues de tortues terrestres, de tortues de mer et autres monstres aquatiques semblaient y mener sabbat.

Poirot cligna des paupières et aperçut à quelques pas de lui la jeune Hollandaise qu'il avait emmenée la veille dans sa voiture.

— Vous êtes donc venue pour la Fête ? dit-il. Et votre amie italienne ?

— Oh ! elle venir aussi, plus tard. Je l'ai pas encore vue, mais nous partir ensemble le bus de 5 heures et quart. Il nous conduire jusqu'à Torquay, d'où nous prendre autre bus pour Plymouth. C'est très commode.

Poirot avait été surpris de voir la jeune Hollandaise transpirer sous le poids d'un sac à dos. Il comprenait mieux, maintenant.

— J'ai aperçu votre amie, ce matin, lui signala-t-il.

— Ah ! oui, Elsa, l'Allemande, venir avec elle, et elle me dire elle vouloir aller vers fleuve en marchant dans le bois. Mais le propriétaire de la maison très en colère et obliger elle à partir autre chemin.

Et d'ajouter, avec un mouvement de la tête en direction de sir George, qui exhortait les candidats au chamboule-tout :

— Mais cet après-midi, lui très poli.

Poirot s'apprêtait à expliquer qu'il y avait une différence entre le fait de s'introduire sans autorisation dans une propriété privée et celui de payer deux shillings et six pence pour goûter en toute légalité aux charmes de Nasse House et de ses jardins. Mais il en fut empêché par le capitaine Warburton et son mégaphone. Warburton était en sueur et semblait excédé :

— Avez-vous vu lady Stubbs, Poirot ? Quelqu'un a-t-il vu lady Stubbs ? Elle doit présider le jury du Concours de Déguisements, et je ne la trouve nulle part.

— Je l'ai vue... attendez — oh ! il doit y avoir une demi-heure. Juste avant d'entrer chez la voyante.

— Quelle enquiquineuse ! gronda Warburton, furibond. Où est-elle donc passée ? Les enfants attendent, et nous sommes déjà très en retard.

Il regarda autour de lui :

— Où est Amanda Brewis ?

Pas trace, non plus, de miss Brewis.

— Ça, c'est vraiment le comble ! fulmina Warburton. Quand on prétend organiser un spectacle, on vous doit un *minimum* de coopération, non ? Où diable Hattie a-t-elle bien pu aller se fourrer ? Dans la maison, peut-être ?

Il s'éloigna à grandes enjambées.

Poirot se dirigea vers l'endroit, délimité par des

cordes, où l'on servait du thé sous un grand dais, mais la file d'attente était telle qu'il renonça à y prendre place.

Il s'arrêta devant le stand des bibelots et objets divers, où une vieille dame essaya avec beaucoup d'autorité de lui vendre une boîte à cols en matière plastique, puis s'éloigna afin d'avoir, en toute tranquillité, une vue d'ensemble de la fête.

Il se demandait où était Mrs Oliver.

Des pas, derrière lui, le firent se retourner. Un jeune homme très brun, d'une parfaite élégance dans sa tenue de yachtman, apparut en haut du chemin venant du quai. Il s'immobilisa, apparemment déconcerté par le spectacle qui s'offrait à lui.

Puis, s'adressant à Poirot d'une voix hésitante :

— Veuillez m'excuser. Mais je suis bien ici chez sir George Stubbs ?

— Absolument, répondit Poirot. Vous ne seriez pas, par hasard, le cousin de lady Stubbs ?

— Je suis Étienne de Sousa...

— Hercule Poirot.

Ils se saluèrent. Poirot offrit quelques informations sur la fête. Comme il finissait, sir George, abandonnant son chamboule-tout, s'approcha d'eux à travers la pelouse :

— Sousa ? Enchanté de vous connaître. Hattie a reçu votre lettre ce matin même. Où est votre yacht ?

— Je l'ai ancré à Helmouth, et j'ai remonté le fleuve dans mon canot automobile.

— Il faut absolument que nous trouvions Hattie. Elle ne doit pas être loin... J'espère, en tout cas, que vous resterez dîner avec nous ?

— Vous êtes trop aimable.

— Pouvons-nous vous loger ?

— C'est très gentil, vraiment, mais je préfère dormir sur mon bateau ; ce sera plus simple.

— Vous êtes ici pour quelque temps ?

— Deux ou trois jours, je pense. Cela dépendra...

— Hattie va être ravie de vous voir, j'en suis certain, assura fort civilement sir George. Mais *où est-elle* ? Je l'ai aperçue il y a un instant.

Il regardait autour de lui, perplexe :

— Je ne comprends pas. On l'attendait au Concours de Déguisements. Veuillez m'excuser. Je vais demander à miss Brewis.

Il repartit. Sousa le suivit des yeux. Poirot regarda Sousa.

— Il y a un certain temps que vous n'avez pas vu votre cousine ? demanda-t-il.

Le jeune homme eut un haussement d'épaules :

— Elle avait quinze ans la dernière fois. Puis on l'a envoyée à l'étranger — en France, pour y faire ses études dans un couvent. Mais, déjà enfant, elle promettait d'être très belle.

Il regardait Poirot d'un air interrogateur.

— Elle *est* très belle, dit Poirot.

— Et c'est là son mari ? Il a tout du « brave type », comme on dit — mais il manque peut-être de raffinement. Il est vrai que, pour Hattie, trouver un mari n'a pas dû être facile.

Poirot se contenta de le regarder avec un étonnement poli. L'autre se mit à rire :

— Oh ! ce n'est pas un secret. À quinze ans, Hattie n'était pas très développée intellectuellement. « Demeurée », comme on dit. Elle l'est toujours ?

— On est en droit de le penser... oui, répondit prudemment Poirot.

Sousa haussa les épaules :

— Bah ! pourquoi demander aux femmes d'être intelligentes ? C'est du superflu.

Sir George revenait, furieux, miss Brewis sur ses talons. Celle-ci lui parlait d'une voix essoufflée :

— Où elle peut être, je n'en ai pas la moindre idée, sir George. Je l'ai aperçue près de la tente de la voyante. Mais il y a vingt minutes ou une demi-heure de cela. Et elle n'est pas dans la maison.

— Il se pourrait, suggéra Poirot, qu'elle soit allée suivre la Course à l'Assassin de Mrs Oliver ?

Sir George parut se détendre :

— Mais oui, ça ne fait aucun doute. Écoutez, je ne peux pas quitter mon stand, je suis seul à m'en occuper. Et Amanda est débordée. Pourriez-vous avoir l'amabilité de jeter un coup d'œil, Poirot ? Vous connaissez le parcours.

Mais Poirot ne connaissait pas le parcours. Miss Brewis lui en indiqua les grandes lignes. Et comme elle s'empressait auprès de Sousa, il s'éloigna en marmottant pour lui-même comme une incantation : « Court de tennis, Jardin de camélias, Folie, Pépinière, Abri à bateaux... »

En passant devant le Chamboule-Tout, il vit sir George aborder avec un grand sourire la jeune Italienne qu'il avait refoulée le matin même avec pertes et fracas, et qui semblait complètement éberluée par ce total changement d'attitude.

Il poursuivit son chemin vers le court de tennis. Mais l'endroit était désert, à l'exception d'un vieux monsieur assoupi dans un fauteuil, son chapeau rabattu sur les yeux. Poirot rebroussa chemin vers la maison et descendit vers le jardin de camélias.

Là il trouva, assise dans un fauteuil, une Mrs Oliver somptueusement vêtue de pourpre cardinalice. La romancière semblait cependant broyer du noir et l'invita d'un geste à s'installer à côté d'elle.

— Nous n'en sommes qu'au deuxième indice, gémit-elle. Je crains que tout cela ne soit trop difficile. Personne n'est encore arrivé jusqu'ici.

Mais à cet instant, un gringalet en short et à la pomme d'Adam proéminente apparut à l'entrée du jardin et poussa presque aussitôt un rugissement de triomphe en se précipitant vers un arbre situé à l'angle le plus proche, puis un deuxième rugissement en y découvrant l'indice. Comme il passait devant eux, il ne put s'empêcher de leur faire part de sa satisfaction :

— La plupart des gens ne connaissent pas les chênes-lièges, dit-il. Le premier indice était une photographie recadrée de façon assez astucieuse, mais j'ai compris ce qu'elle représentait : un filet de tennis vu de très près. Il y avait aussi une fiole de poison vide, et un bouchon. Tout le monde a dû se jeter sur ce flacon — mais je pense que c'était une fausse piste. On ne voit pas tous les jours des chênes-lièges, sous nos climats. Mais il se trouve que je m'intéresse aux espèces rares. Et *maintenant*, quelle direction faut-il prendre ? Je me le demande...

Il se pencha en fronçant les sourcils sur le calepin qu'il tenait à la main :

— J'ai pris note du prochain indice, mais je n'y comprends rien...

Puis, soudain méfiant :

— Vous cherchez aussi ?

— Oh ! non, soupira Mrs Oliver. Nous ne faisons que... que regarder.

— Ah ! j'ai eu chaud. « *Quand belle damoiselle sombre dans la folie...* » Je ne sais pas, mais j'ai une vague impression d'avoir déjà entendu ça quelque part...

— C'est une citation bien connue, dit Poirot.

— Mais il y a folie et folie, enchaîna obligeamment Mrs Oliver. Une folie peut aussi être un édifice. Blanc... avec des colonnes, ajouta-t-elle encore.

— *La voilà*, l'idée ! Merci mille fois ! À propos, il paraît que Mrs Ariadne Oliver en personne est dans les parages. Je voudrais bien lui demander un autographe. Vous ne l'auriez pas vue, par hasard ?

— Non, fit Mrs Oliver d'un ton définitif.

— J'aimerais bien la rencontrer. Drôlement bons, tous ces bouquins qu'elle pond à tire-larigot.

Puis, baissant la voix :

— Mais il paraît qu'elle boit comme un trou.

Comme il s'éloignait en toute hâte, Mrs Oliver laissa libre cours à son indignation :

— Ça, par exemple ! C'est trop injuste ! Moi qui n'ingurgite que de la limonade !

— Ne venez-vous pas de commettre, vous-même, une injustice flagrante, en mettant ce jeune homme sur la piste du prochain indice ?

— Étant donné qu'il est le seul à être arrivé aussi loin, il m'a semblé qu'il méritait un encouragement.

— Mais vous avez refusé de lui donner un autographe.

— Ça, ça n'a rien à voir, décréta Mrs Oliver. Chut ! En voici d'autres !

Mais les nouveaux arrivants ne couraient pas après les indices. Il s'agissait de deux femmes qui, ayant payé leur billet pour entrer, entendaient visiter la propriété de fond en comble.

Elles n'étaient pas satisfaites :

— Je m'attendais à voir des corbeilles de fleurs, de *jolies* plates-bandes, dit l'une. Mais non. Des arbres, des arbres et encore des arbres ! Ce n'est pas ce que j'appelle un *jardin*.

Mrs Oliver donna un coup de coude à Poirot, et ils s'esquivèrent en silence.

— Et si *personne* ne trouvait mon cadavre ? demanda Mrs Oliver, cédant soudain à la panique.

— Patience, madame, et courage, l'exhorta Poirot. L'après-midi ne fait que commencer.

— C'est vrai, convint Mrs Oliver, rassérénée. Et les entrées sont vendues à moitié prix à partir de 4 heures et demie — il devrait y avoir la cohue. Allons voir comment se comporte notre jeune Marlene. Je n'ai qu'à moitié confiance dans cette fille, voyez-vous. Elle n'a aucun sens des responsabilités. Je la crois capable d'oublier qu'elle est un cadavre et de filer en douce pour prendre une tasse de thé. Vous savez comment sont les Anglais, dès qu'il s'agit de leur thé.

Ils suivirent la lisière du bois en devisant paisiblement et Poirot fit quelques commentaires sur la topographie des lieux :

— J'ai du mal à m'y retrouver, dit-il. Tous ces sentiers, on ne sait jamais très bien où ils vont. Et puis ces arbres, tous ces arbres...

— Vous parlez comme la harpie que nous venons d'entendre.

Ils passèrent devant la Folie et prirent le chemin qui descendait en zigzag vers le fleuve. La masse grise de l'abri à bateaux se découpait en contrebas.

Poirot fit observer que des concurrents, arrivant par ce chemin, pourraient découvrir le cadavre par hasard.

— Une sorte de raccourci, n'est-ce pas ? J'y ai songé, se rengorgea Mrs Oliver. C'est pourquoi le dernier indice est une simple clé. On ne peut pas ouvrir la porte sans elle : le verrou ne s'actionne que de l'intérieur.

Une rampe escarpée conduisait à la porte de l'abri construit en surplomb du fleuve, avec un petit appontement, un espace pour loger les embarcations et une soupente. Mrs Oliver pêcha une clé dans une poche dissimulée sous les fanfreluches de sa robe purpurine et ouvrit la porte.

— Nous venons simplement vous dire un petit bonjour, Marlene ! lança-t-elle gaiement en pénétrant dans la soupente.

Elle s'en voulut aussitôt un peu des soupçons qu'elle venait d'exprimer quant à la loyauté de Marlene, car la gamine, artistement arrangée en « cadavre tragique » et affalée sur le sol près de la fenêtre, tenait son rôle à la perfection.

Marlene ne répondit pas. Elle était d'une immobilité absolue. La brise, soufflant par la fenêtre ouverte, soulevait les pages des recueils de bandes dessinées éparpillés sur la table.

— Ça va comme ça, s'impatienta Mrs Oliver. Ce n'est que M. Poirot et moi. Personne n'a encore trouvé assez d'indices pour arriver jusqu'ici.

Poirot fronçait les sourcils. Très doucement, il écarta Mrs Oliver et alla se pencher sur le corps de l'adolescente. Il parvint à étouffer l'exclamation qui lui montait aux lèvres et releva la tête pour regarder Mrs Oliver :

— Et voilà... Ce que vous aviez prévu est arrivé.

— Ne me dites pas que...

Les yeux de Mrs Oliver étaient agrandis par l'épouvante. Elle s'agrippa à l'un des fauteuils d'osier qui se trouvaient là et s'y laissa tomber de tout son poids :

— Vous n'allez pas me dire... Elle n'est pas *morte* ?

Poirot hocha la tête :

— Hélas, si. Elle est on ne peut plus morte. Pas depuis bien longtemps, cependant.

— Mais comment... ?

Il souleva la pointe du fichu de couleur vive qui dissimulait en partie la nuque de la malheureuse pour que Mrs Oliver puisse voir les extrémités de la corde à linge.

— Exactement comme dans *mon* scénario, balbutia Mrs Oliver. Mais *qui* ? Et *pourquoi* ?

— C'est toute la question, dit Poirot.

Il s'abstint de lui faire remarquer que ces questions étaient aussi dans le scénario.

Mais que les réponses n'avaient aucune chance de s'y trouver, puisque la victime n'était pas la première épouse yougoslave d'un Savant atomiste, mais Marlene Tucker, petite villageoise de quatorze ans, qui, pour autant qu'on le sache, n'avait pas un ennemi au monde.

7

L'inspecteur Bland avait pris place derrière un bureau dans les appartements de sir George. Celui-ci l'avait accueilli à son arrivée, piloté jusqu'à l'abri à bateaux et venait de regagner la maison avec lui. Une équipe de photographes de la police s'activait maintenant dans l'abri à bateaux avec les hommes chargés de relever les empreintes, et le médecin légiste venait d'arriver.

— Vous êtes bien, vous avez ce qu'il vous faut ? demanda sir George.

— Tout est parfait, merci, monsieur.

— Qu'est-ce qu'il faut que je fasse avec cette kermesse qui n'en finit pas ? Que je mette les gens au courant ? Que je leur intime l'ordre de ficher le camp ou quoi ?

L'inspecteur Bland réfléchit deux secondes :

— Qu'est-ce que vous avez fait jusqu'à présent, sir George ?

— Je n'ai rien dit du tout. Une vague rumeur circule, selon laquelle il y aurait eu un accident. Sans plus. Je ne crois pas que quiconque se doute encore qu'il s'agit de... d'un meurtre.

— Dans ce cas, laissez les choses en l'état pour le moment, trancha Bland. La nouvelle se répandra bien assez tôt, ajouta-t-il, caustique.

Il s'accorda un nouveau temps de réflexion, puis :

— Il y a eu combien d'entrées, d'après vous ?

— Deux ou trois cents, au bas mot... et la foule n'arrête pas d'affluer. Les gens ont dû venir de tous les environs. En fait, notre kermesse aura battu tous les records de popularité. Vous parlez d'une tuile...

L'inspecteur Bland conjectura — et avec raison — que la tuile évoquée par sir George se rapportait au meurtre et non au succès remporté par sa kermesse.

— Deux à trois cents personnes, répéta-t-il, pensif.

Il soupira :

— Et n'importe qui dans le lot, j'imagine, pourrait être le meurtrier.

— Ça va être la bouteille à l'encre, compatit sir George. D'autant que je ne vois pas ce qui a pu pousser quelqu'un à faire une chose pareille. C'est une histoire de fous... Qui pouvait bien avoir envie d'assassiner ce genre de gamine ?

— Qu'est-ce que vous savez sur le compte de cette fille ? C'était une gosse du coin, d'après ce que j'ai compris ?

— Oui. Ses parents habitent un des cottages construits en bas, du côté du quai. Le père travaille dans une ferme du domaine — chez Paterson, je crois. La mère était ici à la fête, cet après-midi. Miss Brewis — c'est ma secrétaire, et elle est beaucoup plus ferrée que moi sur la question —... Miss Brewis, vous disais-je, a pris cette créature sous son aile et l'a entraînée je ne sais où pour l'abreuver de thé.

— Parfait, approuva l'inspecteur. Mais ce que je ne comprends pas encore très bien, sir George, ce sont les circonstances qui entourent cette affaire. Que fabriquait cette fille dans l'abri à bateaux ? J'ai cru comprendre qu'une sorte de Course à l'Assassin — ou de course au trésor — était en train de se dérouler...

Sir George hocha la tête :

— Oui. Nous avions tous trouvé que c'était une idée géniale. Je n'en dirais plus autant maintenant. Je crois que miss Brewis vous expliquera tout cela beaucoup mieux que je ne saurais le faire. Je vais vous l'envoyer, d'accord ? À moins que vous n'attendiez encore de moi d'autres éclaircissements ?

— Pas pour le moment, sir George. Mais j'aurai sûrement d'autres questions à vous poser plus tard. Il y a des gens que je tiens à voir. Vous, lady Stubbs et les deux personnes qui ont découvert le corps. L'une d'elles, à ce qu'on m'a dit, est la romancière qui avait imaginé pour vous ce scénario de Course à l'Assassin, ainsi que vous l'avez baptisée.

— C'est exact. Mrs Oliver. Mrs Ariadne Oliver.

Les sourcils de l'inspecteur grimpèrent d'un centimètre :

— Oh... elle ! Un auteur à succès, dites-moi ! J'ai lu la plupart de ses best-sellers.

— Elle est passablement traumatisée pour le moment, prévint sir George. Ce qui est après tout bien naturel. Mais je vais la prévenir que vous souhaitez la voir. Quant à ma femme, je n'ai aucune idée de l'endroit où elle est passée. Elle semble avoir disparu de la circulation. Elle doit se trouver quelque part dans cette cohue, je suppose — mais je crains que vous n'en tiriez pas grand-chose. Au sujet de cette fille et de toute cette histoire, s'entend. Par qui souhaitez-vous commencer ?

— Je pencherais assez pour votre secrétaire, miss Brewis, et ensuite pour la mère de la gamine.

Sir George hocha la tête et tourna les talons.

Le constable local, Robert Hoskins — Bob pour les intimes —, lui ouvrit la porte et la referma derrière lui avant de se lancer dans un discours destiné, de toute évidence, à expliciter certain passage du discours de sir George qui pouvait sembler peu clair :

— Lady Stubbs est un peu atrophiée... de *là*, tint-il à préciser en se tapotant le front. C'est pour ça qu'il a dit que vous en tireriez pas grand-chose. Elle a une case en moins, quoi !

— Il a épousé une fille de la région ?

— Non. Une espèce d'étrangère. Même qu'y en a pour dire qu'elle serait d'couleur, mais j'suis pas d'cet avis.

Bland hocha la tête. Il resta un moment silencieux à tracer des hiéroglyphes sur la feuille de papier qu'il avait sous les yeux. Puis il posa une question, qui n'était manifestement pas destinée à figurer dans les rapports :

— Qui est-ce qui a fait le coup, Hoskins ?

Si quelqu'un avait une idée sur ce qui venait de se passer, songeait Bland, ce ne pouvait être que le constable Hoskins. Hoskins était un homme à l'esprit fureteur, toujours prêt à s'intéresser à quelqu'un ou à quelque chose. Il avait pour épouse une redoutable colporteuse de ragots, ce qui, en plus de sa position personnelle de représentant de l'ordre, lui donnait accès à une foule d'informations confidentielles.

— Un étranger, si vous voulez mon avis. Jamais ce s'rait quelqu'un d'ici. Les Tucker sont de braves gens. Une famille tout c'qu'y a de respectable. Neuf en tout, qu'ils sont. Y a d'jà deux des filles qu'elles sont mariées, un des garçons est dans la Marine, un autre fait son service, une autre fille fait shampouineuse chez un coiffeur de Torquay. Les trois plus jeunes, deux garçons et une fille, sont encore avec eux.

Il se tut quelques secondes pour réfléchir avant d'ajouter :

— Y en a pas un dans le tas qui soit vraiment futé, mais Mrs Tucker tient sa maison propre comme un sou neuf — c'était la plus jeune d'une famille de onze gosses, faut dire. Et pis elle a encore son vieux père qui vit chez elle.

Bland enregistra ces informations en silence. Une fois décrypté l'idiome quelque peu particulier de Hoskins, on avait là un exposé précisant assez exactement la position sociale et mondaine des Tucker.

— Voilà pourquoi j'dis que c'est un étranger, continua Hoskins. Un de ceusses qui s'logent à l'Auberge de Hoodown que ça m'étonnerait pas. Y en a qui payent pas d'mine, dans la quantité... et ça fricote que c'en est pas croyable. Vous en reviendriez pas, des fois qu'j'vous dirais tout ce que j'les ai pas vus faire comme parties de jambes en l'air dans les chemins creux et dans les bois ! Quasiment pire que c'qui s'passe à la tombée d'la nuit dans les voitures garées aux Pâtis.

Le constable Hoskins était en effet devenu depuis peu éminent spécialiste en matière de débordements sexuels et autres galipettes. C'était d'ailleurs son principal sujet de conversation chaque fois que, son service achevé, il allait boire sa bière au *Bull and Bear*.

— Je ne pense pas qu'il s'agisse de... de quoi que ce soit de ce genre, dit Bland. Le médecin nous le dira, bien sûr, quand il aura fini d'examiner le corps.

— Pour sûr, m'sieur, qu'c'est à lui d'nous dire ça. C'est comme qui dirait son rayon. Mais c'que j'vous dis, moi, c'est qu'avec les étrangers, on sait jamais. Y peuvent devenir mauvais qu'ça se voit pas faire.

L'inspecteur Bland soupira une nouvelle fois en se disant que ça n'était pas si simple. C'était du Hoskins tout craché, cette manie — après tout commode — d'incriminer « les étrangers ». La porte s'ouvrit et le médecin entra :

— J'ai fait ma part. Est-ce que vous voulez qu'ils embarquent le corps maintenant ? Les autres équipes ont déjà remballé.

— Le sergent Cottrell va s'occuper de ça, dit Bland. Alors, toubib, vos conclusions ?

— La simplicité faite crime, déclara le médecin. Pas la moindre fioriture. Étranglée avec un bout de corde à linge. Rien de plus simple ni de plus facile à faire. Et pas la moindre trace de lutte. Je dirais que cette gamine est morte avant de comprendre ce qui lui arrivait.

— Aucun signe de violences préalables ?

— Aucun. Ni préalables ni consécutives. Pas de trace de coups, ni de viol.

— Rien à voir, donc, avec un crime sexuel ?

— Jamais de la vie. Et tout à fait entre nous, ajouta le légiste, je ne pense pas que la gamine ait été très aguichante.

— Elle courait beaucoup après les garçons ?

La question de Bland s'adressait bien évidemment au constable Hoskins.

— Pour sûr que frayer avec eux lui aurait pas déplu, commenta le constable. Mais c'était plutôt eux qu'avaient mieux à faire.

— Allez savoir...

L'inspecteur Bland pensait aux recueils de bandes dessinées retrouvés dans l'abri à bateaux et aux petites phrases griffonnées dans les marges : « Johnny est à la colle avec Kate », « Georgie Porgie embrasse les autostoppeuses dans les bois ». Il se dit que la petite avait dû pas mal regretter que ce genre de gâteries ne lui ait pas été destiné. N'empêche que de là à conclure que la mort de Marlene Tucker avait une motivation sexuelle, il y avait de la marge... Quoique, bien évidemment, on ne puisse jamais jurer de rien. Il y a toujours eu des tordus et des sadiques, mus par un secret désir de tuer, qui choisissent systématiquement pour victimes des adolescentes immatures. L'été amenait beaucoup d'étrangers dans la région. L'un de ces individus avait pu se trouver parmi eux. Bland était tenté de se dire que, face à un crime aussi absurde en apparence, c'était la *seule* hypothèse valable. Toutefois, pensa-t-il, nous n'en sommes qu'aux préliminaires. Je ferais mieux de voir ce que tous ces gens ont à me dire.

— La mort, vous la situez à quelle heure ? demanda-t-il.

Le médecin jeta un coup d'œil à la pendule, puis à sa montre :

— Il est 5 heures et demie passées. J'ai dû l'examiner à 5 h 20... or, elle était morte depuis environ une heure. À vue de nez, quoi. Mettons entre 4 heures et 5 heures moins 20. Je vous préviendrai si l'autopsie modifie le topo.

» Vous recevrez un rapport en bonne et due forme, ajouta-t-il. Sur ce, il faut que je file. J'ai des patients à voir.

Il sortit, et l'inspecteur Bland demanda à Hoskins de faire entrer miss Brewis. Son moral remonta d'un cran quand il vit la secrétaire. Il reconnaissait là l'Efficacité en Marche. Il allait obtenir de cette femme non pas un bavardage confus mais des réponses claires à ses questions.

— Mrs Tucker est dans mon bureau, déclara miss Brewis en s'asseyant. Je lui ai annoncé la mauvaise nouvelle, et je l'ai bourrée de thé. Elle est sous le choc, naturellement. Elle voulait voir le corps, mais je l'en ai dissuadée. Mr Tucker quitte son travail à 6 heures, et il était convenu qu'il rejoindrait sa femme ici. J'ai donné des instructions pour qu'on guette son arrivée et qu'on vous l'amène aussitôt. Les petits derniers sont encore à la fête, et quelqu'un a l'œil sur eux.

— Parfait, approuva l'inspecteur. Avant de voir Mrs Tucker, j'aimerais entendre ce que vous-même, ainsi que lady Stubbs, pouvez avoir à me dire.

— Lady Stubbs est introuvable, signala miss Brewis d'un air pincé. Je suppose qu'elle en aura eu par-dessus la tête de ces festivités et qu'elle sera allée errer Dieu sait où, mais je doute qu'elle puisse vous en dire plus que moi. Que souhaitez-vous savoir au juste ?

— Je veux qu'on m'explique dans tous ses détails cette histoire de Course à l'Assassin et comment la petite Marlene Tucker a été amenée à y tenir un rôle.

— Rien de plus simple.

Avec clarté et concision, miss Brewis exposa la genèse de la Course à l'Assassin, attraction originale destinée à donner une nouvelle impulsion à la kermesse, décrivit le contrat passé avec Mrs Oliver, la célèbre romancière, afin qu'elle finalise l'idée première et bâtisse un scénario cohérent. Ensuite de quoi, miss Brewis donna à l'inspecteur les grandes lignes dudit scénario.

— À l'origine, expliqua-t-elle, Mrs Alec Legge devait tenir le rôle de la victime.

— Mrs Alec Legge ? s'enquit l'inspecteur.

Le constable Hoskins y alla de ses éclaircissements :

— Mr Legge et elle, ils ont loué le cottage des Lawder — le rose, en descendant vers Mill Creek. Ça fait un mois d'ça qu'y sont arrivés. L'ont pris à bail pour deux-trois mois.

— Je vois. Et cette Mrs Legge, dites-vous, devait jouer la victime ? Pourquoi y a-t-il eu changement ?

— Eh bien, figurez-vous qu'un soir, elle nous a lu les lignes de la main. Et elle a fait ça si bien qu'il a été décidé d'un commun accord que nous aurions une diseuse de bonne aventure sous sa tente parmi les attractions de la kermesse et que Mrs Legge revêtirait une quelconque défroque orientale, s'appellerait madame Zuleika et prédirait l'avenir à 2 shillings 6 pence la consultation. Si je ne m'abuse, ce n'est pas réellement illicite, n'est-ce pas, inspecteur ? C'est une pratique assez courante dans des fêtes comme celle-ci, non ?

L'inspecteur Bland esquissa un sourire :

— Ce genre d'activité, tout comme les tombolas, se pratique souvent à la légère, miss Brewis. Nous sommes dès lors contraints, de temps à autre, de... — comment dire ? — de faire un exemple.

— Mais vous savez d'ordinaire vous montrer compréhensif, n'est-ce pas ? Bref, c'est ainsi que les choses se sont passées. Mrs Legge a bien voulu se prêter au jeu, et il a fallu trouver quelqu'un d'autre pour le rôle de la victime. Comme l'association des Éclaireuses locale nous aidait à organiser la kermesse, quelqu'un a, je crois bien, suggéré qu'on pourrait faire appel à l'une des jeunes filles.

— Savez-vous qui au juste a fait cette suggestion, miss Brewis ?

— Franchement, je ne m'en souviens plus... Il est possible que ç'ait été Mrs Masterton, l'épouse de notre député. À moins qu'il ne se soit agi du capitaine Warburton... Vraiment, je ne suis plus sûre de rien. Quoi qu'il en soit, l'idée a bel et bien été suggérée par quelqu'un.

— Existait-il une raison particulière de choisir cette fille-là plutôt qu'une autre ?

— N-non, je ne crois pas. Ses parents louent un cottage qui est sur la propriété, et sa mère, Mrs Tucker, vient de temps en temps donner un coup de main à la cuisine. Je ne sais pas pourquoi nous avons pensé à elle plutôt qu'à une autre. Son nom aura sans doute été le premier à nous venir à l'esprit. Nous le lui avons proposé, et elle a accepté avec enthousiasme.

— Elle avait vraiment envie de le faire ?

— Oui. Je crois qu'elle était très flattée. C'était une fille un peu nunuche, qui n'aurait pas été capable de *jouer* un rôle ni quoi que ce soit. Mais ce qu'on lui demandait là était très simple. Elle ne s'en est pas moins imaginée qu'on l'avait sélectionnée entre toutes et ça l'a rendue folle de joie.

— Qu'avait-elle à faire, très précisément ?

— Elle devait rester confinée dans l'abri à bateaux et, chaque fois qu'elle entendrait quelqu'un approcher, se coucher par terre, se passer la corde à linge autour du cou et faire la morte.

Miss Brewis s'exprimait avec détachement. Le fait que la gamine chargée de faire la morte ait été retrouvée morte pour de bon ne semblait pas l'affecter outre mesure.

— Passer tout un après-midi enfermée alors qu'elle aurait pu s'amuser à la fête devait être passablement ennuyeux pour une fille de son âge, fit observer l'inspecteur Bland.

— Je le crois volontiers, admit miss Brewis. Mais on ne peut pas tout avoir, n'est-ce pas ? Et Marlene était ravie d'avoir décroché le rôle du cadavre. Ça lui donnait de l'importance. Et elle avait une pile de bandes dessinées pour passer le temps.

— Et puis quelque chose à manger, aussi, souligna l'inspecteur. J'ai remarqué près du corps un plateau, avec une assiette et un verre.

— Oh ! oui, elle a eu une assiette de petits-fours et un verre de sirop de framboise. C'est moi qui les lui ai apportés.

Bland leva vivement les yeux :

— Vous les lui avez apportés ? Quand ça ?

— Vers le milieu de l'après-midi.

— Il était très exactement quelle heure ? Vous vous en souvenez ?

Miss Brewis réfléchit un instant :

— Voyons voir... Le jury du Concours de Déguisements venait de commencer à délibérer — avec un léger retard, car on n'avait pas pu trouver lady Stubbs, et on l'avait remplacée par Mrs Folliat... Oui, il devait être — j'en suis à peu près certaine — 4 heures ou 4 h 5 quand je suis allée chercher les petits fours et le verre de sirop.

— Et vous les lui avez apportés vous-même à l'abri à bateaux... À quelle heure y êtes-vous arrivée ?

— Oh ! il faut environ cinq minutes pour descendre le chemin — vers 4 heures et quart, dirais-je.

— Et à 4 heures et quart, Marlene Tucker était encore vivante ?

— Oui, bien sûr, dit miss Brewis. Et très curieuse de savoir comment se déroulait la Course à l'Assassin. Je n'ai malheureusement pas pu lui en dire grand-chose. J'étais trop occupée sur la pelouse par les autres attractions, mais je savais tout de même que de nombreux candidats s'étaient déjà inscrits — une trentaine au bas mot, m'avait-on dit.

— Comment avez-vous trouvé Marlene en entrant dans l'abri à bateaux ?

— Je vous l'ai déjà dit.

— Non, non. Ce n'est pas ça. Ma question était la suivante : était-elle étendue sur le sol et en train de faire la morte quand vous avez ouvert la porte ?

— Oh, bien sûr non ! s'émut miss Brewis. Pour la bonne raison que je l'ai appelée en arrivant. Ce qui fait qu'elle est venue m'ouvrir la porte et que je n'ai eu qu'à aller poser le plateau sur la table.

— À 4 heures et quart, dit Bland en notant le renseignement sur sa feuille de papier, Marlene Tucker était encore en vie. Vous comprendrez, j'en suis certain, miss Brewis, qu'il s'agit là d'une précision très importante. Vous êtes formelle sur cette question d'heure ?

— Ce n'est pas une certitude absolue, car je ne me souviens pas d'avoir consulté ma montre à ce moment-là. Mais je l'avais fait un peu plus tôt. Je suis navrée de ne pas pouvoir être plus précise.

Elle ajouta dans un cri, ayant soudain compris où l'inspecteur avait voulu en venir :

— Vous voulez dire que c'est tout de suite après que... ?

— Il n'a pas pu s'écouler beaucoup de temps, miss Brewis.

— Oh, doux Jésus !

L'expression, pour inadéquate qu'elle fût, exprimait néanmoins fort bien l'effroi et la consternation de miss Brewis.

— Maintenant, miss Brewis, vous souvenez-vous, en descendant vers l'abri à bateaux ou sur le chemin du retour, d'avoir croisé ou même aperçu quelqu'un dans les parages immédiats ?

Miss Brewis réfléchit :

— Non, je n'ai croisé personne. Ç'aurait pu être le cas, bien sûr, puisque la propriété était ouverte à tous à l'occasion de cette kermesse. Mais les gens tendent à rester sur la pelouse et au voisinage des stands. Ils font, à l'occasion, quelques incursions dans les serres et vers le potager, mais ne vont pas dans les bois comme je m'y attendais. En fait, les gens manifestent, dans ce type de festivités, un certain instinct grégaire — vous n'êtes pas d'accord avec moi, inspecteur ?

L'inspecteur répondit qu'il était en effet tenté d'abonder dans son sens.

— Je crois bien pourtant, reprit miss Brewis, qu'il y *avait* quelqu'un dans la Folie.

— La Folie ?

— Oui. Une sorte de petit temple. Il a été construit voilà un an ou deux. On l'a à main droite lorsqu'on descend vers l'abri à bateaux. Il y avait quelqu'un. Deux personnes, même. Des amoureux, je suppose. J'ai entendu un rire, et puis une voix qui disait « Chut ! ».

— Vous ne savez pas de qui il s'agissait ?

— Je n'en ai pas la moindre idée. On ne peut pas voir la façade de la Folie depuis le chemin. Quant aux deux côtés et au fond, ce sont des murs aveugles.

L'inspecteur réfléchit quelques secondes. Il ne lui semblait pas que la présence d'un couple d'amoureux — quels qu'ils soient — dans la Folie ait une grande importance. Il aurait mieux valu, toutefois, savoir de qui il s'agissait, car ils pouvaient à leur tour avoir vu quelqu'un se rendre à l'abri à bateaux ou en revenir.

— Et il n'y avait personne sur le chemin ? Absolument personne ?

— Je comprends votre insistance, reconnut bien volontiers miss Brewis. Je ne vous en certifie pas moins que je n'ai rencontré personne. Ce qui s'explique après tout aisément : quelqu'un qui se serait trouvé là où il n'avait rien à faire et qui n'aurait pas souhaité que je le voie pouvait très facilement se cacher derrière un buisson. Le chemin est bordé des deux côtés par des rhododendrons.

L'inspecteur changea de domaine :

— Sauriez-vous, sur le compte de cette fille, quelque chose qui puisse nous être utile ?

— Utile ou inutile, je ne sais rigoureusement rien sur son compte, dit miss Brewis. Je ne crois pas lui avoir jamais adressé la parole avant cette kermesse. Je la connaissais de vue, très vaguement, mais c'est tout.

— Et vous ne savez rien *sur* elle — rien qui puisse nous aider ?

— Je ne vois absolument pas comment quelqu'un aurait pu avoir une raison de la tuer, répondit miss Brewis. J'irai même jusqu'à dire que le fait même qu'elle ait été tuée me paraît inimaginable. La seule hypothèse que je puisse envisager est qu'un détraqué, la voyant dans le rôle de la victime d'un assassinat, se soit mis dans la tête d'en faire une victime pour de bon. Encore que cette hypothèse même me paraisse quelque peu tirée par les cheveux...

— Oui... Eh bien, quoi qu'il en soit, soupira Bland, il faut maintenant que je voie la mère.

Mrs Tucker était une créature maigrelette, au visage en lame de couteau, au nez pointu et aux cheveux blonds poisseux. Ses yeux étaient rougis par les pleurs, mais elle avait repris le dessus et était prête à répondre aux questions de l'inspecteur.

— Ça devrait pas être permis qu'des malheurs pareils elles puissent se passer, piaula-t-elle. C'est des choses qu'on les lit dans les journaux... mais qu'ça soye arrivé à not'Marlene...

— Je vous présente mes plus sincères condoléances, fit très gentiment l'inspecteur Bland. Et ce que je souhaiterais, c'est que vous me disiez si quelqu'un aurait pu avoir une raison de vouloir faire du mal à la petite.

— J'm'ai déjà creusé la cervelle à c'propos, hennit Mrs Tucker en reniflant un bon coup. Et pas qu'un peu, j'vous prie d'croire ! N'empêche que ça a rien donné. Des prises de bec avec l'instituteur, j'dis pas qu'elle en avait pas d'temps en temps, Marlene, et s'bouffer l'nez avec les autres garçons et filles, j'dis pas non plus qu'ça lui arrivait pas d'temps en temps non plus... mais ça tirait jamais à conséquence. Personne lui en a jamais voulu, personne il lui aurait jamais fait un mauvais coup.

— Elle ne vous a jamais parlé d'un ennemi qu'elle aurait pu avoir ?

— Oh ! pour c'qui est d'dire des bêtises, Marlene, ça oui, elle en disait plus souvent qu'à son tour... mais jamais rien qui soye dans c'genre-là. C'était toujours maquillage, permanente et compagnie, et pis c'qu'elle aurait voulu faire à sa peau et tout et tout. Vous savez comment sont les filles. Beaucoup trop jeune, qu'elle était, pour se tartiner de rouge à lèvres et de toutes ces saletés, qu'il lui disait, son père, et pis que j'lui disais moi aussi. Mais c'est ben pourtant c'qu'elle faisait sitôt qu'elle avait trois sous. Elle s'achetait du sent-bon et des bâtons de rouge, et pis elle les cachait.

Bland hocha la tête. Il n'y avait rien là qui puisse l'avancer. Une adolescente, passablement godiche, la tête pleine de rêves d'aventures et de vedettes de cinéma — des Marlene, il y en avait des milliers de par le monde.

— C'qu'y va dire son père, j'en sais trop rien, continua Mrs Tucker. D'un moment à l'autre, qu'y va rappliquer, avec dans l'idée de s'donner du bon temps. Un vrai champion au chamboule-tout, que c'est.

Elle s'effondra soudain et éclata en sanglots convulsifs :

— Si vous voulez qu'j'vous dise, hoqueta-t-elle, c'est un de ces sales étrangers de l'Auberge. On sait jamais où c'est qu'on en est, avec ces oiseaux-là. D'un côté, y sont pas fiers pour causer, on peut pas leur ôter ça, mais y en a des qui portent des chemises que c'est à pas croire. Des chemises où c'est qu'y a dessus des femmes en bikini, comme c'est qu'ils appellent ça ! Et tous à prendre le soleil où veux-tu où voilà et pis l'cul à l'air qu'on sait bien à quoi ça mène. V'là c'que j'dis !

Toujours en larmes, Mrs Tucker fut escortée jusque

dans le vestibule par le constable Hoskins. Et Bland songea que, pour les gens du cru, le verdict — somme toute peu compromettant, profondément rassurant et bien dans la tradition séculaire — consisterait à désigner « l'étranger » à la vindicte publique.

8

— Elle a la langue bien pendue, celle-là, que c'est rien d'le dire, confia Hoskins en revenant. Elle harcèle son mari et martyrise son vieux père. Et elle a dû étriller sa gamine une couple de fois, c'qui fait que maintenant, elle se sent morveuse. Mais les filles comme Marlene se fichent pas mal de ce que peut dire leur mère. Ça leur glisse dessus comme l'eau sur les plumes d'un canard.

L'inspecteur Bland coupa court à ces commentaires en demandant à Hoskins d'amener Mrs Oliver.

Il ne fut cependant pas peu surpris par l'aspect de cette dernière. Il ne s'attendait à rien d'aussi monumental, d'aussi drapé dans la pourpre ni d'aussi émotionnellement perturbé.

— J'en suis malade ! vagit Mrs Oliver en se laissant choir telle une gigantesque portion de flan écarlate dans le fauteuil placé en face de lui. MALADE ! répéta-t-elle — et on sentait bien qu'elle l'écrivait, cette fois, en lettres majuscules.

L'inspecteur émit quelques onomatopées à mi-chemin entre le murmure courtois et l'exclamation atterrée tandis que Mrs Oliver poursuivait sur sa lancée :

— Parce que, voyez-vous, c'est *mon* crime ! C'est moi qui l'ai *commis* !

L'inspecteur, éberlué, crut un instant que Mrs Oliver passait aux aveux.

— Pourquoi j'ai pu vouloir que la victime soit la première épouse yougoslave d'un Savant atomiste, voilà qui me dépasse ! se morigéna Mrs Oliver en fourrageant des deux mains avec fébrilité dans sa coiffure tarabiscotée, ce qui eut pour premier résultat de lui donner l'air d'être doucement pompette. Quelle ânerie ! Ç'aurait tout aussi bien pu être l'aide-jardinier, qui n'aurait pas été celui qu'on croyait... et ça aurait été dix fois moins grave, parce qu'après tout la plupart des hommes sont capables de se défendre. Et s'ils ne sont pas fichus de le faire, ils n'ont à s'en prendre qu'à eux-mêmes et je ne m'en serais pas voulu à ce point-là. Quand un homme se fait tuer, personne ne prend ça au tragique — je veux dire, personne sauf sa veuve, ses maîtresses, ses enfants et tout ça...

À ce stade — et alerté qu'il était en outre par le discret parfum de cognac que dégageait l'haleine de la romancière —, l'inspecteur commença à nourrir d'injustes soupçons. En revenant à la maison, Hercule Poirot avait, d'autorité, administré à son amie ce remède souverain contre les chocs émotionnels.

— Non, je ne suis pas ivre ! clama Mrs Oliver, devinant les pensées de l'inspecteur, et rien ne vous oblige à croire cet individu quand il dit que je bois comme un trou !

— Quel individu ? bégaya l'inspecteur.

Après celle de l'aide-jardinier, l'arrivée inopinée de ce nouveau personnage achevait de le perturber.

— Taches de rousseur et accent du Yorshire, énonça Mrs Oliver comme on lit une fiche signalétique. Mais, comme je viens de vous le dire, je ne suis pas ivre, et je ne suis pas folle. Je suis simplement bouleversée. Irrémédiablement BOULEVERSÉE ! précisa-t-elle, recourant une deuxième fois aux majuscules.

— Je conçois, madame, que la situation ait pu vous paraître pénible, compatit l'inspecteur.

— Et le pire, renchérit Mrs Oliver, c'est qu'elle avait *envie* d'être victime d'un obsédé sexuel. Et voici qu'elle l'a été... qu'elle l'est — je ne sais plus quel temps employer !

— Il n'est pas question d'obsédé sexuel pour le moment, voulut la rassurer l'inspecteur.

— Ah, bon ? Eh bien, Dieu soit loué. Enfin, je ne sais pas, après tout, et je m'avance beaucoup. Elle aurait peut-être préféré que ce soit le cas. Mais s'il ne s'agissait pas d'un obsédé sexuel, inspecteur, pourquoi diable quelqu'un a-t-il bien pu avoir envie de la tuer ?

— J'espérais, dit l'inspecteur, que vous pourriez peut-être m'aider à le découvrir.

De toute évidence, songeait-il, Mrs Oliver venait de mettre le doigt sur un point crucial. Pourquoi diable quelqu'un avait-il bien pu avoir envie de tuer Marlene ?

— Vous aider dépasse mes compétences, avoua Mrs Oliver. Je ne vois absolument pas qui aurait pu faire ça. Bien entendu, je peux toujours *imaginer* des solutions — je suis capable d'imaginer n'importe quoi ! C'en devient d'ailleurs un problème. Là, tout de suite, je peux vous imaginer tout ce que vous voudrez en moins de deux. Je pourrais même vous rendre l'histoire vraisemblable — à ceci près qu'il n'y aurait, bien entendu, pas un mot de vrai. Il se pourrait très bien, par exemple, qu'elle ait été victime d'un homme qui n'a qu'un hobby dans l'existence : tuer des jeunes filles, mais ce serait trop simple — et d'ailleurs, comment expliquer qu'un homme qui n'aime que tuer des jeunes filles se soit précisément trouvé à cette fête où on devait en tuer une ? Un peu gros, en fait de coïncidence. Et puis comment aurait-il su que Marlene se trouvait dans cet abri à bateaux ? Ou alors il se pourrait aussi qu'elle ait découvert une liaison secrète entre deux personnes, ou encore qu'elle ait surpris, la nuit, quelqu'un en train d'enterrer un cadavre, ou qu'elle ait reconnu une personne qui ne voulait pas être reconnue, ou qu'elle ait percé un secret à propos de je ne sais quel trésor de guerre enfoui dans la propriété... À moins, si vous préférez, que l'homme au canot automobile n'ait jeté un corps dans le fleuve, et qu'elle l'ait aperçu depuis la fenêtre de l'abri à bateaux — ou bien qu'elle ait mis la main sur un important message codé, sans même savoir ce qu'il signifiait...

— Je vous en prie ! implora l'inspecteur en levant les deux mains en signe de reddition.

La tête lui tournait.

Docile, Mrs Oliver se tut. Mais il était clair qu'elle aurait pu continuer un bon bout de temps sur sa lancée. De cette débauche de matière aussi généreusement prodiguée, l'inspecteur retint une phrase :

— Qu'entendiez-vous, Mrs Oliver, par « l'homme au canot automobile » ? Venez-vous d'imaginer un homme dans un canot automobile ?

— Quelqu'un m'a dit qu'il était arrivé dans son canot automobile, répondit Mrs Oliver. Du diable si je me souviens d'ailleurs qui. Celui dont nous avions parlé au petit déjeuner, je crois.

— Je vous en prie...

L'inspecteur s'était fait presque suppliant. Il n'avait jamais eu jusque-là la moindre idée de ce à quoi pouvait ressembler un auteur de romans policiers. Il savait que Mrs Oliver en avait écrit une petite quarantaine. Mais il lui paraissait désormais extravagant qu'elle n'en ait pas pondu cent quarante.

Passé ce bref instant d'égarement, il se ressaisit et s'enquit d'un ton péremptoire :

— Qu'est-ce que c'est que cette histoire d'homme au petit déjeuner qui serait arrivé dans son canot automobile ?

— Il n'est pas arrivé au petit déjeuner dans son canot automobile, rectifia Mrs Oliver. C'était un yacht. Enfin, pas vraiment. Une lettre, plutôt.

— Une lettre, ou un yacht ?

— Une lettre, certifia Mrs Oliver. Pour lady Stubbs. De son cousin sur un yacht. Et elle a eu peur, conclut-elle.

— Peur ? De quoi ?

— De lui, j'imagine, dit Mrs Oliver. Tout le monde l'a bien vu. Elle était épouvantée, et elle ne voulait pas le voir, et, à mon avis, c'est pour ça qu'elle est allée se cacher.

— Se cacher ?

— Mais oui. On ne la trouve plus nulle part. Tout le monde la cherche. Et *je* pense qu'elle se cache parce qu'elle a peur de lui et qu'elle ne veut pas le voir.

— Qui *est* cet homme ? vociféra l'inspecteur.

— Demandez-le plutôt à M. Poirot, dit Mrs Oliver.

Parce qu'il lui a parlé, et moi pas. Il s'appelle Esteban — non, Esteban, ça, c'était dans mon scénario. Sousa, c'est ça, son nom. Étienne de Sousa.

Mais un autre nom avait retenu l'attention de l'inspecteur :

— Qui avez-vous dit ? M. Poirot ?

— Oui. Hercule Poirot. Nous étions ensemble quand nous avons découvert le corps.

— Hercule Poirot... Je m'interroge soudain... Serait-il possible qu'il s'agisse du même homme ? Un Belge, un petit homme affublé d'une très grosse moustache ?

— D'une moustache prodigieuse, convint Mrs Oliver. Oui. Vous le connaissez ?

— J'ai fait sa connaissance, il y a bien des années. J'étais jeune sergent, à l'époque.

— C'était à l'occasion d'une enquête criminelle ?

— Oui. Qu'est-ce qu'il fabrique ici, lui ?

— Il était censé remettre les prix, dit Mrs Oliver.

Elle avait marqué une légère hésitation avant de répondre, mais l'inspecteur ne s'en avisa pas.

— Et il était avec vous quand vous avez découvert le corps... murmura Bland. Hum ! j'aimerais bien lui parler.

— Voulez-vous que je l'appelle tout de suite ? demanda Mrs Oliver en étreignant, pleine d'espoir, les pans de sa robe de pourpre.

— Vous n'avez rien à ajouter, madame ? Vous êtes certaine de ne pas avoir oublié de détail qui pourrait nous mettre sur une piste ?

— Je ne pense pas, dit Mrs Oliver. Je ne sais rien de rien. Mais, comme je vous l'ai dit, je suis à même d'imaginer les mille et une raisons pour lesquelles...

L'inspecteur la fit taire. Il était un peu rassasié des solutions imaginaires de Mrs Oliver. Elles ne faisaient que lui semer le trouble dans l'esprit.

— Vous êtes trop bonne, madame, dit-il précipitamment. Si vous pouviez en revanche avoir la gentillesse de m'envoyer M. Poirot, je vous en serais reconnaissant.

Mrs Oliver leva le siège. Et le constable Hoskins demanda, curieux :

— Qui est ce monsieur Poirot, m'sieur ?

— Vous allez sans doute le trouver grotesque, le prévint l'inspecteur Bland. On jurerait un Français d'opérette, mais, en réalité, il est belge. Et en dépit de ses ridicules, c'est un cerveau ! Quand même, il ne doit plus être de toute première jeunesse.

— Et c'type, c'de Sousa ? demanda le constable. Vous croyez pas qu'il pourrait nous intéresser, m'sieur ?

Bland n'entendit pas la question. Un fait plusieurs fois évoqué devant lui, mais auquel il n'avait pas prêté attention, venait de lui revenir brusquement à l'esprit.

Il y avait d'abord eu sir George, agacé et inquiet : « Ma femme semble avoir disparu de la circulation. Je n'ai aucune idée de l'endroit où elle est passée. » Puis miss Brewis, légèrement méprisante : « Lady Stubbs est introuvable. Je suppose qu'elle en aura eu par-dessus la tête de ces festivités. » Et à l'instant Mrs Oliver, qui prétendait lui expliquer pourquoi lady Stubbs était allée se cacher.

— Oui ? Qu'y a-t-il ? dit-il, distraitement.

Le constable Hoskins s'éclaircit la gorge :

— Je vous demandais si des fois vous pensiez pas que c'de Sousa — ou qui que ce soye qui s'cache sous c'nom —, il pourrait pas être pour quéqu'chose dans notre affaire.

Le constable Hoskins était visiblement ravi d'avoir soudain — au lieu d'un magma d'étrangers anonymes — un étranger bien précis à soupçonner. L'esprit de l'inspecteur Bland cheminait cependant sur d'autres sentiers.

— Il me faut lady Stubbs, intima-t-il d'un ton bref. Amenez-la moi. Et si elle n'est pas dans les parages, cherchez-la ailleurs.

Hoskins parut quelque peu surpris mais ne s'en prépara pas moins à obtempérer. Au moment de franchir le seuil, il s'effaça pour laisser entrer Hercule Poirot. Puis il se retourna et jeta un coup d'œil hébété pardessus son épaule avant de refermer la porte derrière lui.

— Monsieur Poirot ! s'exclama l'inspecteur en tendant la main. Je n'ose imaginer que vous vous souveniez de moi.

— Détrompez-vous, dit Poirot. C'était... laissez-moi une seconde, juste une seconde. Vous êtes le jeune sergent... c'est cela, le sergent Bland... dont j'ai fait la connaissance il y a quatorze — non, quinze ans.

— Exact. Quelle mémoire !

— Mais pas du tout. Pourquoi ne me souviendrais-je pas de vous, puisque *vous* vous souvenez de moi ?

Hercule Poirot, songea Bland, n'était pas de ceux qu'on oublie aisément — et ce, pour de multiples raisons qui n'étaient pas toutes élogieuses.

— Vous voici donc une fois de plus, monsieur Poirot, aux prises avec un assassinat.

— En effet, dit Poirot. On m'a fait venir pour donner un petit coup de main.

— Un petit coup de main ?

Bland semblait interloqué. Poirot se hâta d'ajouter :

— Pour remettre leurs prix aux lauréats de cette Course à l'Assassin, voulais-je dire.

— C'est ce que m'a confié Mrs Oliver.

— Elle ne vous a rien raconté d'autre ? s'enquit Poirot d'un ton détaché.

Il aurait bien voulu savoir si Mrs Oliver avait parlé à l'inspecteur de la véritable raison pour laquelle elle l'avait supplié de faire ce voyage jusqu'au fin fond du Devon.

— Si elle ne m'a rien raconté d'autre ? Elle n'a pas cessé ! Tous les motifs imaginables et inimaginables qui auraient pu conduire à tuer cette gamine y sont passés. J'en ai encore la tête qui tourne. Seigneur, quelle imagination !

— Elle est payée pour en avoir, mon bon ami, répondit sobrement Poirot.

— Elle a parlé d'un certain Sousa — savez-vous si elle l'a inventé ?

— Non, il existe. C'est un fait avéré.

— Elle s'est lancée dans une histoire de lettre au petit déjeuner, et d'un yacht, et puis d'une remontée de l'Helm en canot automobile... Je patauge complètement.

Poirot se lança dans une explication. Il raconta la scène du petit déjeuner, la lettre, le brusque accès de migraine de lady Stubbs.

— D'après Mrs Oliver, lady Stubbs était épouvantée. Vous pensez aussi qu'elle avait peur ?

— Oui, c'est l'impression qu'elle m'a faite.

— Peur de son cousin ? Pourquoi ?

Poirot haussa les épaules :

— Je n'en ai aucune idée. Elle s'est contentée de me dire qu'il était « malfaisant ». C'est que, voyez-vous, elle est un peu simplette. Demeurée.

— Oui, le fait semble de notoriété publique. Elle ne vous a pas dit pourquoi elle avait peur de ce Sousa ?

— Non.

— Mais cette peur vous a semblé réelle ?

— Si elle était simulée, lady Stubbs serait une comédienne hors pair, décréta Poirot.

— Je commence à battre la campagne au sujet de cette affaire, grommela Bland.

Il se leva et se mit à arpenter la pièce à grandes enjambées :

— C'est la faute de cette maudite créature, j'imagine.

— Mrs Oliver ?

— Oui. Elle m'a fourré dans le crâne tout un tas d'idées grand-guignolesques.

— Et vous vous dites qu'elles pourraient avoir un fond de vérité ?

— Pas toutes — grands dieux ! — mais j'en vois une ou deux qui ne sont peut-être pas aussi délirantes qu'il y paraît. Tout dépend de...

Il se tut en voyant la porte s'ouvrir pour livrer passage au constable Hoskins.

— J'ai pas été fichu de trouver la dame en question, m'sieur, annonça ce dernier dans ce style qui n'appartenait qu'à lui. Elle est pas nulle part.

— Qu'on ne savait pas où elle était, ça, on me l'a déjà dit ! tempêta Bland. Mais ce que je vous ai demandé, c'est de me la ramener !

— Le sergent Farrell et le constable Lorimer fouillent la propriété, m'sieur, se défendit Hoskins. L'est pas dans la maison, ajouta-t-il.

— Demandez au type qui vend les billets à l'entrée s'il ne l'a pas vue partir. À pied ou en voiture.

— Bien, m'sieur.

Hoskins s'en fut à reculons.

— Et tâchez de découvrir *quand* elle a été vue pour la dernière fois ! aboya l'inspecteur comme il passait la porte.

— C'est donc dans cette direction-là que vous cherchez, commenta Poirot.

— Je ne sais pas encore dans quelle direction je cherche, avoua Bland, mais je viens de m'aviser qu'une bonne femme qui devrait se trouver sur les lieux ne s'y trouve pas ! Et je veux savoir pourquoi. Dites-moi ce que vous savez de plus sur ce Machin-Truc-Chouette de Souza.

Poirot raconta sa rencontre avec le jeune homme alors que celui-ci débouchait du chemin qui remontait du quai.

— Il doit encore être à la kermesse, ajouta-t-il. Voulez-vous que je prévienne sir George que vous souhaitez le voir ?

— Pas à la seconde, dit Bland. J'aimerais d'abord que vous éclairiez un peu plus ma lanterne. Vous-même, quand avez-vous vu lady Stubbs pour la dernière fois ?

Poirot entreprit de passer en revue ses souvenirs. Pas commode de se remémorer les choses avec précision. Il se rappelait vaguement avoir aperçu à diverses reprises la haute silhouette drapée dans sa robe cyclamen sous son chapeau chinois de paille noire qui lui mangeait une partie de la figure. Elle allait de groupe en groupe, s'arrêtant ici et là pour échanger quelques mots avec quelqu'un. Il avait aussi entendu à plusieurs reprises son rire étrange par-dessus le brouhaha des conversations.

— Je pense, hasarda-t-il, peu sûr de lui, qu'il ne devait pas être loin de 4 heures.

— Où se trouvait-elle à ce moment-là, et avec qui ?

— Elle papillonnait au milieu d'un groupe, non loin de la maison.

— Y était-elle encore quand Sousa est arrivé ?

— Je ne sais pas. Mais j'en doute — et en tout cas, je ne l'ai pas vue. Sir George a dit à Sousa que sa femme ne devait pas être loin. Il semblait surpris qu'elle n'ait pas assisté au Concours de Déguisements alors qu'on l'y attendait.

— Quelle heure était-il quand Sousa est arrivé ?

— Environ 4 heures et demie, à mon avis. Mais je n'ai pas regardé ma montre et ne peux donc rien affirmer.

— Et lady Stubbs avait disparu avant qu'il n'arrive ?

— Il semble bien.

— Il se peut donc qu'elle se soit sauvée pour ne pas le rencontrer, suggéra l'inspecteur.

— Cela se peut.

— Quoi qu'il en soit, elle n'a pas pu aller bien loin, estima Bland. Il ne devrait pas être difficile de la retrouver, et quand ce sera chose faite...

Il s'interrompit.

— Et à supposer que vous ne la retrouviez pas ? s'enquit Poirot, une curieuse intonation dans la voix.

— C'est absurde ! trancha l'inspecteur. Pourquoi ? Que pensez-vous qui ait pu lui arriver ?

Poirot haussa les épaules :

— Ma foi ! On ne sait jamais. Tout ce que nous savons, c'est qu'elle a... disparu !

— Voyons, monsieur Poirot, ne dramatisons pas.

— La situation est peut-être bel et bien dramatique.

— C'est sur le meurtre de Marlene Tucker que porte notre enquête, rappela l'inspecteur d'un ton sévère.

— Bien sûr, bien sûr. Mais... pourquoi, en ce cas, vous intéressez-vous tellement à Étienne de Sousa ? Vous pensez que c'est lui qui a tué Marlene Tucker ?

— C'est cette créature ! explosa l'inspecteur Bland.

Poirot esquissa un sourire :

— Quelle créature ? Mrs Oliver, encore ?

— Oui ! Voyez-vous, monsieur Poirot, le meurtre de Marlene Tucker est absurde. Complètement absurde. Voilà une gamine plutôt mocharde, plutôt bécasse, qu'on retrouve étranglée sans qu'il soit possible d'envisager le moindre mobile à cet assassinat.

— Et Mrs Oliver vous en a indiqué un ?

— Une douzaine au bas mot ! Marlene aurait pu découvrir une liaison secrète entre deux personnes, ou être le témoin d'un meurtre, ou découvrir l'endroit où un trésor était enterré, ou encore surprendre, depuis la fenêtre de l'abri à bateaux, Étienne de Sousa alors qu'il se livrait à Dieu sait quel méfait en remontant le fleuve avec son canot automobile.

— Ah ! Et de toutes ces hypothèses, laquelle vous semble la plus séduisante, mon tout bon ?

— Je n'en sais rien. Mais je ne peux pas m'empêcher de les ressasser. Écoutez, monsieur Poirot, faites un effort pour vous rafraîchir la mémoire. D'après ce dont vous vous souvenez de votre conversation de ce matin avec lady Stubbs, vous a-t-elle donné l'impression qu'elle redoutait la venue de son cousin parce qu'il risquait de savoir sur elle quelque chose qu'elle voulait cacher à son mari, ou bien parce que c'était de l'individu lui-même qu'elle avait purement et simplement peur ?

Ce fut sans la moindre hésitation que Poirot répondit :

— C'était de l'individu lui-même qu'elle éprouvait une peur panique.

— Hum ! fit l'inspecteur Bland. Eh bien, je ne ferais pas mal d'avoir une petite conversation avec ce garçon s'il est encore dans les parages.

9

Bien qu'il ne nourrît point, à l'égard des étrangers, les mêmes préjugés ancestraux que le constable Hoskins, l'inspecteur Bland éprouva pour Étienne de Sousa une antipathie immédiate. L'élégance du jeune homme, la coupe irréprochable de ses vêtements, les effluves parfumés qui se dégageaient de sa chevelure gominée, tout concourait à lui déplaire et à l'exaspérer.

Sousa était fort sûr de lui, et tout à fait à son aise. Il laissait aussi paraître, tout en feignant de le cacher, un certain amusement :

— Il faut reconnaître que la vie fourmille de surprises. J'arrive ici au hasard d'une croisière de vacances, j'admire le paysage, je m'apprête à passer l'après-midi avec une petite cousine que je n'ai pas revue depuis des années — et que se passe-t-il ? Pour commencer, je tombe au beau milieu d'une espèce de carnaval où des boules de chamboule-tout me sifflent aux oreilles... et l'instant d'après, passant de la comédie au drame, me voici mêlé à un meurtre !

Il alluma une cigarette et prit une inspiration profonde :

— Non qu'il me concerne en quelque façon que ce soit, ledit meurtre. En réalité, je me perds en conjectures sur ce qui a bien pu vous amener à souhaiter m'interroger ?

— Vous êtes un étranger qui débarque ici, monsieur de Sousa...

Sousa le coupa :

— Et tout étranger est automatiquement suspect, c'est cela ?

— Non, non, pas du tout, monsieur. Vous ne m'avez pas laissé achever et m'avez, de ce fait, mal compris. Votre yacht, si je ne me trompe, est ancré à Helmmouth ?

— C'est exact, en effet.

— Et vous êtes arrivé en remontant le fleuve, cet après-midi, à bord d'un canot automobile ?

— Exact encore une fois.

— N'auriez-vous pas remarqué, sur votre droite, un abri à bateaux surplombant l'eau, et un petit ponton juste en dessous ?

Sousa rejeta sa belle tête brune en arrière et réfléchit, sourcils froncés :

— Attendez. Il y avait une crique et une petite bâtisse coiffée de tuiles grises.

— Plus haut que cela en remontant le fleuve, monsieur de Sousa. Au cœur d'un bouquet d'arbres.

— Ah, oui, ça me revient, maintenant. Un coin très pittoresque. J'ignorais que cette propriété possédait un débarcadère. Si je l'avais su, je l'aurais emprunté. Quand j'ai demandé ma route, on m'a conseillé de remonter jusqu'au bac et, une fois là, de m'amarrer au quai.

— Je comprends. Et c'est ce que vous avez fait ?

— C'est ce que j'ai fait.

— Vous n'avez pas débarqué au ponton de l'abri à bateaux, ni à proximité ?

Sousa secoua la tête.

— Auriez-vous vu quelqu'un en croisant devant cet abri à bateaux ?

— Vu quelqu'un ? Non. J'aurais dû ?

— C'était une possibilité. Voyez-vous, monsieur de Sousa, la gamine qui a été assassinée a passé tout l'après-midi dans cet abri à bateaux. C'est là qu'elle s'est fait tuer, et la scène a dû se dérouler pas bien loin du moment où vous êtes passé en face.

Sousa haussa les sourcils :

— Vous voulez dire que j'aurais pu être le témoin de ce meurtre ?

— Il a eu lieu à l'intérieur de l'abri à bateaux, mais vous auriez pu apercevoir la gamine — elle a pu regarder par la fenêtre, ou venir un instant sur le ponton. Et si vous l'aviez vue, cela nous permettrait de déterminer l'heure de sa mort avec une plus grande précision. Si, tandis que vous naviguiez au milieu du fleuve, elle était encore en vie...

— Ah ! j'y suis. Oui, j'y suis. Mais pourquoi me demander ça ? Pourquoi me le demander spécialement à *moi* ? Il y a une foule d'embarcations qui remontent le fleuve ou le descendent vers Helmmouth. Des caboteurs bourrés de vacanciers. Il en défile sans arrêt. Pourquoi ne les interrogez-vous pas, ceux-là ?

— Nous le ferons. Comptez sur nous, ils y auront droit eux aussi. Je puis retenir, en tout cas, que vous n'avez rien remarqué d'anormal en passant devant l'abri à bateaux ?

— Rien du tout. Rien qui trahisse une quelconque présence. Bien évidemment, je n'ai pas étudié les lieux avec une attention particulière, et je n'ai pas croisé très près. Quelqu'un aurait très bien pu regarder par la fenêtre, comme vous le suggérez, mais il se trouve que je n'ai pas vu cette personne.

Et d'ajouter, fort civil cette fois :

— Je suis navré de ne pas pouvoir vous être utile.

— Bah ! fit avec bonhomie l'inspecteur Bland, je n'en attendais pas trop de ce côté-là. Il reste cependant deux ou trois points de détail sur lesquels j'aimerais des précisions, monsieur de Sousa.

— Oui ?

— Êtes-vous venu seul ou des amis vous accompagnent-ils dans cette croisière ?

— J'étais récemment encore avec des amis. Mais voici trois jours que je navigue seul — avec mon équipage, bien entendu.

— Et comment s'appelle votre yacht, monsieur de Sousa ?

— L'*Espérance*.

— Lady Stubbs est, si j'ai bien compris, une cousine à vous ?

Sousa haussa les épaules :

— Une cousine éloignée. Passablement éloignée, même. Mais il en va ainsi dans nos îles, voyez-vous : nous nous marions pour ainsi dire en milieu fermé et sommes tous, par conséquent, plus ou moins parents. Hattie doit être ma cousine au deuxième ou au troisième degré. Je ne l'ai plus revue depuis qu'elle était pratiquement toute gosse — elle devait avoir quatorze ou quinze ans.

— Et vous pensiez lui faire, aujourd'hui, une visite surprise ?

— *Surprise*, ne me paraît pas le qualificatif adéquat, inspecteur. Je l'avais prévenue par lettre.

— Je sais qu'elle a reçu une lettre de vous ce matin, mais qu'elle a été très étonnée que vous soyez dans la région.

— Alors, là, vous vous trompez du tout au tout, inspecteur. J'ai écrit à ma cousine il y a de cela — laissez-moi réfléchir — oui, trois semaines. J'ai posté ma lettre en France avant de reprendre la mer pour venir ici.

L'inspecteur ne cacha pas son étonnement :

— Vous lui avez écrit de France pour la prévenir que vous vous proposiez de venir la voir ?

— Oui. Je lui disais que j'entreprenais une croisière, que je serais probablement à Torquay ou à Helmmouth aux alentours de cette date-ci, et que je la préviendrais ultérieurement du jour exact de mon arrivée.

L'inspecteur Bland regardait fixement le jeune homme. Ce qu'il venait d'entendre était en complète contradiction avec ce qu'on lui avait dit jusque-là. Toutes les personnes présentes au petit déjeuner lui avaient décrit une lady Stubbs stupéfaite et effrayée par le contenu de la lettre. Sousa soutint calmement le regard de l'inspecteur. Puis, avec un petit sourire, il chassa d'une chiquenaude un grain de poussière qu'il avait au genou.

— Lady Stubbs a-t-elle répondu à votre première lettre ? demanda l'inspecteur.

Sousa hésita un instant avant de répondre :

— Je ne sais plus très bien... Non, je ne crois pas me souvenir qu'elle l'ait fait. Mais ce n'était pas nécessaire. J'étais en voyage, je n'avais pas d'adresse fixe. Sans compter que ma cousine Hattie ne doit pas être une grande épistolière... On me dit qu'elle est devenue très belle, mais elle n'a jamais brillé par ses qualités intellectuelles.

— Vous ne l'avez pas encore vue ?

Sousa se fendit d'un aimable sourire :

— Elle semble avoir inexplicablement disparu. Cette espèce de raout a dû lui taper sur les nerfs.

Choisissant ses mots avec soin, l'inspecteur Bland s'enquit :

— N'auriez-vous pas lieu de penser, monsieur de Sousa, que votre cousine pouvait avoir une bonne raison de chercher à vous éviter ?

Hattie ? Chercher à m'éviter ? Très franchement, je ne vois pas pourquoi. Quelle raison aurait-elle eu de le faire ?

— C'est bien précisément la question que je viens de vous poser, monsieur de Sousa.

— Vous pensez que Hattie aurait quitté cette... cette kermesse pour m'éviter ? Mais c'est absurde !

— Elle n'avait donc, à votre connaissance, aucun motif d'avoir... — comment dirons-nous ? — d'avoir peur de vous ?

— Peur... de *moi* ?

Il y avait, dans la voix du jeune homme, comme une incrédulité amusée :

— C'est là, si je puis me permettre, inspecteur, une idée... extravagante !

— Vos relations avec elle ont toujours été amicales ?

— Je viens de vous le dire : je n'ai, à proprement parler, jamais eu de relations avec elle. Je ne l'ai pas revue depuis ses quatorze ans.

— Vous avez cependant cherché à la retrouver en arrivant en Angleterre ?

— Oh ! pour tout vous avouer, j'avais lu un écho sur elle dans la rubrique mondaine d'un de vos magazines pour têtes couronnées. On y mentionnait son nom de jeune fille et on y parlait de son mariage avec un riche Anglais. Ce qui fait que je me suis dit : « Il faut que j'aille voir à quoi ressemble maintenant la petite Hattie, et si son cerveau fonctionne un peu mieux que par le passé. »

Il eut un nouveau haussement d'épaules :

— Simple courtoisie de cousinage. Et un brin de curiosité... sans plus.

L'inspecteur se remit à étudier le visage du jeune homme. Qu'y avait-il derrière ces traits lisses et légèrement moqueurs ? Il adopta un ton plus intime :

— Je me demande si vous ne pourriez pas m'en dire un peu plus sur votre cousine ? Sur sa personnalité, sa façon d'être ?

Sousa, une fois encore, se montra — oh ! fort courtoisement — surpris :

— Franchement, qu'est-ce que tout cela a à voir avec

le meurtre de cette gamine dans l'abri à bateaux, qui est, si j'ai bien compris, le véritable objet de votre enquête ?

— Il se pourrait qu'il y ait un rapport, dit l'inspecteur Bland.

Sousa l'observa un moment en silence avant de répondre, avec un léger mouvement d'épaules :

— Je n'ai jamais réellement connu ma cousine. Elle n'était qu'un des membres d'une famille nombreuse, et ne s'intéressait pas particulièrement à moi. Mais, pour répondre à votre question, je dirai que si elle était indubitablement handicapée au niveau intellectuel, elle n'a jamais, que je sache, manifesté de tendances homicides.

— Je vous assure, monsieur de Sousa, que je ne suggérais rien de tel !

— Vraiment ? Je m'interroge. Et si tel est bien le cas, je ne comprends pas le sens de votre question. Non, à moins qu'elle n'ait changé du tout au tout, Hattie n'avait rien d'un assassin en puissance !

Il se leva avant d'ajouter :

— Je ne saurais croire que vous souhaitiez m'interroger plus avant, inspecteur. Et je ne puis que vous souhaiter tout le succès possible dans la recherche du coupable.

— Vous n'avez pas, je l'espère, l'intention de quitter Helmmouth avant un jour ou deux, monsieur de Sousa ?

— Voilà qui est fort civilement formulé, inspecteur. Dois-je comprendre qu'il s'agit d'un ordre ?

— D'une simple prière, monsieur.

— Merci. Je me propose de passer quarante-huit heures à Helmmouth. Sir George m'a aimablement offert son hospitalité, mais je préfère rester à bord de l'*Espérance*. Si vous souhaitez poursuivre cet interrogatoire, c'est là que vous me trouverez.

Il s'inclina.

Le constable Hoskins lui ouvrit la porte, et il sortit.

— Quelle espèce de phraseur mielleux, marmonna l'inspecteur Bland pour lui-même.

— Ah ! ça... acquiesça le constable Hoskins.

— Admettons qu'elle en ait bel et bien, des tendances homicides, poursuivit l'inspecteur sur le même ton. Pourquoi s'en serait-elle prise à cette boutonneuse ? Ça ne tient pas debout !

— On ne sait jamais, avec les cinglés, observa sentencieusement Hoskins.

— La question est : jusqu'à quel point est-elle cinglée ?

Hoskins dodelina de la tête, sagace :

— J'donnerais pas gras d'son quotient intellectuel, ça non !

L'inspecteur lui jeta un regard agacé :

— Ne répétez pas comme un perroquet ces expressions à la mode. Que son quotient intellectuel soit élevé ou égal à zéro, je m'en bats l'œil. Tout ce que je veux, c'est savoir si c'est le genre de bonne femme susceptible de trouver amusant, ou désirable, ou nécessaire, d'entortiller une corde à linge autour du cou d'une gamine et de l'étrangler ! Et, d'ailleurs, où diable a-t-elle bien pu aller se fourrer ? Allez voir si Frank a trouvé quelque chose.

Hoskins s'exécuta docilement et revint un moment plus tard accompagné du sergent Cottrell, fringant jeune homme habité par une haute opinion de lui-même et qui avait le don d'énerver son supérieur. L'inspecteur Bland s'accommodait mieux du rude bon sens paysan du constable Hoskins que du dédaigneux côté « je sais tout » de Frank Cottrell.

— Les recherches se poursuivent, monsieur, dit Cottrell. La personne n'est pas sortie par le portail — nous en sommes certains. C'est l'aide-jardinier qui distribue les tickets d'entrée et encaisse la monnaie. Et il est prêt à jurer qu'il ne l'a pas vue.

— On peut sortir de la propriété autrement que par ce portail, j'imagine ?

— Oh ! bien sûr, monsieur. Il y a le chemin qui descend vers le bac, mais le vieux, là en bas — il s'appelle Merdell —, est tout aussi catégorique : il ne l'a pas vue filer par là. Il est quasi centenaire, mais, d'après moi, toujours fiable. Il m'a très bien décrit comment le « monsieur » étranger est arrivé en canot automobile et lui a demandé son chemin pour Nasse House. Le vieux lui a conseillé de remonter jusqu'à la route et de prendre un billet à l'entrée. Mais le « monsieur » n'avait pas l'air de savoir qu'il y avait une kermesse, et s'est présenté à lui comme un ami de la famille. Alors il l'a conduit jusqu'au sentier qui grimpe à travers bois vers la propriété. Merdell est apparemment resté sur le quai tout l'après-midi, ce qui fait qu'il aurait forcément vu « Sa Seigneurie » si elle était passée par là. À part ça, il y a encore un autre portail, dans la partie haute de la propriété, qui permet de gagner Hoodown Park à travers champs, mais il a été condamné avec du barbelé pour empêcher les campeurs et autres indésirables de s'introduire ici. Alors il n'est pas invraisemblable de penser qu'elle soit toujours dans les parages immédiats, vous ne croyez pas ?

— Ça n'est pas impossible, voulut bien admettre l'inspecteur. Mais rien ne l'empêchait de se glisser sous une clôture et de filer à travers champs, non ? Sir George se plaint paraît-il sans arrêt des étrangers qui ne se gênent pas pour le faire. Si vous prenez le chemin par lequel ils se débrouillent pour entrer, vous devez pouvoir vous débrouiller pour sortir, bon sang de bonsoir ! Je n'ai pas raison ?

— Oh ! si, monsieur, sans l'ombre d'un doute, monsieur. Mais j'ai parlé avec sa femme de chambre, monsieur. Elle portait — Cottrell consulta le papier qu'il tenait à la main — une robe rose cyclamen en crêpe Georgette (c'est comme ça qu'elle m'a dit), un grand chapeau noir, des escarpins vernis noirs avec des talons aiguilles de douze centimètres. Pas vraiment le genre de tenue pour courir la campagne.

— Elle ne s'est pas changée ?

— Non. Je l'ai vérifié avec la femme de chambre. Rien ne manque — rigoureusement rien. Elle n'a pas fait de valise, ni quoi que ce soit de ce genre. Elle n'a même pas changé de chaussures. Toutes celles qu'elle possède sont là. Tout est parfaitement en ordre.

L'inspecteur Bland fronça les sourcils. De peu réjouissantes hypothèses lui venaient à l'esprit.

— Reconvoquez-moi la secrétaire ! lança-t-il d'un ton brusque. Miss Machinchouette... Brucc... peu importe comment elle s'appelle !

Miss Brewis entra, passablement plus agitée que d'habitude, et quelque peu hors d'haleine :

— Oui, inspecteur ? Vous vouliez me voir ? S'il n'y a pas urgence, sir George est dans tous ses états, et...

— Dans tous ses états ? Pourquoi ?

— Il vient seulement de se rendre compte que lady Stubbs est... bref, qu'elle a disparu. J'ai beau lui répéter sur tous les tons qu'elle est sans doute allée faire un tour dans les bois, il s'est mis dans la tête qu'il lui était arrivé quelque chose. C'est absolument grotesque.

— Ça pourrait bien ne pas l'être, miss Brewis. Après tout, nous avons déjà eu un... un meurtre, cet après-midi.

— Vous ne pensez tout de même pas que lady Stubbs... Mais c'est absurde ! Lady Stubbs est de taille à se défendre !

— Croyez-vous ?

— Bien évidemment ! Ce n'est pas une enfant.

— Mais elle est tout de même un peu vulnérable...

— Mon œil ! s'emporta miss Brewis. Ça arrange de temps en temps lady Stubbs de jouer les fleurs brisées et les faibles d'esprit — surtout quand elle est censée faire quelque chose qui l'embête. Que son mari s'y laisse prendre, je le veux bien, mais avec moi ça ne marche pas !

— Vous ne l'aimez pas beaucoup, n'est-ce pas, miss Brewis ? fit Bland, mi-curieux, mi-complice.

Les lèvres de miss Brewis n'étaient plus que deux traits blafards :

— Il n'entre pas dans mes attributions de l'aimer ou de ne pas pouvoir la voir en peinture.

À ce moment précis, la porte s'ouvrit avec violence et sir George entra :

— Dites donc, vociféra-t-il, il faudrait quand même que vous fassiez quelque chose ! Où est Hattie ? Il s'agit de la retrouver ! Je voudrais bien savoir ce qui se passe ici ! Cette kermesse de malheur... une espèce de tueur fou en a profité pour s'introduire ici, il a payé sa demi-couronne comme tout le monde, et il se promène depuis en assassinant les gens ! Voilà ce qui se passe, si vous voulez mon avis !

— Votre façon d'envisager la situation me paraît un peu exagérée, sir George.

— Ça vous va bien de rester à prendre des notes derrière ce bureau ! Seulement, moi, je veux ma femme !

— Je fais battre tous les taillis, sir George.

— Pourquoi personne ne m'a-t-il prévenu qu'elle avait disparu ? Voilà paraît-il deux heures qu'on ne l'a plus vue. Je trouvais bizarre qu'elle ne soit pas venue assister au Concours de Déguisements, mais personne ne m'a dit qu'elle avait disparu pour de bon.

— Personne ne le savait, dit l'inspecteur.

— Eh bien, on aurait dû le savoir ! On aurait dû s'en rendre compte !

Il se tourna vers miss Brewis :

— Vous, vous auriez dû le savoir, Amanda — c'était à vous de la surveiller, elle comme tout le reste !

— Je ne peux pas être partout à la fois, sir George, gémit miss Brewis.

Elle semblait maintenant au bord des larmes :

— J'avais déjà tant à faire. S'il prend à lady Stubbs la fantaisie d'aller faire un tour...

— Aller faire un tour ? Où voulez-vous qu'elle soit allée faire un tour ? Elle n'avait aucune raison d'aller faire un tour — à moins qu'elle n'ait voulu éviter ce métèque !

Bland saisit la balle au bond :

— Je voulais justement vous demander... Votre épouse a-t-elle reçu, il y a environ trois semaines, une lettre de M. de Sousa lui annonçant qu'il allait venir en Angleterre ?

Sir George parut tomber des nues :

— Non, bien sûr que non.

— Vous en êtes sûr ?

— Alors, là, sûr et certain. Hattie m'en aurait parlé. Bon sang ! elle a failli tomber à la renverse en recevant cette lettre ce matin. Ça l'a mise dans tous ses états. Elle est restée allongée les trois quarts de la matinée avec une forte migraine.

— Que vous a-t-elle dit, en tête à tête, au sujet de la visite de son cousin ? Pourquoi redoutait-elle à ce point de le voir ?

Sir George parut nager dans l'embarras :

— Du diable si je suis au courant ! Elle n'arrêtait pas de répéter qu'il était malfaisant, c'est tout.

— Malfaisant ? Comment ça, malfaisant ?

— Elle n'est pas précisément entrée dans les détails. Elle était comme une gosse épouvantée qui aurait croisé un sale type. Pour elle, il était malfaisant, et il était « mauvais », et elle ne voulait pas qu'il vienne. Elle disait qu'il avait fait des choses méchantes.

— Des choses méchantes ? Quand ça ?

— Oh ! il y bien longtemps. J'imagine volontiers que cet Étienne de Sousa était la brebis galeuse de sa famille et que Hattie aura entendu dire du mal de lui dans son enfance sans comprendre réellement de quoi il s'agissait. Avec le temps, elle se sera mise à le prendre en horreur. Je m'étais dit qu'il ne fallait pas attacher trop d'importance à ces terreurs enfantines. Ma femme se montre bien souvent assez puérile. Il y a ce qu'elle aime et ce qu'elle déteste, sans qu'elle puisse expliquer pourquoi.

— Êtes-vous certain qu'elle ne vous en a pas dit plus, sir George ?

Sir George sembla soudain mal à l'aise :

— Je ne voudrais pas que vous preniez au pied de la lettre... euh... ce qu'elle m'a confié.

— Elle vous a donc bel et bien confié quelque chose ?

— D'accord. Je vais cracher le morceau. Ce qu'elle m'a dit — et elle l'a fait à plusieurs reprises —, c'est : « *Il tue les gens*. »

10

— « Il tue les gens », répéta l'inspecteur Bland.

— Je ne crois pas qu'il faille prendre ça trop au sérieux, conseilla sir George. Elle n'arrêtait de dire et de répéter « Il tue les gens », mais elle était incapable de me préciser qui il avait tué, ni où, ni quand. J'en avais conclu qu'il s'agissait d'un vague cauchemar d'enfance... une révolte d'indigènes... quelque chose dans ce goût-là.

— Vous venez de m'expliquer qu'elle s'était montrée incapable de vous fournir des précisions, sir George. Entendiez-vous par là qu'elle ne le *pouvait pas*... ou ne serait-ce pas plutôt qu'elle ne le *voulait pas* ?

Je ne crois pas que...

Sa voix se brisa et il lui fallut une seconde avant de reprendre :

— Je n'en sais rien. Vous venez de semer le doute dans mon esprit. Comme je vous le disais, je n'ai pas pris cela au sérieux. Je me suis dit que ce cousin l'avait peut-être un peu taquinée quand elle était petite... quelque chose d'aussi anodin que ça. Ce n'est pas facile à expliquer, parce que vous ne connaissez pas ma femme. Je l'aime infiniment, mais les trois quarts du temps, je n'écoute pas un mot de ce qu'elle raconte pour la bonne raison que ça n'a aucun sens. Quoi qu'il en soit, je ne vois pas comment ce Sousa pourrait être pour quelque chose dans tout ça — ne me dites pas qu'il a débarqué de son yacht et foncé à travers bois pour s'engouffrer dans l'abri à bateaux et y tuer une malheureuse Éclaireuse qui n'en demandait pas tant ? Pourquoi aurait-il fait ça ?

— Je n'ai rien suggéré de semblable, se défendit l'inspecteur Bland. Mais vous devez comprendre, sir George, que la recherche du meurtrier de Marlene Tucker débouche sur un nombre infiniment plus limité de suspects qu'il n'était permis de le penser au départ.

— Limité ? s'exclama sir George en écarquillant les yeux. Mais vous avez tous les participants de cette fichue kermesse parmi lesquels faire votre choix ! Deux cents... trois cents personnes ! N'importe qui dans le lot a pu faire le coup !

— C'est ce que je me suis d'abord imaginé. Mais ce que j'ai appris depuis lors a modifié ma façon de voir. L'abri à bateaux était verrouillé de l'intérieur. Personne ne pouvait y pénétrer sans une clé.

— Je veux bien, mais il en existe trois exemplaires, de cette clé.

— Exactement. L'une des trois constituait le dernier indice de la Course à l'Assassin. Elle est encore cachée dans l'allée des hortensias, tout en haut du jardin. La deuxième clé était en possession de Mrs Oliver, organisatrice de cette Course à l'Assassin. Où se trouve la troisième, sir George ?

— Elle devrait être dans le tiroir du bureau, devant vous. Non, le tiroir de droite, avec des doubles de toutes les autres clés.

Il vint farfouiller dans le tiroir en question :

— Oui, elle est bien là.

— Comprenez-vous, reprit l'inspecteur Bland, ce que cela signifie ? Les seules personnes qui pouvaient pénétrer dans l'abri à bateaux étaient, premièrement : un participant à la Course à l'Assassin ayant achevé le parcours et trouvé la clé (or, pour autant que nous le sachions, personne n'y est encore parvenu) ; deuxièmement : Mrs Oliver ou quelqu'un à qui elle aurait prêté sa clé ; troisièmement : *quelqu'un que Marlene elle-même aurait laissé entrer*.

— Précisément. Cette dernière hypothèse englobe quasiment tous les badauds de la kermesse, non ?

— Pas du tout, au contraire ! réfuta l'inspecteur Bland. Si j'ai bien compris le scénario de cette Course à l'Assassin, chaque fois qu'elle entendait quelqu'un approcher de la porte, la fille devait se coucher par terre, jouer le rôle du Cadavre et attendre d'être découverte par le concurrent qui avait trouvé le dernier indice : la clé. Vous voyez donc vous-même que les seules personnes qu'elle était susceptible de laisser entrer, à condition qu'elles l'appellent et le lui demandent, étaient *celles qui avaient organisé cette Course à l'Assassin*. À savoir, n'importe quel familier de la maison — autrement dit vous-même, lady Stubbs, miss Brewis, Mrs Oliver — voire M. Poirot, qu'elle avait, je crois, rencontré ce matin. Et qui encore, sir George ?

Sir George réfléchit un instant. Puis :

— Les Legge. Alec et Sally. Ils nous ont aidés depuis le début. Et Michael Weyman, l'architecte qui est ici pour faire les plans du pavillon de tennis. Et Warburton, les Masterton... et, ah ! Mrs Folliat, bien sûr.

— C'est tout ? Personne d'autre ?

— Non, nous avons fait le tour.

— Vous voyez donc bien, sir George, que les possibilités sont limitées.

Sir George devint brusquement écarlate :

— Ce que vous dites est insensé — absolument insensé ! Voudriez-vous insinuer que... Qu'est-ce que vous voulez insinuer ?

— Je constate simplement, rectifia l'inspecteur Bland, qu'il y a encore beaucoup de choses que nous ignorons. Il est possible, par exemple que, pour une raison X, Marlene soit *sortie* de l'abri à bateaux. Il se peut même qu'elle ait été étranglée ailleurs et que son cadavre ait été ensuite transporté à l'intérieur de l'abri. Mais même dans cette hypothèse, l'assassin ne pouvait être que quelqu'un qui connaissait dans tous ses détails le scénario de la Course à l'Assassin. On en revient toujours là.

Et il ajouta, d'un ton légèrement changé :

— Je peux vous assurer, sir George, que nous faisons l'impossible pour retrouver lady Stubbs. En attendant, j'aimerais m'entretenir avec Mr et Mrs Alec Legge, et avec Mr Michael Weyman.

— Amanda !

— Je vais voir ce que je peux faire, inspecteur, s'empressa miss Brewis. Je présume que Mrs Legge est encore sous sa tente de diseuse de bonne aventure. Avec le demi-tarif établi depuis 5 heures, nous avons eu droit à une nouvelle ruée et tous les stands sont pris d'assaut. Mais je ne devrais pas avoir trop de mal à trouver Mr Legge ou Mr Weyman — lequel souhaitez-vous voir en premier ?

— Peu importe l'ordre dans lequel je les vois, dit l'inspecteur Bland.

Miss Brewis hocha la tête et sortit. Sir George lui emboîta le pas en gémissant :

— Attendez, Amanda, il faudrait que vous...

L'inspecteur Bland mesura soudain à quel point sir George dépendait de l'efficace miss Brewis. Il lui trouva même, à cet instant-là, quelque chose d'un petit garçon.

Tout en attendant, l'inspecteur Bland décrocha le téléphone, demanda la communication avec ses confrères de la police de Helmmouth et s'entendit avec eux sur les mesures qu'il convenait de prendre concernant le yacht l'*Espérance*.

— Vous avez compris, je suppose, dit-il à Hoskins — lequel était, à l'évidence, bien incapable d'une telle perspicacité —, qu'il n'y a qu'un endroit où cette maudite bonne femme a de fortes chances de se trouver à l'heure qu'il est... et que c'est le yacht de Sousa ?

— Comment qu'vous est venue c't'idée-là, m'sieur ?

Hoskins en demeurait ébahi.

— Personne ne l'a vue quitter la propriété par aucun des accès usuels, et elle porte un accoutrement qui lui interdit de folâtrer par monts et par vaux, mais *il se pourrait* qu'elle ait donné rendez-vous à Sousa sur l'appontement de l'abri à bateaux et qu'il l'ait emmenée en canot automobile jusqu'à son yacht avant de revenir lui-même à la kermesse.

— Et pourquoi qu'il aurait fait ça, m'sieur ? demanda Hoskins, éberlué.

— Je n'en sais rien, bougonna l'inspecteur, et il est parfaitement improbable que les choses se soient passées comme ça. Improbable, mais *pas impossible*. Et si elle se trouve à bord de l'*Espérance*, je tiens à ce qu'elle ne puisse pas filer sans être repérée.

— Mais si qu'elle avait tant les foies d'lui tomber dessus...

Hoskins en oubliait de surveiller son langage.

— Tout ce que nous en savons, c'est ce qu'*elle* en a dit. Or, nous savons aussi que les femmes mentent comme elles respirent, ajouta sentencieusement l'inspecteur. Ne l'oubliez jamais, Hoskins.

— Ah, ça ! fit le constable Hoskins, saisi d'admiration.

Ils furent interrompus par l'entrée d'un grand gaillard à l'air un peu égaré. Il portait un complet de flanelle grise, mais son col de chemise était chiffonné, sa cravate de travers et ses cheveux hirsutes.

— Mr Alec Legge ? demanda l'inspecteur en relevant la tête.

— Non, dit le grand gaillard. Je suis Michael Weyman. Vous m'avez demandé, si j'ai bien compris ?

— En effet, monsieur, dit l'inspecteur Bland. Vous

ne voulez pas vous asseoir ? ajouta-t-il en lui désignant le fauteuil placé en face de lui.

— Je n'en ai pas envie, dit Michael Weyman. J'ai besoin de me dégourdir les jambes. Qu'est-ce que la police fabrique ici ? Qu'est-ce qui s'est passé ?

L'inspecteur Bland le dévisagea, surpris :

— Sir George ne vous a pas mis au courant ?

— Personne ne m'a « mis au courant », comme vous dites, de quoi que ce soit. Je ne vis pas accroché aux basques de sir George. *Qu'est-ce qui s'est passé ?*

— Vous logez ici, si je ne me trompe ?

— Bien sûr, que je loge ici. Qu'est-ce que ça a à voir à l'affaire ?

— Que j'étais tout bonnement persuadé que la totalité des habitants de cette maison était maintenant informée du drame survenu cet après-midi.

— Un drame ? Quel drame ?

— La fille qui tenait le rôle de la victime dans la Course à l'Assassin a été assassinée.

— Non ? Pas possible ? éructa Michael Weyman qui semblait tomber des nues. Assassinée pour de bon ? Ce n'était pas de la frime ?

— Je ne sais pas ce que vous entendez par « de la frime ». La gamine est bel et bien morte.

— Elle a été tuée comment ?

— On l'a étranglée avec un bout de corde à linge.

Michael Weyman émit un long sifflement :

— Comme dans le scénario ? Bigre !... C'est vrai qu'il y avait de quoi donner des idées...

Il s'éloigna de quelques pas vers la fenêtre, puis fit brusquement volte-face :

— Ce qui fait que nous sommes tous suspects, non ? À moins que le coupable ne soit un gars du pays ?

— Il nous paraît impossible que ce soit un gars du pays, comme vous dites, repartit l'inspecteur.

— À moi aussi, pour être honnête, admit Michael Weyman. En tout cas, ce qu'il y a de sûr, inspecteur, c'est que même si la plupart de mes amis prétendent que je suis fou à lier, cela n'est pas mon genre de folie. Je ne cours pas la campagne en étranglant les pucelles boutonneuses.

— J'ai cru comprendre, Mr Weyman, que vous étiez ici pour dessiner les plans d'un pavillon de tennis ?

— Ce qu'on ne saurait me reprocher, protesta Michael. Du point de vue criminel, en tout cas. Car du point de vue architectural, le produit fini constituera sans doute une grave offense au bon goût. Mais lesdites offenses ne sont pas de votre ressort, inspecteur. Qu'est-ce qui vous intéresse, vous ?

— Eh bien, j'aimerais savoir, Mr Weyman, où vous vous trouviez au juste, cet après-midi, entre 16 h 15 et 17 heures.

— Comment faites-vous pour être aussi précis ? Rapport d'autopsie ?

— Pas vraiment, monsieur. Un témoin a vu la gamine encore vivante à 16 h 15.

— Quel témoin... si je puis me permettre ?

— Miss Brewis. Lady Stubbs l'avait chargée de descendre une assiette de gâteaux et un verre de sirop à la petite.

— Notre Hattie, dites-vous, lui avait demandé ça ? Je n'y crois pas une seconde !

— Pourquoi n'y croyez-vous pas, Mr Weyman ?

— Parce que ça ne lui ressemble pas. Ce n'est pas le genre d'idée qui lui viendrait jamais. Cette chère lady Stubbs ne s'intéresse qu'à sa précieuse petite personne.

— J'attends toujours, Mr Weyman, votre réponse à ma question.

— Où me trouvais-je entre 16 h 15 et 17 heures ? Ma foi, inspecteur, je suis bien incapable de vous répondre. Je glandouillais... si vous voyez ce que je veux dire.

— Et vous « glandouilliez » où ?

— Bah ! de-ci de-là. Je me suis mêlé aux gens qui traînaient sur la pelouse, j'ai regardé les naturels du cru se divertir, échangé quelques mots avec notre pétulante starlette. Quand j'en ai eu par-dessus la tête, j'ai filé jusqu'au court de tennis pour y réfléchir aux plans du futur pavillon. Je me demandais aussi combien de temps il faudrait avant que quelqu'un n'identifie le sujet de la photographie — un détail d'un filet de tennis — qui constituait le premier indice de la Course à l'Assassin.

— Quelqu'un l'a-t-il identifié ?

— Oui, je crois bien que quelqu'un y est parvenu, mais à ce moment-là ça m'était déjà sorti de la tête : je venais d'avoir une nouvelle idée pour le pavillon, une astuce susceptible de réconcilier au mieux deux univers opposés — celui de sir George et le mien.

— Et après ça ?

— Après ça ? Je suis allé faire un petit tour avant de revenir vers la maison. Je suis descendu jusqu'au quai où j'ai discuté le bout de gras avec le vieux Merdell avant de reprendre le même chemin en sens inverse. Je serais bien en peine de préciser l'heure à laquelle j'ai retrouvé la kermesse. Comme je vous l'ai dit d'entrée de jeu, je glandouillais... un point c'est tout.

— Parfait, Mr Weyman, dit l'inspecteur avec entrain, je pense que nous pourrons vérifier tout cela.

— Merdell vous confirmera que nous avons taillé une bavette sur le quai. Autant vous dire quand même que ça devait se passer après l'heure qui vous intéresse. Il devait être un peu plus de 5 heures quand je suis arrivé là en bas. Tout ça doit vous paraître bien vague, inspecteur ?

— Nous saurons le préciser.

L'inspecteur avait prononcé ces mots d'un ton aimable, mais il y avait dans sa voix une note plus dure qui n'échappa pas au jeune architecte. Il s'assit sur l'accoudoir du fauteuil :

— Sérieusement, qui peut avoir eu envie d'assassiner cette gamine ?

— Vous n'avez pas vous-même une petite idée, Mr Weyman ?

— Au débotté, j'inclinerais pour Mrs Oliver, notre prolifique romancière, notre Péril Pourpre — vous avez vu sa tenue impériale ? Je l'imagine très bien, perdant un peu les pédales et se disant que sa Course à l'Assassin serait encore plus réussie avec un *vrai* cadavre. Qu'est-ce que vous dites de ça ?

— Il s'agit d'une suggestion sérieuse, Mr Weyman ?

— C'est la seule possibilité que je parvienne à entrevoir.

— J'ai encore une question à vous poser, Mr Weyman. Avez-vous vu lady Stubbs au cours de l'après-midi ?

— Bien sûr que je l'ai vue. Vêtue comme un mannequin de Jacques Fath ou de Christian Dior ! Comment ne pas la voir ?

— Quand l'avez-vous aperçue pour la dernière fois ?

— La dernière fois ? Ça, je n'en sais rien. En train de prendre des poses sur la pelouse vers les 3 heures et demie — 4 heures moins le quart peut-être bien.

— Et vous ne l'avez plus revue ensuite ?

— Non. Pourquoi ?

— Je me demandais... Parce qu'après 4 heures, personne ne semble l'avoir vue. Lady Stubbs s'est... volatilisée, Mr Weyman.

— Volatilisée ! Notre Hattie ?

— Vous semblez surpris ?

— Ah ! oui, plutôt... Je me demande ce qu'elle nous mijote ?

— Vous connaissez bien lady Stubbs, Mr Weyman ?

— Je ne l'avais jamais rencontrée avant d'arriver ici, il y a quatre ou cinq jours.

— Vous êtes-vous forgé une opinion à son sujet ?

— Je dirais qu'elle sait mener sa barque comme personne, répondit froidement Michael Weyman. Que c'est une jeune femme éminemment décorative, et qui sait fort bien rentabiliser ses charmes.

— Mais intellectuellement plus limitée ? Vous êtes bien de cet avis ?

— Tout dépend de ce que vous entendez par « intellectuellement ». D'accord, ce n'est pas une intellectuelle. Mais si vous vous imaginez qu'elle n'a pas les deux pieds sur terre, vous vous fourrez le doigt dans l'œil.

Il se tut quelques secondes avant d'ajouter, une note d'amertume dans la voix :

— Pour ce qui est de savoir ce qu'elle veut, je vous prie de croire qu'elle est un peu là. À un point que j'ai rarement vu.

L'inspecteur haussa les sourcils :

— Ce n'est pas l'opinion qui prévaut.

— Dieu sait pourquoi, elle n'aime rien tant que jouer les débiles mentales. Mais, comme je vous l'ai déjà dit, elle sait ce qu'elle veut.

L'inspecteur observa Weyman un instant avant de demander :

— Vous ne pouvez vraiment pas être plus précis sur votre emploi du temps pendant le laps de temps que je vous ai indiqué ?

— Désolé, dit Weyman qui apparemment ne tenait plus en place. J'en suis bien incapable. J'ai toujours eu des ennuis avec ma mémoire, et je ne sais jamais l'heure qu'il est.

Il ajouta en s'agitant :

— Vous en avez terminé avec moi ?

Comme l'inspecteur lui répondait par un hochement de tête, il fila hors de la pièce.

— Je voudrais bien savoir, marmonna l'inspecteur, autant pour lui-même que pour le constable Hoskins, ce qu'il a pu y avoir au juste entre « Sa Seigneurie » et lui. Ou bien il lui a fait des avances et elle l'aura envoyé paître, ou bien ils se sont crêpé le chignon pour une raison quelconque.

Puis, s'adressant directement à Hoskins :

— D'après vous, qu'est-ce que les gens du secteur pensent de sir George et de lady Stubbs ?

— Elle, y lui manque une case, décréta le constable Hoskins.

— Je sais que c'est ce que vous pensez, vous, Hoskins. Mais est-ce que c'est l'opinion générale ?

— M'est avis qu'oui.

— Et sir George — il est aimé ou pas ?

— On l'aime assez bien. Il est pas mauvais bougre, et il connaît un peu la terre. La vieille dame lui a donné un sacré coup de main.

— Quelle vieille dame ?

— Mrs Folliat, qu'habite l'pavillon d'garde.

— Bien sûr, où avais-je la tête ! Les Folliat sont les anciens propriétaires, n'est-ce pas ?

— Oui, et c'est bien grâce à la vieille dame si sir George et lady Stubbs ont été aussi bien acceptés. Chez tout l'gratin, qu'elle les a traînés !

— Ils l'ont payée pour, d'après vous ?

— Oh ! non, pas Mrs Folliat !

Hoskins semblait choqué :

— Paraîtrait qu'elle connaissait lady Stubbs avant l'mariage, et qu'ça s'rait elle qu'aurait persuadé sir George d'acheter la propriété.

— Il va falloir que j'aie un entretien avec Mrs Folliat, envisagea l'inspecteur.

— Vous verrez que, pour ce qui est d'être maligne, elle est maligne. Des fois qu'y aurait du louche, la vieille dame s'rait pas la dernière à l'savoir.

— Il faut que je la voie tout de suite, décréta l'inspecteur. Où peut-elle bien être en ce moment ?

11

Mrs Folliat était présentement dans le grand salon, où elle conversait avec Hercule Poirot. L'apercevant effondrée dans une bergère à l'angle de la pièce, il était entré, et elle avait sursauté à son approche. Puis elle avait murmuré, en se laissant retomber contre le dossier de son siège :

— Ah ! c'est vous, monsieur Poirot...

— Pardonnez-moi, madame. Je vous ai dérangée.

— Mais non, mais non. Vous ne me dérangez pas. Je me reposais un instant, c'est tout. Je ne suis plus de la première jeunesse. Ce choc... ç'a été trop pour moi.

— Je comprends, dit Poirot. Je comprends fort bien cela.

Mrs Folliat fixait le plafond, sa main minuscule crispée sur un mouchoir. Elle balbutia, d'une voix étranglée par l'émotion :

— J'ai mal rien que d'y penser. Cette pauvre petite. Cette pauvre, pauvre petite...

— Hé oui ! fit platement Poirot. Hé oui !

— Si jeune, dit Mrs Folliat. Au printemps de sa vie... J'ai mal rien que d'y penser.

Poirot l'observait attentivement. Sous ses traits tirés, profondément marqués par les rides, elle avait maintenant l'air hagard. Elle, qu'il avait vue l'après-midi même accueillir si gaiement « ses » hôtes, paraissait soudain vieillie de dix ans.

— Vous me disiez vous-même et pas plus tard qu'hier, madame, que ce monde où nous vivons est mauvais.

— J'ai dit cela ? sursauta Mrs Folliat. Et c'est bien vrai... Oh ! oui, je commence seulement à comprendre à quel point, ajouta-t-elle en baissant la voix. Mais je ne m'attendais pas à une chose pareille.

Il la regarda avec une curiosité accrue :

— Parce que vous vous attendiez à quelque chose ? À quoi donc ?

— Non, non. Ce n'est pas ce que je voulais dire.

Poirot insista :

— Vous vous attendiez bel et bien à ce qu'il se passe *quelque chose...* quelque chose d'inhabituel, d'extraordinaire.

— Vous vous méprenez, monsieur Poirot. Je voulais dire que ceci était bien la dernière chose que je m'attendais à voir endeuiller notre kermesse annuelle.

— Lady Stubbs, ce matin, a elle aussi employé ce terme de « mauvais », en y ajoutant celui de « malfaisant ».

— Hattie ? Oh ! ne me parlez pas d'elle... ne me parlez pas d'elle. Je ne veux pas penser à elle.

Elle resta silencieuse un instant, puis :

— Qu'a-t-elle dit au juste... qui avait trait à la méchanceté ?

— C'était à propos de son cousin, Étienne de Sousa. Elle a dit qu'il était malfaisant, et qu'il était « méchant ». Elle a dit aussi qu'elle avait peur de lui.

Il l'observait. Elle secoua la tête, incrédule :

— Étienne de Sousa ? Qui est-ce ?

— Évidemment, vous n'étiez pas au petit déjeuner. Je l'oubliais, Mrs Folliat. Lady Stubbs a reçu une lettre de ce cousin qu'elle n'avait plus revu depuis qu'elle était une gamine de quinze ans. Il lui annonçait sa visite pour cet après-midi.

— Et il est venu ?

— Oui. Il est arrivé vers 4 heures et demie.

— Sans doute... oui, sans doute voulez-vous parler de ce jeune homme brun et assez beau garçon qui est arrivé par le chemin du bac ? Je me suis demandé, sur le moment, de qui il s'agissait.

— En effet, madame, c'était M. de Sousa.

Il y eut un bref silence, puis :

— Si j'étais vous, décréta soudain Mrs Folliat d'un ton vif, je ne croirais pas un mot de ce que dit Hattie.

Elle rougit quelque peu sous le regard étonné de Poirot, et reprit très vite :

— Elle est comme une enfant... je veux dire par là que « bon », « méchant », elle emploie ces qualificatifs-là comme le ferait un enfant. Sans nuances. Il ne faut pas croire un mot de ce qu'elle a pu vous raconter sur cet Étienne de Sousa.

Poirot était de plus en plus perplexe.

— Vous connaissez bien lady Stubbs, n'est-ce pas, Mrs Folliat ? demanda-t-il lentement.

— Probablement aussi bien que n'importe qui. Et vraisemblablement mieux que son mari lui-même.

— Qu'est-elle vraiment ?

— Quelle étrange question, monsieur Poirot.

— Vous n'ignorez pas, madame, que lady Stubbs a disparu ?

La réponse de Mrs Folliat l'étonna une fois de plus. Elle n'exprimait ni inquiétude ni surprise.

— Ainsi, elle s'est donc sauvée ? dit-elle. Je vois.

— Le fait vous semble naturel ?

— Naturel ? Oh ! je ne sais pas... Hattie est quelqu'un d'assez imprévisible.

— Pensez-vous qu'elle se soit sauvée parce qu'elle avait quelque chose à se reprocher ?

— Qu'entendez-vous par là, monsieur Poirot ?

— Son cousin parlait d'elle, tout à l'heure. Il disait, entre autres, qu'elle avait toujours été intellectuellement handicapée. Or, vous devez savoir, madame, que les personnes qui ont — selon la formule populaire — « une case en moins » ne sont pas toujours responsables de leurs actes.

— Qu'essayez-vous de me faire entendre, monsieur Poirot ?

— Ces personnes, comme vous le suggériez, voient « tout blanc ou tout noir » et sont semblables à des enfants. Dans un brusque accès de colère, elles peuvent aller jusqu'à tuer.

Mrs Folliat se tourna vers lui dans un soudain accès de colère :

— Hattie n'a jamais été comme ça ! Je ne vous permets pas de dire des choses pareilles ! C'était une fille douce et aimante, même si elle souffrait au niveau mental de... d'un certain retard. Hattie n'aurait jamais tué *personne*.

Elle l'affrontait, le souffle court, vibrante d'indignation.

Poirot en demeura perplexe. Terriblement perplexe.

L'irruption du constable Hoskins mit fin à la scène.

— C'est vous que j'cherchais, m'dame, dit-il, comme pour s'excuser.

— Bonsoir, Hoskins.

Mrs Folliat s'était ressaisie. Elle était de nouveau elle-même : la maîtresse de Nasse House.

— Qu'y a-t-il, mon bon ?

— L'inspecteur, il vous présente ses respects et il dit comme ça qu'il serait heureux de causer un moment avec vous — si vous vous sentez d'aplomb, pour sûr, se hâta d'ajouter Hoskins en constatant, après Poirot, les effets du choc sur les traits de la vieille dame.

— Mais bien sûr, que je me sens d'aplomb, fit Mrs Folliat en se levant.

Elle suivit Hoskins. Poirot, après s'être poliment incliné, se rassit et se perdit bientôt, les sourcils froncés, dans la contemplation du plafond.

L'inspecteur se leva en voyant entrer Mrs Folliat, et Hoskins lui avança un fauteuil.

— Je suis désolé de vous importuner, Mrs Folliat, dit Bland. Mais j'imagine que vous connaissez tous les gens du voisinage et que vous pourrez donc nous aider.

Mrs Folliat sourit faiblement :

— Je crois, en effet, m'intéresser à mes voisins autant qu'il est possible. Que voulez-vous savoir, inspecteur ?

— Vous connaissiez les Tucker ? Parents et enfants ?

— Oh ! oui, bien évidemment. Ils ont toujours vécu sur la propriété. Mrs Tucker était la benjamine d'une famille nombreuse. L'aîné de ses frères travaillait pour nous comme chef jardinier. Elle a épousé Alfred Tucker, un ouvrier agricole — stupide, mais très brave homme. Mrs Tucker est une teigne, mais c'est une bonne épouse, qui sait tenir sa maison — le pauvre Alfred ne s'aviserait jamais à dépasser la souillarde avec ses sabots crottés. Vous voyez le genre. Elle a également tendance à houspiller volontiers ses enfants. La plupart sont aujourd'hui mariés, ont un métier et vivent de leur côté. Le ménage n'avait plus à la maison que cette pauvre Marlene et les trois petits derniers : deux garçons et une fille, qui vont encore à l'école.

— Connaissant cette famille comme vous le faites, Mrs Folliat, voyez-vous une raison quelconque pour que Marlene ait été tuée aujourd'hui ?

— Alors, là, absolument pas. C'est pour moi rigoureusement incroyable, si vous voyez ce que je veux dire, inspecteur. Il n'y avait, je crois bien, pas de petit ami ni de quoi que ce soit de ce genre. Du moins n'en ai-je jamais entendu parler.

— Et les gens qui ont pris part à l'organisation de cette Course à l'Assassin, Mrs Folliat ? Que pouvez-vous m'en dire ?

— Ma foi, je n'avais jamais rencontré Mrs Oliver. Elle ne correspond guère à l'idée que je me faisais d'un auteur de romans policiers. Elle est bouleversée, la pauvre, par ce qui s'est passé — et il n'y a rien là que de très naturel.

— Et les autres, qui ont donné un coup de main — le capitaine Warburton, par exemple ?

— Je ne vois pas pourquoi il aurait tué Marlene Tucker, si c'est le sens de votre question, répondit posément Mrs Folliat. Je ne l'aime pas beaucoup. C'est un roublard, mais sans doute faut-il posséder une certaine roublardise quand on gère la carrière d'un homme politique. En tout cas, il ne manque pas d'énergie, et il n'a pas ménagé sa peine pour nous aider à préparer cette fête. Je ne pense de toute façon pas qu'il aurait matériellement pu tuer la petite étant donné qu'il n'a pas quitté la pelouse de tout l'après-midi.

L'inspecteur opina du bonnet :

— Et les Legge ? Que savez-vous des Legge ?

— Ils me paraissent former un couple charmant. Lui, il aurait tendance à se montrer d'humeur un peu... changeante. Je ne sais pas grand-chose sur son compte. Quant à elle, elle est née Carstairs, et je connais très bien bon nombre de ses relations. Ils ont loué Mill Cottage pour trois mois — le « Cottage rose » comme tout le monde l'appelle ici, et j'espère qu'ils y passent d'agréables vacances. Nous avons beaucoup sympathisé.

— Elle est très jolie femme, paraît-il.

— Oh ! oui, très séduisante.

— Pensez-vous que sir George ait pu, à un moment ou à un autre, se montrer sensible à cette séduction ?

Mrs Folliat parut assez surprise :

— Oh ! non, je mettrais ma main à couper qu'il n'y a jamais rien eu de ce genre. Sir George est complètement absorbé par ses affaires, et très amoureux de sa femme. C'est tout sauf un coureur de jupons.

— Et il n'y a rien eu, à votre avis, entre Mr Legge et lady Stubbs ?

Mrs Folliat secoua la tête :

— Oh ! non. Je vous le garantis.

L'inspecteur insista :

— Il n'y a pas eu, à votre connaissance, un différend quelconque entre sir George et sa femme ?

— Je vous jure mes grands dieux que non ! clama Mrs Folliat avec emphase. Et s'il y en avait eu, je l'aurais su.

— Ce ne serait donc pas à la suite d'une dispute conjugale que lady Stubbs a disparu ?

— Oh ! non, se récria Mrs Folliat.

Elle ajouta d'un ton léger :

— Cette petite sotte, d'après ce que j'ai compris, ne voulait pas voir son cousin. Un caprice de gamine. Aussi s'est-elle sauvée, comme une gamine qu'elle est.

— C'est là votre opinion. Et il n'y a, d'après vous, rien de plus ?

— Oh ! non. Je suis sûre qu'elle va bientôt remontrer le bout de son nez. Honteuse et repentante.

Puis, d'un ton détaché :

— Qu'est devenu le cousin, à propos ? Il est toujours dans la maison ?

— Je me suis laissé dire qu'il était retourné sur son yacht.

— Et le yacht est à Helmmouth, non ?

— Si, à Helmmouth.

— Je vois, dit Mrs Folliat. Que voulez-vous, c'est très regrettable que... que Hattie se soit conduite aussi puérilement. Néanmoins, s'il reste ici un jour ou deux, nous saurons bien amener cette petite à changer d'attitude.

C'était là, s'avisa l'inspecteur, une manière d'interrogation, qu'il choisit d'ignorer.

— Vous estimez sans doute, s'empressa-t-il d'enchaîner, que tout cela n'a que peu à voir avec l'affaire qui nous occupe. Mais vous devez bien vous rendre compte, Mrs Folliat, que notre champ d'investigations est immense. Miss Brewis, par exemple. Que savez-vous de miss Brewis ?

— C'est une excellente secrétaire. Et plus qu'une secrétaire. Elle remplit pratiquement des fonctions de gouvernante de la maison. Je me demande, en fait, comment ils se débrouilleraient sans elle.

— Elle était déjà au service de sir George avant son mariage ?

— Je crois. Je n'en suis pas certaine. Je ne la connais que depuis qu'elle est arrivée ici avec eux.

— On ne peut pas dire qu'elle porte lady Stubbs dans son cœur, n'est-ce pas ?

— Non, convint Mrs Folliat. J'ai bien l'impression que non. Mais je ne crois pas que ces secrétaires modèles portent souvent les épouses dans leur cœur, si vous voyez ce que je veux dire. Sans doute n'y a-t-il pas lieu de s'en étonner.

— C'est vous ou lady Stubbs qui avez demandé à miss Brewis de porter des gâteaux et un verre de sirop à la petite dans l'abri à bateaux ?

Mrs Folliat parut quelque peu interloquée :

— Je me souviens d'avoir vu miss Brewis prendre quelques gâteaux en disant qu'elle allait les apporter à Marlene. Je ne savais pas que quelqu'un lui avait demandé de le faire. Ce n'était en tout cas pas moi.

— Je vois. Vous dites être restée à partir de 4 heures sous la tente où l'on servait le thé. Or, je crois savoir que Mrs Legge est venue s'y désaltérer à peu près à cette heure-là...

— Mrs Legge ? Non, je n'ai pas l'impression. En tout cas, je ne me rappelle pas l'y avoir vue. En fait, je suis même certaine qu'elle n'y était pas. Le bus de Torquay venait de nous amener la foule, et je me souviens d'avoir regardé les gens qui se trouvaient sous la tente et de m'être dit qu'ils devaient tous être des vacanciers : il n'y avait pas un visage sur lequel j'aurais pu mettre un nom. Mrs Legge a dû venir prendre son thé plus tard.

— Bah ! éluda l'inspecteur, ça n'a pas d'importance.

Puis il ajouta d'une voix douce :

— Eh bien, je crois que ce sera tout. Merci, Mrs Folliat, de votre gentillesse. Espérons seulement que Mrs Stubbs nous revienne bientôt.

— Je forme aussi des vœux pour cela, renchérit Mrs Folliat. Cette chère enfant est bien inconsciente de nous jeter dans de telles inquiétudes.

Le ton était vif, mais d'une animation un peu forcée.

— Je suis certaine, dit-elle encore, qu'il ne lui est *rien* arrivé de fâcheux. Rien arrivé de fâcheux.

Au même instant, la porte du salon s'ouvrit et une ravissante jeune femme, cheveux auburn et visage semé de taches de rousseur, entra en disant :

— Il paraît que vous m'avez demandée ?

— Je vous présente Mrs Legge, inspecteur, dit Mrs Folliat. Sally, ma chère, êtes-vous au courant du drame affreux qui s'est produit cet après-midi ?

— Oh, oui ! Atroce, n'est-ce pas ? compatit Mrs Legge.

Elle poussa un soupir d'épuisement et se laissa choir dans le fauteuil tandis que Mrs Folliat quittait la pièce.

— Je suis atterrée par cette histoire, déclara-t-elle. Elle a quelque chose d'inimaginable. Et j'ai bien peur de ne pouvoir vous être d'aucune aide. Voyez-vous, j'ai passé mon après-midi à dire la bonne aventure, ce qui fait que je n'ai rien vu de ce qui se passait dehors.

— Je sais, Mrs Legge. Mais il nous faut pourtant poser à tout un chacun les mêmes questions de routine. Où étiez-vous, par exemple, entre 4 heures et quart et 5 heures ?

— Je suis allée prendre le thé à 4 heures.

— Sous la tente ?

— Oui.

— Il y avait beaucoup de monde, j'imagine ?

— On s'y marchait sur les pieds.

— Y avez-vous croisé des gens que vous connaissiez ?

— Oh ! quelques vieux croûtons, oui. Mais personne à qui parler. Ce que je pouvais en avoir envie, de ce thé ! Que voulez-vous, il était déjà 4 heures, comme je viens de vous le dire. J'ai regagné ma tente de diseuse de bonne aventure à 4 heures et demie et j'ai repris le harnais. Mais les sempiternelles croisières en mer et les brunes voleuses de maris me semblaient d'une banalité à périr ! Et Dieu sait ce que j'en suis arrivée à promettre aux mémères en fin de journée ! Époux millionnaires, carrières de stars à Hollywood, j'en passe et des meilleures.

— Que s'est-il passé pendant la demi-heure où vous avez été absente — pour ceux, j'entends, qui auraient voulu se faire dire leur avenir ?

— Oh ! j'avais accroché un écriteau à l'entrée de ma tente : « De retour à 4 h 30. »

L'inspecteur en prit note sur son calepin.

— Quand avez-vous vu lady Stubbs pour la dernière fois ?

— Hattie ? Je ne sais pas vraiment. Elle était à deux pas quand j'ai quitté ma tente pour aller prendre le thé, mais nous n'avons pas échangé un mot. Je ne me souviens pas de l'avoir vue après ça. On vient seulement de me dire qu'elle avait disparu. C'est exact ?

— Oui, en effet.

— Oh ! vous savez, dit Sally Legge avec bonne humeur, elle travaille un peu du chapeau. Je parie que ce meurtre l'aura fait paniquer.

— Eh bien, je vous remercie, ce sera tout, Mrs Legge.

Mrs Legge ne se le fit pas dire deux fois. En sortant, elle croisa Hercule Poirot.

Les yeux au plafond, l'inspecteur résuma la situation :

— Mrs Legge affirme qu'elle prenait son thé sous la tente entre 4 heures et 4 heures et demie. Mrs Folliat affirme qu'elle a aidé à servir le thé, sous cette même tente, à partir de 4 heures, mais que Mrs Legge ne s'y trouvait pas.

Il se tut quelques secondes avant de poursuivre :

— Miss Brewis affirme que lady Stubbs lui a demandé de descendre une assiette de gâteaux et un verre de sirop à Marlene Tucker. Michael Weyman affirme qu'il est inimaginable que lady Stubbs ait pu se montrer capable d'une telle attention — ce serait contraire à sa nature.

— Ah ! se délecta Poirot, les témoignages contradictoires ! Oui, ça ne manque jamais.

— Et il est toujours assommant de les démêler, grommela l'inspecteur. Ils cachent parfois quelque chose, mais neuf fois sur dix, ils ne nous mènent à rien. Bref, il va falloir se donner un mal de chien pour débroussailler tout ça.

— Et où en êtes-vous maintenant de vos réflexions, très cher ?

— Je suis persuadé, déclara l'inspecteur d'un ton grave, que Marlene Tucker a vu quelque chose qu'elle n'aurait pas dû voir. Et que c'est pour cette raison-là qu'elle a été supprimée.

— Je ne vous contredirai pas sur ce point, lui accorda Poirot. La question est maintenant : *qu'a-t-elle vu ?*

— Elle peut avoir assisté à un meurtre, suggéra l'inspecteur. Ou avoir reconnu la personne qui venait de commettre le meurtre en question.

— Un meurtre ? réfléchit Poirot. Le meurtre de qui ?

— À *votre* avis, Poirot ? Lady Stubbs est toujours en vie ou bien elle est morte ?

Poirot prit son temps avant de répondre.

— Je pense, mon bon ami, décréta-t-il enfin, que lady Stubbs est morte. Et je vais vous dire *pourquoi* je le pense. C'est parce que *Mrs Folliat le pense aussi*. Oui, quoi qu'elle puisse prétendre, et quoi qu'elle puisse feindre de croire, Mrs Folliat est persuadée que Hattie Stubbs est morte.

» Mrs Folliat, ajouta-t-il, sait beaucoup de choses dont nous ignorons tout.

12

En s'asseyant à la table du petit déjeuner, le lendemain matin, Hercule Poirot constata que le nombre des convives s'était bien réduit. Mrs Oliver, toujours sous le choc des événements de la veille, avait demandé qu'on lui monte un plateau dans sa chambre. Michael Weyman était sorti de bonne heure après avoir pris une simple tasse de café. Seuls étaient présents sir George et la fidèle miss Brewis. Mais sir George manifestait une absence totale d'appétit qui en disait long sur son état. Il n'avait pratiquement pas touché à l'assiette posée devant lui. Il repoussa d'un geste la petite pile de lettres que miss Brewis lui avait remises après les avoir décachetées, but quelques gorgées de café avec des gestes de somnambule, et marmonna :

—... Bonjour, monsieur Poirot.

Puis il retomba dans sa morosité en laissant échapper de temps à autre quelques grommellements :

— C'est incroyable, toute cette histoire ! Où peut-elle bien être ?

— L'enquête préliminaire aura lieu jeudi, dit miss Brewis. Nous avons été prévenus par téléphone.

Son patron la regarda sans comprendre :

— L'enquête ? Ah ! oui, bien sûr, l'enquête...

Il semblait indifférent, assommé. Il prit une autre gorgée de café et grommela :

— On peut s'attendre à tout, avec les femmes ! Qu'est-ce qui a bien pu lui passer par la tête ?

Miss Brewis pinça les lèvres sans répondre. Poirot, qui l'observait, songea que la secrétaire était dans un état de tension extrême.

Hodgson vient vous voir ce matin, rappela-t-elle. À propos de l'électrification de la laiterie. Et, à midi, vous avez...

Sir George la coupa :

— Je ne veux voir personne ! Annulez tout ce bazar ! Comment voulez-vous qu'un homme traite des affaires quand il se ronge d'inquiétude au sujet de sa femme ?

— Comme vous voudrez, sir George, capitula miss Brewis, fournissant là l'équivalent domestique de l'avocat psalmodiant l'éternel « comme il plaira à Votre Honneur ».

Son mécontentement était visible.

On ne peut jamais savoir, fulmina sir George, les idées biscornues qu'une femme peut avoir dans la tête et les âneries qu'elle est capable de commettre ! Vous êtes d'accord, hein ?

La question finale, véhémente, s'adressait à Poirot.

— Les femmes ? Ah ! avec elles, il *faut* s'attendre à tout ! renchérit ce dernier en levant bras et sourcils avec une ferveur toute continentale.

Miss Brewis se moucha avec exaspération.

— Elle *semblait* très bien, poursuivit sir George. Elle était ravie de sa nouvelle bague, elle s'était mise sur son trente et un pour être le point de mire de la fête. Elle était comme d'habitude, quoi ! Ce n'est pas comme si nous avions eu des mots, ou une dispute ou quoi... Résultat, elle a filé sans rien dire.

— Pour ce courrier, sir George... commença miss Brewis.

— Au diable votre fichu courrier ! vociféra sir George en repoussant sa tasse à café.

S'emparant de la pile de lettres, il les lui jeta quasiment à la tête :

— Répondez-y comme vous voudrez ! Qu'on arrête de m'embêter avec ça et le reste !

Puis, comme se parlant à lui-même et profondément atteint :

— Est-il une chose, une seule, que je pourrais *faire* ? Je ne sais même pas si ce type de la police est capable ou non... Il est doucereux, mollasson...

— La police est, j'en suis convaincue, tout à fait

compétente, intervint miss Brewis. Et ses hommes disposent de moyens importants pour retrouver la trace des personnes disparues.

— Il leur arrive de parfois mettre je ne sais combien de jours pour retrouver un malheureux gamin fugueur caché dans une meule de foin ! brama sir George.

» Si au moins je pouvais *faire* quelque chose ! reprit l'époux éploré. Je crois, figurez-vous, que je vais mettre une annonce dans les journaux. Notez, Amanda, voulez-vous ?

Il se concentra avant de dicter :

— *Hattie. Reviens, je t'en supplie. Suis au désespoir. George.* À communiquer à tous les journaux, Amanda.

— Lady Stubbs ne lit guère la presse, sir George, commenta miss Brewis d'un ton aigre. Elle ne s'intéresse ni aux faits divers ni aux affaires internationales.

Et elle ajouta assez perfidement, mais sir George n'était pas en état de détecter les perfidies ni de s'en soucier :

— Évidemment, vous pourriez faire passer votre annonce dans *Vogue*. Ça aurait au moins plus de chances d'accrocher son regard.

Sir George se satisfit d'un :

— Si vous voulez, où vous voulez, mais occupez-vous en.

Sur quoi il se leva et se dirigea vers la porte. Puis il revint sur ses pas pour se pencher sur Poirot :

— Dites-moi, Poirot... *Vous*, vous ne la croyez pas morte, n'est-ce pas ?

— Je vous rétorquerais volontiers, sir George, répondit Poirot, le nez au fond de sa tasse de café, qu'il est encore beaucoup trop tôt pour se livrer à de telles supputations. Rien, pour le moment, ne nous y autorise.

— *Donc* vous la croyez morte ! tonna sir George. Eh bien, moi pas ! *Moi*, je dis qu'elle est vivante et en bonne santé !

Il y avait du défi dans sa voix. Il s'éloigna en hochant furieusement la tête et sortit en claquant la porte derrière lui.

Poirot, pensif, entreprit de se beurrer un toast. Quand une femme disparaissait et qu'on craignait qu'elle n'ait été assassinée, il suspectait en premier lieu le mari — tout comme il soupçonnait l'épouse en cas de disparition du mari. Mais cette fois, il ne doutait pas, pour l'avoir dûment observé, de l'amour de sir George pour lady Stubbs. D'autant que, grâce à l'excellente mémoire qui l'avait si souvent servi, il se souvenait d'avoir vu sir George sur la pelouse tout au long de l'après-midi, jusqu'au moment où il était parti lui-même en compagnie de Mrs Oliver pour découvrir le cadavre. Non, sir George ne pouvait être l'assassin de Hattie. À supposer encore que Hattie soit morte. Après tout, se dit Poirot, rien n'était venu, pour l'heure, confirmer cette hypothèse. Et ce qu'il venait de dire à sir George était frappé au coin du bon sens. Mais sa conviction n'en demeurait pas moins inébranlable. Ce qu'il voyait se dessiner, c'était le scénario d'un double meurtre.

Miss Brewis l'arracha à ses réflexions en s'écriant soudain, d'une voix plaintive et chargée de rancœur :

— Les hommes sont tellement bouchés ! Tellement irrémédiablement *bouchés* ! On les croit intelligents, ils le sont dans bien des domaines... et là-dessus ils épousent des femmes impossibles !

Poirot avait pour principe de laisser parler les gens. Plus ils parlaient, mieux c'était. Il y avait toujours un peu de grain au milieu de l'ivraie.

— Vous jugez ce mariage malencontreux ? demanda-t-il.

— Désastreux — carrément désastreux.

— Vous voulez dire... qu'ils ne sont pas heureux ensemble ?

— Elle a sur lui, de tous points de vue, une très mauvaise influence.

— Voilà qui me paraît intéressant. En quoi a-t-elle une mauvaise influence ?

— Elle le mène comme un toutou qu'on siffle et qui rapplique en courant, elle se fait couvrir de cadeaux somptueux — des bijoux à ne plus savoir qu'en faire. Et des fourrures. Deux visons et une hermine de Russie ! Quel besoin une femme peut-elle avoir de deux visons ? Je voudrais bien qu'on me renseigne !

Poirot secoua la tête :

— Je suis fort mal placé pour le faire.

— C'est une rouée ! continua miss Brewis. Une comédienne ! Une affabulatrice ! Toujours à jouer les demeurées — surtout quand elle sait qu'elle a un public. Elle devait croire que ça plaisait à ce pauvre garçon !

— Et ça ne lui plaisait pas ?

— Bah, les hommes ! chevrota miss Brewis, au bord de la crise de nerfs. Ce n'est pas à eux qu'on peut demander d'apprécier l'efficacité, le désintéressement, l'honnêteté ! Avec une femme de tête, une femme d'envergure, sir George aurait pu aller loin...

— Jusqu'où ?

— Eh bien, il aurait pu jouer un rôle éminent dans

les affaires locales. Se faire élire au Parlement. Il est autrement plus capable que ce pauvre Mr Masterton. Je ne sais pas si vous avez déjà entendu Mr Masterton parler en public — c'est un orateur balbutiant, et bêtifiant. C'est à sa femme qu'il doit sa position. C'est elle qui joue les éminences grises. L'énergie, l'ambition et le sens politique, c'est elle qui les a.

Poirot réprima un frisson à l'idée qu'il pourrait être l'époux d'une Mrs Masterton, mais s'empressa d'opiner :

— Oui, je vois très bien ce que vous voulez dire. C'est une femme terrifiante, ajouta-t-il pour lui-même.

— Sir George ne semble pas ambitieux, reprit miss Brewis. Il se contente de vivre ici, de traînailler, de jouer les châtelains et d'aller de temps en temps à Londres pour ses réunions de conseils d'administration, mais, avec ses *capacités*, il pourrait viser beaucoup plus haut. C'est vraiment un homme remarquable, monsieur Poirot. Cette femme ne l'a jamais compris. Elle ne le considère que comme une sorte de machine à offrir des fourrures, des bijoux et des toilettes hors de prix. Mais s'il était marié à quelqu'un qui sache l'apprécier à sa juste valeur...

Elle se tut, la voix brisée.

Poirot la regardait avec une commisération sincère. Miss Brewis était amoureuse de son patron. Elle lui vouait une adoration fidèle, loyale et passionnée dont il n'était sans doute pas conscient et dont il n'avait probablement que faire. Pour sir George, Amanda Brewis n'était qu'un outil bien huilé fait pour le soulager du poids des corvées quotidiennes, répondre aux appels téléphoniques, rédiger le courrier, engager les domestiques, composer les menus et lui faciliter la vie en tout

— ou presque. Poirot se demanda s'il avait jamais vu en elle une femme. Et cela, se dit-il, n'allait pas sans dangers. Les femmes pouvaient se consumer intérieurement, atteindre un état de tension proche de l'hystérie sans que, dans son ingratitude naturelle, le mâle pour lequel elles se dévouaient corps et âme y prête la moindre attention.

— Une mijaurée, une intrigante, voilà ce qu'elle est ! renifla miss Brewis avec des sanglots dans la voix.

— Je note que vous dites *est* et pas *était*, fit remarquer Poirot.

— Mais bien sûr, qu'elle n'est pas morte ! grinça miss Brewis avec mépris. Elle a filé avec un homme, voilà ce qu'elle a fait ! Ça lui ressemble d'ailleurs très bien !

— Ça n'est pas impossible. Ça n'est jamais impossible, murmura Poirot.

Il prit un autre toast, contempla d'un œil morne le pot de marmelade d'orange et inspecta le reste de la table pour y chercher de la confiture mangeable. Comme il n'en voyait pas, il se contenta de beurre.

— C'est la seule explication, reprit miss Brewis. Bien entendu, elle ne *lui* viendra jamais à l'esprit.

— A-t-elle déjà eu... des aventures ? s'enquit Poirot, marchant sur des œufs.

— Oh ! elle sait très bien faire ses petites affaires en douce, allez !

— Vous voulez dire que vous n'avez jamais rien observé de tel ?

— Elle cache son jeu comme personne.

— Pensez-vous qu'il ait pu y avoir quelques... intrigues cachées ?

— Elle a fait tout ce qu'elle a pu pour embobiner Michael Weyman, accusa miss Brewis. Et que je t'emmène visiter le jardin de camélias — à cette époque de l'année ! Et que je te fais semblant de m'intéresser au futur pavillon de tennis...

— Après tout, il est ici pour ça, et j'ai cru comprendre que sir George voulait construire ce pavillon pour faire plaisir à sa femme.

— Elle est nulle au tennis, trancha miss Brewis. Comme elle est nulle à *tous* les jeux. Tout ce qu'elle veut, c'est un joli cadre où s'exhiber pendant que les autres transpirent en s'agitant autour d'elle. Oh ! oui, elle a fait le maximum pour tourner la tête à ce pauvre Michael Weyman ! Et elle y serait sans doute parvenue s'il n'avait pas déjà eu d'autres chats à fouetter.

— Ah ! fit Poirot en déposant une infime quantité de marmelade sur un coin de sa tartine et en portant lentement celle-ci à sa bouche. Il avait d'autres chats à fouetter, dites-vous ?

— C'est Mrs Legge qui l'a recommandé à sir George. Elle le connaissait avant de se marier. Chelsea, la vie de bohème, vous voyez le genre. Elle était peintre, rendez-vous compte !

— C'est une jeune femme fort séduisante, hasarda Poirot, et qui ne me paraît pas non plus manquer de cervelle.

— Oh ! non, elle n'est pas bête pour deux sous. Elle est allée à l'université et je pense qu'elle aurait fait carrière si elle ne s'était pas mariée.

— Elle est mariée depuis longtemps ?

— Trois ans, je crois. Mais je n'ai pas l'impression que le ménage soit très heureux.

— Il y a incompatibilité ?

— Lui, c'est un garçon bizarre, très lunatique. Un solitaire, et je l'ai entendu la rudoyer à plusieurs reprises.

— Ah ! que voulez-vous, sourit Poirot, disputes et réconciliations sont monnaie courante chez les jeunes couples. Sans elles, la vie leur semblerait peut-être monotone.

— Elle passe le plus clair de son temps avec Michael Weyman depuis qu'elle est ici, confia miss Brewis. Je crois qu'il était amoureux d'elle avant qu'elle n'épouse Alec Legge. Alors que, si vous voulez mon avis, il ne s'est jamais agi pour elle que d'un flirt.

— Flirt qui n'est peut-être pas au goût de Mr Legge ?

— Avec lui, on ne sait jamais. Il est tellement bizarre. Mais il est vrai que, ces derniers temps, il a eu l'air encore plus grognon que d'habitude.

— Est-ce que, de son côté, il n'aurait pas développé récemment un faible pour lady Stubbs ?

— C'est ce dont elle était, de toute façon, intimement persuadée. Elle croit toujours qu'elle n'a qu'à lever le petit doigt pour que les hommes se jettent à ses pieds !

— En tout cas, si elle est partie avec un homme, comme vous le suggériez, il ne peut s'agir de Mr Weyman, puisque Mr Weyman est toujours ici.

— Alors ce sera avec quelqu'un qu'elle voyait en cachette, décréta miss Brewis. Elle sort souvent sans prévenir personne, et elle part seule dans les bois. Elle était dehors avant-hier soir. Elle nous a quittés en bâillant et en disant qu'elle allait se coucher, mais je l'ai surprise une demi-heure plus tard qui sortait par la petite porte, un châle sur la tête.

Poirot regardait pensivement la femme assise devant lui. Il se demandait s'il fallait croire tout ce que disait miss Brewis lorsqu'elle parlait de lady Stubbs ou si la secrétaire prenait ses désirs pour des réalités. Mrs Folliat, il en était sûr, ne partageait pas du tout l'opinion de miss Brewis — or, Mrs Folliat connaissait beaucoup mieux Hattie que miss Brewis ne le ferait jamais. Si lady Stubbs était partie avec un amant, la situation de miss Brewis en serait grandement améliorée : elle pourrait tout à loisir consoler le mari abandonné et régler pour lui tous les détails du divorce. Encore fallait-il que cette hypothèse se vérifie. Si Hattie Stubbs avait filé avec un coquin, elle avait bizarrement choisi son moment, songea Poirot. Mais il ne croyait pas un instant qu'elle l'ait fait.

Miss Brewis rassembla en reniflant les lettres éparpillées sur la table.

— Si sir George a réellement l'intention de faire passer ces annonces, il vaudrait mieux que je m'en occupe, soupira-t-elle. C'est absurde, et quelle perte de temps pour moi ! Tiens ! bonjour, Mrs Masterton, ajouta-t-elle en voyant la porte s'ouvrir, poussée par une poigne vigoureuse.

— On me dit que l'enquête préliminaire aura lieu jeudi ! claironna Mrs Masterton de sa voix de stentor. Bonjour, monsieur Poirot !

Miss Brewis, les bras chargés de lettres, était restée plantée près de la table :

— Est-il quoi que ce soit que je puisse faire pour vous, Mrs Masterton ?

— Rien, merci, miss Brewis. J'imagine que vous êtes déjà suffisamment occupée ce matin, mais je voulais vous remercier pour tout le travail que vous avez abattu hier. Vous êtes une organisatrice hors pair, et une travailleuse infatigable. Nous vous en sommes tous très reconnaissants.

— Merci, Mrs Masterton.

— Ne vous mettez pas en retard pour moi. Je vais m'asseoir ici et dire deux mots à M. Poirot.

— Vous m'en voyez ravi, madame, dit Poirot, qui s'était levé de son fauteuil en s'inclinant.

Mrs Masterton approcha un siège et s'assit. Miss Brewis quitta la pièce. Elle s'était ressaisie et reprenait son rôle de secrétaire modèle.

— Une créature exceptionnelle, cette Brewis ! commenta Mrs Masterton. Aucune idée de ce que les Stubbs feraient sans elle. Mener une maison exige de la poigne, de nos jours. La pauvre Hattie ne s'en serait jamais tirée. Drôle d'histoire que tout ça, monsieur Poirot. Je suis venue vous demander ce que vous en pensiez.

— Et vous, madame, qu'en pensez-vous vous-même ?

— Eh bien, même si c'est déplaisant à envisager, je dirai que nous avons un psychopathe dans le secteur. Pas quelqu'un du coin, c'est tout ce que j'espère. Peut-être bien un maboul sorti d'un asile — on les relâche à mi-traitement, par les temps qui courent. Car enfin, personne dans son bon sens n'aurait eu l'idée d'étrangler le rejeton des Tucker. Pourquoi faire une chose pareille à moins d'être taré ? Et si cet individu, quel qu'il soit, travaille bel et bien du chapeau, il a probablement étranglé aussi cette pauvre Hattie Stubbs pendant qu'il y était. Elle n'est pas très futée, vous savez, la malheureuse. Si elle a rencontré un énergumène pas trop rébarbatif qui lui aura proposé d'aller voir Dieu sait quoi dans les fourrés, elle peut très bien l'avoir suivi comme l'agneau qu'on mène à l'abattoir.

— Vous croyez que son cadavre est quelque part dans la propriété ?

— Oh ! que oui, monsieur Poirot. On le retrouvera dès qu'on se mettra à fouiller un peu sérieusement les lieux. Notez qu'il y a au bas mot vingt-cinq hectares de bois et landes à passer au peigne fin, ce qui n'est pas rien. Surtout pour peu qu'on ait traîné le corps sous un roncier ou qu'on l'ait balancé dans une combe envahie par la broussaille... Ce qu'il faudrait, c'est une meute ! Des chiens de saint-hubert ! aboya Mrs Masterton qui, ce faisant, se mit à ressembler elle-même à un chien courant. Des saint-hubert ! Je vais appeler illico le super intendant pour lui dire de nous arranger ça.

— Il est fort possible que vous ayez raison, madame, acquiesça Poirot.

C'était là, de toute évidence, la seule réponse à offrir à Mrs Masterton.

— Mais bien sûr, que j'ai raison ! renchérit Mrs Masterton. N'empêche que ça me flanque la frousse de savoir que ce zigoto rôde sans doute encore dans le coin. Je vais faire un tour au village, en sortant d'ici, histoire de dire aux mères de veiller un peu sur leurs filles, de ne pas les laisser baguenauder seules. Ce n'est pas agréable, monsieur Poirot, d'avoir un tueur parmi nous.

— Un détail en passant, madame... Comment un

étranger aurait-il pu pénétrer dans l'abri à bateaux ? Il lui aurait fallu une clé.

— Oh ! ça ? s'esclaffa Mrs Masterton. Simple comme bonjour. Elle était sortie, bien sûr.

— Sortie de l'abri à bateaux ?

— Mais oui ! J'imagine qu'elle s'ennuyait — ces filles ont tendance à s'ennuyer. Elle sera sortie faire un tour, et elle aura regardé là où il ne fallait pas. Le plus probable, à mon avis, c'est qu'elle aura vu Hattie Stubbs se faire tuer. Elle aura entendu quelque chose, un bruit de lutte, elle sera allée jeter un œil, et l'homme qui venait d'assassiner lady Stubbs aura tout naturellement été contraint et forcé de la tuer aussi. Ça n'était pas sorcier pour lui de la ramener dans l'abri à bateaux, de l'y installer par terre et de filer en reclaquant la porte derrière lui. Il suffisait de la tirer pour que le verrou s'enclenche automatiquement de l'intérieur.

Poirot hocha doucement la tête. Il n'avait pas l'intention d'ouvrir un débat avec Mrs Masterton et préférait s'abstenir d'attirer l'attention de cette redoutable amazone sur un intéressant détail qui semblait lui avoir échappé, à savoir que si Marlene Tucker avait été tuée en dehors de l'abri à bateaux, ce ne pouvait être que par une personne suffisamment informée du scénario de la Course à l'Assassin pour replacer le cadavre à l'endroit exact et dans la position précise où devait se trouver la Victime. Au lieu de quoi il se contenta de répondre :

— Sir George Stubbs est persuadé que sa femme est toujours vivante.

— C'est ce qu'il dit, mon vieux, parce qu'il veut y croire. Il tenait énormément à elle, vous savez.

Et elle ajouta, de façon assez inattendue :

— J'ai un faible pour George Stubbs. En dépit de ses origines, de son éducation de citadin et de tout ce que vous voudrez, il se débrouille fort bien à la campagne. Le pire qu'on puisse lui reprocher, c'est d'être un rien snob. Mais après tout, le snobisme mondain n'a jamais fait de mal à personne.

— De nos jours, madame, susurra Poirot avec une pointe de cynisme, l'argent vous rend aussi sûrement fréquentable que la naissance.

— À qui le dites-vous, mon brave ! Qu'a-t-il besoin d'être snob ? Il lui a suffi d'acheter cette propriété et de claquer sa galette à tout va pour nous voir tous rappliquer ventre à terre ! Mais le bonhomme sait se faire aimer. Et pas seulement en raison de sa fortune. Amy Folliat, bien sûr, y est pour beaucoup. Elle les a pris sous son aile et, croyez-moi, Amy est quelqu'un qui compte dans notre petit coin. Les Folliat sont ici depuis le règne des Tudors.

— Des Folliat, il y en a toujours eu à Nasse House, murmura Poirot.

— Oui, soupira Mrs Masterton. Moche quand même, le tribut prélevé par la guerre. Tous ces garçons tombés au combat... ces droits de succession astronomiques. Des héritiers dans l'incapacité de conserver ces domaines et obligés de vendre...

— Mais Mrs Folliat, même si elle n'a plus sa maison, vit toujours sur le domaine.

— Oui. Elle a fort agréablement aménagé le pavillon de garde. Vous y êtes entré ?

— Non, nous nous sommes séparés sur le seuil.

— Se faire reléguer dans le pavillon de garde de son ancienne propriété et voir celle-ci livrée à des étrangers, ça ne serait pas du goût de tout le monde. Mais je dois rendre cette justice à Amy Folliat qu'elle n'a pas l'air d'en éprouver trop d'amertume. Aucun doute que ce ne soit elle qui ait persuadé Hattie de s'installer ici et l'ait poussée à se faire offrir le domaine par George Stubbs. Le fait est qu'elle n'aurait pas supporté de voir Nasse House transformée en hôtel, en pensionnat ou détruite pour céder la place à un lotissement.

Elle sauta sur ses pieds :

— Ce n'est pas tout ça, il serait temps que je m'en aille ! Je suis une femme occupée !

— Et comment ! Il faut que vous touchiez un mot au superintendant au sujet des saint-hubert.

Mrs Masterton partit d'un rire tonitruant :

— Savez-vous que j'en ai fait l'élevage, à une époque ? Les gens me disent d'ailleurs tout le temps que je ressemble à un saint-hubert !

Poirot en resta un instant interdit, et elle ne manqua pas de s'en apercevoir.

— Allons, n'ayez pas cet air penaud, monsieur Poirot ! s'exclama-t-elle. Je sais bien que c'est ce que vous pensiez aussi !

13

Après le départ de Mrs Masterton, Poirot sortit faire un tour dans les bois. Il avait les nerfs à fleur de peau. Et il éprouvait une irrépressible envie de regarder sous chaque fourré et d'examiner chaque massif de rhododendrons pour vérifier qu'un cadavre n'était pas caché dessous. Arrivé devant la Folie, il y entra et s'assit sur un banc de pierre pour reposer ses pieds, emprisonnés selon son immuable habitude dans des bottines vernies par trop serrées.

Il entrapercevait, au travers des frondaisons, les reflets qui jouaient à la surface du fleuve et, au-delà, la pente boisée de la rive opposée. Et il se découvrait en parfait accord avec le jeune architecte : cet endroit n'était pas fait pour qu'on y érige une « fabrique » de ce genre. Quelques échappées pourraient, certes, être ménagées en massacrant des arbres, mais il n'y aurait jamais de vue digne de ce nom. Alors qu'en déménageant cette Folie sur la butte herbeuse proche de la maison, ainsi que l'avait suggéré Michael Weyman, on aurait pu jouir d'un panorama magnifique au-dessus du fleuve et jusqu'à Helmmouth. Il n'en fallut pas davantage pour que le cours des réflexions d'Hercule Poirot prenne la tangente : Helmmouth, le yacht l'*Espérance*, Étienne de Sousa... D'une manière ou d'une autre, tout cela devait se tenir. Mais comment ? Quelques séduisants lambeaux de pistes s'amorçaient bien çà et là, mais rien, hélas ! ne les reliait entre eux.

Un objet brillant coincé dans une fissure du ciment, à la base du temple, attira son attention et il se pencha pour le ramasser. Puis il l'examina dans la paume de sa main avec la vague impression de le reconnaître. C'était une breloque dorée en forme d'aéroplane. Poirot fronça les sourcils. Une image se formait dans son esprit. Celle d'un bracelet. Un bracelet en or, auquel pendaient des breloques. Il se revit assis sous une tente et entendit la voix de Madame Zuleika, alias Sally Legge, parler de beautés brunes, de voyages au-delà des mers... Oui, elle portait un bracelet comme celui-ci, auquel pendaient un tas de petits sujets bizarres. Ces sortes de bijoux avaient fait fureur dans la jeunesse de Poirot, et voici que la mode en était revenue : c'était pourquoi, sans doute, ce bracelet l'avait frappé. À un moment quelconque, Mrs Legge était venue s'asseoir dans la Folie, et l'une des breloques était tombée de son bracelet. Peut-être ne s'en était-elle même pas aperçue. Et cela avait fort bien pu se passer la veille, au cours de l'après-midi.

Poirot se mit à réfléchir sur ce dernier point. Puis, entendant des pas s'approcher, il releva vivement la tête. Il vit d'abord la silhouette de quelqu'un qui venait vers lui en contournant le temple, et qui s'immobilisa, surpris, en l'apercevant : un mince jeune homme blond vêtu d'une chemise sur laquelle étaient imprimées des tortues, toutes sortes de tortues... Il n'était pas possible de s'y tromper : c'était bien la chemise qu'il avait remarquée la veille, alors que son propriétaire s'exerçait au lancer des boules de chamboule-tout.

Le jeune homme lui parut en proie à un grand trouble. Il dit très vite, avec un fort accent étranger :

— Je vous demande pardon... je ne savais pas...

Poirot, bien que souriant, lui répondit d'un ton de reproche :

— Vous êtes ici sur une propriété privée.

— Oui. Excusez-moi.

— Vous venez de l'Auberge ?

— Oui. Oui, de l'Auberge. Je pensais qu'on pouvait peut-être atteindre le quai en coupant à travers bois.

— Je regrette, dit Poirot sans pour autant cesser de

sourire, mais il va vous falloir rebrousser chemin. Ceci n'est pas une voie de passage.

Le jeune homme découvrit toutes ses dents en une mimique qui se voulait désarmante et répéta :

— Excusez-moi. Excusez-moi.

Sur quoi il s'inclina, tourna les talons et repartit en sens inverse.

Poirot sortit de la Folie et se remit en marche tout en observant le jeune homme qui s'éloignait. Quand celui-ci parvint au bout du chemin, il se retourna pour jeter un coup d'œil par-dessus son épaule. Puis, voyant que Poirot l'observait, il accéléra le pas et disparut.

« Eh bien, se dit Poirot, serait-ce un assassin que je viens de voir ou n'en serait-ce point ? »

Ce jeune homme était venu la veille à la kermesse, il s'était cogné contre Poirot parmi la foule, et il devait donc savoir qu'il n'était pas possible de gagner le bac en coupant à travers bois. Et d'ailleurs, s'il avait vraiment cherché un moyen d'aller vers le bac, il ne serait en aucun cas passé par la Folie mais serait resté plus bas pour longer le fleuve. Et il avait surgi, en outre, avec l'air de quelqu'un qui, arrivant à un rendez-vous, a la désagréable surprise d'y trouver une personne qui n'est pas celle qu'il attendait.

« Donc, c'est bien cela, songea Poirot. Il est venu ici pour y retrouver quelqu'un. Mais qui ? Et pourquoi ? »

Il suivit le chemin jusqu'à l'endroit où le jeune homme avait disparu. Il ne vit pas la chemise aux tortues. Celui qui la portait avait apparemment filé sans demander son reste. Poirot revint sur ses pas en hochant la tête.

Perdu dans ses pensées, il refit à pas lents le tour de

la Folie et, comme il arrivait devant l'entrée, sursauta à son tour. Sally Legge était là, à genoux, la tête au ras des craquelures du sol. Elle bondit sur ses pieds :

— Oh, monsieur Poirot, vous m'avez fait une de ces peurs ! Je ne vous avais pas entendu arriver.

— Vous cherchiez quelque chose, madame ?

— Je... non, pas vraiment.

— Quelque chose que vous auriez perdu, insista Poirot. Ou laissé tomber... À moins encore, peut-être, madame, ajouta-t-il en prenant un air malicieux, que vous n'ayez eu rendez-vous ? Se pourrait-il, par le plus malencontreux des hasards, que je ne sois pas celui que vous attendiez ici ?

Sally Legge avait cependant retrouvé tout son aplomb :

— Croyez-vous donc qu'on donne des rendez-vous aussi tôt le matin ?

— Il arrive, sourit Poirot, qu'on ne puisse fixer ses rendez-vous qu'à l'heure dont on dispose... Les maris, ajouta-t-il d'un ton sentencieux, sont parfois jaloux !

— Je doute que ce soit le cas du mien.

Elle avait parlé avec une certaine légèreté, sous laquelle Poirot perçut néanmoins une note d'amertume :

— Il est tellement préoccupé par ses propres affaires...

— C'est là le reproche que font toutes les femmes à leur mari, dit Poirot. Surtout lorsque le malheureux est anglais.

— Vous autres étrangers, vous êtes plus galants qu'eux.

— Nous savons, reconnut Poirot, qu'il faut, au moins

une fois par semaine, dire à une femme qu'on l'aime — et de préférence trois ou quatre fois ; et qu'il est bon, de-ci de-là, de lui offrir des fleurs, de lui tourner un compliment, de lui dire que sa nouvelle robe ou son nouveau chapeau lui vont à ravir.

— C'est ce que vous faites, vous ?

— Oh ! madame, je ne suis pas marié ! se récria Hercule Poirot. Hélas ! crut-il bon d'ajouter.

— Allons, vous dites « hélas ! », mais je suis certaine que vous ne le regrettez pas. Vous êtes trop heureux de votre liberté de célibataire.

— Non, non, madame. Je serai ainsi passé à côté de tant de choses !

— Moi, je trouve qu'il faut être cinglé pour se marier, décréta Sally Legge.

— Vous regrettez le temps où vous peigniez dans votre atelier de Chelsea ?

— Vous semblez bien renseigné à mon sujet, monsieur Poirot ?

— Je suis une véritable commère, reconnut Hercule Poirot. J'ai besoin de tout savoir sur les gens. Vous regrettez vraiment cette époque, madame ?

— Bah ! je n'en sais rien.

Non sans manifester une certaine nervosité, elle s'assit sur le banc de pierre. Poirot prit place à côté d'elle.

Et le phénomène auquel il était habitué se produisit une fois de plus. Cette jolie jeune femme rousse se mit à lui faire des confidences qu'elle aurait beaucoup hésité à faire à un Anglais :

— J'espérais, en venant nous enterrer pour des vacances à deux dans ce trou perdu, que tout pourrait recommencer comme avant... Mais ça n'a pas marché.

— Ah ?

— Eh, non ! Alec s'obstine toujours à faire une tête de dix pieds, il est — comment dire ? — complètement refermé sur lui-même. Il est à bout, à cran. Des gens l'appellent au téléphone, laissent des messages invraisemblables, et il ne veut *rien* me dire. J'en deviens folle. Il ne me *dit* jamais rien ! J'ai d'abord pensé qu'il y avait une femme, mais non... je ne crois pas que ce soit ça. Pas vraiment...

Il y avait dans sa voix un doute qui n'échappa pas à Poirot.

— Avez-vous apprécié comme il se doit votre thé d'hier, madame ? demanda-t-il.

— Apprécié mon thé ?

Elle le regarda en fronçant les sourcils, l'air de fouiller dans sa mémoire. Puis elle dit très vite :

— Oh ! oui. Vous ne pouvez pas savoir à quel point c'était pénible de rester sous cette tente, avec mes voiles qui me tenaient chaud ! J'étouffais.

— Sous la tente du goûter, on étouffait aussi, je crois ?

— Oh ! oui, aussi ! Mais rien ne vous requinque comme une bonne tasse de thé, vous ne trouvez pas ?

— Vous ne cherchiez pas quelque chose, à l'instant, madame ? Ne serait-ce pas cette babiole, par hasard ?

Il lui tendit la breloque en or.

— Oh !... oui. Merci, monsieur Poirot. Où l'avez-vous trouvée ?

— Ici, par terre. Dans cette fissure...

— J'ai dû perdre ça un jour.

— Hier ?

— Oh ! non, pas hier. Bien avant ça.

— Mais je me souviens pourtant très bien, madame, d'avoir vu cette breloque à votre poignet pendant que vous me disiez la bonne aventure.

Hercule Poirot n'avait pas son pareil pour mentir avec une parfaite assurance. Sally Legge s'y laissa prendre.

— Je ne sais plus très bien, balbutia-t-elle en baissant les yeux. Je n'ai remarqué que ce matin que je ne l'avais plus.

— Dans ce cas, vous me voyez ravi, madame, de vous la restituer.

Elle resta un instant à tourner et à retourner le petit objet entre ses doigts. Puis elle se leva :

— Eh bien, merci, monsieur Poirot. Merci infiniment.

Sa respiration s'était accélérée, et elle lançait des regards inquiets dans toutes les directions. Elle sortit précipitamment de la Folie. Poirot se laissa retomber contre le dossier du banc de pierre en hochant la tête.

« Non, songea-t-il, non, vous n'êtes pas allée prendre votre thé sous la tente hier après-midi. Et ce n'était pas la perspective de cette tasse de thé qui vous rendait si anxieuse de savoir s'il n'était pas bientôt 4 heures. C'est *ici* que vous êtes venue hier après-midi. Ici, à la Folie. À *mi-chemin de l'abri à bateaux*. Vous y aviez rendez-vous. »

Il entendit un nouveau bruit de pas.

« Et voici peut-être, se dit-il avec un sourire de délectation, la personne que Mrs Legge est venue retrouver hier. »

Mais en voyant apparaître Alec Legge devant l'entrée de la Folie, Poirot ne put que s'exclamer :

— Erreur sur toute la ligne !

— Oui ? Je vous demande pardon ?

Alec Legge avait sursauté.

— Je disais, répondit Poirot, que je m'étais une fois de plus trompé. Je ne fais pas cela souvent, tint-il à préciser, mais quand ça m'arrive, j'en suis hors de moi. Ce n'est pas vous que je m'attendais à voir.

— Vous comptiez voir qui ?

Poirot ne s'embarrassa pas de circonlocutions :

— Un jeune homme — presque encore un gamin —, avec une abominable chemise où gambadent des tortues.

Et de savourer l'effet produit par ces mots.

Alec Legge s'avança d'un pas. Puis il bredouilla :

— Comment le saviez-vous ? Comment... que voulez-vous dire ?

— Je suis médium, prétendit Poirot en fermant les yeux.

Alec Legge s'avança encore de deux pas. Poirot se rendit compte qu'il avait devant lui un homme ivre de colère.

— Que voulez-vous dire, bon Dieu ? éructa Alec Legge.

— Votre ami, je crois, est reparti pour l'Auberge, confia Poirot. Si vous voulez le voir, c'est là que vous le trouverez.

— C'était donc pour ça... marmonna Alec Legge à mi-voix.

Il se laissa choir sur le banc à son tour :

— C'était donc pour ça que vous étiez ici ? Il ne s'agissait pas de « remettre les prix ». J'aurais dû m'en douter.

Il se tourna vers Poirot. Il avait le visage hagard, la mine désespérée :

— Je sais très bien de quoi ça doit avoir l'air. Je sais de quoi toute cette histoire doit avoir l'air. Mais ce n'est pas ce que vous croyez. Je me suis fait avoir, je suis une victime. Je vous garantis qu'une fois qu'on est entre les pattes de ces gens-là, ce n'est pas à la portée de tout le monde d'en réchapper. Seulement, moi, je veux me tirer de là. C'est la seule chose qui compte. *Je veux m'arracher à leurs griffes !* On finit par avoir le bourdon, vous savez. On finit par se dire qu'il vaudrait mieux faire le grand saut. On se sent ficelé, on est comme un animal pris au piège. Oh ! et puis, après tout... à quoi bon parler de tout ça ? Vous savez maintenant ce que vous souhaitiez savoir, pas vrai ? Vous la tenez, votre preuve !

Il se leva et fit quelques pas en trébuchant comme un aveugle avant de s'enfuir à toutes jambes sans se retourner.

Poirot le regarda disparaître en ouvrant de grands yeux.

— Tout cela est bien étrange, murmura-t-il. Étrange et intéressant. J'aurais donc une preuve ? La preuve de quoi ? D'un meurtre ?

14

L'inspecteur Bland se trouvait au siège de la police de Helmmouth. Le superintendant Baldwin, colosse bien en chair, trônait de l'autre côté du bureau. Entre eux, sur ledit bureau, gisait une masse noire imbibée d'eau. L'inspecteur Bland en souleva un bord d'un index précautionneux.

— C'est bien le sien, dit-il. J'en suis persuadé, même si je me garderais bien de le jurer. Il semblerait qu'elle aimait cette forme-là. C'est du moins ce que m'a dit sa femme de chambre. Elle en possédait plusieurs. Un rose bonbon et un lie-de-vin, mais hier elle portait le noir. Oui, c'est bien ça. Et vous l'avez repêché dans le fleuve ? Voilà qui semblerait confirmer nos hypothèses.

— Ne sautons pas aux conclusions, le tempéra Baldwin. Pas encore. Après tout, n'importe qui peut jeter un chapeau dans le fleuve.

— Oui, acquiesça Bland. On aurait pu le jeter dans le courant depuis l'abri à bateaux, ou le balancer à l'eau depuis le pont d'un yacht.

— Le yacht est toujours au mouillage, dit Baldwin. Si elle y est jamais montée, morte ou vive, elle s'y trouve encore.

— Il n'est pas descendu à terre aujourd'hui ?

— Pas jusqu'à présent. Il est à bord. Assis sur le pont, en train de fumer un cigare.

L'inspecteur Bland consulta la pendule :

— Il serait temps d'aller y faire un tour.

— Vous pensez que vous allez la trouver ? demanda Baldwin.

— Je ne miserais rien là-dessus, soupira Bland. J'ai comme l'impression, voyez-vous, que ce type est sacrément malin.

Il resta un instant absorbé dans ses pensées, à tripoter ce qui restait du chapeau. Puis il s'enquit :

— Et le corps — si tant est qu'il y en ait un ? Avez-vous une idée sur la question ?

— Oui, dit Baldwin. J'en ai parlé avec Otterweight ce matin. C'est un ancien garde-côte. Je le consulte toujours pour tout ce qui est courants et marées. Au moment où votre femme du monde a été balancée dans l'Helm, à supposer que tel ait bien été le cas, la marée entamait son reflux. On est à la pleine lune, et donc en période de fort jusant. Pas de doute qu'elle sera descendue très vite vers l'estuaire et puis que le courant l'aura expédiée vers les côtes des Cornouailles. Il n'existe aucune certitude quant à l'endroit où il refera surface, ni même s'il refera surface tout court. Nous avons déjà eu une ou deux noyades, ici, et on n'a jamais retrouvé les corps. Il arrive qu'ils se fracassent sur les rochers, ici même, dans le secteur de Start Point. D'un autre côté, il se pourrait parfaitement qu'il vienne s'échouer sur la grève à n'importe quel moment.

— S'il ne le fait pas, nous n'allons pas avoir la vie facile, se lamenta Bland.

— Vous êtes absolument convaincu qu'elle a fini dans le fleuve ?

— Je ne vois pas d'alternative, grommela l'inspecteur Bland d'un air sombre. Nous avons enquêté auprès des autocars et des chemins de fer. Ce patelin est un cul-de-sac. Elle portait une robe tape-à-l'œil et elle n'a pas emporté de vêtements de rechange. Ce qui fait que je vous fiche mon billet qu'elle n'a pas quitté Nasse. Et que son cadavre est soit dans l'eau, soit caché quelque part dans la propriété. Ce qu'il me faut maintenant, martela-t-il, c'est un *mobile*...

» ... et le cadavre, bien entendu, ajouta-t-il après un

bref silence. Impossible d'aller où que ce soit tant que nous n'aurons pas le cadavre.

— Qu'en est-il de l'autre fille ?

— Elle a vu ce qui s'est passé — en tout cas, elle a vu quelque chose. Nous finirons bien par le savoir, mais ça ne va pas être facile.

Baldwin, à son tour, regarda l'heure :

— Allons-y, décréta-t-il.

Les deux officiers de police furent accueillis à bord de l'*Espérance* par un Étienne de Sousa aussi affable qu'à l'accoutumée. Il leur proposa un verre, qu'ils refusèrent, et s'enquit avec beaucoup d'intérêt des progrès de leur enquête :

— Avez-vous recueilli de nouveaux éléments relatifs à la mort de cette jeune fille ?

— Nous progressons, lui répondit l'inspecteur Bland.

Le superintendant profita de l'ouverture pour annoncer avec tact le but de leur visite.

— Vous souhaiteriez fouiller l'*Espérance* ?

Sousa ne semblait pas inquiet — amusé, plutôt :

— Mais pourquoi, seigneur Dieu ? Penseriez-vous que je cache l'assassin ? Ou bien vous seriez-vous mis dans la tête que je suis moi-même cet assassin ?

— Cette perquisition est indispensable, monsieur de Sousa, je suis sûr que vous le comprenez fort bien. Un mandat...

Sousa leva les deux mains :

— Au diable les mandats ! Je ne demande qu'à coopérer... j'y tiens, même ! Faisons ça en toute amitié et bonne intelligence ! Ne vous gênez pas pour regarder partout où vous voudrez. Ah ! vous pensez peut-être que je retiens ici ma cousine, lady Stubbs ? Vous vous dites sans doute qu'elle s'est enfuie de chez son époux pour trouver refuge auprès de moi ? Fouillez donc, messieurs, je vous en conjure, fouillez !

La perquisition fut donc dûment menée. Elle n'épargna ni coin ni recoin. En ayant terminé, et dissimulant de leur mieux leur déconvenue, les deux policiers prirent congé de M. de Sousa.

— Vous n'avez rien trouvé ? Comme c'est dommage ! Mais je vous avais prévenus qu'il en serait ainsi. Peut-être accepterez-vous maintenant un rafraîchissement ? Non ? Vraiment ?

Il les raccompagna jusqu'à l'endroit où leur canot, bercé par le clapot, donnait contre la coque.

— Et pour ce qui est de ma petite personne ? dit-il. Suis-je libre de lever l'ancre ? Vous comprendrez que je commence à m'ennuyer. Le temps est au beau et j'aimerais assez cingler sur Plymouth.

— Nous vous serions obligés, monsieur, de rester ici jusqu'à l'enquête publique — elle a lieu demain — pour le cas où le coroner souhaiterait vous poser quelques questions.

— Mais, certainement. Je suis à votre disposition. Et après ça ?

— Après ça, monsieur, répliqua le superintendant Baldwin, la mine impassible, vous serez, bien entendu, libre d'aller où bon vous semblera.

La dernière chose qu'ils virent, comme leur canot s'éloignait du yacht de M. de Sousa, fut le visage de ce dernier, penché vers eux et souriant de toutes ses dents.

L'enquête publique se révéla d'un ennui presque insupportable. Hormis la lecture du rapport médical et les vérifications d'identité, rien ne vint satisfaire la curiosité des spectateurs, et l'ajournement demandé fut aussitôt accordé. Le tout n'avait été qu'une simple formalité.

Ce qui se passa aussitôt après n'avait, en revanche, rien de routinier. L'inspecteur Bland consacra en effet son après-midi à une croisière sur le *Devon Belle*, navire de plaisance bien connu. Après avoir quitté Brixwell vers 3 heures de l'après-midi, le *Devon Belle* longea la côte, s'engagea dans l'estuaire de l'Helm et remonta le fleuve. Quelque deux cent trente personnes se trouvaient à bord avec l'inspecteur Bland. Celui-ci, assis à tribord, scrutait la côte boisée. Au sortir d'une courbe du fleuve, ils passèrent devant le petit bâtiment au toit couvert de tuiles grises qui appartenait à Hoodown Park. L'inspecteur Bland consulta sa montre. Ils approchaient maintenant de l'abri à bateaux de Nasse House, niché entre les arbres, un peu en retrait, avec son balcon et son petit appontement en contrebas. Rien ne signalait une présence à l'intérieur, mais l'inspecteur Bland était on ne peut mieux placé pour savoir que quelqu'un s'y trouvait bel et bien. Conformément à ses instructions, le constable Hoskins y était de faction.

Non loin des marches donnant accès à l'abri à bateaux, une barque se balançait dans le courant. Et dans cette barque se trouvaient un homme et une femme en tenues d'estivants. Jeux de mains, jeux de vilains semblait la définition exacte de l'activité à laquelle ils étaient en train de se livrer. La femme s'égosillait tandis que son compagnon, riant à gorge déployée, la menaçait de la pousser par-dessus bord. À ce moment précis, une voix retentit sur le *Devon Belle*, amplifiée par un haut-parleur :

— Mesdames et messieurs, nous approchons du fameux village de Gitcham, où nous ferons une escale de quarante-cinq minutes pendant laquelle vous pourrez déguster un crabe ou un homard ainsi que la célèbre crème du Devonshire. Sur votre droite, le parc de Nasse House. Vous allez bientôt apercevoir la demeure entre les arbres. Ici vécut sir Gervase Folliat, contemporain de sir Francis Drake, qu'il accompagna dans ses voyages vers le Nouveau Monde. Nasse House est aujourd'hui la propriété de sir George Stubbs. Sur votre gauche, le célèbre rocher de Groseacre. La coutume, mesdames et messieurs, voulait jadis que l'on abandonne ici les épouses acariâtres à marée basse — et qu'on les y laisse jusqu'à ce que l'eau leur arrive au menton !

Tout le monde, à bord du *Devon Belle*, contemplait, fasciné, le rocher de Groseacre. Les plaisanteries fusaient, saluées par force gros rires et gloussements.

Pendant ce temps, dans la barque, l'homme, après un dernier coup de reins, avait bel et bien poussé sa partenaire par-dessus bord. Penché sur l'étrave, il lui maintenait la tête sous l'eau en riant aux éclats et en vociférant : « Non ! Je ne te laisserai pas remonter tant que tu n'auras pas promis d'être compréhensive ! »

Mais personne, hormis l'inspecteur Bland, n'en avait rien vu. Le navire tout entier écoutait les explications diffusées par le haut-parleur en regardant le rocher de Groseacre et en guettant entre les arbres l'apparition de Nasse House.

L'homme de la barque lâcha sa compagne, qui coula aussitôt pour réapparaître un instant plus tard de l'autre côté de l'embarcation. Elle la regagna à la brasse et s'y hissa avec agilité. L'auxiliaire de police Alice Jones était une nageuse accomplie.

L'inspecteur Bland débarqua à Gitcham en même temps que ses deux cent trente compagnons de croisière, s'y régala d'un homard et y tartina ses scones d'une épaisse couche de crème du Devonshire. Tout en mangeant, il ne cessa de se répéter : « Il n'était donc pas impossible de le faire — et personne ne l'aurait remarqué ! »

Pendant que l'inspecteur Bland s'adonnait à ses expériences sur l'Helm, Hercule Poirot se livrait aux siennes, avec une tente, sur la pelouse de Nasse House. La tente était celle où Madame Zuleika avait dit la bonne aventure. Alors que l'on démontait le mobilier de la kermesse, Poirot avait demandé qu'on lui laisse celle-ci.

Il y pénétra, rabattit les pans de l'entrée, puis délaça la partie arrière, sortit, remit la toile en place et s'enfonça dans le massif de rhododendrons qui se trouvait immédiatement derrière la tente. En se faufilant entre les arbustes, il atteignit rapidement un abri rustique, sorte de salon d'été dont la porte était fermée. Il poussa la porte, et entra.

Il faisait sombre à l'intérieur car les rhododendrons, qui avaient poussé depuis la construction de l'édicule, ne laissaient guère passer la lumière. Il y avait là une boîte contenant des boules de croquet et quelques arceaux dévorés par la rouille. Il y découvrit aussi deux cannes de hockey en piteux état, toute une population d'araignées et de perce-oreilles, et enfin une marque ronde et irrégulière sur le sol. Il l'examina longuement. Puis il s'agenouilla et, ayant extrait de sa poche un petit mètre pliant, en mesura avec soin les dimensions. Il se releva enfin en hochant la tête d'un air satisfait.

Il se glissa hors de l'abri sans se hâter, referma la porte derrière lui et repartit à travers les rhododendrons. Il s'y tailla un chemin jusqu'au sommet de la colline, dépassa celui-ci et déboucha bientôt sur le sentier qui descendait vers la Folie et, de là, jusqu'à l'abri à bateaux.

Il ne pénétra pas, cette fois, dans le petit temple, mais suivit les méandres du sentier jusqu'à l'abri à bateaux. Il avait la clé sur lui, la tourna et entra.

Outre le fait qu'on avait emporté le corps ainsi que le plateau avec son assiette et son verre, les lieux étaient exactement comme dans son souvenir. La police avait consigné par écrit et photographié tout ce que le local avait contenu. Il s'approcha de la table sur laquelle se trouvait toujours la pile de bandes dessinées. Il les feuilleta avec, sur le visage, la même expression que celle de l'inspecteur Bland découvrant, la veille, les petites phrases que Marlene Tucker avait griffonnées dans la marge avant de mourir. « Jackie Blake fricote avec Susan Brown. » « Peter pince les fesses des filles au cinéma. » « Georgie Porgie embrasse les auto-stoppeuses dans les bois. » « Biddy Fox aime les garçons. » « Albert couche avec Doreen. »

Il trouvait pathétique ce mélange de candeur et de crudité. Il revit le visage boutonneux de Marlene. Les garçons ne devaient pas pincer les fesses de Marlene au cinéma. Frustrée, elle s'était consolée en se rinçant l'œil et en espionnant ses congénères. Et, ce faisant, elle avait vu des choses qu'elle n'était pas censée voir... des bagatelles, pour la plupart... et puis — qui sait ? — un beau jour, peut-être était-elle tombée sur quelque chose de beaucoup plus sérieux. Sur un événement dont elle n'avait pas, elle-même, saisi la gravité.

Tout cela n'était que suppositions. Poirot secoua la tête. Puis, poussé par sa passion maniaque de l'ordre, il replaça avec soin la pile de bandes dessinées sur la table. Et, ce faisant, il éprouva soudain l'impression étrange que quelque chose manquait. Quelque chose... mais quoi ? Quelque chose qui *aurait dû* se trouver là... Quelque chose... Il secoua de nouveau la tête et l'impression se dissipa.

Il sortit à pas lents de l'abri à bateaux, abattu et mécontent de lui-même. Lui, Hercule Poirot, avait été appelé ici pour prévenir un meurtre — or, il avait failli à sa tâche : le meurtre avait eu lieu. Et ce qu'il y avait de plus humiliant à l'affaire, c'était qu'il n'avait toujours pas la moindre idée de ce qui s'était réellement passé. C'était ignominieux. Et demain, il lui faudrait s'en retourner à Londres battu. Son amour-propre se dégonflait comme une baudruche — et ses moustaches elles-mêmes étaient en berne.

15

Ce fut quinze jours plus tard que l'inspecteur Bland eut un long et pénible entretien avec le chef de la police du comté.

Avec ses gros sourcils broussailleux, le major Merrall

faisait penser à un fox-terrier en colère. Mais il était aimé de ses hommes, qui respectaient son jugement.

— C'est bien gentil, tout ça ! marmonna Merrall. Mais qu'avons-nous en main, au bout du compte ? Rien qui nous permette d'entreprendre une action ! Ce Sousa, par exemple ? Impossible d'établir un lien quelconque entre cette jeune Éclaireuse et lui. Si le cadavre de lady Stubbs avait réapparu, ce serait une autre paire de manches.

Ses gros sourcils se rejoignirent pour lui descendre vers le nez, et il fusilla Bland du regard :

— Vous estimez qu'il y a bel et bien un cadavre, n'est-ce pas ?

— Vous-même, monsieur, qu'en pensez-vous ?

— Oh ! je suis d'accord avec vous. Sinon, nous aurions retrouvé sa trace à l'heure qu'il est. À moins, bien sûr, qu'elle n'ait soigneusement préparé son coup. Mais rien ne nous permet de le croire. Elle n'avait pas un sou sur elle. Nous avons enquêté sur le côté financier de la question. L'argent, c'était sir George qui l'avait. Il lui en donnait pour ses dépenses courantes, mais elle ne possédait pas un fifrelin en propre. Pas trace d'un amant, non plus. Pas le moindre bavardage, pas le moindre cancan à ce sujet — or, je vous fiche mon billet que dans notre trou de province, ça n'aurait pas manqué de jaser le cas échéant.

Il s'était levé et allait et venait dans le bureau tout en parlant :

— Le fond du problème, c'est que nous ne savons rien. Nous *pensons* que Sousa, pour une raison inconnue, a jugé bon de supprimer sa cousine. L'hypothèse la plus probable est qu'il lui aura donné rendez-vous à l'abri à bateaux avant de la faire monter dans son canot et de la jeter par-dessus bord. Vous avez vérifié que c'était faisable ?

— Et comment, monsieur ! En période de vacances, on pourrait noyer des cargaisons de gens au milieu du fleuve ou depuis la rive. Personne n'y verrait que du feu. Les touristes passent leur temps à piailler et à se bousculer. Mais ce que Sousa ne savait pas, c'est qu'il y avait dans l'abri à bateaux une gamine qui s'ennuyait à cent sous de l'heure et qui, pile à ce moment-là, s'est mise à regarder par la fenêtre.

— Hoskins regardait par la fenêtre pour se régaler du numéro que vous avez mis en scène, et vous ne l'avez pas vu ?

— Non, monsieur. On ne peut pas se douter qu'il y a quelqu'un dans l'abri à bateaux, à moins que la personne ne se montre en sortant sur le balcon ou sur l'appontement.

— Peut-être que la gamine était sortie sur le balcon. Sousa réalise qu'elle a vu ce qu'il faisait, sur quoi il gagne la berge, essaie de parvenir à un accord avec elle, l'amène à le laisser entrer en lui demandant ce qu'elle fait là. Fière de son rôle dans la Course à l'Assassin, elle ne demande qu'à le lui expliquer. Comme par jeu, il lui passe la corde à linge autour du cou — et couiiic...

Le major Merrall fit un geste éloquent des deux mains avant de poursuivre :

— Et voilà le travail ! D'accord, Bland... d'accord. Mettons que les choses se soient passées ainsi. Et après ? Ce ne sont là que suppositions. Nous n'avons pas le moindre début de commencement de preuve. Nous n'avons pas de cadavre, et si nous voulions empêcher

Sousa de quitter le pays, nous n'aurions pas fini d'en entendre ! Il va falloir le laisser filer.

— Il va réellement s'en aller, monsieur ?

— Il désarme son yacht dans huit jours. Il repart pour son île de malheur.

— Ce qui ne nous laisse donc pas beaucoup de temps, observa sombrement l'inspecteur Bland.

— Vous avez envisagé d'autres possibilités, je suppose ?

— Oh ! oui, monsieur, nous avons plusieurs autres *possibilités*. Je persiste à croire qu'elle a été assassinée par quelqu'un qui connaissait très bien le déroulement de cette Course à l'Assassin. Deux personnes me semblent cependant hors de cause : Sir George Stubbs et le capitaine Warburton. Ils tenaient des stands sur la pelouse et y sont restés tout l'après-midi. Des dizaines de personnes peuvent en témoigner. Idem pour Mrs Masterton, à supposer qu'on la compte au nombre des suspects.

— On les y compte tous ! tonna le major Merrall. Celle-là n'arrête pas de me téléphoner pour me réclamer des chiens de meute. Dans un roman policier, ajouta-t-il d'un air de vague regret, elle serait celle qui a fait le coup ! Mais, bon sang de bonsoir ! je connais Connie Masterton depuis toujours. Et je ne la vois pas courant la campagne pour étrangler des Éclaireuses ou trucider de mystérieuses beautés exotiques ! Allons, allons ! qui voyez-vous encore ?

— Il y a Mrs Oliver, dit Bland. C'est elle qui a imaginé le scénario de la Course à l'Assassin. Elle est assez excentrique, et puis elle est restée seule dans son coin une bonne partie de l'après-midi. Il y a aussi Mr Alec Legge.

— Le type qui a loué le Cottage rose ?

— Oui. Il a quitté la kermesse d'assez bonne heure — ou, en tout cas, on ne l'y a plus vu. Il dit qu'il en avait par-dessus la tête et qu'il était rentré chez lui. D'un autre côté, le vieux Merdell — le type du bac, qui vit quasiment sur le quai, où il surveille aussi les bateaux et aide les gens à accoster — affirme qu'il ne l'a vu repartir pour chez lui que vers 5 heures. Pas plus tôt. Ce qui laisse un trou d'environ une heure dans son emploi du temps. Legge, comme de bien entendu, clame que Merdell n'a aucune notion de l'heure et qu'il se trompe sur le moment où il l'a vu. Il faut dire que le vieux va quand même sur ses quatre-vingt-treize ans.

— Bien insuffisant, tout ça, ronchonna Merrall. Pas de motif ni quoi que ce soit qui permette de l'épingler ?

— Il se pourrait qu'il ait eu une aventure avec lady Stubbs, hasarda Bland, et qu'elle l'ait menacé de tout dire à sa femme, sur quoi il l'aurait tuée, et la gamine aurait assisté à la scène...

— Et il aurait caché le corps de lady Stubbs quelque part ?

— Oui. Mais du diable si je sais où et comment ! Mes hommes ont passé ces fichus vingt-cinq hectares au peigne fin et il n'y a aucune trace de terre retournée. S'il est, malgré tout, parvenu à dissimuler le corps, il a pu jeter le chapeau dans le fleuve pour égarer les recherches. C'est alors que Marlene Tucker l'aurait vu faire et qu'il l'aurait tuée à son tour ? Nous en revenons toujours au même point.

L'inspecteur Bland resta un instant silencieux, puis il reprit :

— Bien sûr, il y a encore Mrs Legge...

— Qu'est-ce que nous avons à lui reprocher ?

— Elle n'était pas dans sa tente de 4 heures à 4 heures et demie comme elle le prétend, dit lentement l'inspecteur Bland. J'ai mis le doigt là-dessus sitôt après avoir discuté avec elle et Mrs Folliat. Tous les témoignages corroborent la version de Mrs Folliat. Or, il s'agit là de la demi-heure cruciale.

Il observa un nouveau silence, puis :

— Nous avons encore l'architecte, Michael Weyman. Difficile de voir par quel biais on pourrait le relier à cette affaire, mais il est ce que j'appellerais un meurtrier *plausible* — un de ces types suffisants, vite agressifs. Du genre capable de tuer le premier venu sans que ça lui fasse ni chaud ni froid. Et il aurait de mauvaises fréquentations que ça ne m'étonnerait pas.

— Vous êtes, de votre côté, si effroyablement collet-monté, Bland ! Il vous a donné son emploi du temps ?

— Il est resté très évasif, monsieur. Vraiment très évasif.

— Ce qui prouve en tout cas qu'il s'agit bien d'un architecte, professa le major Merrall d'un ton convaincu. (Il venait de se faire construire une maison au bord de la mer.) Ces zigotos-là sont évasifs au point qu'on en arrive parfois à se demander s'ils respirent encore.

— Il ne sait pas où il se trouvait, ni à quelle heure, et personne ne semble l'avoir vu. Il paraît en tout cas établi que lady Stubbs avait un faible pour lui.

— Vous pensez à un crime passionnel ?

— Je m'accroche à tout ce qui passe à ma portée,

monsieur, dit l'inspecteur Bland avec un air de dignité blessée. Et puis il y a aussi miss Brewis...

Il marqua un temps. Un temps prolongé.

— Ça, c'est la secrétaire, non ?

— Si, monsieur. Une femme d'une efficacité redoutable.

Encore une fois il y eut un silence. Le major Merrall regarda fixement son subordonné :

— Vous avez quelque chose qui vous trotte dans la tête à son sujet, on dirait ?

— Oui, monsieur, c'est exact. Voyez-vous, elle admet, sans dissimulation aucune, qu'elle se trouvait dans l'abri à bateaux à peu près à l'heure où le crime doit avoir été commis.

— Le ferait-elle si elle était coupable ?

— Peut-être bien, répondit lentement l'inspecteur Bland. Parce que c'est en fait son meilleur système de défense. Vous voyez, à partir du moment où elle prend une assiette de gâteaux et un verre de sirop en annonçant à qui veut l'entendre que c'est pour les porter là-bas à la gamine... eh bien, du même coup, sa présence y devient naturelle. Elle va là-bas, elle en revient, et elle nous dit que la gamine était encore vivante à ce moment-là. Nous avons pris ça pour parole d'Évangile. Seulement, si vous vous souvenez bien, monsieur, ou si vous reprenez le rapport du médecin légiste, vous constaterez que le Dr Cook a situé la mort entre 4 heures et 4 h 45. Or, seule la déclaration de miss Brewis tendrait à nous faire croire que Marlene vivait encore à 4 h 15. J'ai relevé par ailleurs un autre point suspect dans son témoignage. Elle a prétendu que c'était lady Stubbs qui lui avait demandé de porter ces gâteaux et ce sirop à Marlene. Mais un autre témoin m'affirme catégoriquement qu'une idée pareille ne serait jamais venue à lady Stubbs. Et je suis persuadé, voyez-vous, qu'il y a du vrai là-dedans. Ça ne ressemble pas à lady Stubbs. Les statues n'ont pas la parole. Et lady Stubbs n'était qu'une beauté de marbre, qui ne s'est jamais souciée que d'elle-même et de son apparence. Personne ne l'a jamais entendue commander un repas, manifester le moindre intérêt pour la marche de sa maison ou témoigner de l'attention pour qui que ce soit hormis sa merveilleuse petite personne. Plus j'y réfléchis, plus il me semble invraisemblable qu'elle ait jamais pu songer à envoyer miss Brewis apporter quoi que ce soit à la petite Éclaireuse.

— Vous savez, Bland, que vous avez mis le doigt sur quelque chose. Mais, si vous avez vu juste, quel pouvait être son mobile ?

— Pour tuer la gamine, aucun, répondit Bland. Mais je crois vraiment qu'elle avait une bonne raison pour vouloir se débarrasser de lady Stubbs. D'après M. Poirot, dont je vous ai déjà parlé, miss Brewis est éperdument amoureuse de son patron. Supposons qu'elle ait suivi lady Stubbs dans les bois, qu'elle lui ait réglé son compte, et que Marlene Tucker, qui s'embêtait dans l'abri à bateaux, soit sortie et ait tout vu par hasard ? Il lui fallait, bien évidemment, liquider aussi Marlene. Qu'aurait-elle fait ensuite ? Elle aurait déposé le cadavre de la gamine dans l'abri à bateaux, regagné dare-dare la kermesse pour y prendre l'assiette de gâteaux et le sirop, et serait redescendue avec à l'abri à bateaux. Elle se forgeait ainsi la meilleure des explications à sa propre absence, et nous avions *son* témoignage

— le seul et unique auquel nous pouvions nous fier — pour *attester que Marlene Tucker était vivante à 4 heures et quart.*

— Bigre ! soupira le major Merrall. Piochez la question, Bland. Piochez la question. Si c'est elle la coupable, que croyez-vous qu'elle ait fait du cadavre de lady Stubbs ?

— Elle l'aura caché dans les bois, enterré quelque part, ou jeté dans le fleuve.

— Pas facile, tout de même, non ?

— Tout dépend de l'endroit où le crime a été commis, expliqua l'inspecteur. Miss Brewis n'est pas une mauviette. Si ça ne s'est pas passé loin de l'abri à bateaux, elle *pourrait* très bien avoir traîné le corps jusqu'à la berge pour le pousser dans l'eau.

— Sous les yeux des passagers de tous les bateaux de plaisance qui remontent l'Helm ?

— Ç'aurait été la première version de mon « jeux de mains, jeux de vilains ». Risqué, mais pas infaisable. Mais je crois beaucoup plus vraisemblable qu'elle ait caché le corps quelque part et se soit contentée de jeter le chapeau dans le fleuve. Il n'est pas exclu, voyez-vous, que, connaissant parfaitement la propriété, elle ait pu repérer un endroit sûr où cacher un cadavre. Quitte à le jeter dans le fleuve par la suite. Qui sait ? Tout cela, bien sûr, à supposer que ce soit elle qui ait fait le coup, ajouta l'inspecteur Bland. Mais, au fond, au fond, je penche plutôt pour Sousa...

Le major Merrall n'avait cessé de prendre des notes sur un calepin. Il leva les yeux et s'éclaircit la gorge :

— Nous revenons là à notre point de départ... Mais bon, faisons la somme des cartes que nous avons en main : cinq ou six personnes *ont pu* assassiner Marlene Tucker. Certaines sont plus suspectes que d'autres, mais c'est tout ce qu'on peut en dire. Nous savons à peu près *pourquoi* elle a été assassinée. Elle l'a été parce qu'elle avait vu quelque chose. Mais tant que nous ne saurons pas *exactement* ce qu'elle avait vu, *nous ne saurons pas qui l'a tuée*.

— Énoncé comme ça, le problème semble difficile à résoudre, monsieur.

— Oh ! mais c'est parce que, difficile, il l'est bel et bien ! Mais nous y parviendrons... au bout du compte.

— Seulement, en attendant, ce salopard aura quitté l'Angleterre... plié de rire... et ayant échappé à deux condamnations pour meurtres.

— Vous êtes carrément sûr de sa culpabilité, pas vrai ? Oh ! je ne prétends pas que vous ayez tort. Mais tout de même...

Le chef de la police resta pensif quelques secondes avant d'ajouter avec un haussement d'épaules :

— Après tout, mieux vaut ça que d'avoir affaire à un détraqué. Si c'était le cas, nous aurions sans doute, à l'heure qu'il est, un troisième meurtre sur les bras.

— C'est vrai qu'on dit souvent « jamais deux sans trois », se renfrogna l'inspecteur.

Cette remarque, il eut l'occasion de la replacer le lendemain matin, lorsqu'il apprit que le vieux Merdell, rentrant chez lui après une visite à son pub favori, sis à Gitcham, de l'autre côté du fleuve, devait avoir excédé ses facultés d'absorption habituelles et était tombé à l'eau en accostant au quai. Sa barque était partie à la dérive, et le cadavre du vieillard devait être repêché en fin de journée.

L'enquête fut rapidement bouclée. Le temps était couvert, il avait fait sombre cette nuit-là, le vieux Merdell avait bu trois pintes de bière et, après tout, il allait quand même sur ses quatre-vingt-treize ans.

Le verdict ne surprit personne : mort accidentelle.

16

Hercule Poirot était assis bien droit dans un fauteuil carré face à la cheminée carrée du salon carré de son appartement londonien. Devant lui se trouvaient divers objets qui n'avaient, eux, rien de carré : ils étaient, au contraire, fortement contournés. À regarder de près chacun de ces objets, on eût été bien en peine de lui trouver une fonction quelconque dans un univers sensé. Ils semblaient appartenir à l'ordre de l'improbable, de l'inutile et du fortuit. Mais en réalité, bien sûr, ils n'étaient rien de tout cela.

Pour peu qu'on les agence correctement, chacun avait sa place dans un ensemble spécifique. Non seulement ils y prenaient un sens, mais ils y composaient une image. Hercule Poirot, autrement dit, s'appliquait à reconstituer un puzzle.

Il se concentra sur un espace vide aux bords bizarrement déchiquetés. Il trouvait aussi agréable qu'apaisante cette occupation consistant à substituer l'ordre au désordre et dans laquelle il lui plaisait de voir une analogie avec sa profession. Celle-ci ne le mettait-elle pas sans cesse en présence de faits bizarres, improbables et apparemment sans liens les uns avec les autres, mais qui finissaient toujours par s'assembler pour former un tout cohérent ? Il saisit d'une main sûre une petite pièce gris foncé pour la placer dans le ciel bleu. C'était, comme il le découvrait maintenant, un fragment d'aéroplane.

« Oui, se dit-il à lui-même, voilà bien ce qu'il faut faire. La pièce bizarre ici, et là l'improbable, et ici encore la pièce « oh ! combien raisonnable » mais qui n'était pas celle que l'on croyait ; chacune a sa place, et une fois qu'elles l'ont trouvée, eh bien, l'affaire est bouclée ! Tout devient clair. Tout *cadre*, comme on dit aujourd'hui ! »

Il plaça coup sur coup un petit morceau de minaret, une pièce qui ressemblait à un lambeau d'étoffe rayée et n'était autre que le dos d'un chat, et un fragment de ciel crépusculaire à l'endroit où celui-ci, avec une soudaineté à la Turner, virait de l'orange au rose.

Si l'on savait ce qu'on doit chercher, ce serait tellement plus simple, se dit Hercule Poirot. Mais on ne le sait pas. Alors, on cherche aux mauvais endroits des choses qui se révèlent sans importance. Il poussa un soupir agacé. Ses yeux, abandonnant le puzzle, se posèrent sur le fauteuil vide qui lui faisait face de l'autre côté de la cheminée. Là, une demi-heure plus tôt, l'inspecteur Bland s'était assis pour boire son thé et grignoter des biscuits secs — et carrés — tout en devisant avec mélancolie. Venu à Londres pour des raisons de service, il en avait profité pour rendre visite à M. Poirot. Il voulait savoir, lui avait-il expliqué, si M. Poirot avait réfléchi à leur affaire. Et il lui avait exposé ses propres idées. Poirot s'était déclaré d'accord en tous points avec lui. L'inspecteur Bland, estimait-il, avait fort bien étudié les différents aspects du problème, et l'avait fait sans parti pris.

Cinq semaines s'étaient écoulées depuis le drame de Nasse House. Et depuis cinq semaines, l'enquête piétinait. On n'avait pas retrouvé le cadavre de lady Stubbs. Lady Stubbs, si elle était encore en vie, avait disparu sans laisser de trace. L'inspecteur jugeait fort improbable cette dernière hypothèse et, là encore, Hercule Poirot s'était déclaré du même avis.

— Bien sûr, avait dit l'inspecteur, la mer peut n'avoir pas encore rejeté le cadavre. On ne peut jamais savoir ce qui peut se passer avec un corps, quand il est dans l'eau. Et il se *pourrait* toujours qu'il réapparaisse — encore qu'il risquerait fort de ne plus être reconnaissable.

— Il existe une troisième possibilité, avait fait observer Poirot.

Bland avait hoché la tête :

— Oui. J'ai pensé à ça. Je n'ai pas cessé d'y penser, en fait. Vous voulez dire que le cadavre serait toujours là... à Nasse, caché dans un endroit où nous n'avons pas songé à chercher ? Ça se pourrait, vous savez. Ça se pourrait tout à fait. Dans ces vieilles demeures, et sur une propriété aussi vaste que celle-ci, il existe sûrement des coins qu'on n'irait jamais imaginer — dont on ne soupçonne même pas l'existence.

Il s'était tu et avait réfléchi un instant avant de poursuivre :

— J'ai visité une maison, l'autre jour. Les gens y avaient construit un abri antiaérien, pendant la guerre. Un abri assez illusoire, d'ailleurs, édifié de bric et de broc dans le jardin contre un mur de soutènement, et qu'ils avaient relié à leur cave par un passage souterrain. Bref, la guerre terminée, l'abri s'est plus ou moins effondré, et il est resté une butte qu'ils ont vaguement retravaillée pour y organiser une rocaille. Et quand on passe devant, jamais on n'irait imaginer qu'il y avait un abri avec chambre à coucher là-dessous. On jurerait que ç'a de tous temps été une rocaille. Pourtant, il y a toujours dans la cave de la maison, cachée derrière un grand tonneau à vin, une porte donnant sur le passage souterrain. C'est à ça que je pense. À ce genre de truc. Une espèce d'issue, donnant sur une espèce de cachette dont n'auraient connaissance que les seuls propriétaires de la maison. Je n'imagine certes pas qu'il puisse y avoir à Nasse un classique « Trou à Prêtre », mais...

— Étant donné la date de construction de la maison, cela me paraît en effet douteux.

— C'est ce que m'a dit Mr Weyman, que Nasse House avait été achevée aux alentours de 1790. Les prêtres n'avaient plus de raisons de se cacher, à cette époque-là. N'empêche qu'il peut y avoir, quelque part, je ne sais pas... un espace vide... un recoin uniquement connu d'un membre quelconque de la famille. Qu'est-ce que vous en pensez, monsieur Poirot ?

— C'est possible, en effet, avait acquiescé Poirot. Après tout, oui, décidément, c'est une idée ! Et si l'on admet cette hypothèse, la démarche suivante consiste à se poser la question : qui aurait des chances d'être au courant ? N'importe qui vivant sous le toit *pourrait* le savoir, je suppose ?

— Oui. Et, bien sûr, cela exclurait Étienne de Sousa.

L'inspecteur avait marmonné cela sans enthousiasme. Sousa restait son suspect préféré.

— Comme vous venez de le dire, avait-il néanmoins poursuivi, tous les habitants de la maison, les maîtres comme les domestiques, pourraient connaître l'existence d'une telle cachette. Pour les gens qui n'y effectueraient qu'un court séjour, c'est déjà moins certain. Et pour les gens de l'extérieur, invités occasionnels tels qu'Alec et Sally Legge, bien plus douteux encore.

— La personne la mieux placée pour être au courant, et qui vous en parlerait pour peu que vous l'interrogiez, c'est Mrs Folliat, avait dit Poirot.

Mrs Folliat, pensait-il, savait tout ce qu'il était possible de savoir sur Nasse House. Mrs Folliat savait beaucoup de choses... Mrs Folliat avait su tout de suite que Hattie Stubbs était morte. Mrs Folliat savait, avant même l'assassinat de Marlene Tucker et de Hattie Stubbs, que ce monde où nous vivons est un monde mauvais, peuplé de gens malfaisants. Mrs Folliat, songeait Poirot avec irritation, était la clé de ce mystère. Mais il ne serait pas facile de faire tourner Mrs Folliat dans la serrure.

— J'ai interrogé cette dame à plusieurs reprises, avait rétorqué l'inspecteur. Elle s'est chaque fois montrée très aimable, gentille comme tout, prête à se mettre en quatre... et au regret de ne pas pouvoir nous aider.

De ne pas pouvoir ou de ne pas vouloir ? avait songé Poirot. Bland pensait sans doute la même chose.

— Il y a un type de femmes, avait murmuré l'inspecteur, à qui il est impossible de forcer la main. Rien n'y fait : ni la ruse, ni le raisonnement, ni, encore moins, la menace.

Non, avait silencieusement opiné Poirot, ni la ruse,

ni le raisonnement, ni la menace ne forceront jamais Mrs Folliat à dire ce qu'elle sait.

L'inspecteur avait fini son thé, longuement soupiré et enfin pris congé. Et Poirot avait sorti son puzzle dans l'espoir d'apaiser son exaspération croissante. Car il était exaspéré. Et humilié. Mrs Oliver avait fait appel à lui, Hercule Poirot, pour élucider un mystère. Elle avait eu l'intuition qu'il se tramait un coup fourré, qu'un crime pourrait bien être commis — et le crime avait été commis. Elle avait, avec une confiance aveugle, fait appel à Hercule Poirot, d'abord pour empêcher que le drame ne se produise — ce qu'il n'avait pas su faire — puis pour démasquer le meurtrier, et il ne l'avait *pas* démasqué. Il nageait en plein brouillard, le genre de brouillard dans lequel s'ouvrent çà et là de déconcertantes trouées de lumière. Il lui arrivait ainsi, par intermittence, lui semblait-il, d'entrevoir une lueur fugitive. Mais c'était pour chaque fois se retrouver Gros-Jean comme devant, incapable qu'il était d'évaluer correctement ces visions fragmentaires, de les articuler entre elles et de les faire cadrer avec l'ensemble.

Poirot se leva, passa de la droite à la gauche de la cheminée, rectifia la position du second fauteuil carré de manière qu'il forme un angle parfait avec le premier et s'y assit. Il venait de passer d'un puzzle fait de pièces de bois et de papier glacé à une énigme criminelle. Sortant un carnet de sa poche, il nota en petits caractères bien nets :

Étienne de Sousa — Amanda Brewis — Alec Legge — Sally Legge — Michael Weyman.

Il était matériellement impossible à sir George comme à Jim Warburton de tuer Marlene Tucker. Mais comme on ne pouvait en dire autant de Mrs Oliver, il ajouta son nom après un court espace. Il ajouta de même celui de Mrs Masterton, puisqu'il ne se souvenait pas de l'avoir vue constamment sur la pelouse entre 4 heures de l'après-midi et 5 heures moins le quart. Puis celui de Henden, le maître d'hôtel — plus, sans doute, parce que Mrs Oliver avait introduit dans sa Course à l'Assassin un maître d'hôtel à la mine patibulaire qu'en raison d'une réelle suspicion à l'égard de ce grand brun, virtuose du gong. Il inscrivit enfin « Le garçon à la chemise aux tortues », en le faisant suivre d'un point d'interrogation. Puis il sourit, secoua la tête, prit une épingle au revers de son veston, ferma les yeux et la planta dans la feuille. C'était là, se disait-il, un moyen qui en valait bien un autre.

Il constata avec agacement que l'épingle avait perforé le dernier nom.

— Je suis un imbécile, gronda tout haut Hercule Poirot. Qu'est-ce qu'un garçon avec une chemise où gambadent des tortues pourrait bien avoir à faire dans cette histoire ?

Mais il se rendit en même temps compte que s'il avait inclus cet énigmatique quidam dans sa liste de personnages, ce n'était certes pas sans raison. Il se rappela sa matinée passée dans la Folie et la surprise qui s'était peinte sur le visage du garçon en l'y découvrant. Un visage qui, en dépit de la joliesse de traits que confère le jeune âge, n'avait rien de très engageant. Un visage qui trahissait l'arrogance et une brutalité naissante. Le jeune homme n'était pas venu là sans motif. Il était venu rencontrer quelqu'un, quelqu'un qu'il ne pouvait pas — ou ne souhaitait pas — rencontrer de manière conventionnelle. Il s'agissait donc, en fait, d'une entrevue qui devait se dérouler sans témoins. Une entrevue qui n'avait rien d'innocent. Se pouvait-il qu'elle ait un rapport avec le crime ?

Poirot poursuivit ses réflexions. Un garçon qui séjournait à l'Auberge de Jeunesse... c'est-à-dire un garçon qui ne pouvait rester dans les parages qu'au maximum deux nuits. Était-il venu là tout naturellement, comme tant d'étudiants qui passent leurs vacances en Angleterre ? Ou bien poursuivait-il un but calculé : rencontrer quelqu'un de bien précis ? La kermesse offrait l'occasion idéale d'un premier contact qui pouvait paraître fortuit — et qui avait, selon toute vraisemblance, eu lieu.

« Je sais pas mal de choses, songea Hercule Poirot. J'ai entre les mains de nombreuses, très nombreuses pièces de ce puzzle. J'ai une opinion quant au *genre* de crime dont il s'est agi... mais, mon problème, c'est que je ne dois pas chercher dans la bonne direction. »

Il tourna une page de son carnet et y inscrivit :

Est-ce que lady Stubbs a bien demandé à miss Brewis de porter son goûter à Marlene ? Sinon, pourquoi miss Brewis prétend-elle qu'elle l'a fait ?

Il s'appesantit un moment sur la question. Miss Brewis aurait très bien pu penser d'elle-même à aller porter quelques gâteaux et un verre de sirop à la gamine. Mais dans ce cas, pourquoi ne pas dire les choses simplement ? Pourquoi s'en aller raconter que c'était lady Stubbs qui lui avait demandé de le faire ? Serait-ce parce que miss Brewis était allée à l'abri à bateaux *et y avait trouvé Marlene morte* ? À moins que miss Brewis n'ait elle-même commis le meurtre, cela semblait hautement improbable. Elle n'était pas femme à s'affoler, ou à pécher par excès d'imagination. Si elle était tombée sur le cadavre de la gamine, elle aurait aussitôt donné l'alarme.

Il s'absorba longuement dans la contemplation des deux questions qu'il venait de consigner. Il ne pouvait s'empêcher de penser qu'il y avait quelque part, dans ces mots, une indication, un précieux indice susceptible de le mettre sur la voie d'une vérité qui lui avait échappé jusque-là. Quatre ou cinq minutes passèrent, puis il coucha deux nouvelles phrases sur le papier :

Étienne de Sousa déclare qu'il a écrit à sa cousine trois semaines avant son arrivée à Nasse House. Vrai, ou faux ?

Poirot avait la quasi-certitude qu'il s'agissait d'un mensonge. Il se remémorait la scène du petit déjeuner. Par quelle aberration sir George ou lady Stubbs auraient-ils feint une surprise — et, dans le cas de lady Stubbs, une panique — qu'ils ne ressentaient pas ? Il ne voyait pas à quoi cela eût bien pu rimer. Si l'on admettait, cependant, qu'Étienne de Sousa ait menti, *dans quel but* l'avait-il fait ? Pour donner à penser que sa visite était attendue et souhaitée ? C'était possible, mais assez peu vraisemblable. Il n'existait en tout cas aucune *preuve* qu'une telle lettre ait jamais été écrite, et encore moins reçue par ses destinataires. Fallait-il y voir, de la part de Sousa, un subterfuge destiné à affirmer sa bonne foi... et à faire de sa venue un événement naturel et prévu ? Ce qu'il y avait de certain, c'est que sir George, qui pourtant ne le connaissait pas, l'avait fort aimablement reçu.

Poirot s'interrompit, ses pensées s'étant arrêtées sur ce dernier point. *Sir George ne connaissait pas Étienne de Sousa. Son épouse, qui le connaissait, ne l'avait pas vu*. N'y avait-il pas *là* matière à réflexion ? Se pouvait-il que l'Étienne de Sousa arrivé ce jour-là au cours de la kermesse n'ait pas été le véritable Étienne de Sousa ? Poirot tourna et retourna cette hypothèse dans sa tête, mais, une fois de plus, sans aboutir nulle part. En quoi Sousa avait-il intérêt à se présenter comme Sousa s'il n'était pas Sousa ? En tout état de cause, Sousa n'avait aucun bénéfice à attendre de la mort de Hattie ! Hattie, comme l'enquête de police l'avait établi, ne possédait rien en dehors de l'argent de poche que lui donnait son mari.

Poirot chercha à se rappeler très précisément ce qu'elle lui avait dit ce matin-là. « Il est malfaisant... Il fait des choses méchantes. » Et, d'après Bland, elle avait confié à son mari : « Il tue les gens. »

Il tue les gens. Il y avait là, au regard de tout ce qui s'était passé, quelque chose d'intéressant.

Le jour de l'arrivée d'Étienne de Sousa à Nasse House, une personne, à coup sûr, avait été tuée, et probablement deux. En revanche, Mrs Folliat avait décrété qu'il ne fallait pas croire un mot des déclarations mélodramatiques de Hattie. Et elle l'avait fait avec une telle insistance ! Mrs Folliat...

Hercule Poirot fronça les sourcils, puis frappa violemment du plat de la main l'accoudoir de son fauteuil :

— Toujours, toujours... j'en reviens toujours à Mrs Folliat ! C'est elle, la clé de toute cette affaire. Si je savais seulement ce qu'elle sait... Je ne peux pas rester plus longtemps ici à me torturer les méninges. Non, il faut que je prenne le premier train, que je retourne dans le Devon et que j'aille voir Mrs Folliat.

Hercule Poirot s'arrêta un instant devant le haut portail en fer forgé de Nasse House. Et il contempla la grande allée en courbe qui s'en allait disparaître entre les fûts des arbres centenaires. L'été n'était plus qu'un souvenir. Des feuilles mordorées tombaient lentement des frondaisons. L'herbe des talus s'étoilait de myriades de petits cyclamens mauves. Poirot soupira. Il était, malgré lui, touché par la beauté de Nasse House. Épris avant tout d'ordre et de netteté, il n'était pas de ceux qui s'émeuvent au spectacle de la nature. Mais force lui était d'admirer l'harmonie résultant du mariage heureux des arbres et des buissons.

À sa droite, se dressait le petit pavillon de garde et son portique blanc. L'après-midi était beau. Et sans doute Mrs Folliat ne serait-elle pas chez elle. Elle devait s'activer avec son sécateur et son panier de jardin, ou rendre visite à quelques-uns de ses amis du voisinage. Elle en avait beaucoup. C'était ici son domaine, et ce l'avait été depuis de longues, fort fort longues années. Qu'était-ce donc qu'avait dit le vieil homme, sur le quai ? « Des Folliat, il y en aura toujours à Nasse House. »

Poirot toqua à la porte du pavillon. Au bout d'un moment qui lui parut interminable, il entendit des pas à l'intérieur. Des pas lents, presque hésitants, lui sembla-t-il. Et puis la porte s'ouvrit, et Mrs Folliat apparut sur le seuil. Il fut surpris de voir à quel point elle paraissait vieillie et fragilisée. Elle posa sur lui un long regard incrédule avant de balbutier :

— Monsieur Poirot ? Vous ici !

Il crut voir, l'espace d'une seconde, une lueur apeurée dans le regard de la vieille dame, mais peut-être n'était-ce après tout qu'un effet de son imagination.

— Puis-je entrer, madame ?

— Voyons, mais bien sûr.

Elle avait retrouvé toute son assurance, lui fit signe d'entrer et le précéda jusqu'à son minuscule salon. Il y avait quelques délicates figurines de Chelsea sur la cheminée, une paire de fauteuils recouverts de tapisserie au petit point, et un service à thé en porcelaine de Derby sur la table basse.

— Je vais chercher une seconde tasse, dit Mrs Folliat.

Et, comme Poirot levait la main pour esquisser un geste de protestation :

— Mais si, voyons. Vous allez prendre le thé.

Elle quitta la pièce. Et Poirot se remit à examiner les lieux. L'ouvrage en cours, un dessus de chaise au petit point, était posé sur la table, une aiguille fichée dedans. Des étagères chargées de livres recouvraient un mur, encadrées par un groupe de miniatures et, dans un cadre d'argent, la photographie jaunie d'un homme en uniforme, moustache cirée et menton fuyant.

Mrs Folliat revint, apportant tasse et sous-tasse.

— Votre mari, madame ? s'enquit Poirot.

— Oui.

Voyant le regard de Poirot errer sur la bibliothèque comme s'il était à la recherche d'autres portraits, elle dit avec brusquerie :

— Je n'aime pas beaucoup les photographies. Elles vous renvoient trop au passé. Il faut apprendre à oublier. À supprimer le bois mort.

Hercule Poirot revit en mémoire sa première rencontre avec une Mrs Folliat armée d'un sécateur et élaguant les buissons. Elle lui avait déjà, ce jour-là, dit quelque chose à propos du bois mort. Il l'examina, pensif, en essayant de deviner sa personnalité. Une femme énigmatique, songea-t-il, et qui, sous une apparence fragile et affable, cachait des côtés impitoyables. Une femme capable de supprimer le bois mort non seulement de son jardin mais aussi de sa vie.

Elle s'assit pour emplir une tasse de thé :

— Du lait ? Du sucre ?

— Trois morceaux, si vous le voulez bien, madame.

Et en lui tendant sa tasse, elle lui dit, sur le ton de la conversation banale :

— J'ai été surprise en vous voyant. Je ne pensais pas que votre chemin repasserait jamais par ce coin de campagne perdue.

— Je fais tout autre chose qu'y passer, rectifia Poirot.

— Ah bon ? s'étonna-t-elle avec un léger haussement de sourcils.

— Ma visite à ce coin de campagne perdue, comme vous dites, obéit à un but bien précis.

Elle continuait à l'interroger du regard.

— Je suis venu ici pour vous voir, madame.

— Vraiment ?

— Avant tout... est-on toujours sans nouvelles de la jeune lady Stubbs ?

Mrs Folliat hocha la tête :

— Un cadavre a été rejeté par la mer, l'autre jour, en Cornouailles. George est allé voir s'il pouvait l'identifier. Mais ce n'était pas elle... Je suis navrée pour George. La tension nerveuse a été très dure.

— Croit-il toujours que sa femme puisse encore être vivante ?

Mrs Folliat secoua lentement la tête :

— J'estime qu'il a abandonné tout espoir. Car enfin, si Hattie était vivante, elle ne pourrait raisonnablement pas réussir à se cacher alors que toute la police et toute la presse la recherchent. Même s'il lui était arrivé quelque chose comme de perdre la mémoire... même ainsi, la police l'aurait déjà retrouvée, vous n'êtes pas de mon avis ?

— Cela paraît vraisemblable, en effet, acquiesça Poirot. La police poursuit-elle ses recherches ?

— Je l'imagine. Je ne sais pas vraiment.

— Mais sir George, lui, n'y croit plus ?

— Il ne le formule pas ainsi, répondit Mrs Folliat. Il faut dire que je ne l'ai pas revu depuis un bon moment. Il passe le plus clair de son temps à Londres.

— Et la gamine assassinée ? Pas de nouveaux développements de ce côté-là non plus ?

— Pas que je sache.

Elle ajouta :

— C'est un crime qui paraît tellement absurde... tellement... sans objet. La pauvre petite...

— À ce que je vois, penser à elle vous bouleverse toujours, madame.

Mrs Folliat resta un instant sans répondre. Puis elle murmura :

— Lorsqu'on est vieux, la mort d'un être jeune vous bouleverse toujours plus qu'elle ne devrait. À nos âges, on s'attend à mourir, mais cette enfant avait sa vie devant elle.

— Ce n'aurait peut-être pas été une vie très intéressante.

— De notre point de vue, peut-être, mais pas forcément du sien.

— Pourtant, même si, comme vous le dites, nous autres vieillards nous attendons à mourir, objecta Poirot, nous ne le souhaitons pas vraiment. Moi, en tout cas, je n'en ai aucune envie. Je continue à trouver la vie fascinante.

— Pas moi.

Ses épaules s'étaient affaissées, et elle semblait se parler à elle-même plutôt que s'adresser à lui :

— Je me sens très lasse, monsieur Poirot. Et, quand viendra l'heure, je serai non seulement prête, mais reconnaissante.

Il lui lança un bref coup d'œil. Et il se demanda, comme il l'avait déjà fait un peu plus tôt, si ce n'était pas une malade qui lui parlait, une femme qui se doutait de sa mort prochaine, et même qui la savait là avec certitude. Il ne pouvait expliquer autrement la faiblesse et la lassitude qui semblaient l'accabler. Une lassitude qui le surprenait chez elle. Amy Folliat était pour lui une maîtresse femme, énergique et déterminée. Elle avait traversé bien des épreuves, perdu sa maison et sa fortune, vu mourir ses fils. Et à tout cela elle avait survécu. Elle avait, comme elle le disait, « supprimé le bois mort ». Mais il y avait désormais dans sa vie quelque chose qu'elle ne pouvait supprimer, que personne ne pouvait supprimer pour elle. S'il ne s'agissait pas d'un mal physique, de quoi pouvait-il bien s'agir ?

Comme si elle avait lu dans ses pensées, elle lui adressa soudain un petit sourire :

— Au fond, voyez-vous, monsieur Poirot, je n'ai plus guère à quoi me raccrocher dans l'existence. Je possède de nombreuses relations, certes, mais pas d'amis proches, et pas de famille.

— Vous avez votre maison, dit Poirot, mû par une impulsion soudaine.

— Nasse ? Oui.

— Vous y êtes *chez vous*, n'est-ce pas, même si, techniquement, sir George Stubbs en est le propriétaire ? Maintenant qu'il est reparti vivre à Londres, c'est vous qui menez la maison à sa place.

De nouveau, il discerna dans son regard une lueur apeurée. Quand elle répliqua, ce fut sur un ton de politesse glacée :

— Je ne vous comprends pas très bien, monsieur Poirot. Je suis reconnaissante à sir George de me louer ce pavillon, mais je le loue bel et bien. Je lui verse un loyer annuel qui me permet d'en jouir, assorti du droit de circuler sur la propriété.

Poirot écarta les mains, paumes offertes :

— Je vous conjure de me pardonner, madame. Je ne voulais pas vous faire offense.

— Ce sera moi qui vous aurai mal compris, riposta froidement Mrs Folliat.

— Cet endroit est magnifique, reprit Poirot. La maison, les jardins... Et puis cette paix, cette sérénité.

— Oui.

Les traits de la vieille dame s'étaient illuminés :

— C'est quelque chose que nous avons toujours ressenti. Je n'étais qu'une enfant quand je suis arrivée ici.

— Mais cette paix et cette sérénité, les ressent-on encore *aujourd'hui*, madame ?

— Pourquoi pas ?

— À cause du crime impuni, martela Poirot. À cause du sang innocent versé. Tant que la malédiction n'en sera pas dissipée, il n'y aura pas de paix. Et cela, je crois que vous le savez, madame, tout aussi bien que moi.

Mrs Folliat ne releva pas. Elle ne fit pas un geste, ne dit pas un mot. Et Poirot, qui observait ce silence et cette immobilité, se demandait à quoi elle pouvait bien penser. Il se pencha légèrement en avant :

— Madame, vous savez beaucoup de choses — tout, peut-être — à propos de ce meurtre. Vous savez qui a tué cette gamine, et vous savez *pourquoi*. Vous savez qui a tué Hattie Stubbs et vous savez, peut-être, où se trouve son cadavre à l'heure qu'il est.

Mrs Folliat se décida enfin à répondre. Elle le fit d'une voix forte, presque rauque :

— Je ne sais rien. *Rien !*

— Peut-être me suis-je mal exprimé. Vous ne le savez pas, mais vous vous en *doutez*, madame. Je suis sûr que vous vous en doutez.

— Ce que vous dites est — pardonnez-moi — grotesque !

— Ce n'est pas grotesque — c'est tout autre chose. C'est *dangereux*.

— Dangereux ? Pour qui ?

— Pour vous, madame. Aussi longtemps que vous garderez pour vous ce que vous savez, vous serez en danger. Je connais mieux que vous les assassins, madame.

— Je vous ai dit que je ne savais rien.

— Vous soupçonnez, si vous préférez...

— Je ne soupçonne personne.

— Pardonnez-moi, madame, mais cela n'est pas vrai.

— Parler sur la foi de simples soupçons serait une

mauvaise action... ce serait se conduire en être malfaisant.

Poirot se pencha encore plus en avant :

— Aussi malfaisant que celui qui a tué ici il y a tout juste un peu plus d'un mois ?

Elle se recroquevilla dans son fauteuil. Il l'entendit murmurer :

— Ne me parlez pas de cela.

Puis elle ajouta, après un profond soupir qui parut la secouer tout entière :

— De toute façon, ce qui est fait est fait. C'est fini... réglé.

— Comment pouvez-vous dire cela, madame ? Je puis vous assurer, sur la foi de mon expérience, que rien n'est jamais *réglé* avec un assassin.

Elle secoua la tête :

— Si. Si, c'est la fin. Et il n'est d'ailleurs rien que *je* puisse faire. Rien.

Il se leva. Et il continuait à la regarder quand elle dit, avec une sorte d'irritation :

— Après tout, même la police a renoncé.

Il fit un geste de dénégation :

— Oh ! non, madame, c'est ce qui vous trompe. La police ne renonce pas comme ça.

Puis il ajouta :

— Et moi non plus, je ne renonce pas. Souvenez-vous-en, madame. Moi, Hercule Poirot, je ne renonce pas.

C'était là une sortie bien digne de lui.

17

En quittant Nasse, Poirot se rendit au village où, après s'être renseigné, il trouva le cottage occupé par les Tucker. Les coups qu'il frappa à la porte demeurèrent un bon moment sans réponse, noyés qu'ils étaient par les récriminations de Mrs Tucker dont la voix haut perchée lui parvenait à travers le battant :

— ... et où qu'c'est-y qu'tu t'crois, Jim Tucker, à v'nir traîner tes bottes sur mon beau linoléum ? Si que j'te l'ai pas dit cent fois, c'est que j'te l'ai dit cent mille ! Ma matinée, que j'l'ai passée à l'faire briller, et v'là c'que t'en fais !

Un faible grognement trahit la réaction de Mr Tucker à cette diatribe. Un grognement manifestement destiné à calmer le jeu.

— T'as pas à oublier ! Et tout ça, de peur d'manquer les nouvelles sportives à la radio ! Saperlotte ! te faudrait pas deux minutes pour t'les ôter, ces bottes ! Et toi, Gary, fais un peu attention avec ta sucette ! Des marques de doigts poisseux, j'veux pas avoir ça sur ma théière en argent ! Marilyn, ça doit êt'quéqu'un à la porte, va voir qui qu'c'est !

La porte s'entrouvrit avec précaution et une fillette de douze ou treize ans posa un regard méfiant sur Poirot. Elle avait la joue gonflée par un bonbon, de minuscules yeux bleus dans un visage grassouillet et, somme toute, une joliesse de porcelet.

— C't'un m'sieur, m'man ! couina-t-elle.

Mrs Tucker, mèches pendouillantes sur son visage congestionné, apparut à son tour.

— Pourquoi qu'c'est-y ? fit-elle sèchement. Z'avons pas besoin de...

Elle se tut, parut hésiter :

— Attendez voir... Ça s'rait-y pas vous que j'ai vu avec le policier, l'aut'jour ?

— Pardonnez-moi, madame, de vous ramener à ces pénibles instants, dit Poirot en franchissant le seuil d'un pas décidé.

Mrs Tucker ne put s'empêcher de jeter sur son pied un regard angoissé, mais les bottines vernies à bout pointu d'Hercule Poirot n'avaient foulé que le macadam de la grand-route. Nulle parcelle de boue ne risquait d'offenser le linoléum impeccablement ciré de Mrs Tucker.

— Entrez donc, m'sieur, faites ! pépia-t-elle en s'effaçant pour lui livrer passage avant d'ouvrir d'une main preste une porte à sa gauche.

Poirot pénétra dans une petite pièce à vivre d'une propreté qui confinait à l'angoissant. Elle sentait l'encaustique et le Miror, et renfermait un lourd mobilier de chêne patiné, une table ronde, deux géraniums en pot, un pare-feu en cuivre tarabiscoté et une ribambelle de bibelots de porcelaine.

— Asseyez-vous, m'sieur. Faites donc ! J'me rappelle plus votre nom. J'crois même bien que j'l'ai jamais entendu.

— Je m'appelle Hercule Poirot, indiqua très vite Poirot. Comme je suis à nouveau de passage dans la région, je tenais à vous présenter mes condoléances et à vous demander s'il y avait eu de nouveaux développements. Je veux croire qu'on a mis la main sur le meurtrier de votre fille ?

— Sur rien de rien, qu'on a mis la main ! grinça Mrs Tucker, amère. Même que c't'une honte, si vous voulez qu'j'vous dise. M'est avis qu'la police, elle s'donne pas beaucoup d'mal quand c'est qu'y s'agit d'gens comme nous. C'est qui, d'ailleurs, la police ? S'ils sont tous comme Bob Hoskins, faudra pas s'étonner d'avoir des crimes dans tout l'pays. Tout ce qu'il sait faire, Bob Hoskins, c'est d'aller se rincer l'œil dans les voitures garées l'soir aux Pâtis !

Mr Tucker, ayant ôté ses bottes, apparut à cet instant sur le seuil en chaussettes. C'était un grand costaud au visage rougeaud et aux manières placides.

— Elle est très bien, la police, s'insurgea-t-il d'une voix enrouée. Parc'que faut ben voir qu'y z'ont leurs problèmes comme tout l'monde. Les détraqués, question d'ça, c'est pas facile d'les repérer. C'est des gens comme vous et moi, si vous voyez c'que j'veux dire, ajouta-t-il en s'adressant directement à Poirot.

La fillette qui avait ouvert la porte à Poirot pointait son nez au niveau du coude gauche de son père, et son petit frère se haussait derrière elle pour regarder le visiteur. Tous fixaient sur Poirot des yeux brillants de curiosité.

— Voici votre plus jeune fille, je suppose ? s'enquit Poirot.

— C'est Marilyn, ça, fit Mrs Tucker. Et ça, c'est Gary. Viens dire bonjour, Gary. Et tiens-toi bien !

Gary battit promptement en retraite.

— C'est l'genre timide, çui-là ! commenta la mère.

— C'est ben aimable à vous, pour sûr, d'être venu nous d'mander rapport à Marlene, s'émut Mr Tucker. Pour sûr qu'ç'a été une sale affaire.

— Je viens de voir Mrs Folliat, enchaîna Poirot. Je l'ai trouvée bien abattue.

— Elle s'en remet pas, la pauvre, gémit Mrs Tucker. C'est qu'elle est plus toute jeune, voyez-vous, et qu'ça lui a fait un choc, en plus, qu'ça soye arrivé chez elle.

Poirot remarqua une fois de plus que tout le monde, inconsciemment, continuait à considérer Mrs Folliat comme la propriétaire de Nasse House.

— Elle se sent responsable, question d'ça, renchérit Mr Tucker, alors qu'elle y est vraiment pour rien.

— Qui a eu l'idée de confier à Marlene le rôle de la victime ? demanda Poirot.

— La dame de Londres, celle qu'écrit des livres, répondit vivement Mr Tucker.

— Mais elle n'est pas d'ici. Elle ne connaissait même pas Marlene.

— C'est Mrs Masterton qu'a engagé les filles, rectifia Mrs Tucker. Alors, ça sera elle qu'aura pensé à Marlene. Et j'dois dire que ça lui plaisait bien, à la petite, d'faire ça.

Une fois de plus, Poirot eut l'impression de se heurter à un mur invisible. Mais il comprenait, maintenant, ce qu'avait ressenti Mrs Oliver au moment où elle s'était décidée à l'appeler. Quelqu'un avait œuvré dans l'ombre, avait fait exécuter ses volontés par d'autres. Mrs Oliver, Mrs Masterton... Autant de paravents !

— Je me demandais, Mrs Tucker, reprit-il, si Marlene n'aurait pas déjà eu un contact avec ce... détraqué.

— Quelqu'un comme ça aurait pas été dans ses fréquentations ! s'indigna vertueusement Mrs Tucker.

— Ah ! fit Poirot. Mais c'est que, comme le disait justement votre mari, ces gens-là ne sont pas toujours faciles à repérer. Ils sont comme... euh... comme vous et moi. Quelqu'un a pu aborder Marlene pendant la kermesse, ou même bien avant. Gagner son amitié de la façon la plus naturelle qui soit. Par des cadeaux, par exemple.

— Oh ! non, m'sieur, il aurait pas été question d'ça ! Marlene aurait jamais accepté d'cadeaux d'un inconnu. C'est pas comme ça que j'l'ai élevée.

— Mais elle aurait pu ne pas y voir de mal, insista Poirot. Supposons que la personne qui lui ait fait ces cadeaux ait été une dame comme il faut.

— Vous voulez dire, quelqu'un comme Mrs Legge, celle qu'a loué Mill Cottage ?

— Oui, acquiesça Poirot. Quelqu'un dans ce genre-là.

— L'a donné un bâton d'rouge à Marlene, un jour, admit Mrs Tucker. Même que j'en étais hors de moi. Tu t'mettras pas d'ces saletés-là sur la figure, Marlene ! que j'y ai dit. Pense un peu à c'que dirait ton père ! C'est la dame du cottage qui me l'a donné, qu'elle m'répond, effrontée comme pas deux, et même qu'elle m'a dit qu'ça m'allait bien ! Eh ben t'as pas à les écouter, ces dames de Londres, que j'y ai fait. C'est leur affaire si ça leur plaît d'se peinturlurer la figure et d'se mettre du noir sur les cils et tout partout ! Mais toi, t'es une fille honnête, que j'y ai dit, et tu vas m'faire le plaisir de t'laver la figure à l'eau et au savon et d'rester comme t'es en attendant d'être grande !

— Je suppose qu'elle n'a pas été d'accord avec vous ? sourit Poirot.

— Quand j'dis quéqu'chose, c'est pour qu'on m'écoute ! rétorqua Mrs Tucker.

La grosse Marilyn, soudain, pouffa de rire. Poirot lui jeta un bref regard.

— Mrs Legge a-t-elle donné d'autres choses à Marlene ? demanda-t-il.

— Une écharpe, j'crois bien, une écharpe qu'elle avait plus besoin, dit Mrs Tucker. Du machin voyant, mais question qualité, c'était pas ça. J'sais reconnaître la qualité quand j'la vois, dit Mrs Tucker en hochant la tête. J'travaillais à Nasse House, du temps qu'j'étais gamine. Fallait voir c'qu'elles portaient, les dames, dans c'temps-là. C'était pas des couleurs tape-à-l'œil et du nylon ou de la rayonne comme au jour d'aujourd'hui — non : de la bonne vraie soie ! Et des robes en taffetas qu'elles tenaient debout toutes seules !

— Les filles, elles aiment bien les fanfreluches, sourit Mr Tucker, bienveillant. Les couleurs vives, c'est pas pour m'gêner. Mais j'veux point de c'te saleté d'rouge à lèvres !

— J'lui secouais p't-être ben un peu trop les puces, à Marlene, renifla Mrs Tucker, dont les yeux, soudain, s'étaient embués. J'l'ai regretté, après qu'elle est partie de c'te façon affreuse. Ah ! les peines et les enterrements, nous autres, on en a eu not'compte ! Un malheur, il arrive jamais seul, à c'qu'on dit, et c'est ma foi ben vrai.

— Vous avez souffert d'autres deuils ? s'enquit poliment Poirot.

— Oui, l'père à ma femme, expliqua Mr Tucker. L'est tombé à l'eau un soir en rentrant des *Trois Chiens* avec son bateau. C'est un faux pas qu'il a dû faire, et il aura manqué l'bord du quai. Sûr qu'à son âge, l'aurait mieux fait d'rester à la maison. Mais allez faire entendre raison à ces vieux-là ! Tout le temps à traîner sur l'quai, qu'il était.

— Mon père, il savait s'occuper des bateaux comme personne, intervint Mrs Tucker. C'était déjà lui qui les gardait du temps de m'sieur Folliat, y'a des années et des années. C'est pas qu'sa mort soye une si grande perte, ajouta-t-elle sans s'émouvoir, vu qu'il avait grandement passé les quatre-vingt-dix ans et qu'il avait plus toute sa tête, et qu'c'était pas rien les bêtises qu'y débitait tout l'temps. Valait mieux qu'il s'en aille. N'empêche qu'il a fallu lui faire un enterrement à lui aussi, et qu'deux enterrements à la suite ça vous coûte des mille et des cents.

Poirot ne s'arrêta pas à ces considérations économiques. Il venait de faire un rapprochement :

— Un vieil homme... sur le quai ? Je me souviens de lui. Comment s'appelait-il ?

— Merdell, m'sieur. C'était mon nom d'jeune fille.

— Votre père, si mes souvenirs sont bons, avait été chef jardinier à Nasse House ?

— Non. Ça, c'était mon frère aîné. Moi, j'étais la plus jeune de la famille — on était onze enfants à la maison, faut vous dire, ajouta-t-elle non sans une certaine fierté. Pendant des années, y'aura eu des Merdell à Nasse House, mais maintenant, ils sont tous éparpillés. C'était mon père l'dernier.

— *« Des Folliat, il y en aura toujours à Nasse House »*, cita Poirot à mi-voix.

— J'vous demande pardon, m'sieur ?

— Je répétais ce que votre père m'a dit, le jour où je l'ai rencontré sur le quai.

— Ah ! pour ça, il en disait, des bêtises ! Combien d'fois que j'l'ai pas fait taire !

— Ainsi, Marlene était la petite-fille du vieux Merdell, murmura Poirot. Oui, je commence à comprendre.

Il se tut un instant, en proie à une intense émotion :

— Votre père, me disiez-vous, s'est noyé en tombant dans le fleuve ?

— Oui, m'sieur. L'aurait bu un coup d'trop, à c'qui paraîtrait. D'où c'est-y qu'il tenait l'argent pour ça, j'voudrais bien l'savoir. Oh ! y s'faisait bien quéqu'pourboires en donnant un coup d'main pour amarrer les bateaux. Et y m'cachait ses sous, le vieux grigou ! Oui, ce soir-là, paraîtrait qu'il avait bu un coup d'trop. L'aurait fait un faux pas, comme qui dirait, et l'aurait manqué l'bord du quai. C'qui fait qu'il est tombé à l'eau et qu'il s'est noyé. Son corps, l'courant l'a rejeté à Helmmouth le lendemain. C'était déjà miracle, vous m'direz, qu'ça soye pas arrivé plus tôt, vu qu'il allait quand même sur ses quatre-vingt-treize ans et qu'il était d'jà plus qu'à moitié aveugle de toute façon.

— Il n'en demeure pas moins que cela ne lui était *jamais* arrivé...

— Hé ! oui. Les accidents, ça vous arrive comme ça. Si c'est pas aujourd'hui, ce s'ra demain.

— Un accident, médita Poirot. Je me demande...

Il se leva. Sans pour autant cesser de marmonner :

— J'aurais dû m'en douter. Depuis longtemps. La gamine me l'avait presque dit...

— J'vous demande pardon, m'sieur ?

— Rien, mentit Poirot. Recevez encore mes condoléances. Pour la mort de votre fille et pour celle de votre père.

Il leur serra la main et sortit. Il ne cessait de se parler à lui-même :

— Je me suis montré stupide... absolument stupide ! J'ai tout pris dans le mauvais sens, par le côté qu'il ne fallait pas !

— Hep ! m'sieur...

On l'appelait tout bas. Poirot regarda autour de lui. Marilyn, la petite boulotte, se tenait dans l'ombre du mur de la maison. Elle lui fit signe d'approcher et se mit à chuchoter, très vite :

— Elle sait pas tout, m'man. C'est pas la dame du cottage qu'a donné l'écharpe à Marlene.

— Comment l'a-t-elle eue ?

— Elle l'a achetée à Torquay. Et du rouge à lèvres, aussi, et même du parfum : Nuit de Paris, que ça s'appelait. Et un pot de fond de teint, comme elle avait vu sur une réclame.

Elle gloussa un peu, puis dit encore :

— M'man en sait rien. Elle planquait tout dans le fond de son tiroir, Marlene, sous ses tricots. Quand elle allait au cinéma, elle se maquillait en cachette dans les toilettes de l'arrêt d'autobus !

Elle gloussa de plus belle :

— Maman, elle s'en est jamais doutée !

— Et elle a trouvé toutes ces choses après la mort de ta sœur ?

Marilyn secoua vivement sa tête blonde auréolée de bouclettes :

— Non ! C'est moi qui les ai, maintenant — dans mon tiroir. Elle en sait rien, m'man.

Poirot la regarda avec considération :

— Tu m'as l'air d'être une sacrée maligne, Marilyn.

Marilyn eut un petit sourire penaud :

— Miss Bird, elle dit que c'est même pas la peine que j'essaie d'entrer à la grande école.

— Il n'y a pas que la grande école, dans la vie, dit Poirot. Dis-moi, Marilyn : comment Marlene a-t-elle eu l'argent pour acheter ces objets ?

Marilyn se mit à regarder obstinément la gouttière.

— Ch'sais pas, dit-elle enfin.

— Moi, je crois pourtant que tu le sais, dit Poirot.

Sans s'embarrasser de scrupules, il tira de sa poche une demi-couronne, puis une autre :

— J'ai entendu parler d'un nouveau rouge à lèvres très joli — le « Rouge baiser ».

— Ça doit être formidable, avec un nom pareil ! s'enthousiasma Marilyn en tendant sa petite main vers les pièces.

Puis, baissant la voix d'un ton :

— Elle espionnait un peu tout le monde, Marlene. Elle épiait tout ce qui se fricotait dans le coin... vous savez quoi. Après, elle promettait de rien dire. Alors, les gens, ils lui donnaient un petit cadeau, vous comprenez ?

Poirot lâcha les cinq shillings.

— Je comprends, dit-il.

Il salua Marylin. Et, tout en s'éloignant, il répéta pour lui-même, mais cette fois d'un ton pénétré :

— Je comprends !

Les pièces du puzzle s'ordonnaient. Pas toutes. Et l'image était encore loin d'être nette — mais il était sur la bonne voie. Une voie royale, tracée devant lui depuis le premier jour, et qu'il aurait vue s'il avait été un peu plus malin ! Sa première conversation avec Mrs Oliver, quelques mots prononcés par Michael Weyman, sa rencontre avec Merdell, sur le quai, et ce que lui avait dit ce jour-là le vieil homme, une phrase limpide dans la bouche de miss Brewis, l'arrivée d'Étienne de Sousa...

Une cabine téléphonique jouxtait le bureau de poste du village. Il s'y engouffra et composa un numéro. Quelques minutes plus tard, il était en communication avec l'inspecteur Bland.

— Monsieur Poirot ? D'où m'appelez-vous ?

— De Nassecombe.

— Mais vous étiez à Londres hier après-midi ?

— Il ne faut guère plus de trois heures et demie pour arriver ici, pour peu qu'on prenne le bon train, fit remarquer Poirot. J'ai une question à vous poser.

— Oui ?

— Sur quel genre de yacht Étienne de Sousa naviguait-il ?

— Je crois comprendre pourquoi vous me demandez cela, monsieur Poirot, mais je peux tout de suite vous répondre par la négative : il n'y avait ni doubles cloisons ni compartiment secret. Nous les aurions trouvés. Il n'y avait pas le moindre recoin où dissimuler un cadavre.

— Vous vous trompez, mon tout bon, ce n'est pas ce qui m'intéresse. Je vous demande seulement quel genre de yacht : petit, grand ?

— Oh ! c'était un superbe bateau. Il a dû coûter les yeux de la tête. Le summum du luxe, impeccablement entretenu et somptueusement aménagé.

— Voilà qui me comble ! s'exclama Poirot.

Il y avait dans sa voix une telle jubilation que l'inspecteur Bland en demeura pantois :

— Où voulez-vous en venir, monsieur Poirot ?

— Étienne de Sousa est richissime. Et cela, mon bon ami, revêt pour moi une importance capitale.

— Pourquoi ?

— Parce que cela cadre avec ma dernière hypothèse.

— Vous avez donc une hypothèse ?

— Oui. J'en ai une enfin ! Jusqu'ici, je me suis comporté comme le dernier des imbéciles.

— Dois-je en conclure que nous nous sommes *tous* comportés comme les derniers des imbéciles ?

— Non, dit Poirot. C'est de moi que je parle. J'ai eu la chance inouïe qu'une piste d'une aveuglante évidence se déroule devant moi... et je n'ai pas su la voir.

— Tandis que maintenant, vous êtes certain, de posséder la clé de l'énigme ?

— Je le crois, en effet.

— Écoutez, monsieur Poirot...

Mais Poirot avait déjà raccroché. Et, après avoir cherché de la monnaie au fond de ses poches, il demanda à entrer en communication avec Mrs Oliver au numéro londonien de cette dernière.

— Mais, s'empressa-t-il, ce faisant, de préciser à l'opératrice, ne dérangez à aucun prix cette personne si elle est en train de travailler.

Il ne se souvenait que trop des amers reproches de Mrs Oliver l'accusant, un jour, de l'avoir stoppée en plein élan créateur, privant ainsi et à jamais le monde d'une fabuleuse énigme policière tout entière centrée sur un gilet de laine à manches longues tricoté à l'ancienne. Mais l'opératrice ne s'émut pas de tels scrupules.

— Au bout du compte, s'énerva-t-elle, vous voulez parler à cette dame, ou vous ne voulez pas ?

— Je veux lui parler ! trancha Poirot, sacrifiant le génie créateur de Mrs Oliver sur l'autel de son impatience.

Il respira cependant mieux quand il entendit la voix de la romancière au bout du fil. Elle coupa court à ses excuses :

— Votre appel tombe à pic ! trémola-t-elle. Je m'apprêtais à partir pour donner une conférence intitulée *Comment j'écris mes livres*. Maintenant, je vais pouvoir charger ma secrétaire de téléphoner que je suis inopinément retenue.

— Mais, madame, je m'en voudrais de vous empêcher de...

— Vous ne m'empêchez de rien du tout ! se réjouit bruyamment Mrs Oliver. Au contraire, ç'aurait été tragique ! Je me serais ridiculisée ! Car, après tout, que peut-on bien trouver à *dire* sur la façon dont on écrit ses livres ? Enfin quoi, il faut d'abord chercher une idée, et puis quand on l'a trouvée, il faut s'obliger à s'asseoir à sa table et à l'écrire. C'est tout ! Il ne m'aurait pas fallu trois minutes pour expliquer ça, la conférence se serait achevée là, et toute l'assistance m'aurait regardée de travers. Je ne comprends pas pourquoi tout le monde exige à tout propos que les écrivains *parlent* d'écriture. J'ai toujours eu plutôt tendance à estimer que le métier d'écrivain consistait non pas à parler mais à écrire !

— Et c'est pourtant là-dessus que je voulais vous interroger.

— Allez-y toujours, consentit Mrs Oliver, mais je serais étonnée que vous soyez satisfait de la réponse. On s'assied, et on écrit. Oh ! un quart de seconde... j'ai sur la tête un chapeau d'un grotesque achevé que j'avais mis pour cette conférence... et il *faut* que je l'enlève. J'en ai le front qui me démange.

Un court silence suivit, après lequel Mrs Oliver reprit, soulagée :

— Les chapeaux, de nos jours, ne sont plus que des symboles, vous ne trouvez pas ? C'est vrai, ça, on ne les porte plus pour des raisons raisonnables, pour se tenir la tête au chaud ou pour la protéger du soleil, ou encore pour se cacher des gens par qui on ne veut pas être reconnu... Pardonnez-moi, monsieur Poirot, vous disiez quelque chose ?

— Non, c'était une simple exclamation. C'est extraordinaire, avoua Poirot non sans une certaine stupéfaction dans la voix. Vous me donnez toujours des idées ! Comme le faisait mon bon ami Hastings, que je n'ai pas revu depuis des années et des années. Vous venez de me fournir la solution à l'un des aspects de mon problème. Mais laissons cela de côté. Et venons-en à la question que j'ai à vous poser. Connaissez-vous un savant atomiste, madame ?

— Si je connais un savant atomiste ? s'étonna Mrs Oliver. Je n'en sais rien. Ça n'est pas impossible. Je connais pas mal de professeurs et de gens dans ce genre-là, de chercheurs. Mais je n'ai jamais très bien su ce qu'ils faisaient *au juste*.

— Vous avez cependant introduit un personnage de Savant atomiste dans votre Course à l'Assassin ?

— Ah, *ça !* C'était simplement pour faire moderne. Vous savez, quand j'ai voulu acheter des cadeaux pour mes neveux, à Noël dernier, je n'ai vu dans les magasins que de la science-fiction et des jouets supersoniques, si bien qu'au moment d'imaginer cette Course à l'Assassin, je me suis dit : « Soyons moderne, prenons un savant atomiste comme suspect numéro un. » Je savais qu'après tout, pour le jargon technique, je pourrais toujours faire appel à Alec Legge.

— Alec Legge... le mari de Sally Legge ? C'est un spécialiste de l'atome ?

— Mais bien sûr ! Il travaille... Non, pas à Harwell. À Wales Quelque chose. À Cardiff. Ou ne serait-ce pas plutôt Bristol ? Ce qu'il y a de sûr, c'est qu'ils n'ont loué ce cottage que pour y passer des vacances. Mais enfin bref, maintenant que vous m'y faites penser, je *connais* après tout bel et bien un savant atomiste !

— Et c'était peut-être le fait de l'avoir rencontré à Nasse House qui vous aura mis cette idée en tête ? Mais sa femme n'est pas yougoslave.

— Ah, ça, *non !* clama Mrs Oliver. Sally est aussi anglaise qu'on peut l'être. Même vous, vous avez dû vous en rendre compte ?

— D'où vous est venue, alors, cette idée de l'épouse yougoslave ?

— Je n'en sais vraiment rien... Des réfugiées, peut-être ? Ou des étudiantes ? Toutes ces étrangères de l'Auberge de Jeunesse qui passent leur temps à envahir la propriété par les bois et qui parlent un anglais de cuisine.

— Je saisis... Oui, je saisis maintenant tout un tas de choses.

— Ce n'est pas trop tôt, ronchonna Mrs Oliver.

— Je vous demande bien pardon ?

— Je disais que ça n'était pas trop tôt. Que vous commenciez à saisir ce qui s'est passé, veux-je dire.

Parce qu'enfin, jusqu'ici, vous ne donniez pas l'impression d'avoir fait grand-chose.

— On ne résout pas ce genre de problème en un tournemain, se défendit Poirot. La police elle-même y perd son latin.

— Oh ! la police... renifla Mrs Oliver. Tant qu'on ne mettra pas une femme à la tête de Scotland Yard...

Reconnaissant un air bien connu. Poirot se hâta de l'interrompre :

— C'était une affaire compliquée. Extrêmement compliquée. Mais cette fois — que cela reste entre nous —, je tiens le bon bout !

Mrs Oliver resta de glace :

— J'observe quand même qu'il aura fallu attendre pour ça que deux personnes soient assassinées.

— Trois, rectifia Poirot.

— Trois ? Qui est la troisième ?

— Un vieil homme — un dénommé Merdell, répondit Poirot.

— Je n'étais pas au courant, s'indigna Mrs Oliver. Les journaux n'en ont pas parlé ?

— Non, dit Poirot. Jusqu'ici, personne n'a soupçonné que cela pouvait être autre chose qu'un accident.

— Or, ce n'en était pas un ?

— Non, répéta Poirot.

— Mais alors, qui est-ce qui a fait le coup ? Qui est-ce qui a fait *les* coups, devrais-je dire ? À moins que vous ne puissiez pas me dévoiler tout cela au bout du fil ?

— Ce n'est effectivement pas le genre de choses dont on peut discuter au téléphone, s'empressa de décréter Poirot.

— Dans ce cas, je raccroche ! menaça Mrs Oliver. Vous me mettez au supplice !

— Attendez quand même un petit peu, tenta de la tempérer Poirot. Il y a encore quelque chose d'autre que je voulais vous demander. Allons, bon ! Qu'est-ce que cela pouvait bien être au juste ?

— C'est l'âge qui veut ça, s'émut Mrs Oliver. Ça m'arrive à moi aussi. On pense aux choses, et puis on les oublie...

— Il s'agissait d'un petit rien... d'un détail qui me tracassait. J'étais dans l'abri à bateaux...

Il battit le rappel de ses souvenirs. La pile de bandes dessinées. Les petites phrases griffonnées par Marlene dans les marges : « Albert couche avec Doreen. » Il avait eu le sentiment que quelque chose manquait... et qu'il fallait qu'il interroge Mrs Oliver sur la question.

— Vous êtes toujours là, monsieur Poirot ? s'inquiéta Mrs Oliver.

Au même moment, la voix de l'opératrice retentit sur la ligne. Elle exigeait d'autres pièces.

Poirot s'exécuta, puis s'enquit :

— Vous êtes toujours en ligne, madame ?

— Bien sûr, que j'y suis ! glapit Mrs Oliver. Ne continuons pas à gaspiller tout votre argent à nous demander l'un l'autre si nous sommes là ! De quoi s'agissait-il ?

— D'un élément très important. Vous avez toujours en mémoire le scénario de votre Course à l'Assassin ?

— Bien sûr, que je l'ai encore en mémoire ! Est-ce que ce n'est pas précisément ce dont nous étions en train de parler ?

— J'ai commis une grave erreur, confessa Poirot. Je n'ai pas lu le texte que vous aviez remis aux participants.

La découverte du crime a fait passer ce type de préoccupations au second plan. Or, vous êtes un être sensible, madame. Les ambiances, la personnalité des gens que vous rencontrez exercent sur vous leur influence. Et cela, vous nous le rendez dans vos livres. Non pas de manière évidente et grossière, mais comme une sorte de terreau sur lequel votre cerveau fertile cultive son inspiration.

— Voilà qui est fort joliment formulé, observa Mrs Oliver. Mais que voulez-vous dire au juste ?

— Que vous en avez toujours su davantage sur ce crime que vous ne vous en rendiez compte. Mais venons-en maintenant à la question que je veux vous poser — aux deux questions, en fait ; mais la première est d'une importance extrême. Avez-vous, quand vous avez imaginé cette Course à l'Assassin, décidé dès le début qu'on découvrirait le corps de la victime dans l'abri à bateaux ?

— Non, pas du tout.

— Où aviez-vous prévu que cela se passerait ?

— Dans cet amusant petit salon d'été enfoui sous les massifs de rhododendrons, non loin de la maison. Cela me paraissait l'endroit idéal. Mais quelqu'un, je ne sais plus au juste qui, s'est aussitôt mis à insister sur le fait qu'il vaudrait mieux qu'on le découvre dans la Folie. Bon, ça, c'était, bien évidemment, une idée *absurde* ! N'importe qui pouvait y entrer par hasard et tomber sur le cadavre sans avoir trouvé le moindre indice ni suivi la filière. Les gens sont d'une bêtise ! Il n'était, cela va sans dire, pas question que j'accepte *ça*.

— Ce qui fait que, de guerre lasse, vous avez accepté l'abri à bateaux ?

— Oui, c'est bien comme ça que ça s'est passé. Je continuais à penser que le petit salon d'été aurait beaucoup mieux convenu, mais je n'avais pas d'objection majeure concernant l'abri à bateaux.

— Eh oui ! Je reconnais bien là la technique dont nous avons déjà parlé le premier jour. Autre chose encore : vous m'avez bien dit que le dernier indice était une phrase écrite sur l'un des recueils de bandes dessinées confiés à Marlene pour l'aider à passer le temps ?

— Oui, bien sûr.

— Dites-moi, était-ce quelque chose comme (Poirot se concentra pour retrouver les termes exacts des gribouillis qu'il avait déchiffrés dans les marges des recueils en question) : « Albert couche avec Doreen — Georgie Porgie embrasse les auto-stoppeuses dans les bois — Peter pince les fesses des filles au cinéma » ?

— Seigneur Dieu, non ! s'écria Mrs Oliver, un tantinet choquée. Ça n'avait rien d'aussi bêbête que ça ! Non, en ce qui me concerne, il s'agissait d'un indice franc et sincère.

Elle baissa la voix pour énoncer, d'un ton mystérieux :

— *Regardez dans le sac à dos de la touriste.*

— Épatant ! applaudit Poirot. É-pa-tant ! Il va de soi qu'il *fallait* que le recueil portant cette inscription disparaisse. Il aurait pu donner des idées à quelqu'un !

— Le sac à dos était par terre, à côté du corps, et...

— Ah ! mais c'est à un autre sac à dos que je suis en train de penser!

— Vous m'embrouillez, avec tous vos sacs à dos, larmoya Mrs Oliver. Il n'y en avait qu'un dans mon scénario policier. Vous ne voulez pas savoir ce qu'il contenait ?

— Certainement pas ! coupa Poirot. C'est-à-dire, s'empressa-t-il d'ajouter poliment, que je serais ravi de le savoir, bien sûr, mais que...

Mrs Oliver balaya le « mais que » :

— C'était très astucieux, à *mon* avis, ronronna-t-elle, toute sa vanité d'auteur retrouvée. Car voyez-vous, dans le sac à dos de Marlene, censé être le sac à dos de l'épouse yougoslave, si vous me suivez...

— Oui, oui, balbutia Poirot, sentant qu'il allait, une fois encore, se perdre dans les brumes.

— Eh bien, il y avait dedans une fiole de médicament contenant du poison qui avait servi au châtelain du lieu pour assassiner sa femme. Car, voyez-vous, la Yougoslave, qui était venue autrefois en Angleterre faire ses études d'infirmière, avait travaillé au château à l'époque où le colonel Blunt empoisonnait sa femme pour s'approprier sa fortune. Et elle, l'infirmière, avait fait main basse sur ladite fiole avant de repartir pour son pays, d'où elle était ensuite revenue histoire de le faire chanter. Ce qui est d'ailleurs, bien évidemment, la raison pour laquelle il l'avait tuée. Est-ce que ça cadre, monsieur Poirot ?

— Cadre avec quoi ?

— Eh bien, avec vos idées ! s'énerva Mrs Oliver.

— Pas du tout ! riposta Poirot avant d'ajouter précipitamment : Mes félicitations, tout de même, madame. Votre Course à l'Assassin était si ingénieusement ficelée que je parie que personne n'a remporté le prix.

— Mais si ! se rengorgea Mrs Oliver. Assez tard, vers 7 heures. Une vieillarde opiniâtre que tout le monde croyait gâteuse. Elle a trouvé un à un tous les indices, a trottiné, triomphante, jusqu'à l'abri à bateaux... et y est tombée dans les bras de la police. Ce qui fait qu'elle y a découvert qu'un meurtre avait effectivement eu lieu mais qu'elle a été la dernière de toute la kermesse à le savoir. En tout cas, on lui a décerné le Prix.

Et d'ajouter, avec satisfaction :

— Quant à l'affreux énergumène bourré de taches de rousseur qui prétendait que je buvais comme un trou, il n'est pas allé plus loin que le bosquet de camélias !

— Il faudra, madame, que vous me racontiez un jour votre scénario dans ses moindres détails.

— En réalité, se rebiffa Mrs Oliver, j'envisage d'en tirer un roman. Ce serait dommage d'éventer le sujet.

Peut-être ne serait-il pas mauvais de signaler ici que, quelque trois ans plus tard, il arriva parfois à Hercule Poirot, plongé dans la lecture de *La Femme dans le Bois*, d'Ariadne Oliver, de se demander s'il rêvait ou si un certain nombre de personnages et de faits ne lui étaient pas vaguement familiers.

18

Le soleil se couchait quand Poirot arriva devant ce qu'on appelait, selon les cas, Mill Cottage ou « le Cottage rose, du côté de la crique des Lawder ». Il frappa, et la porte s'ouvrit avec une violence qui le fit sursauter. Le jeune homme furibond qui apparut sur le seuil le dévisagea un moment sans le reconnaître. Puis il laissa échapper un ricanement bref :

— Ah ! Ce n'est que notre limier ! Entrez donc, monsieur Poirot. J'étais en train de boucler mes valises.

Poirot accepta l'invitation. Le cottage était assez vilainement meublé et, présentement, les effets personnels d'Alec Legge y tenaient une place incongrue. Livres, revues, vêtements s'étalaient partout, et une valise ouverte était posée à même le sol.

— Tout ce qu'il reste d'une vie de couple ! marmonna Alec Legge. Sally m'a plaqué. Vous le saviez, sans doute ?

— Non, absolument pas.

Alec Legge éclata de nouveau de son petit ricanement saccadé :

— Ravi qu'il y ait au moins quelque chose que vous ne saviez pas. Eh bien, oui : elle en a eu assez de notre existence à deux. Elle va refaire sa vie avec cet architecte à la noix.

— Vous m'en voyez désolé, compatit Poirot.

— Je ne vois pas en quoi ça pourrait vous désoler.

— Je le suis pourtant, insista Poirot en repoussant deux bouquins et une chemise pour s'asseoir sur un coin du divan. Parce que je ne pense pas qu'elle sera heureuse avec lui comme elle aurait pu l'être avec vous.

— On ne peut pas dire qu'elle ait été particulièrement heureuse avec moi depuis six mois.

— Six mois ne représentent pas grand-chose quand on songe à ce que peut être le bonheur d'une longue vie à deux.

— Vous prêchez comme un cureton !

— Peut-être bien. Mais permettez-moi de vous dire, Mr Legge, que si votre femme ne s'est pas sentie heureuse avec vous, c'était probablement plus de votre faute que de la sienne.

— C'est en tout cas sûrement ce qu'elle pense. Tout est de ma faute, sans doute.

— Pas tout. Mais une bonne partie.

— Allez-y, collez-moi sur le dos la responsabilité pleine et entière ! Je ne sais pas ce qui me retient d'aller piquer une tête dans ce foutu fleuve et d'en finir une bonne fois pour toutes.

Poirot l'observait, pensif.

— J'ai plaisir à constater, remarqua-t-il, que vous êtes désormais plus préoccupé de vos propres malheurs que de ceux de l'humanité.

— Qu'elle aille au diable, l'humanité ! tempêta Mr Legge.

Sur quoi il ajouta avec amertume :

— J'ai bien l'impression que je n'ai pas cessé de me conduire comme un imbécile.

— Exact, en convint Poirot. Mais je dirais que vous avez été plus malchanceux que réellement à blâmer.

Alec Legge releva la tête pour regarder Poirot bien en face :

— Qui vous a payé pour surveiller mes faits et gestes ? Sally ?

— Qu'est-ce qui vous fait croire ça ?

— Il n'y a pas eu de poursuite officielle. J'en ai conclu que votre mission de surveillance était d'ordre privé.

— Vous vous êtes fourré le doigt dans l'œil, dit Poirot. Je ne suis jamais venu à Nasse pour surveiller vos faits et gestes, comme vous dites. En arrivant ici, j'ignorais jusqu'à votre existence.

— Comment savez-vous alors que j'ai joué de malchance, ou que je me suis conduit comme un imbécile ?

— Parce que j'observe et que je réfléchis. Me permettez-vous de vous dire ce que j'ai cru comprendre, et me répondrez-vous franchement ?

— Dites toujours, répondit Alec Legge. Mais ne comptez pas sur moi pour vous aider.

— Je pense, dit Poirot, que vous avez, il y a quelques années, éprouvé de l'intérêt et de la sympathie pour un certain parti politique. Comme, d'ailleurs, bon nombre de jeunes gens et de chercheurs de votre génération. Mais dans la profession que vous exercez, ce genre de sympathies vous rend automatiquement suspect. Je ne crois pas que vous ayez été sérieusement compromis, mais je *présume* que des pressions ont été exercées sur vous pour vous inciter à vous engager plus avant et d'une manière qui ne vous plaisait pas. Comme vous tentiez de vous y soustraire, on vous a menacé. On vous a fixé un rendez-vous. Je ne connaîtrai sans doute jamais le nom de l'individu que vous deviez rencontrer. Il restera pour moi *le garçon à la chemise aux tortues.*

Alec Legge partit soudain d'un grand éclat de rire :

— J'imagine que cette chemise était censée avoir un côté gag. Mais sur le moment, je n'avais pas trouvé ça drôle du tout !

Hercule Poirot poursuivit :

— Entre votre souci de l'avenir de l'humanité et les angoisses nées de votre engagement politique, vous êtes devenu, si je puis dire, impossible à vivre pour votre femme. Vous ne vous êtes jamais confié à elle. C'est bien dommage, car je la crois loyale, et si elle avait pu savoir à quel point vous étiez désespéré, elle aurait été à vos côtés pour vous soutenir dans cette épreuve. Faute de quoi, elle s'est tournée vers l'un de ses anciens soupirants, Michael Weyman, et la comparaison n'a pas joué en votre faveur.

Il se leva :

— Je vous conseille, Mr Legge, de boucler vos bagages au plus vite, de rejoindre votre femme à Londres et de lui demander de vous pardonner en lui racontant tout ce qui vous est arrivé.

— C'est ça ce que vous me conseillez, hein ? grinça Alec Legge. Et en quoi, s'il vous plaît, tout cela vous regarde-t-il ?

— En rien, dit Hercule Poirot en se dirigeant vers la porte. Seulement il se trouve que j'ai toujours raison.

Il y eut un moment de silence. Puis Alec Legge se remit à rire à gorge déployée :

— Je crois bien, figurez-vous, monsieur Poirot, que je vais suivre votre conseil ! Divorcer coûte les yeux de la tête. Et puis de toute façon, une fois qu'on a déniché la femme que l'on voulait, il y aurait quelque chose d'humiliant à ne pas être capable de la retenir. Je vais filer tout droit jusqu'à son appartement de Chelsea, et si je trouve Michael Weyman sur les lieux, je me ferai une joie de l'étrangler avec cette cravate tricotée de tapette qui lui pendouille toujours autour du cou. Ça me fera un sacré bien ! Oh ! oui, ma parole ! Un sacré bien !

Ses traits, soudain, s'illuminèrent d'un sourire qui le transfigura :

— Pardon pour mon caractère de cochon. Et merci mille fois.

Ce disant, il administra une grande claque sur

l'épaule de Poirot. Et il s'en fallut de peu que ce dernier, surpris par la violence du coup, ne perde l'équilibre.

L'amitié de Mr Legge se révélait plus redoutable, au fond, que son inimitié.

— Et maintenant, grommela Hercule Poirot en s'éloignant de Mill Cottage, les pieds plus douloureux que jamais et les yeux tournés vers les cieux qui s'assombrissaient, quelle direction dois-je prendre ?

19

En entendant annoncer Hercule Poirot, le chef de la police du comté et l'inspecteur Bland sautèrent sur leurs pieds. Le major Merrall n'était pas de très bonne humeur. Et il avait fallu toute la tranquille obstination de Bland pour le convaincre de renoncer au dîner auquel il était convié ce soir-là.

— Je sais, Bland, je sais, avait-il dit d'un ton agacé. Ce petit Belge était un aigle, en son temps — mais ça ne date pas d'hier, mon vieux ! Quel âge peut-il avoir ?

Bland avait, avec tact, éludé cette question dont il ne connaissait d'ailleurs pas la réponse. Poirot lui-même restait toujours d'une discrétion extrême sur le sujet.

— Ce que je vois, monsieur, c'est qu'il était *présent*... sur les lieux. Or, nous n'avons pas progressé d'un pouce sur cette affaire. Devant un mur, voilà où nous en sommes.

Le chef de la police s'était mouché avec irritation :

— Je sais. Je sais. Je finirai par croire à la thèse de l'obsédé sexuel chère à notre Mrs Masterton. Je serais même prêt à lui fournir ses chiens de saint-hubert si je savais sur quelle piste les lancer.

— Des chiens courants, ça ne peut pas suivre une piste bien loin dans l'eau.

— Oui. Je sais ce que vous pensez depuis le début, Bland. Et je serais tenté d'être d'accord avec vous. Mais il n'y a pas le moindre mobile, et vous le savez. Pas l'ombre d'un mobile.

— Il est peut-être à rechercher plus loin, ce mobile. Dans les îles...

— Vous voulez dire que Hattie Stubbs aurait su quelque chose sur Sousa concernant sa vie là-bas ? Ce n'est pas tout à fait impossible, compte tenu de ce qu'elle était. Un peu simplette, à en croire l'opinion générale. Capable de dire ce qu'elle savait à tout moment et à n'importe qui. C'est comme ça que vous voyez les choses ?

— Plus ou moins.

— Dans ce cas, il aura mis longtemps à traverser l'Océan pour régler le problème.

— On peut supposer qu'il ne savait pas très bien ce qu'elle était devenue. Selon sa propre version, c'est par le plus grand des hasards qu'il serait tombé, dans les potins mondains d'un magazine à la mode, sur un écho relatif à Nasse House et à sa superbe *châtelaine*. (Ce qui pour moi, avait ajouté Bland entre parenthèses, avait toujours été une espèce de machin en orfèvrerie que les femmes s'accrochaient à la ceinture du temps de mon arrière-grand-mère et où elles fourraient leurs montres, leurs clés et leurs instruments de couture. Bonne idée d'ailleurs. Si elles avaient gardé ça, ces gourdes ne seraient pas constamment en train d'abandonner leur sac à main dans tous les coins. Cela dit, il semble cependant que, chez les membres de notre gratin francophile, ce terme de *châtelaine* désigne la maîtresse de maison.) Cette histoire de magazine est peut-être exacte, et il n'est après tout pas formellement exclu qu'il ignorait où se trouvait sa cousine, et ne savait pas non plus, jusqu'à cette lecture, si elle était mariée ou non.

— Sur quoi, l'ayant appris, il aurait hissé la grand-voile et cinglé jusqu'ici sur son superbe yacht pour l'assassiner ? Cela me paraît tiré par les cheveux, Bland. Vraiment tiré par les cheveux.

— Mais pas rigoureusement impossible, monsieur.

— Et que diable cette fille aurait donc pu savoir sur son compte ?

— Souvenez-vous ce qu'elle a dit à son mari : « *Il tue les gens.* »

— Elle aurait été témoin d'un meurtre ? Quand elle avait treize ou quatorze ans ? Et elle serait la seule à pouvoir le dénoncer ? Vous ne croyez pas qu'il s'en serait éperdument fichu ?

— Nous ignorons les faits, avait insisté Bland, têtu. Or, vous savez mieux que quiconque, monsieur, qu'une fois que l'on sait *qui* a commis un délit, on a de grandes chances, en recherchant des preuves, *de les trouver.*

— Hum ! Nous avons enquêté sur Sousa — discrètement, par les canaux habituels, et cela ne nous a menés nulle part.

— C'est précisément pourquoi, monsieur, ce drôle de petit Belge peut peut-être nous tirer une épine du pied. Il était sur les lieux — voilà ce qui me paraît primordial. Lady Stubbs lui a parlé. Dans le flot de futilités qu'elle lui a sans doute débitées, il a pu relever certains éléments qui l'auront aiguillé sur une piste. Ce qu'il y a de sûr, c'est qu'il vient de passer la majeure partie de la journée à Nassecombe.

— Et il vous a appelé pour vous demander quel genre de yacht possédait Étienne de Sousa ?

— Ça, ç'avait été son premier coup de fil, oui. Le second, c'était pour me prier d'organiser ce rendez-vous.

— En tout cas, avait grommelé le chef de la police en jetant un coup d'œil à sa montre, s'il n'est pas ici dans cinq minutes...

Mais c'est à cet instant précis qu'on avait fait entrer Hercule Poirot.

Son apparence n'était pas aussi soignée que de coutume. Ramollis par l'atmosphère humide du Devonshire, les crocs de sa moustache pendouillaient tristement. Ses bottines vernies à bout pointu étaient maculées de boue. Il claudiquait en marchant et avait le cheveu ébouriffé.

— Ainsi donc, vous êtes M. Poirot, dit le chef de la police du comté en lui serrant la main. Nous sommes fascinés par vos mérites, nous trépignons d'impatience à la perspective d'entendre ce que vous avez à nous dire.

L'ironie perçait sous les mots, mais Poirot, pour trempé qu'il fût, n'était pas d'humeur à se laisser démonter par la froideur de cet accueil.

— Je n'arrive pas à comprendre, dit-il, comment j'ai pu être aveugle à ce point.

Le chef de la police resta de marbre :

— Est-ce à dire que vous y voyez clair désormais ?

— Oui, à quelques détails près. Mais je commence à avoir une assez bonne idée d'ensemble.

— Il nous faut plus que des idées, rétorqua sèchement le chef de la police. Il nous faut des preuves. En avez-vous découvert, monsieur Poirot ?

— Je peux vous dire où les trouver.

— Par exemple ? intervint l'inspecteur Bland.

Poirot, se tournant vers lui, répondit par une question :

— Étienne de Sousa, je suppose, a quitté le pays ?

— Il y a quinze jours, gémit Bland. Et nous ne remettrons pas facilement la main sur lui.

— On pourrait l'inciter à revenir...

— L'inciter ? Cela signifierait-il qu'il n'y aura pas suffisamment de preuves pour justifier une demande d'extradition ?

— Il n'est pas question de demander son extradition. Quand il connaîtra les faits...

— Mais *quels* faits, monsieur Poirot ? s'écria le chef de la police avec irritation. Quels *sont-ils*, ces fameux faits dont vous semblez vous gargariser ?

— Le fait qu'Étienne de Sousa soit arrivé à bord d'un yacht luxueux, prouvant par là que sa famille est riche ; le fait que le vieux Merdell n'était autre que le grand-père de Marlene Tucker — ce que j'ignorais jusqu'à ce jour — ; le fait que lady Stubbs raffolait des chapeaux de coolie chinois ; le fait que Mrs Oliver, en dépit de son imagination débordante et regrettablement débridée, soit, sans le savoir, fine psychologue ; le fait que Marlene Tucker cachait des bâtons de rouge à lèvres et des flacons de parfum dans le tiroir de sa commode ; le fait que miss Brewis nous ait affirmé qu'elle avait apporté un plateau à Marlene Tucker à la demande de lady Stubbs.

— Des faits ? fulmina le chef de la police, les yeux hors de la tête. Vous appelez cela des *faits* ? Mais il n'y a rien, là-dedans, que nous ne sachions déjà !

— Vous préféreriez des preuves — des preuves irréfutables ? Par exemple, le cadavre de lady Stubbs ?

C'était au tour de Bland, maintenant, d'avoir les yeux qui lui sortaient de la tête :

— Vous avez trouvé le cadavre de lady Stubbs ?

— Je ne l'ai pas, à proprement parler, trouvé... *mais je sais où il est caché*. Vous n'avez qu'à y aller et, une fois que vous l'aurez mis au jour, alors... *alors*, vous l'aurez, votre preuve — et toutes les autres preuves que vous pouvez souhaiter. Car il n'y a qu'une seule personne qui ait pu le cacher là.

— Et qui donc ?

Hercule Poirot sourit — du sourire satisfait du matou qui vient de laper une assiettée de crème :

— La première personne sur laquelle doivent toujours se porter les soupçons. Le *mari*. Sir George Stubbs a assassiné sa femme.

— Mais ça, c'est impossible, monsieur Poirot ! Nous *savons* que c'est impossible !

— Oh ! non, dit Poirot. Ce n'est pas impossible du tout. Écoutez, et je vais vous expliquer pourquoi.

20

Hercule Poirot s'arrêta un instant devant le lourd portail de fer forgé pour contempler l'allée qui s'incurvait en direction de la demeure. Les dernières feuilles mordorées tombaient des frondaisons. Les cyclamens n'étaient plus qu'un souvenir.

Poirot soupira. Puis, obliquant vers le petit pavillon au portique blanc, il toqua doucement à la porte.

Un moment s'écoula avant qu'il n'entende des pas à l'intérieur, des pas lents et hésitants. La porte s'ouvrit sur Mrs Folliat. Il ne fut pas surpris, cette fois, de la trouver aussi frêle et vieillie.

— Monsieur Poirot ? souffla-t-elle. Encore vous ?

— Puis-je entrer ?

— Bien sûr.

Il la suivit jusque dans son petit salon.

Elle lui proposa du thé, qu'il refusa. Puis elle demanda d'une voix tranquille :

— Pourquoi êtes-vous venu ?

— Je crois que vous vous en doutez, madame.

Elle biaisa :

— Je suis très fatiguée.

— Je le sais.

Il poursuivit, après un bref silence :

— Il y a déjà trois morts. Hattie Stubbs, Marlene Tucker, le vieux Merdell...

— Merdell ? se hérissa-t-elle. C'était un accident. Il a manqué le bord du quai. Il était vieux, à moitié aveugle, et il revenait d'une beuverie à son pub.

— Ce n'était pas un accident. Merdell en savait trop.

— Qu'est-ce qu'il savait ?

— Il avait reconnu un visage, une démarche, une voix peut-être... J'ai un peu bavardé avec lui, là en bas, le jour de mon arrivée. Il m'a parlé de la famille Folliat — de votre beau-père, de votre mari et de vos deux fils morts à la guerre. Seulement... ils n'ont pas été tués *tous les deux*, n'est-ce pas ? Votre fils Henry a coulé avec son bateau, mais son cadet, James, n'a pas été tué. Il a déserté. L'armée l'a sans doute à l'époque déclaré *Porté disparu*, et vous avez par la suite dit à tout le monde qu'il avait réellement été *tué*. Il ne serait venu à l'esprit de personne de contester une telle affirmation.

Poirot se tut un instant avant de reprendre :

— Ne croyez pas que je manque de compassion à votre égard, madame. La vie ne vous a pas épargnée, je le sais. Vous ne vous berciez sans doute guère d'illusions au sujet de votre fils cadet, mais c'était quand même votre fils, et vous l'aimiez. Vous avez fait tout ce qui était en votre pouvoir pour lui offrir une autre vie. Vous aviez la charge d'une jeune fille, attardée mentale, mais très riche. Oh ! oui, elle était riche... Vous avez fait courir le bruit que ses parents avaient perdu toute leur fortune, qu'elle était sans le sou, et que vous lui aviez conseillé d'épouser un homme fortuné beaucoup plus vieux qu'elle. Qui aurait songé à mettre en doute ce que vous disiez ? Son père, sa mère et ses plus proches parents étaient morts. Les notaires parisiens ont suivi les instructions de leurs collègues de San Miguel. Une fois mariée, elle entrait en possession de son héritage. Elle était, comme vous me l'avez dit vous-même, docile, aimable et influençable. Elle a signé tout ce que son mari lui demandait de signer. Les valeurs ont probablement été vendues et échangées plusieurs fois, jusqu'au résultat recherché. Sous sa nouvelle identité de sir George Stubbs, votre fils était désormais riche, et sa femme complètement dépossédée. Il n'y a rien de délictueux à se parer d'un titre de noblesse si l'on ne s'en sert pas pour commettre des escroqueries. Un titre inspire la confiance, il suggère, sinon la naissance, du moins une certaine fortune. Ainsi, le riche sir George Stubbs, vieilli et méconnaissable sous sa barbe, a-t-il pu acheter Nasse House et venir vivre sur la terre de ses aïeux. Après les vides et les bouleversements causés par la guerre, il n'y restait plus personne susceptible de l'identifier. Plus personne, sauf le vieux Merdell... Il a gardé cela pour lui, mais il s'est tout de même laissé aller à un petit écart le jour où il m'a dit, non sans finesse, *qu'il y aurait toujours des Folliat à Nasse House*.

» Tout, ainsi, avait fini par s'arranger — ou du moins vous le pensiez. Car je suis persuadé que vous n'aviez pas l'intention d'en faire plus. Votre fils était désormais à la tête d'une fortune considérable, il avait récupéré la demeure de ses ancêtres, et sa femme, bien qu'anormale, était d'une grande beauté et d'un caractère docile. Vous espériez qu'il la traiterait bien, et qu'elle serait heureuse auprès de lui.

Mrs Folliat dit, à voix basse :

— C'est ce que j'espérais, en effet. Je comptais veiller sur Hattie et lui prodiguer mon affection. Je n'aurais jamais cru...

— Vous n'auriez jamais cru — et votre fils s'était bien gardé de vous le dire — qu'au moment où il épousait Hattie, *il était déjà marié*. Nos recherches ont confirmé ce que nous pressentions : votre fils avait épousé à

Trieste une fille des bas-fonds auprès de laquelle il avait trouvé refuge après sa désertion. Elle n'avait pas plus l'intention de se séparer de lui qu'il n'avait l'intention de l'abandonner. Il a accepté le mariage avec Hattie pour s'approprier sa fortune, mais son plan était déjà arrêté pour la suite.

— Non, non, je ne peux pas croire cela ! Je ne peux pas le croire... Ce n'est pas lui ! C'est cette femme, cette affreuse créature...

Poirot poursuivit, inexorable :

— Il pensait déjà au *meurtre*. Hattie n'avait plus de famille, très peu d'amis. Dès son retour en Angleterre, il l'a amenée ici. Les domestiques n'ont fait que l'apercevoir, ce premier soir, *et la femme qu'ils ont vue le lendemain n'était pas Hattie*, mais l'épouse italienne déguisée en Hattie et imitant les gestes de Hattie. Tout aurait pu continuer ainsi. La fausse Hattie aurait vécu à la place de l'autre, et on aurait vu, sans doute, ses facultés mentales s'éveiller à la suite d'un prétendu « traitement moderne ». La secrétaire, miss Brewis, n'a pas été longue à constater que lady Stubbs n'avait en effet rien d'une attardée mentale.

» Mais c'est alors qu'un fait imprévu s'est produit. Un cousin de Hattie lui a écrit pour lui annoncer qu'il venait en Angleterre sur son yacht. Bien qu'il ne l'ait pas vue depuis plusieurs années, il y avait peu de chances qu'il se laisse prendre à la supercherie.

» Ce qui est étrange, reprit Poirot après un silence, c'est que si j'ai pensé un moment que Sousa n'était peut-être pas Sousa, il ne m'est jamais venu à l'esprit que Hattie n'était pas la véritable Hattie.

Il poursuivit :

— On aurait pu trouver d'autres manières de faire face au danger. Lady Stubbs aurait pu éviter la rencontre avec son cousin en prétextant une quelconque indisposition. Seulement, pour peu que Sousa prolonge son séjour en Angleterre, la situation serait devenue intenable. Et une autre complication venait de surgir : le vieux Merdell, que son grand âge rendait de plus en plus bavard, parlait souvent avec sa petite-fille. Marlene était probablement la seule à l'écouter, même si elle le considérait comme un peu « timbré » et ne faisait pas grand cas de ses bavardages. Toutefois, quelques phrases à propos d'un « cadavre de femme dans les bois » et de sir George « qui était en réalité Mr James » ont suffisamment frappé son imagination pour qu'elle risque quelques allusions en présence de sir George. Et ce faisant, bien sûr, elle signait son arrêt de mort. Sir George et sa femme ne pouvaient se permettre de laisser courir de telles rumeurs. Il a commencé, je pense, par lui donner de petites sommes d'argent pour acheter son silence, tout en mûrissant un plan.

» Un plan que le couple allait établir avec un soin minutieux. Ils connaissaient déjà la date de l'arrivée d'Étienne de Sousa. Celle-ci coïncidait avec la date de la kermesse. Ils se sont donc arrangés pour que Marlene soit tuée et que lady Stubbs « disparaisse » en faisant peser les soupçons sur Étienne de Sousa. D'où les propos le décrivant comme « un homme méchant », un « être malfaisant », qui « tuait les gens ». Lady Stubbs devait disparaître à tout jamais (peut-être sir George aurait-il un jour l'occasion d'identifier comme celui de Hattie quelque cadavre méconnaissable) afin que, plus tard, une autre femme — l'Italienne — puisse prendre sa place. La fausse Hattie devait simplement jouer un double rôle pendant un peu plus de vingt-quatre heures. Ce qui, avec la complicité de sir George, ne présentait guère de difficultés. Le jour de mon arrivée, « lady Stubbs » est donc restée dans sa chambre jusqu'à l'heure du thé. Personne ne l'a vue pendant ce temps, hormis sir George. En réalité, elle s'était glissée hors de la maison pour prendre un bus ou un train jusqu'à Exeter et, de là, revenir vers Nassecombe en compagnie d'une autre fille, une étudiante, à laquelle elle a raconté l'histoire de son amie malade pour avoir mangé du pâté de veau. Sitôt arrivée à l'Auberge de Jeunesse, elle réserve sa place et ressort pour « visiter les environs ». Et quand arrive l'heure du thé, elle est là pour jouer son rôle de « lady Stubbs ». Après le dîner, « lady Stubbs » monte se coucher tôt — mais miss Brewis la surprendra quelques instants plus tard alors qu'elle quitte la maison. Elle passe la nuit à l'Auberge de Jeunesse, mais revient à Nasse House pour y prendre son petit déjeuner en compagnie de « ses » invités. Puis elle retourne s'enfermer dans sa chambre en prétextant une « migraine » et ressort, à nouveau transformée, pour jouer les touristes égarées dans le parc tandis que sir George, penché à la fenêtre de sa femme et se retournant de temps à autre pour parler à la chambre vide, interpelle violemment l'intruse. Les changements de costume n'étaient pas difficiles à réaliser : un short et une chemisette portés sous les robes à fanfreluches qu'affectionnait lady Stubbs. Un maquillage pâle pour le visage de « lady Stubbs » en partie dissimulé sous un immense chapeau de coolie ; et pour la jeune Italienne, un foulard de couleurs vives, un teint bronzé et des boucles rousses encadrant le visage.

Qui pouvait se douter qu'il n'y avait là qu'une seule et même femme ?

» Et c'est ainsi que le drame final a été mis en scène. Peu avant 4 heures, lady Stubbs a envoyé miss Brewis porter un plateau à Marlene Tucker. Tout simplement parce qu'elle craignait que miss Brewis n'y pense d'elle-même et qu'il eût été catastrophique que cette dernière arrive à l'abri à bateaux au mauvais moment. Peut-être, aussi, prenait-elle un malin plaisir à envoyer la secrétaire sur le lieu du crime approximativement à l'heure où il serait commis. Puis, profitant de ce que la tente de la Diseuse de bonne aventure était vide, notre fausse lady Stubbs y est entrée pour en ressortir aussitôt par l'arrière et filer, sous les massifs de rhododendrons, jusqu'au petit salon d'été abandonné où elle avait laissé le sac à dos contenant son costume de touriste italienne. Se glissant alors jusqu'à l'abri à bateaux, elle a appelé Marlene qui lui a ouvert la porte sans méfiance, et a étranglé la malheureuse. Il ne lui restait plus qu'à changer de tenue, à jeter son chapeau de coolie dans le fleuve et à fourrer sa robe de crêpe Georgette cyclamen et ses chaussures à talons aiguilles dans le sac à dos pour, redevenue une jeune touriste italienne, retourner sur la pelouse et y retrouver l'amie hollandaise avec laquelle, un peu plus tard, elle prendrait le bus comme prévu. Où se trouve aujourd'hui la fausse lady Stubbs, je n'en sais rien. À Soho, sans doute, où elle aura gardé, de son passé tumultueux, quelques contacts susceptibles de lui procurer de faux papiers d'identité. Et d'ailleurs, ce n'est pas une Italienne que cherche la police, mais une jeune attardée mentale du nom de Hattie Stubbs...

» Mais la pauvre Hattie Stubbs est morte, comme

vous-même, madame, ne le savez que trop. Vous me l'avez laissé deviner le jour de la kermesse, quand nous avons échangé quelques mots dans le salon de Nasse House. La mort de Marlene Tucker vous avait bouleversée, car vous ne vous étiez jamais doutée de ce qui se tramait. Mais vous m'avez clairement laissé entendre — même si, sur le moment, j'ai été assez obtus pour ne pas le comprendre — que lorsque vous parliez de « Hattie », il s'agissait de *deux personnes différentes* : l'une était une femme que vous n'aimiez pas, dont vous affirmiez « qu'il aurait mieux valu qu'elle soit morte », et « qu'il ne fallait pas croire un mot de ce qu'elle disait », et l'autre une « enfant » dont vous parliez au passé avec une tendre affection. Je crois, madame, que vous aimiez beaucoup la pauvre Hattie...

Il y eut un long silence.

Mrs Folliat restait muette et immobile dans son fauteuil. Puis elle se leva et, quand elle se décida à parler, ce fut d'une voix glaciale :

— Ce que vous racontez là est absolument invraisemblable, monsieur Poirot. Je crois, vraiment, que vous perdez la raison... Tout cela n'est qu'une vue de l'esprit. Vous n'avez pas la moindre preuve.

Poirot se leva à son tour, se dirigea vers l'une des fenêtres et l'ouvrit :

— Écoutez cela madame. Qu'entendez-vous ?

— Je suis un peu dure d'oreille... Que devrais-je entendre ?

— *Des coups de pioche dans du béton...* On est en train de défoncer le soubassement de la Folie... Quel bon endroit pour cacher un cadavre — quand un arbre a été déraciné et que la terre est bien meuble. Un peu plus tard, on coulera une dalle en béton, et on érigera dessus une Folie...

Il se tut un instant avant d'ajouter doucement :

— La Folie de sir George... la Folie du maître de Nasse House.

Mrs Folliat laissa échapper un long soupir tremblé.

— Nasse House, un si bel endroit... murmura Poirot. Il n'y a qu'une chose de laide : l'âme de son propriétaire.

— Je sais.

Elle parlait d'une voix rauque, avec difficulté :

— Je l'ai toujours su... Enfant, déjà, il me faisait peur... Brutal... Impitoyable... Sans scrupules... Mais c'était mon fils, et je l'aimais... Je n'aurais pas dû me taire, après la mort de Hattie... Mais c'était mon fils. Comment le dénoncer, *moi*, sa mère ? Et maintenant, à cause de mon silence, cette pauvre enfant est morte... et le vieux Merdell... Où se serait-il arrêté ?

— Un assassin ne s'arrête jamais, dit Poirot.

Elle baissa la tête et resta ainsi un long moment, en se couvrant les yeux de ses mains.

Puis Mrs Folliat de Nasse House, héritière d'une longue lignée d'ancêtres valeureux, se redressa, regarda Poirot bien en face et articula d'un ton d'une politesse glaciale :

— Merci, monsieur Poirot, d'être venu vous-même me dire tout cela. Vous voudrez bien me laisser, maintenant ? Il est des instants auxquels on ne peut faire face que dans la solitude absolue...

Un, deux, trois...

Pour Dorothy North
qui aime la crème fraîche et les romans policiers,
avec l'espoir que celui-ci puisse lui faire oublier
l'absence de celle-là.

Un, deux : je boucle mon soulier,
Trois, quatre : je ferme la porte,
Cinq, six : j'amasse des brindilles,
Sept, huit : je les mets en ordre,
Neuf, dix : une poule bien dodue,
Onze, douze : les garçons bêchent,
Treize, quatorze : les filles se font faire la cour,
Quinze, seize : les unes sont à la cuisine,
Dix-sept, dix-huit : et les autres au salon,
Dix-neuf, vingt : mon assiette est vide...

UN, DEUX : JE BOUCLE MON SOULIER

Au petit déjeuner, Mr Morley ne se montra pas de la meilleure humeur qui fût.

Il se plaignit du lard fumé, demanda pourquoi diable le café avait cette apparence de gadoue et tint à signaler que les flocons d'avoine étaient tous les jours un peu plus immangeables.

Mr Morley était un petit bout d'homme à la mâchoire

décidée et au menton pugnace. Quant à sa sœur, qui lui tenait son ménage, c'était une imposante matrone aux allures de grenadier. Elle l'observa d'un œil soucieux et lui demanda si par hasard l'eau de son bain n'avait pas une fois encore été froide.

À regret, il répondit que non.

Il parcourut son journal et fit remarquer que le gouvernement était en train de passer de l'incompétence crasse à l'imbécillité noire !

De sa voix de basse profonde, miss Morley voulut bien admettre que c'était scandaleux.

N'étant cependant, à tout prendre, qu'une faible femme, elle n'avait jamais cessé de juger le gouvernement en place — et ce, quel qu'il fût — de la plus extrême utilité. Elle pressa donc son frère de lui expliquer *en quoi* la politique actuelle du gouvernement était indécise, inepte et carrément suicidaire.

Lorsqu'il se fut exprimé tout son soûl sur ces divers points de vue, Mr Morley se resservit une tasse de l'imbuvable jus de chaussettes et lâcha enfin tout à trac la vraie cause de son ire.

— Ces filles ! fulmina-t-il. Toutes les mêmes ! Égocentriques, incapables de sérieux, trop tête en l'air pour qu'on puisse leur faire confiance !

— Gladys ? s'enquit miss Morley.

— Je viens d'apprendre ça à l'instant. Sa tante a eu une attaque et elle a dû se précipiter dans le Somerset.

— Je reconnais que ça va te compliquer la vie, voulut bien admettre miss Morley. Mais après tout, ce n'est pas la faute de cette petite.

Mr Morley secoua la tête d'un air sombre.

— Qui me dit que sa tante a *vraiment* eu une attaque ? Qui me dit qu'il ne s'agit pas d'un coup monté entre elle et ce garçon impossible qu'elle fréquente ? Ah, celui-là, s'il y a quelqu'un que je ne peux pas voir en peinture, c'est bien lui ! Ils ont sans doute combiné ensemble d'aller baguenauder Dieu sait où toute la sainte journée.

— Oh non, Henry ! Je ne crois pas que ce soit le genre de Gladys. Tu sais très bien que tu l'as toujours trouvée très consciencieuse.

— Oui, oui, d'accord.

— Une fille intelligente et qui adore son travail, tu l'as dit toi-même.

— Oui, oui, c'est vrai, Georgina, mais c'était avant qu'elle tombe sur ce garçon impossible. Elle a beaucoup changé, ces derniers temps... *beaucoup* changé. Elle a la tête ailleurs, les nerfs en pelote et elle n'est pas à prendre avec des pincettes.

Le grenadier laissa échapper un soupir issu des tréfonds :

— Que veux-tu, Henry, une fille, il arrive que ça tombe amoureuse. Personne n'a jamais rien pu là contre.

— Ça ne devrait pourtant pas empiéter sur son métier. Après tout, Gladys est mon assistante. Et puis un jour comme aujourd'hui, pour ne rien arranger. Un jour où j'ai un emploi du temps surchargé. Plusieurs clients *très* importants. Ça ne pouvait vraiment pas plus mal tomber !

— Je me doute bien que ce ne sera pas facile, Henry. Et avec le petit nouveau, au fait, qu'est-ce que ça donne ?

— Jamais vu pire bon à rien ! gémit Henry Morley.

Pas fichu de répéter un nom correctement ! Des manières déplorables ! S'il ne s'améliore pas, je vais être obligé de le flanquer dehors et d'en embaucher un autre. Ah, c'est une réussite, la formation moderne ! Tout juste bonne à produire en série des crétins incapables de comprendre un mot de ce qu'on leur dit — et encore moins de s'en souvenir !

Il consulta sa montre.

— Il faut que j'y aille. J'ai une matinée pleine à craquer. Et cette fichue Sainsbury Seale qui a paraît-il un mal de chien et que je dois caser en urgence ! J'ai eu beau suggérer qu'elle voie Reilly, elle n'a rien voulu savoir.

— Je me mets à sa place, dit Georgina, compréhensive.

— Reilly est très compétent — tout ce qu'il y a de compétent. Il croule sous les diplômes. Sa technique est à la pointe du progrès.

— Oui, mais sa main a la tremblote, rétorqua Georgina. Si tu veux mon avis, il *boit.*

Son frère rit, sa bonne humeur retrouvée :

— Je monterai manger un sandwich à 1 heure et demie, comme d'habitude.

Dans sa chambre du *Savoy*, Mr Amberiotis se promenait un cure-dents entre les molaires en souriant aux anges.

Tout marchait comme sur des roulettes.

La chance était toujours de son côté. Qui aurait cru que quelques mots gentils à cette dinde congénitale rapporteraient si gros ? Bah !... *soyez bon, il en restera toujours quelque chose.* Du cœur, il n'avait jamais cessé d'en avoir. Du cœur *et* de la générosité. À l'avenir, il pourrait être encore plus généreux. Des visions charitables lui passèrent devant les yeux. Le petit Dimitri... Et ce brave Constantopoulos qui se débattait avec sa gargote... Que de belles surprises pour eux...

Le cure-dents dérapa et Mr Amberiotis grimaça de douleur. Ses visions idylliques se dissipèrent, cédèrent le pas à l'appréhension du futur immédiat. Du bout de la langue, il sonda avec d'infinies précautions sa dent creuse. Puis il ouvrit son agenda. *Midi. 58, Queen Charlotte Street.*

Il tenta bien de retrouver son optimisme béat. En vain. L'horizon s'était pour lui réduit réduit à ces cinq mots tout nus :

« 58, Queen Charlotte Street. Midi. »

Au *Glengowrie Court Hotel,* dans South Kensington, le petit déjeuner était terminé. Miss Sainsbury Seale et Mrs Bolitho bavardaient au salon. Voisines de tables à la salle à manger, elles s'étaient liées d'amitié le lendemain de l'arrivée de miss Sainsbury Seale, il y avait de ça une semaine.

— Je vous assure, plaidait miss Sainsbury Seale, je ne sens plus *rien du tout* ! Pas un élancement, rien ! Je crois que je vais téléphoner pour...

— Ne faites donc pas la sotte, voyons ! l'interrompit Mrs Bolitho. Allez chez le dentiste et *finissez-en une bonne fois* !

Grande et virile personne apparemment née pour distribuer des ordres, Mrs Bolitho parlait d'une voix de contralto. Quant à miss Sainsbury Seale, c'était une créature dans la quarantaine dont les cheveux blondasses pendouillaient en boucles mollassonnes. Ses vêtements à la coupe incertaine clamaient haut et fort qu'ils étaient artisanaux et son pince-nez tombait sans arrêt. La langue, en revanche, elle l'avait bien pendue.

— Mais je vous répète que ça ne me fait plus mal *du tout*, reprit-elle d'une petite voix.

— Taratata ! Vous m'avez dit que vous n'aviez pas fermé l'œil de la nuit !

— Oh, ça non, alors ! Pas une seconde ! Mais peut-être que, *maintenant*, le nerf est *enfin* mort et que...

— Raison de plus pour courir chez le dentiste, renchérit Mrs Bolitho. On est toujours tenté de remettre à plus tard, mais ce n'est que de la lâcheté. Mieux vaut se décider et *en finir une bonne fois* !

Quelques mots frémirent sur les lèvres de miss Sainsbury Seale. L'ébauche d'une protestation. Du genre : « On voit bien que ce n'est pas *la vôtre*, cette dent ! »

Toujours est-il qu'elle se contenta de dire :

— Vous avez sans doute raison. Et puis Mr Morley est la douceur même, et il ne fait jamais mal *du tout*.

La réunion du conseil d'administration venait de s'achever. Elle s'était déroulée sans accroc. Le bilan était bon. Il n'aurait donc pas dû y avoir de fausse note. Pourtant, *quelque chose* dans l'attitude du président avait alerté l'hypersensible Samuel Rotherstein.

Il y avait eu dans sa voix, à une ou deux reprises, un je-ne-sais-quoi d'agacé, d'acrimonieux, que rien ne justifiait.

Un quelconque ennui caché, peut-être ? Mais Rotherstein ne parvenait pas à associer Alistair Blunt à un ennui caché. Il était si normal. Si profondément... *britannique.*

Il pouvait toujours s'agir du foie, évidemment... Celui de Mr Rotherstein le tourmentait de temps à autre. Mais il n'avait jamais entendu Alistair se plaindre de son foie. La santé du président était aussi brillante que son intelligence ou son sens de la finance.

Et pourtant il y avait *quelque chose.* Le président s'était une ou deux fois laissé aller jusqu'à se caresser la joue. Il était même resté un moment le menton dans la main. Et, une ou deux fois aussi, il avait semblé... oui, distrait.

Ils sortirent de la salle du conseil et descendirent l'escalier.

— Inutile que je vous propose de vous déposer, j'imagine ? fit Rotherstein.

Alistair Blunt sourit et secoua la tête :

— Ma voiture est en bas.

Il jeta un coup d'œil à sa montre :

— D'ailleurs, je ne retourne pas à la City.

Il marqua un temps :

— Pour tout vous dire, j'ai rendez-vous chez le dentiste.

Le mystère était éclairci.

Hercule Poirot descendit de son taxi, régla la course et sonna au 58, Queen Charlotte Street.

Il fallut un petit bout de temps avant que la porte ne s'ouvre sur un gamin en uniforme de groom, cheveux carotte, visage taché de son et mine compassée.

— Mr Morley n'est pas là ? demanda Poirot.

Il gardait un fol espoir au fond du cœur : peut-être

que le dentiste était absent, voire malade, ou qu'il ne recevait pas ce jour-là... Vaines chimères ! Le gamin s'effaça, Hercule Poirot fit un pas en avant et la porte se referma dans son dos avec l'indifférence feutrée du destin inexorable.

— Vot'nom, s'iou plaît ?

Poirot le lui donna, une porte à main droite fut ouverte sans douceur et il pénétra dans la salle d'attente.

Meublée avec goût mais sans grande fantaisie, la pièce parut à Hercule Poirot d'un lugubre sans nom. Sur une table en faux Sheraton au poli impeccable, hebdomadaires et quotidiens étaient disposés comme à la parade. Le bahut en imitation Hepplewhite exhibait une paire de candélabres Sheffield plaqués argent encadrant un surtout. La cheminée était ornée d'une pendulette et de deux vases en bronze. Des rideaux de velours bleu enténébraient les fenêtres, et les chaises étaient recouvertes d'une tapisserie style XVIIe — fleurs et oiseaux — à dominante rouge.

Sur l'une d'elles était piqué un individu d'allure militaire, au teint bilieux et à la moustache conquérante. Il toisa Poirot du même regard qu'il aurait posé sur un insecte nuisible. Ce n'était pas tant son sabre que son insecticide qu'il semblait regretter de ne pas avoir sous la main. Poirot, pour sa part, le considéra avec dégoût. « Ma parole, se dit-il, on est parfois amené à croiser des Anglais si déplaisants et si grotesques que la simple charité humaine voudrait qu'on eût abrégé leurs souffrances en les supprimant au berceau. »

La digne culotte de peau, après un long regard écœuré, empoigna le *Times*, tourna sa chaise pour éviter de voir Poirot et se plongea dans sa lecture.

Poirot fit main basse sur *Punch*.

Il le lut scrupuleusement de bout en bout sans parvenir à trouver drôle la moindre plaisanterie.

Le groom entra soudain, psalmodia « Colonel Arrow-Bumby ? » et la culotte de peau fut emmenée sous bonne escorte.

Poirot s'interrogeait sur le fait qu'un tel nom existât réellement quand la porte s'ouvrît sur un jeune homme d'une trentaine d'années.

Le nouveau venu s'attardant devant la table à feuilleter nerveusement les divers magazines, Poirot en profita pour l'étudier à la dérobée. Une sale tête, un faciès inquiétant, songea-t-il. Pas impossible qu'il s'agisse d'un assassin. Il avait en tout cas bien plus l'air d'un assassin que tous les assassins qu'Hercule Poirot avait fait arrêter au cours de sa carrière.

La porte pivota une fois encore sur ses gonds, et le groom lança à la cantonade :

— Môssieu Piirâû !

Interprétant cela à juste titre comme une injonction à lui adressée, Poirot se leva. Le gamin le conduisit au fond du couloir jusqu'à un petit ascenseur, dans lequel il le fit monter au deuxième étage. Là, il le mena le long d'un corridor, poussa une nième porte qui donnait sur une antichambre, frappa à un second battant et, sans attendre la réponse, l'ouvrit et s'effaça pour laisser entrer Poirot.

Ce dernier fut accueilli par un bruit d'eau courante. Dans son antre, Mr Morley était occupé à se laver les mains avec un entrain tout professionnel.

Il est des instants humiliants dans la vie des plus grands hommes. On prétend que nul n'est un héros aux yeux de son valet. À cela il est permis d'ajouter que peu d'hommes sont des héros à leurs propres yeux en présence de leur dentiste.

Hercule Poirot était maladivement conscient du fait.

En temps ordinaire, il avait de lui-même plutôt bonne opinion. Il était Hercule Poirot, supérieur aux autres à bien des égards. Mais en cet instant précis, tout sentiment de supériorité l'avait déserté. Son moral égalait zéro. Il était réduit à cette piteuse et banale figure : un homme terrifié par le fauteuil du dentiste.

Mr Morley avait achevé ses ablutions professionnelles. Il parlait maintenant avec un enjouement tout aussi professionnel :

... Encore un peu frais pour la saison, non ?

Mine de rien, il guidait en douceur Poirot vers l'endroit redouté : Le Fauteuil ! Il en régla l'appuie-tête d'un geste précis.

Hercule Poirot inspira à fond, grimpa une marche, s'assit et abandonna sa tête aux manipulations professionnelles de Mr Morley.

— Voilà, fit le dentiste avec une hideuse bonne humeur. Vous êtes bien ? C'est sûr ?

D'une voix sépulcrale, Poirot assura qu'il était très bien.

Mr Morley attira à lui sa table roulante, prit le miroir miniature, choisit un instrument et se prépara à la besogne.

Hercule Poirot se cramponna aux accoudoirs, ferma les yeux et ouvrit la bouche.

— Qu'est-ce qui vous amène ? Un problème particulier ?

En dépit d'une certaine difficulté à prononcer les

consonnes la bouche ouverte, Poirot réussit à faire comprendre qu'il n'avait aucun problème particulier. Il n'était là que pour l'examen semestriel que lui imposait son sens de l'ordre. Il était très possible qu'il n y ait rien à faire. Mr Morley pourrait très bien ne pas remarquer cette molaire, la deuxième en partant du fond, où il avait senti ces élancements... Il *pourrait*, mais c'était peu probable — car Mr Morley était un très bon dentiste.

Il avait justement entrepris de tapoter et de sonder chaque dent, tout en murmurant de petits commentaires :

— Mmm, ce plombage commence à flancher... mais ce n'est pas bien méchant. Les gencives sont très saines, c'est bon signe, ça.

Arrêt sur un point suspect, petit coup de sonde... non, fausse alerte. Il s'attaqua à la mâchoire inférieure. Une, deux... allez ! Trois... ?

Non, ça y était !

« Le chien a flairé le lapin », pensa Poirot, en pleine confusion idiomatique.

— Une bricole ici. Ça ne vous fait pas mal ? Mmm, vous m'étonnez.

Au bout du compte, Mr Morley se redressa, satisfait :

— Rien de bien méchant, je vous l'ai dit. Deux plombages à revoir, plus un début de carie à cette molaire. Tout cela peut être réglé aujourd'hui-même.

Il appuya sur un commutateur et un léger bourdonnement se fit entendre. Puis il décrocha sa roulette et, avec une sorte de tendresse suspecte, y fixa une mèche.

— Prévenez-moi dès que je vous fais mal, conseilla-t-il brièvement avant de s'atteler à son effroyable entreprise.

Il ne fut pas nécessaire à Poirot de s'abriter derrière cette invite pour lever la main, grimacer, voire même pour hurler : Mr Morley arrêta pile la roulette au bon moment, lança un bref « Rincez-vous », appliqua un petit pansement, fixa une nouvelle mèche et recommença. L'épreuve de la roulette était plus faite de terreur que de réelle douleur.

Et, tandis que Mr Morley préparait l'amalgame, la conversation reprit.

— Aujourd'hui, je dois faire ça moi-même, expliqua-t-il. Miss Nevill a dû s'absenter. Vous vous souvenez de miss Nevill ?

Poirot acquiesça avec la plus entière mauvaise foi.

— Elle a été appelée en province auprès d'une parente malade. C'est le genre de pépin qui vous tombe immanquablement dessus au plus mauvais moment. J'ai déjà pris du retard sur l'horaire. La patiente avant vous n'était pas à l'heure. Ça, c'est exaspérant. Ça vous désorganise votre journée. Et il faut que je prenne en urgence une patiente qui souffre énormément. Je réserve toujours un quart d'heure le matin pour ces cas-là. Mais, aujourd'hui, ça n'est pas fait pour arranger les choses !

Mr Morley jeta un coup d'œil dans son petit mortier avant de reprendre :

— Il y a une remarque que je me suis faite depuis bien longtemps, monsieur Poirot. Les gens importants, ceux qui comptent vraiment, sont toujours à l'heure. Jamais ils ne vous font attendre. Les membres de la famille royale, par exemple. La ponctualité même. Et les gros bonnets de la City, pareil. Ce matin, par exemple, je reçois un homme de tout premier plan : Alistair Blunt !

Il s'était gargarisé de ce nom avec une emphase triomphale.

Interdit de discours par plusieurs tampons d'ouate plus un tuyau qui gargouillait sous sa langue, Poirot émit un son indéterminé.

Alistair Blunt ! Tels étaient désormais les héros du moment ! Pas des ducs, pas des comtes, pas des Premiers ministres, non — des Alistair Blunt, tout court. Un individu dont le visage était quasi inconnu du grand public, dont le nom n'apparaissait que de loin en loin dans des articles rébarbatifs. Rien d'exaltant. Juste un bon bourgeois tranquille, anodin, qui était à la tête du plus grand établissement bancaire de l'Empire britannique. Un homme à la fortune immense. Un homme qui disait Oui ou Non aux gouvernements. Un homme qui menait une existence paisible, effacée, qui n'occupait pas le devant de la scène, qui ne faisait pas de grands discours. Et qui tenait pourtant entre ses mains le pouvoir suprême.

La voix de Mr Morley vibrait encore de déférence tandis que, penché au-dessus de Poirot, il tassait l'amalgame dans la cavité :

— Toujours scrupuleusement à l'heure. Souvent, il renvoie sa voiture et retourne à son bureau à pied. Un homme charmant, sans prétentions. Tout ce qu'il aime, c'est jouer au golf et s'occuper de son jardin. Jamais vous n'iriez imaginer qu'il peut acheter la moitié de l'Europe ! Au fond, c'est un type comme vous et moi, quoi !

La désinvolture de l'assimilation provoqua chez Poirot une irritation passagère. Mr Morley était un bon dentiste, d'accord, mais il y avait d'*autres* bons dentistes à

Londres. Tandis qu'il n'existait qu'un *seul* Hercule Poirot.

— Rincez-vous, dit Mr Morley.

Poirot s'exécuta.

— Voilà la réponse à tous leurs Hitler, Mussolini et compagnie, poursuivit Mr Morley en s'attaquant à la dent numéro deux. Ici, nous ne donnons pas dans la mégalomanie. Regardez le roi et la reine : voilà de parfaits démocrates ! Bien sûr, pour un Français comme vous, élevé dans l'idéal républicain...

— Euh neu huis as anchais... euh huis helche...

— Chut, déplora Mr Morley, il faut que ce soit parfaitement sec.

Il soufflait sans relâche de l'air chaud sur la dent.

— Je ne savais pas que vous étiez belge. Très intéressant. Un homme de valeur, le roi Léopold, d'après ce que je me suis laissé dire. Je vous avouerai que je crois beaucoup aux vertus de la royauté. Quelle école ! Voyez la mémoire qu'ils ont des noms et des visages. Ça, c'est de l'apprentissage ou je ne m'y connais pas ! Bien sûr, il y a des gens naturellement doués pour ça. Moi, par exemple. J'oublie les noms, mais c'est incroyable comme je n'oublie jamais un visage. Tenez, une de mes patientes, l'autre jour... eh bien je me suis tout de suite rendu compte que je l'avais déjà vue quelque part. Son nom n'évoquait rien pour moi. N'empêche : au premier coup d'œil, je me suis dit : « Où ai-je bien pu vous rencontrer, vous ? » Je n'ai pas encore trouvé la réponse, mais ça me reviendra, j'en suis persuadé ! Rincez-vous une dernière fois, je vous prie.

Le rinçage accompli, Mr Morley examina d'un œil critique la bouche de son patient.

— Bon, cela me paraît bien. Serrez les mâchoires — doucement... Pas de gêne ? Vous ne sentez pas du tout le plombage ? Rouvrez la bouche. Non, tout a l'air parfait.

Hercule Poirot descendit du fauteuil — il était redevenu un homme libre.

— Eh bien, au revoir, monsieur Poirot. Vous n'avez pas repéré de criminel chez moi, j'espère.

— Avant de monter ici, tout le monde me semblait suspect, avoua Poirot avec un sourire. Maintenant, je verrai sans doute les choses d'un autre œil !

— Ha, ha ! Avant et *après*, c'est toute la différence. Enfin, reconnaissez que nous ne sommes plus les tortionnaires d'antan ! Je sonne pour l'ascenseur ?

— Non, non, je vous remercie. Je vais descendre à pied.

— Comme vous voulez. L'escalier est juste à côté.

Poirot sortit du cabinet. En refermant la porte derrière lui, il entendit l'eau couler au robinet du lavabo.

Il descendit les deux volées de marches et, en atteignant le rez-de-chaussée, vit le colonel au patronyme anglo-indien quitter la maison. Pas du tout antipathique, pensa Poirot, tout radouci. Sans doute un excellent fusil qui avait abattu plus d'un tigre. Un homme utile, un de ces soldats qui tenaient les avant-postes aux confins de l'Empire.

Il repassa par la salle d'attente pour y récupérer sa canne et son chapeau. Le jeune homme nerveux de tout à l'heure était toujours là, ce qui le surprit un peu. Un autre patient était plongé dans la lecture du *Field*.

Poirot réétudia le jeune homme — cette fois de son nouveau regard tout de bienveillance. Il avait toujours l'air plein de violence — comme s'il brûlait de tuer quelqu'un — mais plus vraiment la mine d'un assassin, pensa Poirot avec douceur. Sans l'ombre d'un doute ce garçon ne tarderait pas à dévaler les escaliers d'un pas léger, oubliant déjà son épreuve, joyeux, épanoui et ne souhaitant de mal à personne.

Le groom entra dans la pièce et prononça d'une voix claire et ferme :

— Mr Blunt ?

Le lecteur du *Field* reposa son journal et se leva. Un homme de taille moyenne, d'âge moyen, ni gros ni gras. Bien vêtu. Pas le moins du monde agité.

il sortit dans le sillage du gamin.

Dire qu'il s'agissait là de l'un des hommes les plus riches et les plus puissants d'Angleterre — mais qu'il était quand même obligé d'aller chez le dentiste comme le commun des mortels... et que ça devait l'angoisser ni plus ni moins que tout un chacun !

Tout en philosophant de la sorte, Poirot ramassa sa canne et son chapeau et se dirigea vers la porte. Au moment de sortir, il jeta un dernier coup d'œil pardessus son épaule et il lui vint à l'esprit que ce jeune homme devait vraiment souffrir d'une atroce rage de dents.

Il s'arrêta devant la glace du hall pour rectifier le bon ordonnancement de ses moustaches, qui avaient quelque peu souffert du ministère de Mr Morley.

Au moment où, satisfait de leur aplomb retrouvé, il allait s'éloigner, l'ascenseur s'arrêta et le groom en émergea, sifflant à tue-tête. Il s'interrompit net à la vue de Poirot et se précipita pour lui ouvrir la porte.

Un taxi venait de stopper devant l'immeuble, et un

pied jaillissait de la portière ouverte. Poirot lui accorda un intérêt galant.

Une cheville bien tournée, des bas de qualité. Un pied pas mal du tout. Mais il n'aima pas la chaussure. Une chaussure de cuir flambant neuve, garnie d'une grosse boucle tape-à-l'œil.

Pas chic pour deux. sous — provincial en diable !

La propriétaire de la cheville s'extirpa du taxi. Ce faisant, elle se prit l'autre pied dans la portière. La boucle numéro deux s'accrocha au passage et tomba sur le trottoir en tintinnabulant. Toujours galant, Poirot se précipita, la ramassa, et la tendit à l'inconnue en plongeant dans une des courbettes les plus réussies de sa carrière.

Hélas ! Plus près de cinquante que de quarante. Pince-nez. Cheveux blondasses et tire-bouchonnés. Vêtements à la va comme j'te pousse — ah, ces déprimants verts délavés ! En le remerciant, elle fit choir son pince-nez, puis son sac à main.

Moins porté à la galanterie mais toujours courtois, Poirot les lui ramassa.

Elle escalada le perron du 58, Queen Charlotte Street, et Poirot se tourna vers le chauffeur de taxi qui contemplait avec dégoût son maigre pourboire :

— Vous êtes libre, pas vrai ?

— Libre comme l'air, grommela le chauffeur, maussade.

— Moi aussi, s'épanouit Poirot. Et même libéré !

Il vit les plus noirs soupçons enténébrer le visage du chauffeur.

— Non, mon bon ami, fit-il, hilare. Non, je ne suis pas ivre. C'est tout bonnement que je sors de chez mon dentiste et que je n'ai pas à y retourner avant six mois. Et ça, croyez-moi, ça ferait voir la vie en rose à n'importe qui !

TROIS, QUATRE : JE FERME LA PORTE

Il était 3 heures moins le quart quand le téléphone sonna.

Installé dans un fauteuil confortable, Poirot digérait béatement un excellent déjeuner.

Sans même lever le petit doigt, il attendit que le fidèle George vienne décrocher.

— Qui est-ce ? s'enquit-il cependant en entendant George répondre « Un instant, je vous prie ».

— L'inspecteur Japp, monsieur.

— Tiens, tiens !

Poirot saisit le combiné :

— Eh bien, mon tout bon ! Comment il marche la vie pour vous ?

(L'anglais de Poirot savait parfois se montrer détestable — pour ne rien dire de son accent.)

— C'est vous, Poirot ?

— Évidemment, très cher.

— Il paraît que vous êtes allé chez le dentiste, ce matin. C'est exact ?

— On ne peut rien cacher à Scotland Yard, feignit de geindre Poirot.

— Chez un certain Morley, au 58, Queen Charlotte Street ?

— Oui, dit Poirot d'une voix changée. Pourquoi ?

— C'était une visite d'ordre... euh... odontologique ?

Je veux dire : vous n'y êtes pas allé pour lui tirer les vers du nez, lui faire cracher le morceau ou Dieu sait quoi de ce genre ?

— Absolument pas ! Je me suis fait plomber trois dents, si vous voulez tout savoir !

— Comment vous a-t-il paru ? Comportement normal ?

— Tout à fait. Pourquoi ça ?

Le ton de Japp ne trahissait pas la moindre émotion :

— Parce qu'il s'est tiré une balle dans la tête peu après votre départ.

— Quoi ? !

— Ça vous étonne ? grinça Japp.

— Franchement, oui.

— Moi aussi, il y a là-dedans quelque chose qui me chiffonne... J'aimerais en parler avec vous. Ça vous ennuierait beaucoup de faire un saut jusqu'ici ?

— Où êtes-vous ?

— Queen Charlotte Street.

— J'arrive tout de suite, dit Poirot.

Ce fut cette fois un agent de police qui lui ouvrit la porte du 58.

— Monsieur Poirot ? s'enquit-il avec tout le respect souhaitable.

— C'est je, baragouina le Belge. Je veux dire c'est moi.

— L'inspecteur principal est en haut. Deuxième étage. Vous connaissez les lieux ?

— J'y suis venu pas plus tard que ce matin, dit Poirot.

Il y avait trois hommes dans le cabinet du dentiste. Japp leva le nez à son entrée :

— Content de vous voir, mon vieux. On embarque le corps dans deux secondes. Vous voulez y jeter un coup d'œil avant ?

Un photographe du Yard, agenouillé près du cadavre, se releva.

Poirot fit trois pas en avant. Le corps était affalé devant la cheminée.

Mr Morley ne différait guère dans la mort de ce qu'il avait été de son vivant. Tout au plus un petit trou maculé de noir s'ouvrait-il désormais juste sous sa tempe droite. Un pistolet gisait sur le plancher, à portée de sa main droite grande ouverte.

Poirot hocha la tête.

— Très bien, dit Japp à ses hommes. Vous pouvez y aller.

Ils emportèrent le corps, laissant Japp et Poirot seul à seul.

— Le travail de routine — empreintes digitales et tout ce qui s'ensuit — est terminé, dit Japp.

Poirot s'assit :

— Qu'est-ce au juste qui vous tourmente ?

Japp pinça les lèvres :

— Il est *possible* qu'il se soit suicidé. Il s'est *probablement* suicidé. Après tout, il n'y a que ses empreintes sur le pistolet. Mais ça ne me satisfait qu'à moitié.

— Quelles sont vos objections ?

— Eh bien, pour commencer, il n'avait apparemment aucune raison de se suicider... Il était en bonne santé, il gagnait bien sa vie, personne ne lui connaissait le moindre problème. Pas d'histoire de femme — ou du moins, rectifia prudemment Japp, pas pour autant que nous le sachions. Rien, semble-t-il, n'avait récemment changé dans son comportement. Il n'était ni préoccupé ni déprimé. C'est en partie pour ça que je souhaitais entendre ce que vous pourriez me dire. Sachant que vous l'aviez vu ce matin, je me demandais si vous aviez remarqué quelque chose.

Poirot secoua la tête :

— Rien de rien. Il était — comment dire ? — la normalité en personne.

— Ce qui rend tout ça bizarre, non ? Et d'ailleurs qui aurait l'idée de se suicider, comme ça, pendant les heures ouvrables — entre deux clients, si je puis dire ? Pourquoi ne pas attendre ce soir ? C'est ce que ferait n'importe qui, non ?

Poirot en convint.

— Quand le drame s'est-il produit ?

— Bien malin qui pourrait le préciser. Il semble que personne n'ait entendu le coup de feu. Ce qui n'a d'ailleurs rien d'étonnant. Il y a deux portes entre le cabinet et le corridor, et elles ont l'air bien isolées — pour étouffer les hurlements des victimes de la roulette fatale, j'imagine.

— Très probablement. Sous anesthésie locale, on peut faire un tapage de tous les diables sans même s'en rendre compte.

— Je ne vous le fais pas dire. Et dehors, dans la rue, il y a toujours énormément de circulation — donc peu de chances qu'un passant ait pu remarquer quoi que ce soit au milieu du vacarme ambiant.

— Quand s'est-on rendu compte qu'il était mort ?

— Vers 1 heure et demie. La découverte macabre a été faite par le groom, Alfred Briggs. Pas vraiment une lumière, soit dit entre nous. Il semblerait que la patiente de midi et demie, lassée d'attendre, se soit mise à faire du foin. Vers 1 h 10, le dénommé Alfred est monté et a frappé à la porte. Il n'a pas reçu de réponse mais n'a apparemment pas osé entrer. Il avait déjà pris quelques savons de Morley et avait peur de commettre un impair. Il est donc redescendu bredouille. Quant à la patiente, elle est partie furibonde à 1 heure et quart. Je ne l'en blâme pas : elle avait poireauté trois quarts d'heure pour rien et devait commencer à avoir l'estomac dans les talons.

— Qui était-ce ?

Japp eut un sourire en coin :

— D'après le groom, il s'agit d'une miss Shirty. Mais d'après le cahier de rendez-vous, elle s'appelle Kirby.

— Quel était le processus pour faire monter les clients ?

— Quand Morley était prêt, il appuyait sur le bouton de sonnette que vous voyez là, et le groom faisait monter le patient.

— Et quand Morley a-t-il sonné pour la dernière fois ?

— À midi 5. Le dénommé Alfred a alors fait monter le patient suivant. Mr Amberiotis, hôtel *Savoy*, d'après le cahier.

Un léger sourire effleura les lèvres de Poirot :

— Je serais curieux de savoir ce que notre groom a fait d'un nom pareil.

— De la bouillie, sans l'ombre d'un doute. Nous pourrons toujours lui demander si nous voulons nous offrir une pinte de bon sang.

— Et à quelle heure est reparti ce Mr Amberiotis ? reprit Poirot.

— Le gosse ne l'a pas reconduit, donc il n'en sait rien. Beaucoup de patients redescendent par les escaliers et sortent sans escorte.

Poirot opina du bonnet.

— Mais j'ai appelé le *Savoy*. Mr Amberiotis est catégorique : il dit qu'il a regardé sa montre en débarquant sur le trottoir et qu'il était midi 25.

— Il n'a rien pu vous apprendre d'intéressant ?

— Non, simplement que le dentiste lui avait paru tout ce qu'il y a de calme et de normal.

— En tout cas, dit Poirot, nous voici éclairés sur un point : il s'est passé quelque chose entre midi 25 et 1 heure et demie — et selon toute vraisemblance plus près de la première heure que de la seconde.

— Oui, parce que sinon...

— Sinon, il aurait sonné pour le patient suivant.

— Exact. Ça coïncide d'ailleurs avec les premières constatations médicales — pour autant qu'on puisse s'y fier. Le médecin légiste a examiné le corps à 2 h 20. Il n'a pas voulu s'engager ça devient une manie chez ces messieurs qui prétendent qu'on ne tient pas assez compte des particularités individuelles mais il a quand même dit que Morley ne pouvait pas avoir reçu le coup de feu *après* 1 heure et que ça s'était probablement passé beaucoup plus tôt.

— Ainsi donc, dit Poirot d'un air songeur, à midi 25 notre dentiste est un dentiste normal, enjoué, affable et compétent. Et après ça ? Après ça, coup de cafard, idées noires, tout ce que vous voudrez... et il se suicide ?

— C'est drôle, acquiesça Japp. Il faut admettre que c'est drôle.

— Drôle ne me paraît pas le terme adéquat.

— Oui, j'ai dit ça sans réfléchir. Bon, c'est bizarre, si vous préférez.

— Le pistolet était à lui ?

— Non. Il n'avait pas de pistolet et n'en avait jamais eu. D'après sa sœur, ce n'était guère le genre d'objet qu'on aurait pu trouver chez eux. C'est d'ailleurs le cas pour la plupart de nos concitoyens. Bien entendu, il *pourrait* en avoir *acheté* un s'il avait décidé d'en finir. Mais si tel est le cas, nous n'allons pas tarder à le savoir.

— Il y a quelque chose d'autre qui vous chiffonne ? demanda Poirot.

Japp se frotta le nez :

— Oui. La position du corps. Je n'irais pas jusqu'à affirmer qu'un homme *ne pourrait pas* tomber comme ça... mais il y a quand même un truc qui cloche. Et puis il y avait une ou deux traces sur le tapis — comme si on avait traîné quelque chose.

— Alors, là, voilà qui commence à devenir intéressant, dites-moi !

— Oui. À moins qu'il ne s'agisse encore d'une ânerie de ce crétin de groom. J'ai dans l'idée qu'il pourrait avoir essayé de bouger Morley quand il l'a découvert. Bien entendu, il nie, mais il avait une frousse de tous les diables. C'est le parfait minus. Le type même qui n'en rate pas une, qui passe donc son temps à se faire enguirlander si bien qu'il finit par mentir à tout bout de champ.

Poirot promena un regard pensif tout autour de la pièce. Sur le lavabo derrière la porte ; sur l'imposant classeur, de l'autre côté ; sur le fauteuil de dentiste et son appareillage, devant la fenêtre ; puis le long de la cheminée et finalement à l'endroit où le corps avait été retrouvé. Près de la cheminée, il y avait une seconde porte.

Japp avait suivi son regard.

— Ce n'est qu'un petit bureau, dit-il en l'ouvrant pour le montrer à Poirot.

Ce n'était, en effet, qu'une pièce de dimensions réduites meublée en tout et pour tout d'un bureau, de deux ou trois chaises et d'une console sur laquelle se trouvaient un réchaud à alcool et un service à thé. Il n'y avait pas d'autre issue.

— C'est ici que travaille son assistante, miss Nevill, expliqua Japp. Il semble qu'elle soit absente aujourd'hui.

Ses yeux croisèrent ceux de Poirot.

— Il m'en avait parlé, confirma celui-ci. Je m'en souviens. Je me demande bien si ça aussi, ça ne pourrait pas plaider contre la théorie du suicide...

— Vous voulez dire qu'on aurait pu l'*éloigner* ?

Japp réfléchit un instant :

— De deux choses l'une. S'il ne s'est pas suicidé, il a été assassiné. Mais pourquoi ? Cette solution paraît aussi peu vraisemblable que la première. Morley était un type inoffensif et sans histoires. Qui aurait bien pu vouloir le tuer ?

— Demandons-nous plutôt qui aurait bien pu avoir l'*occasion* de le tuer, corrigea Poirot.

— La réponse à ça, fit Japp, c'est... à peu près n'importe qui ! Sa sœur aurait pu descendre de leur appartement du troisième étage et lui tirer dessus. Une des bonnes aurait pu entrer et lui tirer dessus. Son associé, Reilly, aurait pu lui tirer dessus. Alfred aurait pu lui tirer dessus. Un de ses patients aurait pu lui tirer dessus.

Japp s'interrompit, le temps sans doute de respirer avant de reprendre :

— *Et Amberiotis aurait pu lui tirer dessus* — du lot, c'est d'ailleurs lui qui était sans doute le mieux placé pour le faire.

Poirot hocha la tête :

— Auquel cas, reste en effet à trouver le *pourquoi*.

— Exactement. Retour à la case départ. Pourquoi ? Amberiotis ne s'offre rien moins que le *Savoy*. Pourquoi un Grec qui ne doit pas être dans la misère irait-il tuer un dentiste sans histoires ?

Poirot eut un haussement d'épaules

— Il semblerait qu'il est des jours où la mort manque résolument de sens artistique, voire du plus élémentaire sens commun. Elle avait pourtant sous la main trois personnages de choix : le Grec Mystérieux, le Banquier Richissime et le Détective Mondialement Célèbre — il aurait été tellement plus naturel que l'un de ces trois-là soit assassiné ! Car enfin, les étrangers mystérieux peuvent être mêlés à des affaires d'espionnage, les banquiers richissimes ont sûrement des proches qui profiteront de leur décès et les détectives mondialement célèbres représentent un danger pour les criminels.

— Tandis que ce brave Morley n'était un danger pour personne, conclut Japp, maussade.

— Ça, je me le demande quand même...

Japp lui jeta un regard aigu :

— Qu'avez-vous derrière la tête ?

— Pas grand-chose. Juste une remarque fortuite qui me revient.

Il répéta à Japp les quelques mots du dentiste au sujet

de sa mémoire des visages et de cette patiente qu'il avait déjà vue quelque part.

Japp parut sceptique :

— Pourquoi pas ? Mais ça me semble quand même un peu tiré par les cheveux. Il pouvait tout bonnement s'agir de quelqu'un qui ne souhaitait pas divulguer son identité. Vous n'avez rien noté de spécial chez les patients de la matinée ?

— Si, susurra Poirot. J'ai remarqué dans la salle d'attente un garçon qui avait une vraie tête d'assassin.

— Qu'est-ce que vous me chantez-là ? s'exclama Japp.

Poirot sourit :

— C'était en arrivant, très cher ! J'étais nerveux, prêt à imaginer le pire — enfin bref... dans tous mes états. Tout me semblait redoutable : la salle d'attente, les patients... et jusqu'au tapis des escaliers ! En fait, ce garçon devait souffrir d'une effroyable rage de dents, un point c'est tout.

— Je sais ce que c'est, compatit Japp. Néanmoins, nous allons quand même nous renseigner sur votre assassin. Et sur tout le monde, d'ailleurs, qu'il s'agisse ou non d'un suicide. Je crois que la première chose à faire est d'avoir un entretien avec miss Morley. Je n'ai échangé que quelques mots avec elle. Elle était sous le choc, évidemment, mais elle ne paraît pas du genre à s'effondrer. Allons la voir tout de suite.

Imposante et sévère, Georgina Morley écouta les deux hommes et répondit à leurs questions.

— Pour moi, dit-elle avec emphase, il est inconcevable *rigoureusement* inconcevable — que mon frère se soit suicidé.

— Vous comprenez ce que cela sous-entend, mademoiselle ? dit Poirot.

— Vous pensez... meurtre ?

Elle se tut, puis reprit lentement :

— C'est vrai, cela semble presque aussi impossible qu'un suicide.

— Mais pas aussi *rigoureusement* impossible ?

— Non, parce que... oh ! dans la première hypothèse, *je sais de quoi je parle*... je veux dire que je connaissais l'état d'esprit de mon frère. Je *sais* qu'il ne pensait à rien de ce genre. Je *sais* qu'il n'y avait aucune raison... *absolument aucune* raison pour qu'il mette fin à ses jours.

— Vous l'avez vu ce matin — avant qu'il ne descende travailler ?

— Au petit déjeuner, oui.

— Et il était... comme d'habitude ? Ni sombre, ni déprimé, ni rien ?

— Il était sombre, mais pas comme vous l'entendez. Il s'agissait d'une simple contrariété.

— Quel genre de contrariété ?

— Il avait devant lui une matinée surchargée, et son assistante avait été appelée en province.

— Il s'agit bien de miss Nevill ?

— Oui.

— Quelles étaient ses fonctions auprès de votre frère ?

— Elle s'occupait du courrier, bien sûr, et tenait le cahier de rendez-vous et les fiches de soins. Et puis elle veillait à la stérilisation des instruments et préparait les amalgames, qu'elle lui tendait tandis qu'il opérait.

— Cela faisait longtemps qu'elle travaillait avec votre frère ?

— Trois ans. C'est une fille très sérieuse et nous l'aimons... l'aimions tous deux beaucoup.

— Elle a été appelée auprès d'une parente malade, m'avait confié votre frère.

— Oui, elle avait reçu un télégramme disant que sa tante avait eu une attaque. Elle est partie pour le Somerset par le premier train du matin.

— Et c'est cela qui contrariait tant votre frère ?

— Ou-oui.

Il y avait eu une légère hésitation dans la voix de miss Morley. Elle poursuivit assez précipitamment :

— Ne... n'allez pas croire que mon frère manquait de cœur. C'est juste qu'il a cru — oh ! rien qu'un petit moment...

— Oui, miss Morley ?

— Eh bien, que ça aurait pu n'être qu'un prétexte. Je vous en prie, ne vous méprenez pas : je suis certaine que Gladys ne se serait *jamais* permis d'agir ainsi. Je l'ai d'ailleurs bien dit à Henry. Mais la raison de tout cela c'est qu'elle s'est fiancée à un garçon assez... discutable. Henry en était très affecté — et il s'était fourré dans la tête que ce garçon aurait pu la persuader de s'offrir un jour de congé.

— Ce soupçon vous paraissait fondé ?

— Non, je jurerais que non. Gladys est une fille beaucoup trop consciencieuse pour ça.

— Mais le fiancé en question, lui, est du genre à pouvoir suggérer une chose pareille ?

Miss Morley eut un reniflement de mépris :

— À mon avis, oui. Catégoriquement oui.

— Et que fait-il, ce jeune homme ? Comment s'appelle-t-il, à propos ?

— Carter, Frank Carter. Il est — ou plutôt était employé d'assurances, si j'ai bien compris. Il a perdu son emploi il y a quelques semaines et semble incapable d'en trouver un autre. Henry le considérait comme un assez triste individu — et je dois avouer que je partageais son avis. Le fait est que Gladys lui avait prêté une partie de ses économies, et que cela tracassait beaucoup Henry

Japp décida tout soudain de mettre son grain de sel dans la conversation.

— Votre frère a-t-il essayé de la persuader de rompre ? lança-t-il brusquement.

— Il a essayé, en effet.

— Alors ce Frank Carter avait, ce me semble, de bonnes raisons de lui en vouloir ?

Mais le grenadier n'était pas du genre à s'en laisser conter.

— Ridicule, trancha-t-elle. Je veux dire... si toutefois vous suggériez bien que Frank Carter a pu tuer Henry. Mon frère avait mis Gladys en garde contre ce jeune homme, c'est vrai, mais elle n'en a pas tenu compte : elle est stupidement entichée de lui.

— Savez-vous si quelqu'un d'autre aurait pu avoir des raisons d'en vouloir à votre frère ?

Miss Morley fit non de la tête.

— Comment s'entendait-il avec son associé, Mr Reilly ?

— Aussi bien qu'il est possible de s'entendre avec un Irlandais, répliqua miss Morley, acerbe.

— Qu'entendez-vous par là, chère mademoiselle ?

— Les Irlandais ont un caractère de cochon, non ? et ils ne laissent jamais passer une occasion de faire des scènes. Le cheval de bataille de Mr Reilly, ç'a toujours été la politique.

— Rien d'autre ?

— Non. Oh, par bien des côtés, Mr Reilly laisse à désirer, mais il est très compétent. C'était du moins l'opinion de mon frère.

Japp voulut en savoir davantage :

— Qu'est-ce, au juste, qui laisse à désirer chez lui ?

Miss Morley hésita une seconde avant de répondre, d'un ton acide :

— Il boit — mais, s'il vous plaît, que cela reste entre nous.

— Y a-t-il eu des accrochages entre votre frère et lui à ce sujet ?

— Henry a dû lui faire une ou deux remontrances. Voyez-vous, exposa doctement miss Morley, l'art dentaire requiert une main sûre. De surcroît, une haleine chargée d'alcool n'est guère faite pour inspirer la confiance.

Japp acquiesça d'un lent hochement de tête avant de s'enquérir :

— Pouvez-vous nous parler de la situation financière de votre frère ?

— Henry se faisait un joli revenu, et il avait mis pas mal d'argent de côté. Nous jouissions en outre l'un et l'autre de quelques rentes laissées par notre père.

— Je suppose, murmura Japp en toussotant, que vous ne savez pas si votre frère avait fait son testament.

— Bien sûr que si — et je peux même vous dire ce

qu'il contient. Il lègue cent livres à Gladys Nevill, sinon tout le reste me revient.

— Je vois. Et maintenant, miss Morley...

Un coup violent ébranla soudain la porte. Et la tête d'Alfred se découpa tout aussitôt dans l'entrebâillement. Ses petits yeux en boules de loto détaillèrent effrontément les deux visiteurs tandis qu'il lançait :

— C'est rapport à miss Nevill. Elle est revenue... et dans un drôle d'état. Ce qu'elle veut savoir, c'est si elle peut entrer ?

— Dites-lui de venir tout de suite, Alfred ! tonna miss Morley voyant que Japp avait acquiescé.

— C'est comme si ça y était ! brailla Alfred avant de s'éclipser.

Miss Morley poussa un soupir à fendre l'âme.

— Ce Gosse Me Rendra Folle ! ajouta-t-elle en faisant un sort aux majuscules.

Gladys Nevill était une grande fille blonde, un tantinet anémique, d'environ vingt-huit ans. Bien que visiblement bouleversée, elle fit aussitôt montre d'intelligence et de présence d'esprit.

Sous prétexte d'examiner les papiers du dentiste — mais en réalité pour la soustraire à miss Morley-Japp et Poirot l'entraînèrent dans le petit bureau attenant au cabinet.

— Je n'arrive tout bonnement pas à y croire ! répétait-elle à satiété. Ça me paraît absolument inimaginable que Mr Morley ait pu faire une chose pareille !

Sur un point, en tout cas, elle se montrait catégorique : il ne lui avait jamais paru le moins du monde abattu ou déprimé.

Japp prit le taureau par les cornes :

— Vous avez été appelée en province ce matin, miss Nevill...

Elle lui coupa la parole :

— Oui, et c'était une sale blague, une plaisanterie stupide ! Je n'arrive pas à admettre que des gens puissent faire des choses pareilles ! Je trouve ça monstrueux !

— Que voulez-vous dire, miss Nevill ?

— Que ma tante n'avait rien du tout. Qu'elle se portait comme un charme et ne s'était jamais portée aussi bien. Elle n'en croyait pas ses yeux quand elle m'a vue arriver. Bien sûr, j'étais radieuse de la voir comme ça — mais en même temps j'étais hors de moi. Envoyer un télégramme pareil, me rendre à moitié folle d'inquiétude et tout...

— Ce télégramme, vous l'avez gardé ?

— Non, je l'ai jeté. À la gare, je crois bien. Il disait simplement : *Votre tante victime d'une attaque la nuit dernière. Venez au plus vite.*

— Vous êtes sûre et certaine que... euh... (Japp eut une petite toux gênée :) que ce n'était pas l'œuvre de votre ami, Mr Carier ?

— Frank ? Mais pourquoi diable ? Oh, je vois... vous pensez à un coup monté entre nous ? Non, je vous le garantis, inspecteur, ni l'un ni l'autre nous ne serions capables d'agir de la sorte.

Son indignation paraissait sincère, et Japp éprouva quelques difficultés à la calmer. Mais une question concernant les patients de la matinée ramena la jeune femme à son efficacité habituelle :

— Ils figurent tous dans le cahier. Je parie que vous

l'avez déjà consulté. Je connais la plupart d'entre eux. À 10 heures : Mrs Soames — c'était pour son nouveau dentier. 10 h 30 : lady Grant — une dame d'un certain âge, qui habite Lowndes Square. 11 heures : M. Hercule Poirot, qui vient régulièrement — oh, mais c'est *lui*, bien sûr ! Excusez-moi, monsieur Poirot, je ne sais vraiment plus où j'en suis... 11 h 30 : Mr Alistair Blunt, le banquier, vous voyez de qui il s'agit — une visite rapide, parce que Mr Morley lui avait déjà préparé sa dent la dernière fois qu'il était venu. Ensuite miss Sainsbury Seale — elle avait téléphoné en urgence — rage de dents. Mr Morley avait réussi à la caser dans son emploi du temps. Une intarissable bavarde, rien à faire pour l'interrompre — et une faiseuse de chichis par-dessus le marché. Puis, à midi : Mr Amberiotis — un nouveau client — il avait téléphoné du *Savoy*. Mr Morley reçoit pas mal d'étrangers — et jusqu'à des Américains. Enfin, à midi 30 : miss Kirby. Elle vient spécialement de Worthing.

— Quand je suis arrivé, il y avait dans la salle d'attente un homme assez grand, d'allure militaire, dit Poirot. Avez-vous une idée de qui il pourrait s'agir ?

— D'un des patients de Mr Reilly, j'imagine. Voulez-vous que j'aille chercher son cahier ?

— Oui, s'il vous plaît, miss Nevill.

Elle ne s'absenta que quelques minutes et revint avec un cahier en tous points semblable à celui de Mr Morley.

— 10 heures, lut-elle : Betty Heath, une fillette de neuf ans. 11 heures : colonel Abercrombie.

— Abercrombie, murmura Poirot dans sa moustache. C'était donc ça !

— 11 h 30 : Mr Howard Raikes. Midi : Mr Barnes. Mr Reilly n'avait pas d'autres rendez-vous ce matin. Sa clientèle est nettement moins importante que celle de Mr Morley, cela va de soi.

— Pourriez-vous nous renseigner sur ces patients-là ?

— Le colonel Abercrombie vient depuis longtemps, et tous les enfants de Mrs Heath sont soignés par Mr Reilly. Je suis incapable de vous dire quoi que ce soit sur Mr Raikes ou Mr Barnes, si ce n'est que j'ai sans doute entendu leurs noms c'est moi qui prends toutes les communications téléphoniques.

— Nous demanderons ça à Mr Reilly, dit Japp. J'aimerais le voir dès que possible.

Miss Nevill s'éclipsa.

— Parmi les clients de Morley ce matin, tous étaient des réguliers, *sauf Amberiotis,* fit remarquer Japp à Poirot. Je sens que je vais avoir une petite conversation avec ce Mr Amberiotis. Jusqu'à plus ample informé, c'est la dernière personne à avoir vu Morley vivant — et ce qu'il conviendrait d'établir c'est si Morley était toujours bel et bien en vie après qu'il l'a quitté.

— Resterait à déterminer le mobile, fit observer Poirot en secouant la tête.

— Je sais. C'est le mobile qui va nous donner le plus de fil à retordre. Mais nous avons peut-être quelque chose sur Amberiotis au Yard... Vous m'avez l'air bien songeur, Poirot !

— Il y a un point d'histoire qui m'intrigue.

— Et c'est quoi, ce point d'histoire ?

L'ombre d'un sourire passa sur le visage de Poirot

— Pourquoi l'inspecteur principal Japp ?

— Pardon ?

— J'ai dit : « Pourquoi l'inspecteur principal Japp ? » C'est fréquent, ça, qu'on fasse appel à un personnage de votre importance dans une affaire de suicide ?

— Il se trouve que j'étais à deux pas à ce moment-là. Chez Lavenham, dans Wigmore Street. Très ingénieux, le système de fraudes que nous y avons d'ailleurs découvert ! Bref, on m'y a téléphoné de venir ici.

— Mais *pourquoi* vous y a-t-on téléphoné à vous ?

— Oh, ça ? Rien de plus simple : Alistair Blunt. Dès que le divisionnaire a su qu'*il* était venu là ce matin, il a prévenu le Yard. Mr Blunt fait partie de ces gros bonnets auxquels la police assure une protection discrète.

— Vous sous-entendez par là qu'il y a des gens qui aimeraient le voir... hors-jeu ?

— Et plutôt deux fois qu'une, je vous en fiche mon billet. Les Rouges, pour commencer — et nos amis Chemises Noires par-dessus le marché. C'est Blunt et ses pairs — la bonne vieille finance conservatrice — qui permettent au gouvernement actuel de rester en place. C'est la raison pour laquelle on m'a mis sur cette affaire. Pour que je m'assure qu'il n'y a pas du louche derrière tout ça.

— C'est ce que j'avais plus ou moins subodoré, dit Poirot. Et c'est aussi le sentiment que j'ai... (Il eut un geste expressif de la main.) À savoir qu'il y a peut-être bien eu une erreur, un *raté* quelque part. La véritable victime, c'était — ç'aurait dû être Alistair Blunt. À moins qu'il ne s'agisse en l'occurrence que des prémices — du premier coup d'une campagne ? Cette affaire pue. Elle pue les gros sous !

— Vous ne croyez pas que vous allez quand même un peu vite en besogne ? fit Japp.

— Tout ce que je suggère, c'est que ce malheureux Morley n'était qu'un pion sur l'échiquier. Peut-être savait-il quelque chose... peut-être a-t-il dit quelque chose à Blunt... ou peut-être craignait-on qu'il ne lui dise bel et bien quelque chose...

Il se tut à l'entrée de Gladys Nevill.

— Mr Reilly est en train de faire une extraction, leur annonça-t-elle. Il sera libre dans une dizaine de minutes, si cela vous convient.

Japp lui répondit que cela leur convenait très bien. Il ajouta qu'il aurait en attendant un nouvel entretien avec le dénommé Alfred.

Alfred était partagé entre la nervosité, la jubilation et la crainte maladive de se faire reprocher tout ce qui s'était passé ! Il n'avait été embauché par Mr Morley que depuis quinze jours, durant lesquels, avec une belle constance, il avait systématiquement tout fait de travers. Et, à force de remontrances, il avait perdu toute espèce de confiance en lui.

— P't-être bien qu'il était un rien plus grincheux que d'habitude, répondit-il à la question posée. Mais ça faisait pas une grande différence. Jamais j'aurais cru qu'il allait se faire la peau !

— Il faut nous dire tout ce dont vous pouvez vous souvenir sur la matinée, intervint Poirot. Vous êtes un témoin de premier plan, et votre mémoire pourrait nous être d'un immense secours dans cette affaire.

Alfred bomba le torse et son visage vira à l'écarlate. Il avait déjà fait à Japp un bref compte rendu des événements du matin. Il se proposait maintenant de donner toute sa mesure. Un délicieux sentiment d'importance l'envahit.

— J'peux tout vous dire, plastronna-t-il. Allez-y ! Z'avez qu'à les poser, vos questions !

— En premier lieu, s'est-il produit quelque chose d'inhabituel ce matin ?

Alfred se creusa les méninges une minute avant d'avouer assez piteusement :

— J'vois pas d'quoi c'est qu'vous voulez causer. Ç'a tout été du pareil au même. Normal, quoi.

— Des inconnus sont-ils venus dans la maison ?

— Non, m'sieur.

— Pas même parmi les patients ?

— Ah, j'avais pas pigé qu'vous causiez d'eux ! Personne est venu qu'avait pas de rendez-vous, si c'est ça qu'vous voulez dire. Z'étaient tous dans le cahier.

Japp hocha la tête. Et Poirot enchaîna :

— Quelqu'un aurait-il pu s'introduire ici sans que vous vous en aperceviez ?

— Pas moyen. L'aurait fallu qu'il ait la clé, vu ?

— En revanche, il est assez facile de quitter les lieux, n'est-ce pas ?

— Ouais. Y'a qu'à tourner la poignée, sortir et refermer derrière soi. C'est c'qu'y font presque tous, comme j'l'ai déjà dit. C'est souvent qu'y redescendent par l'escalier pendant qu'je fais monter le client suivant par ascenseur, vu ?

— Vu. Maintenant, dites-nous, dans l'ordre, qui est venu ce matin. Si leur nom vous échappe, décrivez-les.

Alfred se concentra. Puis :

— Une dame avec une gamine — pour Mr Reilly

qu'c'était. Et puis une Mrs Soap ou un nom dans ce goût-là pour Mr Morley.

— Exact, fit Poirot. Continuez.

— Ensuite encore une mémé — une dame de la haute, comme qui dirait : d'une Daimler, qu'elle est descendue ! Quand c'est qu'elle est ressortie, y a un grand mec style militaire en civil qui s'est pointé. Deux secondes après (il désigna Poirot du menton), y a eu *vous*.

— Très juste.

— Après... c'est l'Américain qui a radiné...

Japp le coupa :

— L'Américain ?

— Oui, m'sieur. Jeune, le mec. Et tout ce qu'il y a d'américain — n'y avait qu'à l'entendre causer ! Même qu'il est arrivé en avance : son rendez-vous, c'était 11 heures et demie. Et le bouquet, c'est qu'il a même pas attendu !

Japp faillit bien s'étrangler :

— Qu'est-ce que c'est que cette histoire ?

— Comme c'est que j'vous l'dis. J'suis venu le chercher quand j'ai entendu la sonnette à Mr Reilly. 11 heures et demie, qu'il devait être — ou p't-être bien un peu plus tard : midi moins 20, par là. Eh bien, mine de rien, il avait pris la tangente. Il a dû se dégonfler et décider de filer en vitesse... (Il prit l'air averti.) Il y en a comme ça qui se tirent, des fois...

— Alors il a dû partir peu après moi ? dit Poirot.

— Tout juste, m'sieur. Vous, vous êtes sorti après que j'ai fait monter un rupin qu'était venu en Rolls — ça, c'est de la bagnole ! Mr Blunt, qu'il s'appelait. C'est noté là : 11 heures et demie, Mr Blunt. C'est en redescendant de ça que j'vous ai fait sortir et que j'ai fait entrer une bonne femme par la même occasion : miss Machin Berry Sel ou quèqu'chose d'approchant. Ensuite de ça, eh ben j'ai foncé en bas, à la cuisine, histoire de manger un morceau — même que j'avais encore la bouche pleine quand j'ai entendu la sonnette — celle de Mr Reilly. Alors j'suis remonté et, comme j'vous l'ai dit, j'ai vu que l'Américain avait filé. J'ai grimpé le dire à Mr Reilly, sur quoi il a juré du tonnerre de Dieu comme il sait si bien le faire.

— Ensuite ? le pressa Poirot.

— Attendez-voir, qu'est-ce qui s'est passé ensuite ? Ah oui, la sonnette de Mr Morley a carillonné pour miss Machin Sel Truc, et le rupin est redescendu et sorti pendant que je faisais monter cette miss Machin Truc Chouette par l'ascenseur. Ensuite j'suis redescendu et deux bonshommes sont entrés — un petit avec une drôle de voix couinarde... J'me souviens pas de son nom. Pour Mr Reilly, qu'il était. Et un gros étranger pour Mr Morley.

» Miss Sel a pas été très longue — pas plus d'un quart d'heure. Je l'ai raccompagnée à la porte et j'ai fait monter le gros étranger. L'autre, je l'avais mené illico à Mr Reilly dès qu'il s'était pointé.

— Et le « gros étranger », Mr Amberiotis, vous ne l'avez pas vu repartir ? questionna Japp.

— Non, m'sieur. Il a dû se ressortir tout seul. Et je n'ai pas vu partir le couinard non plus.

— Où vous trouviez-vous à partir de midi ?

— Toujours planté dans l'ascenseur, m'sieur. C'est là que j'attends qu'on me sonne de l'entrée ou de chez les patrons.

— Et vous y étiez peut-être occupé à lire ? hasarda Poirot.

Alfred rougit de nouveau :

— Y a pas de mal à ça, m'sieur. C'est pas comme si j'avais autre chose à faire.

— Absolument. Et que lisiez-vous ?

— *La mort frappe à 11 h 45,* m'sieur. Un roman policier américain. Une histoire à tout casser, je vous dis que ça ! Des gangsters comme s'il en pleuvait !

Poirot le gratifia d'un petit sourire :

— D'où vous étiez, auriez-vous entendu la porte d'entrée se refermer ?

— Si quelqu'un était sorti ? J'crois pas. J'veux dire, j'crois pas que je l'aurais *remarqué !* Vous comprenez, l'ascenseur est au fond du couloir, après le coude. La sonnette de l'entrée et celles des patrons se trouvent juste derrière. *Elles,* impossible de les louper !

Poirot hocha la tête d'un air entendu. Quant à Japp, il se contenta d'un rapide :

— Qu'est-ce qui s'est passé ensuite ?

Alfred fronça les sourcils dans un suprême effort de mémoire :

— il n'y a plus eu que la dernière cliente, miss Shirty. Moi, j'attendais le coup de sonnette de Mr Morley. Mais ça ne venait pas. Et, sur le coup de 1 heure, la bonne femme a dû en avoir marre d'attendre parce qu'elle a commencé à se mettre en rogne.

— Et à aucun moment vous n'avez eu l'idée d'aller voir si Mr Morley était prêt ?

Alfred secoua la tête avec véhémence :

— Moi, m'sieur ? Ah, ça non ! Je m'en serais bien gardé. Pour moi, le dernier client était toujours là-haut.

Tout ce que j'avais à faire, c'était d'attendre le coup de sonnette. Bien sûr, si j'avais su que Mr Morley s'était trucidé...

Il s'ébroua avec une délectation morbide.

— Habituellement, la sonnette retentissait avant ou après que les patients redescendent ?

— Ça dépendait. En général, le client redescendait par les escaliers, et j'entendais la sonnette ensuite. Quand c'est qu'ils préféraient l'ascenseur, ça pouvait arriver que la sonnette se déclenche pendant que j'étais à les descendre. Mais pas toujours. Des fois, Mr Morley attendait quelques minutes avant de sonner pour le client suivant. Mais quand il était pressé, il sonnait dès que le client avait tourné les talons.

— Je vois...

Poirot resta un instant silencieux, puis demanda :

— Le suicide de Mr Morley vous a-t-il surpris, Alfred ?

— J'en suis resté comme deux ronds de flan, oui ! Il avait aucune raison de se trouer la peau, enfin d'après moi, quoi ! Et... oh, mince alors !...

Alfred venait d'ouvrir soudain les yeux comme des soucoupes :

— Alors comme ça... comme ça, ça voudrait dire qu'il a été *assassiné*, c'est ça ?

Poirot prit Japp de vitesse :

— Supposons qu'il l'ait été. Cela vous étonnerait-il moins ?

— Alors, là, j'sais pas trop, m'sieur. Je ne vois pas qui aurait pu vouloir tuer Mr Morley. C'était... euh... c'était quelqu'un de très *ordinaire*, si vous m'suivez. Il a *vraiment* été assassiné, m'sieur ?

— Il nous faut envisager toutes les possibilités, dit gravement Poirot. C'est pourquoi je vous ai dit que vous étiez un témoin de la plus haute importance, et que vous deviez essayer de vous rappeler tout — rigoureusement tout — ce qui s'est passé ce matin.

Poirot avait donné tant de solennité à ses paroles qu'Alfred se replongea dans un prodigieux effort de mémoire.

— J'me rappelle rien d'autre, m'sieur. Rien de rien, dit-il d'une voix désolée.

— Très bien, Alfred. Et vous me garantissez une fois de plus que personne, en dehors des patients, n'est venu ce matin ?

— Aucun *étranger*, m'sieur. Rien que le coquin à miss Nevill qui est passé et qui s'est mis en pétard parce qu'elle était pas là.

Japp parut sur le point d'exploser :

— Il est passé ? Quand ça ?

— Un peu après midi. Quand j'lui ai dit que miss Nevill serait pas là de la journée, il a eu l'air mauvais et il a dit qu'il allait attendre pour causer à Mr Morley. Sur quoi j'lui ai dit que le patron avait pas une minute avant le déjeuner, alors il m'a dit que tant pis, qu'il attendrait le temps qu'il faudrait.

— Et il a attendu ? s'enquit Poirot.

Un éclair de stupeur passa dans le regard d'Alfred :

— Mince, alors ! J'y avais même pas pensé ! Il est bien allé dans la salle d'attente, ça oui — *mais un bout de temps après il n'y était plus.* Il a dû en avoir sa claque d'attendre et se dire qu'il pourrait aussi bien revenir une autre fois.

Sitôt après le départ d'Alfred, Japp s'en prit vivement à Poirot :

— Vous trouvez malin d'avoir parlé de meurtre à ce zigoto ?

Poirot haussa les épaules :

— Je le crois... oui. Je crois que ça va stimuler sa mémoire, et aussi l'inciter à ouvrir l'œil sur tout ce qui se passe ici.

— Peut-être bien. Mais nous n'avons pas intérêt à ce que la notion de crime s'ébruite trop tôt.

— Aucun risque, très cher. Alfred est grand lecteur de romans policiers. Alfred est passionné de crimes. Tout ce qu'il pourra raconter sera mis sur le compte de son imagination morbide.

— Oui, bon, vous n'avez peut-être pas entièrement tort, Poirot. Quoi qu'il en soit, allons écouter ce que Mr Reilly peut bien avoir à dire.

Le cabinet et le bureau de Mr Reilly occupaient le premier étage. Aussi spacieux que ceux du second, ils étaient moins ensoleillés et beaucoup moins somptueusement équipés.

L'associé de Mr Morley était un grand gaillard brun avec une mèche rebelle qui lui retombait sur le front. Il avait la voix prenante et le regard pénétrant.

— Nous espérons, Mr Reilly, dit Japp après s'être présenté, que vous pourrez apporter quelque lumière sur cette affaire.

— Eh bien, vous vous trompez, répondit le dentiste. Tout ce que je peux dire, c'est que Henry Morley était bien la dernière personne à se suicider. Moi, j'aurais pu le faire. Lui, non.

— Et pourquoi auriez-vous pu le faire ? demanda Poirot.

— Parce que des problèmes, j'en ai à la pelle. D'argent, pour commencer. Je n'ai jamais été capable d'ajuster mes dépenses et mes revenus. Morley, lui, était un homme avisé. Ce n'est pas chez lui que vous trouverez des dettes ou des problèmes financiers — pour ça, aucun risque.

— Des liaisons, peut-être ? suggéra Japp.

— C'est de Morley que vous parlez ? Il ignorait tout des joies de l'existence. Sa sœur le tenait bien trop étroitement en laisse pour ça, le pauvre !

Japp entreprit d'interroger le dentiste sur ses patients de la matinée.

— Oh, je veux croire qu'ils sont tous parfaitement normaux et transparents. La petite Betty Heath est une gentille gosse. J'ai eu toute la famille, les uns après les autres. Le colonel Abercrombie est mon patient depuis belle lurette, lui aussi.

— Et Mr Howard Raikes ? s'enquit Japp.

Reilly se fendit d'un large sourire :

— Celui qui m'a fait faux bond ? Je ne l'avais encore jamais vu. Je ne sais rien de lui. Il avait téléphoné en insistant pour être reçu ce matin.

— D'où avait-il appelé ?

— Du *Holborn Palace Hotel.* C'est un Américain, je crois.

— C'est aussi l'avis de votre groom.

— Avis autorisé, sourit Mr Reilly. C'est un spécialiste de films noirs, notre Alfred.

— Et votre autre patient ?

— Barnes ? Un drôle de petit bonhomme précis et

pointilleux. Fonctionnaire à la retraite. Il vit du côté d'Ealing.

Japp marqua un temps avant de demander :

— Que pouvez-vous nous dire sur miss Nevill ?

Le dentiste haussa les sourcils :

— La rrâ-vissante assistante blonde ? Vous perdez votre temps, mon vieux ! Ses relations avec l'ami Morley étaient parfaitement puu-res j'en mettrais ma tête à couper.

— Je n'ai jamais suggéré qu'il puisse en aller autrement ! protesta Japp en rosissant.

— Autant pour moi, dit Reilly. J'ai l'esprit mal tourné, pardon. Je pensais que c'était une tentative de votre part pour « chercher la femme », comme on dit en français.

» Pardonnez-moi de parler votre langue, ajouta-t-il à l'intention de Poirot. Bel accent, qu'en dites-vous ? Voilà ce que c'est que d'avoir fait ses études chez les bonnes sœurs !

Agacé par cette désinvolture, Japp le coupa :

— Que savez-vous du garçon auquel elle est fiancée ? Son nom est Carter, m'a-t-on dit. Frank Carter.

— Morley n'en pensait rien de bien. Il a essayé de convaincre la môme Nevill de le laisser choir.

— Carter aurait pu mal prendre ça ?

— Ça ne l'a vraisemblablement pas fait sauter de joie, acquiesça Mr Reilly avec bonne humeur.

Après un silence, il ajouta :

— Je vous demande pardon, c'est sur un suicide que vous enquêtez, ou sur un meurtre ?

— S'il s'agissait d'un meurtre, répliqua sèchement Japp, auriez-vous une suggestion à faire ?

— Moi ? Pas le moins du monde ! Notez que j'aimerais assez que ce soit un coup de Georgina. J'ai du mal à encaisser ces femelles sinistres qui professent l'abstinence ! Hélas, je la crois d'une moralité sans faille. Bien sûr, j'aurais pu monter en vitesse et tuer le bonhomme, mais il se trouve que je ne l'ai pas fait. Le hic, voyez-vous, c'est que je n'arrive pas à imaginer que qui que ce soit ait pu avoir envie de tuer Morley. Et que je ne peux pas non plus me faire à l'idée qu'il se soit suicidé...

La voix changée, il ajouta :

— Pour ne rien vous cacher, cette histoire m'attriste beaucoup... Ne faites pas attention à mes manières. Elles sont à mettre sur le compte de l'émotion. Je l'aimais bien, ce brave Morley — il va me manquer.

Japp raccrocha le téléphone et tourna vers Poirot un visage rien moins qu'amène :

— Mr Amberiotis ne se sent pas très bien. Il préférerait n'avoir aucune visite cet après-midi...

» Eh bien, je vous fiche mon billet qu'il va me voir — et qu'il n'a pas intérêt à prendre la tangente ! J'ai un homme au *Savoy*, prêt à le filer s'il fait mine de nous fausser compagnie.

— Vous pensez que c'est Amberiotis qui a tué Morley ? l'interrogea Poirot, songeur.

— Je n'en sais rien. *Mais il est la dernière personne à l'avoir vu vivant.* Et c'était un nouveau patient. S'il faut le croire, il a quitté Morley en parfaite santé à midi 25. C'est peut-être vrai. Mais ça ne l'est peut-être pas non plus. Si Morley était bien vivant, il nous faut reconstituer ce qui s'est passé ensuite. Il lui restait cinq minutes avant le rendez-vous suivant. Quelqu'un est-il entré pendant ces cinq minutes ? Carter, par exemple ? Ou Reilly ? Que s'est-il passé ? Ce qu'il y a de sûr, c'est qu'à midi 30, midi 35 au plus tard, *Morley était mort*. Sinon, il aurait sonné pour miss Kirby, ou il lui aurait fait dire qu'il ne pouvait pas la recevoir. Non, ou bien il avait été tué, ou bien quelqu'un lui avait dit quelque chose qui lui avait chamboulé les méninges au point qu'il ait décidé d'en finir.

Il marqua un temps. Puis :

— Je vais interroger chacun des patients qu'il a reçus ce matin. Il y a une petite chance qu'il ait ouvert son cœur à l'un d'eux, ce qui nous fournirait une piste.

Il consulta sa montre :

— Mr Blunt a dit qu'il pouvait m'accorder quelques minutes à 4 heures et quart. Commençons par lui. Il habite Chelsea Embankment. Ensuite, nous pourrions voir miss Sainsbury Seale sur le chemin, avant Amberiotis. Il vaut mieux que nous en sachions le maximum quand nous aborderons notre ami grec. Après, j'aimerais échanger quelques mots avec cet Américain qui, selon vous, avait le mot « meurtre » inscrit sur le visage.

Poirot secoua la tête :

— Pas meurtre — rage de dents.

— N'importe, nous verrons ce Mr Raikes. Il s'est comporté de bien curieuse façon, c'est le moins qu'on puisse dire. Et puis nous nous renseignerons sur le télégramme de miss Nevill, *et* sur sa tante, *et* sur son coquin. En somme, nous contrôlerons tout et tout le monde !

Alistair Blunt n'avait jamais beaucoup retenu l'attention publique. Peut-être parce que c'était un homme tranquille et qui n'aimait rien tant que se tenir à l'écart. Peut-être aussi parce que, longtemps, son rôle avait été celui d'un prince consort plus que d'un souverain.

La Rebecca Sanseverato, née Arnholt, qui était arrivée à Londres à l'âge de quarante-cinq ans, était une femme désenchantée. Des deux côtés, elle s'apparentait à l'aristocratie de l'argent. Sa mère était l'héritière de la dynastie européenne des Rotherstein, son père présidait aux destinées de la banque américaine Arnholt. Suite à la mort tragique de ses deux frères et d'un cousin dans un accident d'avion, Rebecca Arnholt s'était retrouvée seule héritière d'une immense fortune. Elle avait alors épousé un aristocrate européen doté d'un nom prestigieux, le prince Felipe di Sanseverato. À l'issue de deux années d'avanies auprès d'une canaille bien-née à l'inconduite notoire, elle avait obtenu le divorce et la garde de leur enfant, qui devait mourir quelques années plus tard.

Aigrie par ces épreuves, Rebecca Arnholt avait dès lors consacré son indéniable intelligence à la finance — ce talent-là ne lui coulait-il pas dans les veines ? Et elle s'était associée aux activités de son père.

Quand ce dernier était mort, elle avait continué, à la tête de son immense holding, à jouer un rôle de premier plan dans le monde de la finance. Elle était venue à Londres et un jeune associé de l'établissement londonien avait été dépêché au *Claridge* pour lui soumettre des documents. Six mois plus tard, la nouvelle tombait, électrisant le monde : Rebecca Sanseverato épousait Alistair Blunt — de vingt ans son cadet.

Il y avait eu, bien entendu, les railleries et les sourires d'usage. Rebecca, allaient répétant ses amis, se montrait d'une incurable idiotie dès qu'il y avait un pantalon à l'horizon. D'abord Sanseverato, et maintenant ce jeune homme ! À l'évidence, il ne l'épousait que pour son argent. Elle courait droit à un second désastre.Mais, à la surprise générale, cette union s'était révélée une réussite. Ceux qui avaient prédit qu'Alistair Blunt lui dilapiderait sa fortune en aventures galantes s'étaient trompés. Il avait mené une sage existence auprès de sa femme. Et même quand elle mourut, dix ans plus tard, alors qu'héritier de tous ses biens on aurait pu penser qu'il allait s'accorder du bon temps, il n'en fit rien. Il ne se remaria pas. Il conserva la même existence simple et casanière. Son génie de la finance n'avait rien à envier à celui de sa femme. Ses jugements et ses décisions étaient pleins de bon sens — son intégrité n'était pas contestable. Et toutes ces qualités le mettaient naturellement en position de gouverner l'empire financier Arnholt & Rotherstein.

Il allait peu dans le monde, possédait une maison dans le Kent et une dans le Norfolk où il passait les fins de semaine, non pas en joyeuse compagnie mais avec une poignée d'amis aussi peu délurés que lui. Il aimait le golf et y jouait moyennement bien. Et il s'intéressait à ses jardins.

Tel était l'homme vers lequel se pressaient l'inspecteur principal Japp et Hercule Poirot dans un taxi brinquebalant.

Gothic House était un des hauts lieux de Chelsea Embankment. L'intérieur était d'une luxueuse simplicité. Pas très moderne, mais éminemment confortable.

Alistair Blunt les reçut aussitôt :

— Inspecteur principal Japp, n'est-ce pas ?

L'homme du Yard présenta Hercule Poirot. Blunt dévisagea ce dernier avec intérêt :

— Je vous connais de nom, cela va de soi, monsieur Poirot. Et sans le moindre doute... quelque part... récemment...

Il s'arrêta, sourcils froncés.

... Ce matin, monsieur, dans la salle d'attente de cet infortuné Mr Morley, compléta Poirot.

Le visage du financier s'éclaira :

— Mais bien sûr ! Je savais bien que je vous avais vu quelque part !

Il se tourna vers Japp :

— Que puis je pour vous ? La nouvelle m'a consterné.

— Vous a-t-elle également surpris, Mr Blunt ?

— Beaucoup, oui. Bien sûr, je ne le connaissais pas très bien. Mais, d'instinct, j'aurais juré qu'il n'était pas homme à se tuer.

— Donc, physiquement et moralement, il paraissait normal, ce matin ?

— Je crois, oui...

Alistair Blunt garda le silence un moment, puis ajouta, avec un sourire presque enfantin :

— Pour être tout à fait franc, je suis d'une affreuse couardise en face du dentiste. J'exècre ce diabolique instrument perforant qu'on vous enfonce dans la bouche. C'est pourquoi je n'ai pas vraiment fait attention. Jusqu'à ce que ce soit fini et que je puisse m'en aller. À ce moment-là, Morley m'a paru dans un état parfaitement normal, je dois bien l'avouer. Chaleureux mais peu enclin à perdre son temps.

— Vous l'avez consulté souvent ?

— C'était mon troisième ou quatrième rendez-vous, je crois. Je n'avais jamais eu de problème de dents avant. Le déclin qui commence, j'imagine.

— Qui vous a recommandé Mr Morley ?

Mr Blunt fronça les sourcils :

— Voyons... J'ai eu mal... Et quelqu'un m'a dit que Morley, de Queen Charlotte Street, était l'homme de la situation. Mais qui ?... Non, désolé, je suis absolument incapable de me le rappeler.

— Si cela vous revenait, pourriez-vous être assez gentil pour nous le faire savoir, à l'un ou à l'autre ? demanda Poirot.

Alistair Blunt lui jeta un regard intrigué :

— Certainement. Pourquoi donc ? C'est important ?

— J'ai dans l'idée que ça pourrait être très important, en effet, dit Poirot.

Ils sortaient de la maison quand une voiture se gara juste devant. C'était un cabriolet de sport, un de ces engins dont on ne peut s'extirper que morceau par morceau.

La jeune femme qui se livrait à cette gymnastique semblait consister essentiellement en bras et en jambes. Les deux hommes s'éloignaient dans la rue quand elle réussit finalement à s'extraire.

Elle resta au milieu du trottoir à regarder leurs dos. Puis, brusquement, lança un « Hep ! » retentissant.

N'imaginant pas qu'il pouvait s'agir d'une injonction à eux adressée, ils poursuivirent leur chemin, et la fille répéta son appel :

— Hep ! Vous, là-bas !

Poirot et Japp s'arrêtèrent comme un seul homme et tournèrent vers elle le même regard interrogateur. Elle les rejoignit, avec toujours autant de bras et de jambes. C'était une grande fille brune, mince et bronzée. Et, en voyant l'intelligence et la vivacité pétiller sur son visage, on oubliait qu'elle n'était pas vraiment belle.

C'est à Poirot qu'elle s'adressa :

— Je sais qui vous êtes, vous ! Vous êtes Hercule Poirot, le détective !

Sa voix était chaude et grave, avec une pointe d'accent américain.

— Pour vous servir, mademoiselle, dit Poirot.

Et, comme le regard de la jeune personne se posait sur son compagnon, il ajouta :

— Inspecteur principal Japp.

Elle parut étonnée, presque alarmée, aurait-on dit. Et c'est d'une voix quelque peu oppressée qu'elle demanda :

— Qu'êtes-vous venus faire ? Il ne... il n'est rien arrivé à oncle Alistair, n'est-ce pas ?

— Pourquoi cette question, mademoiselle ? s'enquit aussitôt Poirot.

— Ah, tant mieux !

Japp réitéra la question de Poirot :

— Qu'est-ce qui vous fait penser que quelque chose aurait pu arriver à Mr Blunt, miss... ? dit-il avec des points de suspension.

— Olivera, répondit-elle mécaniquement. Jane Olivera.

Puis, avec un petit rire pas très convaincant :

— Des flics sur le perron, ça rime assez bien avec du pétard dans la maison, non ?

— Mr Blunt va très bien, je peux vous l'assurer, miss Olivera, fit Japp d'un air pincé.

Elle se tourna vers Poirot :

— C'est lui qui vous a fait venir ? Au sujet d'un problème ?

— C'est *nous* qui lui avons rendu visite, pour *lui* demander s'il pouvait éclairer notre lanterne, miss Olivera, se chargea encore de rétorquer Japp. Au sujet d'un suicide, qui a eu lieu ce matin.

— Un suicide ? lança-t-elle. Le suicide de qui ? Où ça ?

— Du Mr Morley, dentiste, au 58 de Queen Charlotte Street.

— Oh !

Son exclamation exprimait toute la perplexité du monde. Elle répéta « Oh ! », parut regarder un instant dans le vide, sourcils froncés, puis décréta de façon inattendue :

— Oh, mais non, c'est absurde !

Sur quoi elle tourna les talons et, les plantant là sans cérémonie, courut jusqu'à la maison où elle entra avec sa clef.

— Eh bien ça, alors ! fit Japp, les yeux écarquillés. Voilà un commentaire peu banal ou je ne m'y connais pas !

— Peu banal, mais... intéressant, murmura Poirot.

Se reprenant, Japp consulta sa montre et héla un taxi en maraude :

— Nous avons le temps de nous occuper de miss Sainsbury Seale avant de nous rendre au *Savoy*.

Miss Sainsbury Seale prenait le thé dans le hall chichement éclairé du *Glengowrie Court Hotel*.

L'irruption d'un policier en civil suscita son émoi —

mais un assez plaisant émoi, crut remarquer Japp. Quant à Poirot, il fut peiné de noter qu'elle n'avait pas encore recousu la boucle de sa chaussure.

— Vraiment, monsieur l'officier de police, couina miss Sainsbury Seale en regardant alentour, vraiment je me demande où nous pourrions nous installer pour être à l'abri des oreilles indiscrètes. Il y a tant de monde... l'heure du thé, n'est-ce pas ?... mais peut-être en souhaiteriez-vous une tasse... ainsi que... ainsi que votre ami...

— Non, pas de thé pour moi, je vous remercie, mademoiselle. Mais permettez-moi de vous présenter M. Hercule Poirot.

— Monsieur Poirot, vraiment ? couina de plus belle miss Sainsbury Seale. En ce cas, peut-être que... mais vous êtes sûr... bien sûr que vous ne prendrez de thé ni l'un ni l'autre ? Non. Alors peut-être pourrions-nous essayer le salon, bien qu'il soit souvent bondé... Oh, j'aperçois un petit coin là-bas... dans le renfoncement. Les gens s'en vont. Voulez-vous que nous y allions ?

Elle les pilota vers l'isolement relatif qu'offrait une alcôve meublée d'un canapé et de deux fauteuils. Poirot et Japp lui emboîtèrent le pas, le premier se baissant deux fois pour ramasser successivement l'écharpe puis le mouchoir qu'elle avait semés en chemin.

— Oh, merci ! roucoula-t-elle comme il les lui tendait. Je suis d'une telle étourderie ! Mais je vous en prie, inspecteur — non : c'est inspecteur principal qu'il faut dire, n'est-ce pas ? — posez-moi *toutes* les questions que vous voulez. C'est tellement navrant, toute cette affaire ! Le malheureux... les soucis le minaient, sans doute. Ah, nous vivons une bien triste époque !

— Vous a-t-il semblé préoccupé, miss Sainsbury Seale ?

— Eh bien, voyez-vous...

Miss Sainsbury Seale réfléchit un moment, puis avoua finalement à regret :

— Je ne saurais vous dire franchement s'il l'était bel et bien. Mais peut-être... compte tenu des *circonstances*... n'étais-je pas en état de remarquer quoi que ce fût. J'ai bien peur d'être assez *froussarde,* voyez-vous.

Sur quoi elle eut un petit gloussement et tapota l'espèce de nid de pie qui lui tenait lieu de mise en plis.

— Pouvez-vous nous dire qui se trouvait dans la salle d'attente en même temps que vous ?

— Laissez-moi réfléchir... Il y avait juste un jeune homme quand j'y suis entrée. Je pense qu'il devait souffrir le martyre parce qu'il ne cessait pas de marmonner d'un air furibond en feuilletant un magazine dans tous les sens. Et soudain il s'est levé brusquement et il est sorti. *Atroce,* la rage de dents qu'il devait avoir !

— Vous ne savez pas s'il a quitté la maison en sortant de la salle d'attente ?

— Je n'en ai pas la moindre idée. J'imagine qu'il n'en pouvait plus et qu'il s'est précipité dans les bras de son dentiste. Mais il ne pouvait pas s'agir de Mr Morley, parce que le groom est venu me chercher quelques minutes plus tard pour me conduire dans son cabinet.

— Êtes-vous repassée par la salle d'attente en partant ?

— Non. Parce que, voyez-vous, je m'étais recoiffée et j'avais déjà remis mon chapeau dans le cabinet de Mr Morley. Certaines personnes, poursuivit-elle en s'animant, laissent leur chapeau *en bas,* dans la salle d'attente. Moi, *jamais.* Une aventure très pénible est arrivée à une de mes amies qui avait cette fâcheuse habitude. C'était un chapeau tout neuf, et elle l'avait posé bien soigneusement sur une chaise et quand elle est redescendue... vous ne me croirez jamais... *un enfant s'était assis dessus* et l'avait transformé en galette. Fichu ! Complètement écrabouillé !

— Quelle effroyable catastrophe ! s'émut poliment Poirot.

— Moi, je dis que c'est la mère la coupable, décréta miss Sainsbury Seale, sentencieuse. Les mères devraient avoir l'œil sur leur progéniture. Les petits chéris ne pensent pas à mal, n'empêche qu'ils ont besoin d'être *surveillés.*

— Si je vous ai bien suivie, la coupa Japp, ce jeune homme souffrant le martyre est le seul autre patient que vous ayez remarqué Queen Charlotte Street ?

— Un monsieur descendait les escaliers et est sorti juste comme je montais chez Mr Morley... Oh ! et ça me revient : un individu à l'allure très *bizarre* — un étranger, à n'en pas douter — est *sorti* de la maison au moment précis où je descendais de taxi.

Japp toussota. Et Poirot tint à préciser non sans dignité :

— Il s'agissait de moi, chère madame.

— Oh, mon Dieu !

Miss Sainsbury Seale le dévisagea :

— C'était *vous* ! Je suis confuse... ma myopie... et il fait si sombre, ici, non ?

Elle se réfugia dans un flot verbal :

— Et pourtant, je vous *assure*, j'ai toujours été si *fière* de mes dons de physionomiste. Mais il fait *tellement* sombre ici, non ? Je vous en conjure, pardonnez-moi cette *affreuse* bévue !

Ils parvinrent non sans mal à calmer la malheureuse. Et Japp reprit :

— Vous êtes bien sûre que Mr Morley n'a fait devant vous aucune allusion à — je ne sais pas, moi — une entrevue pénible à laquelle il s'attendait ? Ni à quoi que ce soit de ce genre ?

— Sûre et certaine.

— Il n'a pas mentionné un patient nommé Amberiotis ?

— Non, pas du tout. En fait, il n'a rien dit — excepté, bien entendu, ce que les dentistes sont censés dire.

Et, ce vocabulaire obligé, Poirot crut bien l'entendre encore résonner à ses oreilles : *« Rincez-vous. Ouvrez un peu plus grand, merci. Et maintenant, serrez doucement. »*

Cependant, Japp négociait l'étape suivante : il serait probablement nécessaire que miss Sainsbury Seale vienne témoigner à l'enquête.

Après un premier cri de détresse, elle parut se faire assez bien à cette perspective.

Hélas ! Sur une question anodine de Japp, l'irréparable survint.

Miss Sainsbury Seale se lança dans l'histoire exhaustive de son existence.

Elle était — semblait-il ressortir des méandres de son récit — revenue des Indes quelques mois plus tôt. Elle avait depuis lors essayé divers hôtels et pensions avant de se fixer au *Glengowrie Court* dont elle goûtait l'atmosphère familiale. Aux Indes, elle avait surtout vécu à

Calcutta où elle avait œuvré dans les Missions tout en donnant des cours de diction.

— Un anglais d'une absolue pureté et à la prononciation parfaite… c'est tellement important, inspecteur ! Voyez-vous, minauda miss Sainsbury Seale en se rengorgeant, jeune fille, j'ai tâté des planches. Oh, rien que des rôles mineurs, vous savez. En province. Mais je nourrissais de grandes ambitions ! Le répertoire ! Et puis je suis partie en tournée mondiale — Shakespeare, Bernard Shaw…

Elle soupira :

— Mais le problème avec nous, faibles femmes, voyez-vous, c'est le *cœur*. Nous sommes à la merci de ses élans. Un coup de foudre… un mariage irréfléchi… Hélas ! la rupture fut quasi immédiate. Je… on avait odieusement abusé de ma candeur. J'ai repris mon nom de jeune fille. Un ami m'a assuré un petit capital, et j'ai pu ouvrir mon cours de diction. J'ai aidé à la création d'une très bonne compagnie de théâtre amateur. Il faut que je vous montre quelques-unes des critiques dont nous avons bénéficié.

De cela, Japp ne connaissait que trop bien les dangers ! Flanqué de Poirot, il amorça une prudente retraite, poursuivi par le flot des paroles de miss Sainsbury Seale dont les ultimes ne furent pas moins que :

… Et si, par le plus grand des hasards, mon nom devait être cité dans les journaux — en tant que témoin, veux-je dire — ayez l'infinie bonté de *vérifier* qu'il soit correctement orthographié. Mabelle Sainsbury Seale — Mabelle écrit M.A.B.E.L.L.E, et Seale S.E.A.L.E. Et, bien sûr, s'ils *souhaitaient* mentionner que j'ai joué *Comme il vous plaira* à l'Oxford Repertory Theatre…

— Bien sûr, bien sûr.

Et l'inspecteur principal prit une fuite sans gloire.

Une fois dans le taxi, il poussa un grand soupir en s'épongeant le front :

— Ce qu'il y a de sûr, c'est qu'après tout *ça*, nous ne devrions guère avoir de mal à enquêter sur son compte le cas échéant. À moins qu'elle ne nous ait débité *que* des mensonges — mais ça, je n'y crois pas trop.

Poirot l'approuva :

— Les affabulateurs ne sont jamais ni aussi précis ni aussi incohérents.

— J'ai redouté un instant que — comme la plupart des vieilles filles — elle ne cale à l'idée de témoigner, poursuivit Japp. Mais son passé de comédienne explique son empressement. Que ne ferait-on pas pour retrouver les feux de la rampe !

— Vous désirez vraiment qu'elle témoigne ? s'étonna Poirot.

— Après tout, peut-être bien que non. Ça dépendra.

Il se tut, puis reprit :

— J'en suis de plus en plus convaincu, Poirot. *Ce n'était pas un suicide.*

— Mais alors... et le mobile ?

— Noir total, pour le moment. Mais si, par exemple, Morley avait autrefois séduit la fille d'Amberiotis ?

Poirot resta muet. Il avait beau essayer d'imaginer le digne Morley en train de culbuter une vierge grecque aux yeux de velours, le tableau ne prenait pas corps.

Il rappela au policier ce que Reilly leur avait confié : son associé ignorait tout des joies de l'existence.

— Et alors ? Qui sait ce qui peut se passer au cours d'une croisière ? répliqua Japp sans grande conviction avant d'ajouter, rasséréné : ce qu'il y a de sûr, c'est que nous en saurons plus quand nous aurons parlé à ce type.

Ils réglèrent la course et pénétrèrent dans le hall du *Savoy*.

Japp demanda Mr Amberiotis.

Le réceptionniste les regarda d'un drôle d'air :

— Mr Amberiotis ? Désolé, monsieur, mais je crains bien que ce ne soit pas possible.

— Oh, que si, ce sera possible ! s'emporta Japp.

Et il montra discrètement son insigne.

— Vous m'avez mal compris, monsieur, insista le réceptionniste. *Mr Amberiotis est mort il y a une demi-heure.*

Hercule Poirot eut l'impression qu'une porte venait de se fermer. Sans bruit mais pour de bon.

Cinq, six : J'amasse des brindilles

Vingt-quatre heures plus tard, Japp téléphonait à Poirot. Sa voix était amère :

— Fiasco ! Sur toute la ligne !

— Qu'entendez-vous par là, très cher ?

— Morley s'est bel et bien suicidé. Nous tenons le mobile.

— Et de quoi s'agissait-il ?

— Je viens de recevoir le rapport du médecin légiste sur la mort d'Amberiotis. Je vous passe le jargon officiel. En anglais courant, la mort est due à un surdosage d'adrénaline et de procaïne. Cela a agi sur le cœur, d'après ce que j'ai compris, d'où infarctus. Quand le pauvre diable disait qu'il ne se sentait pas très bien hier après-midi, il ne racontait pas d'histoires. Et voilà ! Adrénaline et procaïne, c'est le mélange que les dentistes vous injectent dans la gencive en anesthésie locale. Morley s'est trompé, il a commis une erreur de dosage dont il s'est rendu compte après le départ d'Amberiotis. Résultat : incapable de faire face, il s'est suicidé.

— Avec un pistolet que personne ne lui connaissait ? objecta Poirot.

— Mais qu'il *pouvait* posséder quand même ! Les proches ne savent pas toujours tout. Vous seriez surpris du nombre de choses qu'ils *ignorent* parfois !

— Ça, c'est exact, oui.

— Je ne vous le fais pas dire ! Nous avons donc une explication parfaitement logique de toute cette affaire.

— Voyez-vous, très cher, je n'en suis pas autrement convaincu. Que certaines personnes réagissent mal à ces anesthésies locales, je n'en disconviens pas. Les réactions allergiques à l'adrénaline ne sont que trop connues. Associée à la procaïne, elle peut avoir des effets toxiques même à très faible dose. Mais médecins ou dentistes ne poussent d'ordinaire pas la conscience professionnelle jusqu'à se suicider pour autant !

— J'entends bien. Mais vous parlez de cas où le dosage était normal. Là, le praticien n'a rien à se reprocher : la réaction du patient était imprévisible. Mais dans l'affaire qui nous occupe, le surdosage ne fait aucun doute. On n'a pas encore les quantités exactes — ces analyses prennent apparemment une éternité mais en tout état de cause il s'agit d'une dose nettement supérieure à la normale. Ce qui signifie que Morley a bien commis une faute.

— Une faute de ce type n'est pas forcément un acte criminel.

— Certes non. Mais sur le plan professionnel, c'est le genre de pépin qui ne pardonne pas. En fait, sa carrière en était tout bonnement fichue. On ne va pas confier sa mâchoire à un dentiste capable de vous injecter une dose mortelle de poison, comme ça, tout simplement parce qu'il lui arrive parfois d'être un tantinet distrait !

— Il faut avouer que ce n'est pas banal, je vous l'accorde.

— Notez que ce sont des choses qui arrivent. Il arrive que des médecins, des pharmaciens, consciencieux et irréprochables depuis des années, commettent un beau jour une bévue dont il leur faudra bien subir les conséquences. Morley était un homme sensible. Quand il s'agit d'un médecin, il y a d'ordinaire un pharmacien ou un infirmier pour partager sa responsabilité — voire parfois pour l'endosser à sa place. Seulement voilà : Morley, lui, était seul en cause.

Poirot ne s'avouait pas vaincu :

— N'aurait-il pas laissé un message quelconque ? Disant ce qu'il avait fait ? Avouant son incapacité à en affronter les conséquences ? Quelque chose dans ce goût-là ? Ou ne serait-ce qu'un mot pour sa sœur ?

— Non, voilà comment je vois la situation : il s'aperçoit tout d'un coup de son erreur, ses nerfs craquent et il choisit l'issue la plus rapide.

Poirot ne releva pas.

— Je vous connais, mon vieux, insista Japp. Quand vous croyez avoir flairé un meurtre, vous ne voulez plus en démordre ! Mais c'est ma faute, aussi : cette fois, c'est moi qui vous ai mis sur la piste. Eh bien, je me suis trompé, voilà tout.

— Je persiste à penser qu'il pourrait y avoir une autre explication, s'obstina Poirot.

— Il y en a à la pelle, si vous allez par là ! J'y ai réfléchi, mais elles sont toutes trop tirées par les cheveux.

» Supposons qu'Amberiotis ait tué Morley. Bon. Il regagne son hôtel et, soudain bourrelé de remords, se suicide avec des produits qu'il avait pris la précaution de subtiliser chez le dentiste. Maintenant, si vous trouvez que ça tient debout, *moi* non, je préfère vous le dire tout de suite.

» Il est de fait que nous avons au Yard un dossier sur cet Amberiotis. Un dossier très intéressant. Il a commencé comme gargotier, en Grèce. Puis il s'est mêlé de politique. Il a fait de l'espionnage en Allemagne et en France — ce qui lui a rapporté assez gros. Mais l'argent ne devait quand même pas rentrer suffisamment vite à son goût et nous avons de bonnes raisons de penser qu'il s'est mis au chantage. Pas très fréquentable, notre cher Mr Amberiotis. L'année dernière, il se trouvait aux Indes, où on le soupçonne d'avoir saigné à blanc un des princes du cru. Mais on n'a jamais rien pu prouver contre lui.

» Tout ceci pour en venir à une seconde hypothèse il faisait chanter Morley pour un raison quelconque. Saisissant l'occasion au vol, notre dentiste lui injecte une surdose d'adrénaline et de procaïne en espérant que l'on conclura à un regrettable incident. Sur quoi, après le départ du Grec, Morley a une crise de remords et se suicide.

» Rien n'est impossible, bien sûr, mais j'ai beaucoup de mal à imaginer Morley tuant de sang-froid. Non, je m'en tiens vraiment à la première solution : une erreur, commise au cours d'une matinée surchargée. Nous devons nous contenter de ça, Poirot. J'en ai parlé avec le grand patron, la cause est entendue.

— Très bien, dit Poirot dans un soupir. Très bien...

— Je sais ce que vous ressentez, mon vieux, dit gentiment Japp. Mais on ne peut pas tomber sur un bon petit meurtre à tous les coups ! Allez, à bientôt. Et « pardon pour le dérangement », comme dit l'autre.

Et il raccrocha.

Hercule Poirot était attablé à son splendide bureau moderne. Il aimait le mobilier moderne. Sa netteté de lignes, sa solidité le séduisaient bien plus que les contours chantournés de l'ancien.

Devant lui était posée une feuille de papier avec des noms soulignés suivis de commentaires et, pour certains, de points d'interrogation.

Venait en tête :

Amberiotis. Espionnage. En Angleterre dans quel but ? Aux Indes l'an dernier — pendant période d'agitation et d'émeutes. Peut-être un agent communiste.

Un espace, puis :

Frank Carter ? Morley n'en pensait que du mal. A perdu son emploi récemment. Pourquoi ?

Plus bas un nom, avec juste un point d'interrogation :

Howard Raikes ?

Enfin une phrase entre guillemets :

« Oh, mais non, c'est absurde ! » ? ? ?

Dodelinant de la tête, Poirot réfléchissait. Devant la

fenêtre, un oiseau passa, une brindille dans le bec pour son nid. Tel qu'il était là, avec son crâne ovoïde penché de côté, Hercule Poirot évoquait assez un oiseau.

Un peu plus bas, il nota :

Mr Barnes ?

Puis, après un temps :

Cabinet de Morley ? Traces sur le tapis. À creuser.

Il s'attarda un bon moment sur ces derniers mots.

Puis il se leva, sonna pour sa canne et son chapeau, et sortit.

Trois quarts d'heure plus tard, Hercule Poirot émergeait du métro à la station d'Ealing Broadway et, cinq minutes après, il était à destination : 88, Castlegardens Road.

Une maisonnette jumelée, précédée d'un double jardinet dont l'apparence soignée enthousiasma Poirot.

— Admirable symétrie ! s'extasia-t-il.

Mr Barnes était chez lui et Poirot fut introduit dans une salle à manger aussi minuscule qu'impeccable où son hôte le rejoignit bientôt.

Mr Barnes était un petit homme aux yeux clignotants et au crâne dégarni. Il observa son visiteur par-dessus ses lunettes tout en agitant de la main gauche la carte que Poirot avait remise à la domestique.

— Eh bien ça, par exemple ! Monsieur Poirot ! fit-il d'une voix affectée, proche du falsetto. Vous me voyez fort honoré.

— Vous voudrez bien me pardonner cette visite impromptue, dit Poirot, soucieux de n'être pas en reste de civilités.

— Mais voyons, c'est beaucoup mieux ainsi ! affirma

Mr Barnes. Et le moment est parfaitement choisi. 7 heures moins le quart, c'est l'heure idéale pour trouver les gens chez eux à cette période de l'année. Asseyez-vous donc, monsieur Poirot. Je ne doute pas que nous ayons beaucoup à nous dire. 58, Queen Charlotte Street, je suppose ?

— Bonne supposition, acquiesça Poirot. Mais d'où vient que vous l'ayez faite ?

— Très cher monsieur, j'ai certes quitté le Home Office depuis un petit moment, mais je ne suis pas encore irrémédiablement rouillé. Chaque fois que la notion de secret est primordiale, mieux vaut éviter de passer par la police. Elle est un peu trop voyante.

— Puis-je vous poser encore une question ? s'enquit Poirot. D'où vous vient que la notion de secret soit ici primordiale ?

— Ce n'est pas le cas? s'étonna Mr Barnes. Ce le devrait pourtant bien, à mon humble avis !

Il se pencha en avant et tapota de ses lunettes l'accoudoir de son fauteuil :

— Dans le travail de renseignement, ce n'est jamais le menu fretin que l'on cherche — ce sont les gros poissons. Mais pour les attraper, il faut prendre bien garde à ne pas effrayer le menu fretin !

— Il me semble, Mr Barnes, que vous en savez plus long que moi.

— Je ne sais rien du tout, répliqua l'autre. Je ne fais qu'additionner deux et deux, c'est tout.

— L'un de ces deux étant ?

— Amberiotis, répondit Barnes sans hésiter. Vous oubliez que je me suis trouvé quelques minutes en face de lui dans la salle d'attente. Lui ne m'a pas reconnu.

Je n'ai jamais été le genre d'individu que l'on remarque, ce qui est souvent une bonne chose. Mais moi, je l'ai reconnu tout de suite. Et je n'ai pas eu de mal à deviner ce qu'il venait faire dans le paysage.

— À savoir ?

Les paupières de Mr Barnes clignèrent un peu plus vite :

— Nous sommes assommants, dans ce pays. Conservateurs, voyez-vous, conservateurs jusqu'à la moelle. Nous geignons, nous protestons, mais nous ne sommes pas prêts de céder au virus du changement et d'abandonner notre démocratie pour quelque chimère radicale. Et voilà bien ce qui brise le cœur de ces pauvres agitateurs étrangers qui suent sang et eau ! Leur plus grave problème, c'est que nous sommes une nation relativement solvable. Peu de pays d'Europe peuvent actuellement en dire autant. Ce qui revient à dire que pour parvenir à déstabiliser réellement l'Angleterre, il faudrait mettre une pagaille noire dans ses finances. Ni plus ni moins. Et ça, c'est impossible tant que ce sont des hommes comme Alistair Blunt qui tiennent la barre.

Après un petit silence, il reprit :

— Blunt, c'est le genre d'homme qui paie ses factures et vit selon ses moyens — qu'il gagne trois roupies ou plusieurs millions par an ne change rien à l'affaire. Question de nature. Et il ne voit pas pourquoi les mêmes principes ne s'appliqueraient pas au budget national. Pas d'investissements hasardeux. Pas de dépenses somptuaires pour de vagues utopies. C'est pourquoi... eh bien c'est pourquoi il se trouve des gens décidés à ce que Mr Blunt déguerpisse.

— Tiens donc ! dit Poirot.

— Oui, et je sais de quoi je parle. Il en est de très honorables — cheveu long, regard grave, qui rêvent d'un monde meilleur. D'autres, beaucoup moins sympathiques, et même carrément déplaisants. Des petites canailles furtives, barbues et à l'accent étranger. Et puis il y a les grosses brutes, les nervi. Mais tous n'ont que ce refrain-là à la bouche : *Blunt doit déguerpir !*

Il se pencha en avant :

— Balayer l'ordre ancien ! Les Tories, les conservateurs, les réactionnaires, les financiers rassis et rétrogrades ! C'est ça, l'idée. Peut-être ces gens ont-ils raison — ce n'est pas à moi d'en décider. Mais ce dont je suis sûr c'est que, cet ordre ancien, il faut avoir quelque chose à mettre à la place... quelque chose qui fonctionne — pas simplement de belles idées fumeuses. Mais laissons cela. Nous parlons de faits concrets, pas de théories abstraites. Enlevez les étais, et c'est tout l'édifice qui s'écroule. Blunt est l'un de ceux qui font tenir les Choses Telles qu'Elles Sont.

Il se pencha encore plus près :

— *Ils veulent la peau de Blunt.* Ça, j'en ai la *certitude.* Et je suis persuadé que, hier, *ils ont bien failli l'avoir.* Je peux me tromper — mais leur méthode, je la reconnais. Ce n'est pas la première fois qu'ils l'ont utilisée.

Il marqua un temps puis, posément, sans émotion apparente, cita trois personnes : un chancelier de l'Échiquier d'une compétence hors du commun, un industriel progressiste et novateur, et un jeune politicien prometteur, qui s'était acquis la faveur de l'opinion. Le premier était mort sur la table d'opération ; le deuxième avait succombé à un mal obscur, trop tard identifié ; le troisième avait été renversé par une voiture et tué sur le coup.

— Simple comme bonjour, expliqua Mr Barnes. L'anesthésiste a raté son anesthésie — ce sont des choses qui arrivent. Dans le deuxième cas, les symptômes étaient déroutants, le médecin n'était qu'un généraliste plein de bonne volonté — comment les aurait-il diagnostiqués ? Dans le troisième cas, nous avons une mère angoissée qui fonce en voiture pour rejoindre son enfant malade. Une histoire à vous tirer les larmes — le jury l'a acquittée.

Il se tut un instant.

— Des accidents banals. Bien vite oubliés. Mais laissez-moi vous dire *ce que font ces trois personnes aujourd'hui.* L'anesthésiste est à la tête de son propre laboratoire de recherche, ultramoderne et équipé à grands frais. Le généraliste s'est retiré. Il possède un yacht et une gentille petite propriété dans le Norfolk, tout près des lacs. La mère de famille offre à ses enfants la meilleure éducation qui soit, des poneys pour occuper leurs vacances, une belle maison à la campagne, avec un grand jardin et de somptueuses écuries.

Il hocha lentement la tête :

— Dans chaque profession, dans chaque situation, il se trouvera toujours *quelqu'un* pour céder à la tentation. Le problème, dans notre affaire, c'est qu'avec Morley *ils s'étaient trompés d'adresse* !

— Vous croyez que cela s'est passé ainsi ?

— Oui. Les personnages comme Alistair Blunt ne sont pas faciles à approcher, vous savez. Ce sont des gens relativement protégés. L'accident de voiture, c'est assez risqué et ça ne marche pas à tous les coups. Mais dans le fauteuil du dentiste tout le monde est sans défense.

Il ôta ses lunettes, en essuya les verres et les remit :

— C'est en tout cas ma théorie. *Morley a refusé de marcher dans la combine.* Mais comme il en savait trop, ils ont été obligés de l'éliminer.

— *Ils* ?

— Par *ils*, j'entends l'organisation qui est derrière tout ça. Mais, bien sûr, une seule personne a agi.

— Quelle personne ?

— Voyez-vous, j'ai ma petite idée. Mais ce n'est qu'une idée, je peux me tromper.

— Reilly ? proposa Poirot sans se départir de son calme.

— Évidemment ! Tout le désigne. Je ne pense pas qu'ils aient jamais songé à demander à Morley de faire le travail *lui-même.* Il devait tout au plus se contenter de confier Blunt à son associé au dernier moment — en prétextant un malaise ou quelque chose d'approchant. Reilly aurait honoré le contrat à sa place. Et tout ça n'aurait donné qu'un regrettable accident de plus la mort d'un banquier célèbre, un jeune dentiste effondré au tribunal, tellement désespéré qu'on ne l'aurait pas accablé. Après quoi, il aurait laissé tomber la chirurgie dentaire pour s'installer quelque part, avec un gentil petit revenu de quelques milliers de livres par an...

Mr Barnes croisa le regard de Poirot.

— Ne croyez pas que j'affabule, se défendit-il. Ça arrive, ce genre de choses.

— Oui, oui, je le sais très bien.

Tapotant la couverture criarde d'un livre posé à portée de sa main, Mr Barnes poursuivit :

— Ces romans d'espionnage, j'en lis des quantités. On tombe parfois sur des histoires invraisemblables. Mais, ce qui est curieux, *c'est qu'elles ne sont pas plus invraisemblables que ce qui se passe dans la réalité.* Ça *existe,* les belles aventurières et les individus sinistres à l'accent étranger ! Ça *existe,* les associations de malfaiteurs, les gangs internationaux et les super-escrocs ! Je connais des tas d'histoires vraies que je rougirais de voir imprimées — personne n'y croirait une seconde !

— Dans votre façon d'envisager les choses, *que faites-vous d'Amberiotis ?* demanda Poirot.

— Je n'en sais trop rien. Je *présume* qu'il était là pour porter le chapeau. Il a joué double-jeu plus souvent qu'à son tour et je *suppose* qu'il s'est retrouvé piégé. Encore une fois, ce n'est là qu'une *conjecture.*

Poirot se fit le plus benoît possible :

— En admettant que votre théorie soit la bonne, *que va-t-il se passer maintenant ?*

Mr Barnes se frotta le nez :

— Ils vont de nouveau tenter de l'avoir. Oh oui. Ils vont remettre ça. Le temps presse. Blunt jouit d'une protection policière, j'imagine. Il va falloir qu'ils redoublent d'ingéniosité. Il ne s'agira pas d'un bonhomme caché dans un buisson avec un pistolet. Rien d'aussi grossier. Dites-leur de se méfier a priori des gens insoupçonnables — famille et amis, vieux domestiques fidèles, pharmacien de confiance qui lui prépare ses remèdes, caviste qui depuis des années lui fournit son porto... Supprimer Alistair Blunt, cela peut rapporter des millions, et c'est inimaginable ce que les gens n'iraient pas faire pour — mettons — un revenu de quatre mille livres par an !

— Tant que cela ?

— Peut-être encore bien davantage...

Poirot resta silencieux un moment. Puis il confia :

— J'ai soupçonné Reilly depuis le début.

— Irlandais ? I.R.A. ?

— Pas tellement cela, non. Mais il y avait une marque sur le tapis, comme si le corps avait été traîné. Si Morley avait été tué par un patient, ça se serait passé dans le cabinet, et il n'y aurait pas eu de raison de bouger le corps. C'est pour cela que j'ai tout de suite pensé qu'il avait été tué non pas dans le cabinet, mais dans son bureau — la porte suivante. Ce qui reviendrait à dire que ce n'était pas un patient, mais quelqu'un de la maison.

— Bien vu, dit Mr Barnes avec respect.

Hercule Poirot se leva et lui tendit la main :

— Merci. Votre aide m'a été précieuse.

Sur le chemin du retour, Poirot s'arrêta au *Glengowrie Court Hotel.*

Résultat de cette visite, il décrocha son téléphone le lendemain matin à la première heure pour appeler Japp :

— Bonjour, très cher ! L'enquête est bien pour aujourd'hui, n'est-ce pas ?

— Oui. Vous comptez y assister ?

— Je ne crois pas.

— Vous avez raison, ce ne sera probablement pas d'un grand intérêt.

— Faites-vous déposer miss Sainsbury Seale ?

— La divine Mabelle ? Ce genre de bonne femme me tape sur le système ! Pourquoi ne peut-elle pas s'appeler Mabel comme tout le monde ? Non, je ne la fais pas venir. Ça ne servirait à rien.

— Vous avez eu de ses nouvelles ?

— Non. Pourquoi ?

— Je me posais la question, c'est tout. Peut-être vous intéressera-t-il d'apprendre que miss Sainsbury Seale est sortie du *Glengowrie Court* juste avant le dîner, avant-hier soir, et qu'on ne l'y a toujours pas revue depuis.

— *Quoi* ? Elle a levé le pied ?

— C'est une explication.

— Mais pourquoi aurait-elle fait ça ? Il n'y a rien contre elle. Elle est blanche comme neige, irréprochable. J'ai câblé à Calcutta à son sujet je ne connaissais pas encore la raison de la mort d'Amberiotis, sinon je n'aurais pas pris cette peine. La réponse est arrivée cette nuit. Tout est O.K. On la connaît là-bas depuis des années, et tout ce qu'elle a raconté est vrai un peu flou tout au plus en ce qui concerne son mariage. Elle a convolé avec un étudiant hindou et découvert par la suite qu'il avait déjà plus d'un fil à la patte. Sur quoi elle a repris son nom de jeune fille avant de s'adonner aux bonnes œuvres. Elle est comme cul et chemise avec les missionnaires — elle enseigne l'élocution et donne un coup de main pour les spectacles de théâtre amateur. En somme, une bonne femme à fuir comme la peste, mais qu'on ne peut pas pour autant soupçonner d'être mêlée à un meurtre ! Et maintenant vous venez me dire qu'elle nous a faussé compagnie... Je n'y comprends rien.

Il réfléchit deux secondes et ajouta sans conviction :

— Peut-être qu'elle en a eu assez de cet hôtel. À sa place, je n'aurais pas tenu jusqu'à avant-hier.

— Ses bagages sont là, dit Poirot. Elle n'a rien pris.

Japp s'autorisa un. juron.

— À quelle heure est-elle partie ?

— Vers 7 heures moins le quart.

— Et les gens de l'hôtel ?

— Ils sont dans tous leurs états. La directrice a l'air aux cent coups.

— Pourquoi n'ont-ils pas alerté la police ?

— Parce que, mon cher, si une dame découche — aussi improbable que cela nous paraisse pour la dame en question elle aura quelque raison d'être contrariée en découvrant à son retour qu'on a prévenu la police. Mrs Harrison, la directrice, a téléphoné aux hôpitaux, pour le cas où il y aurait eu un accident. Elle envisageait d'en faire autant avec la police quand je suis passé. Elle m'a accueilli comme le messie. Je lui ai dit que je me chargeais de tout et que je m'adjoindrais le concours d'un officier de police fort discret.

— Lequel officier est votre dévoué serviteur, je suppose ?

— Vous supposez juste.

— Très bien, grogna l'inspecteur. Je vous retrouve au *Glengowrie Court* après l'enquête.

— Mais pourquoi diable cette bonne femme a-t-elle pu vouloir disparaître ? grommela Japp tandis qu'ils attendaient la directrice.

— C'est curieux, vous êtes bien d'accord ?

Ils n'eurent pas le temps d'en dire plus.

Mrs Harrison, propriétaire du *Glengowrie Court* était devant eux.

Mrs Harrison était volubile et au bord des larmes.

Elle était tellement inquiète pour miss Sainsbury Seale ! Qu'avait-il bien pu lui arriver ? Haletante, elle énuméra toutes les catastrophes possibles et imaginables : amnésie, malaise soudain, hémorragie, passage sous un autobus, vol à main armée.

S'arrêtant pour respirer, elle murmura :

— Une femme si comme il faut... Et qui paraissait tellement se plaire ici...

À la demande de Japp, elle les conduisit à la chaste chambre de la dame envolée. Elle était nette et bien rangée. Les vêtements pendaient à leur cintre dans l'armoire, la chemise de nuit était soigneusement pliée sur le lit et les deux modestes valises de miss Sainsbury Seale posées dans un coin. Une rangée de chaussures était alignée sous la coiffeuse : une paire de solides Oxford, deux paires de Richelieu ornés de nœuds de cuir d'assez vilain effet, des escarpins du soir en satin noir, pratiquement neufs, et des mocassins. Poirot nota que les escarpins de satin avaient une pointure de moins que les autres — coquetterie ou cors aux pieds ? Il se demanda si miss Sainsbury Seale avait pris le temps de recoudre la boucle de sa chaussure avant de sortir. Il l'espérait, la négligence vestimentaire le chagrinant toujours.

Japp examinait des lettres trouvées dans le tiroir de la coiffeuse. Poirot ouvrit avec précaution l'un de ceux de la commode. Il était plein de sous-vêtements. Il le repoussa pudiquement en se faisant la réflexion que miss Sainsbury Seale devait être adepte de la laine à même la peau et en ouvrit un autre qui contenait des bas.

— Vous avez quelque chose, Poirot ? s'enquit Japp.

La mine triste, Poirot en agita une paire :

— Taille 3, soie brillante, mauvaise qualité — environ deux shillings onze.

— Vous n'êtes pas en train d'évaluer la succession, mon vieux. J'ai ici deux lettres envoyées des Indes, et quelques reçus d'organisations de charité. Pas de factures. Très respectable personne, notre Sainsbury Seale.

— Mais aucun goût pour s'habiller, dit Poirot avec regret.

— Elle trouvait sans doute ça futile, fit Japp sans relever la tête, occupé qu'il était à recopier l'adresse d'une lettre postée deux mois auparavant. Ces gens savent peut-être quelque chose sur son compte, reprit-il. Ils habitent du côté de Hampstead. D'après le ton de la lettre, ils paraissent des plus intimes.

Il n'y avait rien de plus à glaner au *Glengowrie Court*, hormis le fait, négatif, que miss Sainsbury Seale ne semblait pas le moins du monde nerveuse ou soucieuse en partant. Il apparaissait d'ailleurs qu'elle avait bel et bien l'intention de rentrer puisqu'elle avait lancé en apercevant son amie, Mrs Bolitho, dans le hall :

— Après le dîner, je vous montrerai la réussite dont je vous ai parlé.

C'était en outre l'habitude, au *Glengowrie Court*, de prévenir quand on prenait un repas à l'extérieur. Miss Sainsbury Seale ne l'avait pas fait. Il paraissait donc clair qu'elle pensait être de retour pour le dîner, qui était servi de 7 heures et demie à 8 heures et demie.

Mais elle n'était pas revenue. Elle avait descendu Cromwell Road et s'était volatilisée.

Japp et Poirot se rendirent, dans West Hampstead, à l'adresse relevée sur la lettre.

C'était une charmante maison, et les Adams, des gens charmants dotés d'une nombreuse progéniture. Ils avaient vécu pas mal d'années aux Indes et parlèrent de miss Sainsbury Seale avec chaleur. Ils ne furent hélas d'aucune aide.

Ils ne l'avaient pas vue ces derniers temps, pas depuis un mois — pas, en fait, depuis qu'ils étaient rentrés des vacances de Pâques. Elle logeait alors dans un hôtel proche de Russell Square. Mrs Adams donna l'adresse à Poirot, ainsi que celle d'autres amis anglo-indiens qui habitaient Streatham.

Mais les deux hommes firent chou blanc aux deux endroits. Miss Sainsbury Seale avait bien séjourné à l'hôtel en question, mais y avait laissé peu de souvenirs — rien de notable en tout cas. C'était une gentille personne sans histoires qui avait vécu à l'étranger. Les gens de Streatham ne purent rien leur apprendre non plus. Ils n'avaient pas vu miss Sainsbury Seale depuis février.

Restait la possibilité d'un accident, mais elle fut rapidement éliminée. Aucun hôpital n'avait admis de blessée correspondant à son signalement.

Miss Sainsbury Seale s'était évanouie dans la nature.

Le matin suivant, Poirot se rendit au *Holborn Palace Hotel* et demanda Mr Howard Raikes.

À ce moment-là, il n'aurait pas été autrement surpris d'apprendre que Mr Howard Raikes était lui aussi sorti un soir pour ne pas reparaître.

Mais Mr Howard Raikes était bien au *Holborn Palace* — en train de déjeuner, lui fut-il précisé.

L'apparition d'Hercule Poirot devant sa table parut n'inspirer à Mr Raikes qu'un plaisir mitigé. Moins meurtrière sans doute que dans les souvenirs décousus de Poirot, son expression restait redoutable. Il fusilla l'intrus du regard.

— Qu'est-ce que c'est ? lâcha-t-il d'un ton rogue.

Poirot prit une chaise à la table voisine :

— Vous permettez ?

— Ne vous occupez pas de moi, surtout ! Faites comme chez vous ! gronda Raikes.

Poirot, tout sourire, usa de la permission.

— Bon sang, qu'est-ce que vous voulez ? fit l'autre.

— Vous vous souvenez de moi, Mr Raikes ?

— Je ne vous ai jamais tant vu !

— Là, vous vous trompez. Nous nous sommes trouvés dans la même pièce pendant cinq minutes au bas mot pas plus tard qu'il y a trois jours.

— Je ne peux pas me souvenir de tous les gens que je croise dans ces fichues soirées.

— Ce n'était pas une soirée, c'était la salle d'attente d'un dentiste.

Une émotion fugace passa dans le regard du jeune homme et mourut aussitôt. Son attitude changea. D'impatiente et désinvolte, elle devint soudainement méfiante.

— Et alors ? fit-il en fixant Poirot.

Poirot l'étudia soigneusement avant de répondre. Que ce garçon soit dangereux, cela ne faisait aucun doute. Un visage maigre, âpre, une mâchoire agressive, le regard d'un fanatique un visage, pourtant, qui devait plaire aux femmes. Il était négligemment, presque pauvrement vêtu. Et il mangeait avec une indifférence vorace, très révélatrice aux yeux de l'homme qui l'observait.

Une formule vint à l'esprit de Poirot : « Un loup avec tout plein d'idées dans la tête... »

— Qu'est-ce qui vous a pris de venir ici ? grinça Raikes.

— Ma visite vous est désagréable ?

— Je ne sais même pas qui vous êtes !

— Excusez-moi.

Avec dextérité, Poirot fit surgir son porte-cartes. Il en tira une qu'il tendit à travers la table.

De nouveau, cette émotion indéfinissable passa sur le visage maigre de Mr Raikes. Ce n'était pas de la peur, c'était quelque chose de beaucoup plus agressif. Quelque chose qui fut remplacé, sans ambiguïté, par de la colère.

Il envoya promener la carte :

— Alors, c'est ça., ce que vous êtes, hein ? J'ai déjà entendu parler de vous.

— C'est le cas de la plupart des gens, dit Poirot, modeste.

— Vous êtes un privé, pas vrai ? Le genre coûteux. Le genre auquel on fait appel quand l'argent n'est pas un problème quand on est prêt à payer n'importe quoi pour sauver sa misérable peau !

— Si vous ne buvez pas votre café, fit remarquer Poirot, il va refroidir.

Il avait parlé gentiment mais d'un ton ferme.

Howard Raikes le dévisagea avec stupeur :

— Eh, dites donc, ! Quel genre d'animal êtes-vous ?

— Le café est déjà infect, dans ce pays..., poursuivait cependant Poirot.

— Ça, c'est le mot ! s'exclama Mr Raikes.

— ... mais si on le laisse refroidir, il devient carrément imbuvable.

Le jeune homme se pencha en avant :

— À quoi jouez-vous ? Où voulez-vous en venir ?

Poirot eut un haussement d'épaules :

— Je voulais... vous voir.

— Vraiment ? dit Raikes, sceptique. (Ses yeux n'étaient plus qu'une fente mince.) Si c'est de l'argent que vous voulez, vous vous trompez d'adresse ! Les gens avec qui je suis n'ont pas les moyens de *s'acheter* ce qu'ils veulent. Vous feriez mieux de retourner chez celui qui vous paie.

Poirot soupira :

— Personne ne me paie... Du moins pour l'instant.

— Vous croyez me faire avaler ça ?

— Je vous assure. Je dilapide un temps précieux sans la moindre espèce de compensation financière. Dans le seul but de... — comment dire ? — de satisfaire ma curiosité.

— Et, l'autre jour, c'était aussi votre curiosité que vous satisfaisiez chez ce fichu dentiste ?

— Non. Vous l'ignorez sans doute, mais il est une raison très banale de faire le pied de grue dans une salle d'attente de dentiste — et c'est d'attendre qu'on vous soigne les dents !

— Alors, c'était ça que vous faisiez là, hein ? (La voix de Mr Raikes exprimait une incrédulité méprisante.) Vous attendiez qu'on s'occupe de votre dent creuse ?

— Évidemment.

— Vous m'excuserez si je ne vous crois pas.

— Puis-je en ce cas vous demander ce que vous, vous faisiez là ?

Raikes eut un sourire soudain :

— C'te bonne blague ! J'attendais qu'on s'occupe de ma dent creuse !

— Vous aviez une effroyable rage de dents, peut-être ?

— C'est ça, gros malin !

— Vous êtes pourtant reparti sans vous faire soigner...

— Et alors ? C'est moi que ça regarde !

Il se tint coi un instant, puis s'écria brutalement :

— Oh ! et puis au diable toutes ces finasseries ! Vous étiez là pour veiller sur votre gros manitou. Eh bien, il se porte comme un charme, non ? Rien n'est arrivé à votre précieux Mr Blunt ! Vous ne pouvez rien me coller sur le dos !

— Où êtes-vous allé quand vous avez quitté si abruptement la salle d'attente ?

— J'ai vidé les lieux, évidemment !

— Tiens donc ! dit Poirot en contemplant le plafond. Personne cependant ne vous a vu sortir, Mr Raikes.

— Ça change quelque chose ?

— Cela pourrait faire toute la différence. Dans cette maison, quelqu'un est mort peu après, vous semblez l'oublier.

— Oh, vous parlez de ce type — le dentiste ? fit Raikes avec indifférence.

— Oui, rétorqua Poirot d'une voix dure, je parle de ce type — le dentiste.

Raikes soutint son regard :

— Et vous voulez me coller ça sur le dos ? C'est ça, votre petit jeu ? Alors vous perdez votre temps. Je viens de lire le compte rendu de l'enquête. Ce gars s'est suicidé parce qu'il avait fait une erreur de dosage au cours d'une anesthésie et qu'un de ses clients est mort.

Imperturbable, Poirot n'en poursuivit pas moins :

— Pouvez-vous me prouver que vous avez quitté la maison au moment où vous le prétendez ? Quelqu'un peut-il témoigner de vos faits et gestes entre midi et 1 heure ?

— C'est donc bien ça ! Vous essayez de me faire porter le chapeau ! Je suppose que l'idée vient de Blunt ?

— Excusez-moi, soupira Poirot, mais c'est une manie, cette rengaine sur Alistair Blunt. Je ne travaille pas et n'ai jamais travaillé pour lui. Je ne m'occupe pas de sa sécurité mais de la mort d'un homme qui faisait avec conscience le métier qu'il avait choisi.

— Désolé, grommela Raikes en secouant la tête Désolé, mais ça ne prend pas. Vous êtes un privé au service de Blunt.

Son visage durci se pencha vers Poirot :

— Mais vous ne le sauverez pas, vous savez ! Il doit disparaître, et avec lui tout ce qu'il représente ! Il faut qu'il y ait une nouvelle donne. Le vieux système véreux — ce conglomérat de banquiers qui tiennent le monde dans leur toile d'araignée doit céder le terrain. Il sera balayé ! Personnellement, je n'ai rien contre Blunt, mais il est l'incarnation de tout ce que je hais. Il est médiocre, c'est une baudruche satisfaite. Je ne vois que la dynamite pour le faire bouger. Tout ce qu'il sait dire c'est : « Nul n'a le droit de saper les fondements du monde civilisé. » Nul n'en a le droit ? Eh bien, c'est ce qu'il va voir. Il représente un obstacle sur la voie du Progrès et il doit être balayé. Il n'y a pas de place, dans le monde d'aujourd'hui, pour des hommes comme Blunt — des hommes qui s'accrochent au passé, qui veulent continuer à vivre comme vivaient leurs pères — voire leurs grands-pères ! Ce n'est pas ce qui manque, ici, en Angleterre, les fossiles réactionnaires, les symboles inutiles d'une époque moribonde. Et, par Dieu, il faudra bien qu'ils débarrassent le plancher ! Un monde nouveau doit naître. Vous comprenez ? Un monde nouveau !

Poirot soupira et se leva :

— Je vois, Mr Raikes, que vous êtes un idéaliste.

— C'est interdit ?

— Trop idéaliste pour vous soucier de la mort d'un dentiste.

Howard Raikes prit un air dédaigneux :

— Quelle importance peut donc avoir la mort d'un minable dentiste ?

— Pour vous, aucune, dit Poirot. Pour moi, beaucoup. C'est toute la différence entre nous.

De retour chez lui, Poirot fut informé par George qu'une dame l'attendait.

— Elle semble euh... hum ! — quelque peu nerveuse, monsieur, dit George.

La dame en question n'ayant pas donné son nom, Poirot se plut à le deviner. Et tomba à côté, car la jeune femme qui se leva précipitamment du canapé à son arrivée était miss Gladys Nevill, l'ex-secrétaire de feu Mr Morley.

— Oh, mon Dieu, monsieur Poirot, je suis *tellement* confuse de vous déranger... Vraiment, je ne sais pas comment j'ai osé venir... Je crains que ce ne soit très cavalier de ma part... Je ne voudrais surtout pas vous faire perdre votre temps... Je sais trop bien ce que cela signifie pour un homme occupé — mais je ne sais vraiment pas quoi penser... Enfin vous allez sûrement trouver que c'est du temps perdu...

Mettant à profit une longue expérience de l'âme anglaise, Poirot suggéra une tasse de thé. La réaction de miss Nevill ne déçut pas son attente :

— Vraiment, monsieur Poirot, c'est *trop* aimable à vous. Non que le petit déjeuner soit loin, mais on ne résiste pas à une tasse de thé, n'est-ce pas ?

Poirot qui, pour sa part, y résistait fort bien, acquiesça avec conviction. George reçut les instructions idoines, et, en un temps record, Poirot et sa visiteuse se retrouvèrent en face d'une théière.

— Je dois vous présenter mes excuses, dit miss Nevill qui reprenait contenance sous l'influence du breuvage. C'est l'enquête, hier, qui m'a bouleversée.

— Je m'en doute, dit gentiment Poirot.

— Il n'était pas question que je témoigne ni quoi que ce soit de ce *genre.* Mais j'ai estimé que quelqu'un *devait* accompagner miss Morley. Mr Reilly était là, bien sûr... mais, je veux dire, une *femme.* D'ailleurs, miss Morley *n'aime pas* Mr Reilly. Je me suis donc dit que c'était mon devoir.

— C'était très gentil de votre part, hasarda Poirot, encourageant.

— Oh non, j'avais tout bonnement le sentiment que je *devais* agir ainsi. Vous comprenez, je travaillais avec Mr Morley depuis pas mal d'années... ce qui fait que toute cette histoire m'a causé un choc. Et, bien entendu, l'enquête n'a rien arrangé.

— J'imagine, en effet.

Miss Nevill se pencha en avant, le regard grave :

— *Mais tout ça ne tient pas debout, monsieur Poirot.* Tout ça ne tient absolument pas debout.

— Qu'est-ce qui nie tient pas debout, mademoiselle ?

— Eh bien, ça n'aurait jamais pu se produire — pas comme ils l'ont décrété. Je veux dire : faire une erreur de dosage dans une anesthésie locale.

— Vous estimez que ce n'est pas possible ?

— Je suis sûre que non. il arrive que des patients réagissent mal, c'est vrai, mais c'est parce que leur état physiologique n'est pas bon, qu'ils ont des problèmes cardiaques. Mais une surdose est une chose rarissime. Vous comprenez, les dentistes sont tellement habitués à cette préparation que cela devient mécanique. Ils donnent la bonne dose, automatiquement.

— C'est aussi ce que je m'étais dit, approuva Poirot.

— C'est une dose standard, vous comprenez. Ce n'est pas comme un pharmacien qui fait tout le temps des préparations différentes et multiplie les risques d'erreur. Ou comme un médecin qui rédige des quantités de prescriptions. Rien à voir avec ça pour un dentiste.

— Vous n'avez pas demandé à faire part de ces observations au coroner ?

Gladys Nevill secoua la tête et se tordit les doigts, hésitante.

— Comprenez-moi, finit-elle par dire. J'avais peur de... peur d'aggraver la situation. Bien sûr, je sais, moi, que Mr Morley aurait été incapable d'une chose pareille — mais les gens auraient pu penser qu'il avait agi délibérément.

Poirot hocha la tête.

— C'est pourquoi je suis venue vous voir, monsieur Poirot. Parce qu'avec vous, ce ne serait pas *officiel.* Mais il fallait que quelqu'un sache à quel point... à quel point tout cela est *invraisemblable* !

— Personne ne veut le savoir, murmura Poirot.

Elle le regarda, ébahie.

Poirot reprit :

— Ce que j'aimerais, ce sont quelques détails supplémentaires sur le fameux télégramme qui a motivé votre absence ce jour-là.

— Honnêtement, je ne sais qu'en penser, monsieur Poirot. Ça semble tellement bizarre. Parce qu'il a forcément été envoyé par quelqu'un qui savait tout de moi, de ma tante — où elle habite, etc.

— Oui. On serait tenté de penser a priori à un proche, ou à quelqu'un qui habite la maison et qui vous connaît bien.

— Aucun de mes amis ne ferait jamais une chose pareille, monsieur Poirot !

— Il ne vous vient aucune idée ?

Après une longue hésitation, la jeune femme dit lentement :

— Au début, quand j'ai appris que Mr Morley s'était suicidé, je me suis demandé si ce n'était pas *lui* qui aurait pu l'envoyer.

— Vous voulez dire... pour que vous ne soyez pas là ? Pour vous épargner, en quelque sorte ?

Elle acquiesça.

— Mais ça paraissait bien tiré par les cheveux, même s'il avait eu cette idée de suicide à l'esprit, ce matin-là. Frank — mon ami, vous savez — a réagi de façon stupide, au début. Il m'accusait d'avoir voulu passer la journée avec quelqu'un d'autre. Comme si j'avais le genre à ça !

— Il y a quelqu'un d'autre ?

— Non, bien sûr que non. Mais Frank était si bizarre, ces derniers temps maussade, soupçonneux. En fait, c'était d'avoir perdu son travail et de ne pas arriver à en trouver un autre. Traîner comme ça, ça n'est vraiment pas bon pour un homme. Je me suis fait beaucoup de souci pour lui...

— Quand il a découvert que vous étiez partie pour la journée, il l'a mal pris, n'est-ce pas ?

— Oui. Vous comprenez, il était venu pour me dire qu'il avait un nouveau travail — un travail formidable : dix livres par semaine. Et il ne pouvait pas attendre. Il voulait que je le sache tout de suite. Et je crois qu'il avait envie que Mr Morley le sache aussi, parce qu'il avait été très blessé par l'opinion de Mr Morley, et qu'il le soupçonnait d'essayer de m'éloigner de lui.

— Ce qui était le cas, n'est-ce pas ?

— Eh bien, oui, *d'une certaine façon*. C'est vrai que Frank a souvent changé de travail et qu'il n'est pas ce qu'on pourrait appeler quelqu'un de très *stable*. Mais ça va être différent, maintenant. Je crois qu'on peut faire beaucoup, simplement par son influence, vous ne pensez pas, monsieur Poirot ? Si un homme sent qu'une femme croit en lui, il essaie d'être à la hauteur de ce qu'elle attend.

Poirot soupira. Mais ne discuta pas. Il avait entendu des dizaines et des dizaines de femmes tenir ce langage avec la même certitude joyeuse dans le pouvoir rédempteur de leur amour. Oui, une fois sur mille, pensait-il cyniquement, c'était *peut-être* vrai.

— J'aimerais beaucoup rencontrer votre ami, se contenta-t-il de dire.

— Je serais ravie de vous le présenter, monsieur Poirot. Mais pour le moment, il n'a que le dimanche de libre. En semaine, il est hors de Londres.

— Ah ! pour son nouvel emploi. C'est quoi, ce nouvel emploi, à propos ?

— Je ne sais pas au juste, monsieur Poirot. Un travail de secrétariat, j'imagine. Ou un poste de fonctionnaire. Je sais que je dois lui écrire à son adresse de Londres et qu'on lui fait suivre son courrier.

— C'est un peu curieux, non ?

— C'est ce que j'ai pensé. Mais Frank m'a dit que ça se fait souvent, maintenant.

Poirot observa un moment la jeune femme en silence.

— Demain, c'est justement dimanche, dit-il enfin. Peut-être accepteriez-vous tous deux de déjeuner avec moi — à Logan's Corner House, par exemple ? J'aimerais assez parler avec vous deux de cette triste affaire.

— Euh... Avec plaisir, monsieur Poirot. Je... oui, nous serons ravis de déjeuner avec vous.

Frank Carter était un garçon blond de taille moyenne à l'élégance surfaite et à la parole facile. Ses yeux, assez rapprochés, avaient tendance à rouler de côté quand il était embarrassé.

Dès l'abord, il se montra soupçonneux et un rien hostile :

— Je ne savais absolument pas que nous aurions le plaisir de déjeuner aujourd'hui avec vous, monsieur Poirot. Gladys ne m'en avait pas touché un mot, ajouta-t-il en lançant un regard quelque peu courroucé à l'intéressée.

— La chose ne s'est décidée qu'hier, répondit Poirot en souriant. Les circonstances de la mort de Mr Morley ont bouleversé miss Nevill, et je me disais qu'en confrontant nos points de vue...

— La mort de Morley ? coupa grossièrement Frank Carter. J'en ai soupé de la mort de Morley. Tu ne pourrais pas l'oublier un peu, Gladys ? Il n'avait rien de particulièrement admirable, que je sache !

— Oh, Frank, tu ne peux pas dire ça. Quand même, il m'a laissé cent livres. J'ai reçu la lettre du notaire hier soir.

— D'accord, d'accord, admit Frank de mauvaise grâce. Mais, après tout, c'est normal, non ? Il te faisait trimer comme un nègre — et qui empochait les gros honoraires ? C'était lui, pardi !

— Bien sûr que c'était lui. Mais il me payait un très bon salaire.

— Tu me permettras de ne pas être d'accord ! Tu es trop humble, ma pauvre Gladys, beaucoup trop, tu t'en laisses imposer. Moi, je l'avais jaugé au premier coup d'œil, ton Morley. Tu sais d'ailleurs aussi bien que moi qu'il a tout fait pour que tu m'envoies promener.

— Il ne comprenait pas.

— Il comprenait parfaitement ! Il est mort, maintenant — sinon je te fiche mon billet que je serais allé lui dire le fond de ma pensée !

— Ce n'est pas ce que vous étiez venu faire le matin de sa mort ? demanda Poirot d'un ton dégagé.

— Qui est-ce qui vous a raconté ça ? gronda Carter avec colère.

— Vous êtes bien venu, non ?

— Et alors ? C'est miss Nevill que je voulais voir.

— Mais on vous a répondu qu'elle n'était pas là.

— Oui, et ça m'a rendu plutôt soupçonneux, pour ne rien vous cacher. J'ai dit à ce crétin de rouquin que j'attendrais le temps qu'il faudrait pour voir Morley. Toutes ses manigances pour dresser Gladys contre moi, j'en avais ma claque. J'avais l'intention de lui décréter que c'était fini le pauvre type sans emploi, que j'avais décroché un bon boulot et qu'il était grand temps que Gladys lui donne son préavis et pense à son trousseau.

— Mais vous ne lui avez rien dit de tout ça ?

— Non, j'en ai eu marre d'attendre dans ce mausolée poussiéreux. Je suis parti.

— Quelle heure était-il ?

— Plus la moindre idée.

— À quelle heure étiez-vous arrivé, alors ?

— Un peu après midi, à vue de nez.

— Et combien de temps avez-vous attendu ? Une demi-heure ? Plus ? Moins ?

— Je n'en sais rien, je vous dis. Je ne suis pas du genre à regarder ma montre toutes les trois secondes.

— Y avait-il quelqu'un d'autre dans la salle d'attente, pendant que vous y étiez ?

— Quand je suis arrivé, il y avait un gros tas de graisse, mais il a été appelé assez vite. Après ça, je suis resté seul.

— Alors vous avez dû partir avant midi et demie, parce qu'à ce moment-là une dame est arrivée.

— P't'être bien. Je vous l'ai dit : cet endroit me tapait sur le système !

Poirot lui lança un long regard songeur.

Carter n'était pas à l'aise, ses airs bravaches sonnaient faux. Mais c'était peut-être tout bonnement à mettre sur le compte de la nervosité.

Ce fut sur un ton amical et d'une voix chaleureuse que Poirot reprit :

— Miss Nevill m'a confié que vous aviez eu la chance de trouver un très bon emploi...

— La paie est bonne.

— Dix livres par semaine, a-t-elle ajouté...

— C'est ça. Pas vilain, hein ? fit-il d'un air suffisant. Ça montre qu'il suffit que je m'y mette !

— En effet. Et le travail n'est pas trop pénible ?

— Je m'en sors, répondit sobrement Carter.

— Intéressant ?

— Oh oui, très... À propos de boulot, je me suis toujours demandé ce que vous pouviez bien fabriquer, vous, les détectives privés. Je suppose que le petit côté Sherlock Holmes, c'est dépassé, non ? et que vous devez surtout vous occuper de filatures, de divorces et de trucs dans ce goût-là, par les temps qui courent.

— Je ne m'occupe pas de divorces.

— Ah bon ? Alors je ne vois pas comment vous gagnez votre croûte.

— Je me débrouille, mon bon ami, je me débrouille.

— Mais vous êtes au sommet de l'échelle, n'est-ce pas, monsieur Poirot ? crut bon d'intervenir Gladys Nevill. C'est ce qu'aimait à répéter Mr Morley. Vous êtes le genre d'homme auquel l'élite fait appel : famille royale, ministres, duchesses...

Poirot lui adressa son plus beau sourire.

— Vous me flattez, se rengorgea-t-il.

Perdu dans ses pensées, Poirot rentra à pied par les rues désertes — un classique des dimanches après-midi anglais.

Arrivé chez lui, il appela Japp :

— Pardon de vous déranger, très cher. J'étais en train de me demander si quelque chose avait été fait à propos du télégramme envoyé à miss Nevill ?

— Toujours sur la brèche ? Oui, nous avons vérifié. Il y a bien eu un télégramme, et ce qui est intéressant, c'est que la tante habite Rich*bourne*, dans le Somerset, et que ce télégramme a été envoyé de Rich*barn* — dans la banlieue de Londres comme vous le savez fort bien.

— Astucieux, commenta Poirot. Oui, très astucieux. Si jamais la destinataire éprouvait le besoin de vérifier l'origine du câble, ce nom-là ressemblait suffisamment à Richbourne pour qu'elle s'y laisse prendre.

Il prit le temps de la réflexion, puis :

— Savez-vous ce que je pense, Japp ?

— Dites toujours.

— Il y a un cerveau derrière toute cette affaire.

— Hercule Poirot veut qu'il s'agisse d'un meurtre, donc il s'agit d'un meurtre.

— Comment expliquez-vous ce télégramme ?

— Une coïncidence. Quelqu'un voulait lui jouer un tour.

— Pourquoi diable ?

— Oh, bon sang, Poirot ! Pourquoi les gens font-ils des canulars, des mauvaises blagues... Parce qu'ils ont le sens de l'humour dévoyé, c'est tout.

— Et quelqu'un a eu envie d'être drôle précisément le jour où Morley allait commettre une erreur au cours d'une anesthésie locale ?

— Il a pu y avoir une certaine relation de cause à effet. Parce que miss Nevill n'était pas là, Morley était plus bousculé que d'habitude, et donc plus susceptible de commettre une erreur.

— Je ne suis toujours pas convaincu.

— Le contraire m'eût étonné... Mais est-ce que vous voyez où votre raisonnement vous mène ? Si quelqu'un a éloigné Gladys Nevill, c'est probablement Morley lui-même. Ce qui fait de la mort d'Amberiotis un meurtri avec préméditation et non plus un accident.

Poirot resta silencieux.

— Vous me suivez ? reprit Japp.

— Amberiotis a peut-être été tué d'une autre façon.

— Non, non, personne n'est venu le voir au *Savoy*. Il a déjeuné dans sa chambre. Et les médecins sont catégoriques : le poison a été injecté, pas avalé. On n'en a pas retrouvé dans l'estomac. Voilà, mon cher. La situation est claire comme de l'eau de roche.

— C'est ce qu'on veut nous faire accroire.

— Quoi qu'il en soit, les autorités sont satisfaites de cette explication.

— Et la disparition de la dame, elles en sont également satisfaites ?

— La disparition de la Belle — avec deux *LL* — envolée ? Non, je peux vous le dire, nous planchons toujours là-dessus. Cette femme est forcément quelque part. On ne se volatilise pas comme ça, en sortant dans la rue !

— C'est pourtant ce qu'elle semble avoir fait.

— Pour le moment, je vous le concède. Mais, morte ou vive, elle doit bien se trouver quelque part. Et je ne crois pas qu'elle soit morte.

— Pourquoi pas ?

— Parce que nous aurions déjà retrouvé le corps.

— Oh, allez, Japp ! Les cadavres sont vraiment toujours découverts aussi rapidement ?

— Vous êtes en train d'insinuer qu'elle a été assassinée et que nous allons la retrouver un de ces quatre matins, découpée en petits morceaux dans une carrière comme Mrs Ruxton ?

— Après tout, très cher, des personnes disparues et qui n'ont jamais été retrouvées, cela existe.

— Très rarement, mon vieux. Des tas de femmes disparaissent, c'est vrai, mais nous remettons d'ordinaire la main dessus. Neuf fois sur dix, c'est une bonne vieille histoire de sexe. Elles sont quelque part dans les bras d'un bonhomme. Mais je ne pense pas que ça puisse être le cas avec notre Mabelle. Et vous ?

— Sait-on jamais, répondit Poirot, prudent. Même si ça ne me paraît pas très vraisemblable, en effet. Donc, vous êtes sûr de la retrouver ?

— Sûr et certain. Nous avons transmis son signalement à la presse et rameuté la BBC.

— Ça, évidemment, ça pourrait donner quelque chose, en effet.

— Ne vous mettez pas martel en tête, mon vieux. On va vous la retrouver, votre belle évaporée — dessous en laine et tout et tout !

Sur ces belles paroles, il raccrocha.

Après un coup discret à la porte, George entra de sa démarche silencieuse et vint déposer sur la table basse une chocolatière fumante et une assiette de biscuits.

— Monsieur désire autre chose ? s'enquit-il.

— Je suis très perplexe, George...

— Vraiment, monsieur ? Monsieur m'en voit désolé.

Hercule Poirot se versa un peu de chocolat et remua sa tasse d'une cuillère distraite.

George attendait avec déférence. Il avait reconnu les signes. Il prenait parfois à Hercule Poirot de discuter de ses affaires avec son valet. il avait coutume de dire que les commentaires de George étaient singulièrement éclairants.

— Vous êtes bien sûr au courant de la mort de mon dentiste, George ?

— Mr Morley, monsieur ? Oui, monsieur. Navrant, monsieur. Il s'est suicidé, ai-je cru comprendre ?

— C'est ce qu'on prétend, oui. S'il ne s'est pas suicidé, c'est qu'on l'a assassiné.

— Certes, monsieur.

— Or, s'il a été assassiné, la question est : qui l'a assassiné ?

— Absolument, monsieur.

— Il n'y a qu'un petit nombre de personnes, George, qui soient susceptibles d'avoir fait le coup : celles qui *se trouvaient* ou *auraient pu se trouver* dans la maison en temps et en heure.

— Tout à fait, monsieur.

— Ces personnes sont : une cuisinière et une bonne à tout faire — domestiques affables et très peu vraisemblables en meurtrières. Une sœur dévouée, également fort peu vraisemblable, mais qui néanmoins hérite de son frère — et on ne peut jamais complètement écarter l'aspect financier. Un associé habile et compétent. Aucun mobile connu. Un jeune groom passablement demeuré, grand adepte de romans policiers de quatre sous. Et enfin, un gentleman grec aux antécédents quelque peu douteux.

George toussota :

— Ces étrangers, monsieur...

— Je suis bien d'accord, George. Le gentleman grec est décidément tout indiqué. Mais, voyez-vous, mon bon, le gentleman grec est mort lui aussi, et c'est, selon toute vraisemblance, Mr Morley qui l'a tué — intentionnellement ou à la suite d'une regrettable erreur, nous n'en savons rien.

— Ils pourraient s'être tués mutuellement, monsieur. Je veux dire, chaque gentleman aurait formé le projet d'avoir la peau de l'autre — si je puis me permettre — mais bien sûr chacun ignorait les intentions de l'autre gentleman à son égard.

Poirot ronronnait de satisfaction béate :

— Très astucieux, George ! Le dentiste assassine le malheureux individu qui se trouve dans le fauteuil sans se rendre compte que ladite victime est précisément en train de se demander à quel moment elle va sortir son pistolet. Cela se pourrait, bien sûr, mais cela me paraît hautement improbable, George. Et puis nous n'avons pas encore terminé notre liste. Il reste deux personnes qui auraient pu se trouver dans la maison au moment voulu. Tous les patients, avant Mr Amberiotis, ont été vus sortant de la maison, excepté l'un d'eux — un jeune gentleman américain. Il a quitté la salle d'attente vers midi moins 20, mais personne ne l'a vu sortir de la maison. Force nous est donc de le garder parmi les suspects possibles. L'autre possibilité est un certain Frank Carter, qui ne compte pas au nombre des clients mais qui est entré au 58 peu après midi dans l'intention de parler à Mr Morley. Personne ne l'a vu repartir non plus. Tels sont, mon bon George, les faits : qu'en pensez-vous ?

— À quelle heure le meurtre a-t-il été commis, monsieur ?

— Si le coupable est Mr Amberiotis, il a été commis n'importe quand entre midi 5 et midi 25. Après midi 25 s'il s'agit de quelqu'un d'autre, sinon Mr Amberiotis aurait remarqué le cadavre.

Il adressa un sourire encourageant à son domestique :

— Alors, mon bon George, que dites-vous de tout cela ?

George réfléchit un moment :

— Une chose me frappe, monsieur...

— Oui, George ?

— Monsieur va devoir trouver un autre dentiste, monsieur.

— Vous me surprendrez toujours, George ! s'ébaudit Poirot. Cet aspect de l'affaire m'avait complètement échappé !

Visiblement flatté, George se retira.

Poirot se remit à siroter son chocolat en reprenant les faits qu'il venait d'énumérer. Il se sentait satisfait qu'il en soit comme il l'avait exposé. D'où que vienne l'instigation du meurtre, la main du criminel appartenait à ce cercle de personnes.

Soudain l'étonnement lui haussa les sourcils : il venait de se rendre compte que sa liste était incomplète. Il avait omis un nom.

Or, aucun nom ne devait être écarté, pas même le plus invraisemblable.

Il y avait eu une autre personne dans la maison au moment du meurtre.

Il écrivit :

Mr Barnes.

— Une dame vous demande au téléphone, monsieur, annonça bientôt George.

Une semaine plus tôt, Hercule Poirot s'était trompé sur l'identité d'une de ses visiteuses. Cette fois, il devina juste.

Il reconnut tout de suite sa voix :

— Monsieur Hercule Poirot ?

— Lui-même.

— Jane Olivera à l'appareil... la nièce de Mr Alistair Blunt.

— Oui, miss Olivera ?

— Pourriez-vous venir à Gothic House, s'il vous plaît ? il y a quelque chose qu'il faut que vous sachiez.

— Certainement. Quelle heure vous conviendrait ?

— 6 heures et demie, si vous le voulez bien.

— J'y serai.

L'espace d'un instant, le ton autocratique s'atténua :

— Je... j'espère que je ne vous ai pas interrompu en plein travail ?

— Pas du tout. Je m'attendais à votre appel.

Il raccrocha très vite, le sourire aux lèvres. Quel prétexte Jane Olivera avait-elle pu trouver pour le convoquer ?

Dès son arrivée à Gothic House, il fut conduit dans la vaste bibliothèque qui donnait sur le fleuve. Assis derrière son bureau, le regard absent, Alistair Blunt jouait avec un coupe-papier, Il avait l'air quelque peu traqué d'un homme dépassé par l'élément féminin de sa famille.

Jane se tenait près de la cheminée. Une femme d'un certain âge, aux formes rebondies, s'adressait au banquier non sans acrimonie :

... et il me semble, Alistair, que j'ai à tout le moins mon mot à dire sur le sujet.

— Oui, Julia, bien sûr, bien sûr, murmura Mr Blunt d'une voix apaisante en se levant pour accueillir son visiteur.

— Mais si vous avez l'intention de parler de choses affreuses, je préfère me retirer, ajouta la gente dame.

— À votre place, c'est ce que je ferais, mère, approuva Jane Olivera.

Mrs Olivera sortit majestueusement sans s'abaisser à remarquer la présence de Poirot.

— C'est très aimable à vous d'être venu, monsieur Poirot, dit Alistair Blunt. Vous connaissez déjà miss Olivera, je présume ? C'est elle qui désirait vous voir...

— C'est à propos de cette créature disparue dont les journaux sont pleins, coupa la jeune fille. Miss Quelque Chose Seale.

— Sainsbury Seale ? C'est cela ?

— C'est un nom tellement pompeux qu'on s'en souvient. Je raconte, oncle Alistair, ou je vous laisse faire ?

— Ma chérie, c'est ton histoire.

Jane se tourna vers Poirot :

— Peut-être que cela n'a aucune importance, mais j'ai pensé que vous deviez être au courant.

— Oui ?

— C'était la dernière fois qu'oncle Alistair est allé chez le dentiste. Pas l'autre jour, veux-je dire — mais il y a de ça à peu près trois mois. Je l'avais accompagné à Queen Charlotte Street dans la Rolls qui devait me conduire ensuite chez des amis à Regents Park et repasser le prendre plus tard. Nous nous sommes arrêtés devant le 58, oncle Alistair est descendu et, à ce moment précis, une femme est sortie du 58 — une femme entre deux âges, avec des cheveux filasse et des oripeaux du genre artisanal. Elle a foncé droit sur oncle Alistair en clamant à tous les échos (Jane se mit à pépier dans les aigus) : « Oh, Mr Blunt, vous ne vous souvenez pas de moi, j'en suis *sûre* ! » Non, ça va de soi, oncle Alistair ne s'en souvenait pas le moins du monde, ça se voyait à sa tête...

— C'est mon drame, soupira Mr Blunt. Les gens passent leur temps à m'aborder en répétant la même chose et...

— Il a pris son air de circonstance, poursuivit Jane. Je le connais bien. Faux comme un jeton. Ça ne tromperait pas un nourrisson. Et il a balbutié d'une voix pas convaincante pour deux sous : « Oh... euh... si, bien sûr. » Sur quoi cette terrifiante bonne femme a enchaîné : « J'étais une *grande* amie de votre femme, vous savez ! »

— C'est aussi ce qu'ils disent d'ordinaire, commenta le banquier d'une voix morose.

Il eut un sourire désabusé :

— Cela se termine toujours de la même façon : un don pour ceci ou pour cela. Ce jour-là, je m'en suis tiré à bon compte : cinq livres pour une Mission des Harems, ou quelque chose d'approchant.

— Avait-elle effectivement connu votre épouse ?

— Eh bien, sa sollicitude pour les Missions des Harems m'a fait penser que, si tel était le cas, cela avait dû être aux Indes. Nous y étions, il y a une dizaine d'années. Mais ce n'était certainement pas une « grande » amie, sinon je l'aurais connue. Elle avait dû tout au plus la croiser au cours d'une réception quelconque.

— Pour moi, dit Jane Olivera, elle n'avait jamais ne fût-ce qu'entrevu tante Rebecca de sa vie. Je suis persuadée que ce n'était qu'un prétexte pour vous aborder.

— C'est très possible, admit Mr Blunt, magnanime.

— Je veux dire que c'était vraiment *bizarre*, cette façon de s'imposer.

— Quoi qu'il en soit, elle n'a pas essayé de me recontacter, dit Alistair Blunt, toujours magnanime.

Il secoua la tête :

— Je n'ai plus pensé à elle. J'avais même oublié son nom jusqu'à ce que Jane le remarque dans le journal.

— En tout cas, *moi*, j'ai pensé qu'il fallait le dire à ce cher monsieur Poirot, conclut Jane sur un ton qui était tout sauf convaincant.

— Et je ne saurais trop vous en remercier, chère mademoiselle, dit Poirot avec toute la politesse du monde avant de se tourner vers le banquier. Je ne vais pas vous importuner plus longtemps, Mr Blunt. Vous êtes un homme occupé.

— Je descends avec vous, s'empressa Jane.

Derrière ses moustaches, Poirot se prit à sourire.

En bas des escaliers, la jeune personne stoppa net.

— Venez par ici, ordonna-t-elle.

Ils s'engouffrèrent dans un petit salon.

— Que vouliez-vous dire au téléphone quand vous m'avez répondu que vous vous attendiez à mon appel ? attaqua-t-elle tout à trac.

Poirot écarta les mains en souriant :

— Simplement ceci, mademoiselle : je m'attendais à un appel de votre part — et l'appel est venu.

— Vous voulez dire que vous saviez que je vous téléphonerais au sujet de cette miss Sainsbury Seale ?

Poirot secoua la tête :

— Ça, ce n'était qu'un prétexte. Si nécessaire, vous en auriez trouvé un autre.

— Et pourquoi diable aurais-je dû vous appeler ? s'emporta la jeune fille.

— Et pourquoi diable me confier *à moi* cette précieuse information concernant miss Sainsbury Seale — et non à Scotland Yard, comme ce serait normal ?

— Très bien, monsieur Je-Sais-Tout. Que savez-vous *au juste* ?

— Je sais que je vous intéresse depuis certaine visite que j'ai faite au *Holborn Palace Hotel*.

Elle devint si pâle qu'il s'en alarma. Jamais il n'aurait imaginé qu'un hâle si profond pouvait aussi soudainement tourner au verdâtre. Il n'en poursuivit pas moins avec calme :

— Vous m'avez fait venir ici aujourd'hui parce que vous aviez l'intention de me *cuisiner* — c'est bien le terme, n'est-ce pas ? me cuisiner sur Mr Howard Raikes.

— Quoi ? Qui ça ? lança la jeune fille dans une assez pitoyable tentative de diversion.

— Mais il n'est pas nécessaire de me cuisiner, mademoiselle. Je vais vous dire ce que je sais, ou plutôt ce que j'ai deviné. Le jour où nous sommes venus ici, l'inspecteur Japp et moi, vous étiez plus que surprise de notre visite, vous étiez... alarmée. Vous pensiez que quelque chose était arrivé à votre oncle. Pourquoi ?

— Parce que c'est le genre d'homme auquel des pépins peuvent arriver — un colis piégé, par exemple, comme après l'Emprunt herjoslovaque. Et des quantités de lettres de menaces aussi.

— L'inspecteur Japp vous a annoncé qu'un dentiste du nom de Morley avait été tué, reprit Poirot. Peut-être vous souvenez-vous de votre réaction : vous avez dit « *Oh, mais non, c'est absurde !* »

Jane se mordit les lèvres :

— Vraiment ? Ça paraît absurde, en effet.

— C'était une remarque singulière, mademoiselle. Qui révélait que vous connaissiez l'existence de Mr Morley et que vous vous attendiez plus ou moins à ce que quelque chose arrive peut-être pas à lui... mais chez lui.

— Vous, vous aimez vous faire des romans, non ?

Poirot ne releva pas.

— Vous vous étiez attendue, ou plutôt vous aviez redouté que quelque chose arrive chez Mr Morley. Vous avez eu peur que ce quelque chose soit arrivé à votre oncle. Mais alors, vous *deviez savoir quelque chose que nous ignorions.* J'ai repensé aux personnes qui s'étaient trouvées dans la maison ce matin-là, et je n'ai pas tardé à mettre le doigt sur celle qui pouvait avoir un rapport avec vous — et c'était Mr Howard Raikes, le jeune Américain.

— Un véritable feuilleton ! Que se passe-t-il au prochain numéro ?

— Je suis allé voir Mr Raikes. C'est tout à la fois un dangereux et bien séduisant jeune homme...

Poirot avait laissé sa phrase en suspens.

— C'est vrai qu'il est séduisant, non ? murmura Jane

en souriant doucement. D'accord ! Vous avez gagné ! J'étais morte d'angoisse.

Elle se rapprocha :

— Je vais tout vous dire, monsieur Poirot. Vous n'êtes pas du genre qu'on peut faire marcher. Je préfère tout vous raconter moi-même plutôt que de vous voir fouiner partout. Ce garçon, je l'aime. Je suis amoureuse de Howard Raikes. Je suis folle de lui. Ma mère m'a amenée à Londres pour m'éloigner de lui. Pour ça et aussi parce qu'elle espère qu'oncle Alistair va suffisamment s'attacher à moi pour me laisser tout son argent quand il mourra.

» Mère est sa nièce par alliance, poursuivit-elle. Sa mère était la sœur de Rebecca Arnholt. Ce qui fait de lui mon grand-oncle par alliance. Mais comme il n'a pas de proches parents de son côté, mère ne voit pas pourquoi nous ne serions pas ses légataires universelles. Elle le tape sans se gêner, d'ailleurs.

» Vous voyez, je suis franche avec vous, monsieur Poirot. C'est comme ça que nous sommes. En fait, nous avons nous-mêmes beaucoup d'argent — beaucoup trop, selon Howard, qui trouve ça indécent — mais rien de comparable avec la fortune d'oncle Alistair.

Elle se tut. Puis se mit à frapper furieusement l'accoudoir de son fauteuil :

— Comment vous faire comprendre... Toutes les valeurs auxquelles on m'a appris à croire, Howard les rejette et veut les détruire. Et parfois, vous savez, je pense comme lui. J'ai beaucoup d'affection pour oncle Alistair, mais il me porte souvent sur les nerfs. Il est si *barbant*, si britannique, si prudent et conservateur... Il m'arrive d'avoir l'impression qu'il faudrait effectivement se débarrasser des gens comme lui, de penser qu'ils font obstacle au progrès, que, sans eux, on pourrait enfin *faire* quelque chose !

— Vous êtes donc convertie aux idées de Mr Raikes ?

— Je le suis — et ne le suis pas. Howard est... est plus radical que la plupart de ses amis. Il y a des gens, vous savez, qui... qui sont d'accord avec lui jusqu'à un certain point. Ils seraient prêts à... à tenter autre chose — si seulement oncle Alistair et ses semblables étaient d'accord. Mais ils ne le seront jamais ! Ils se renfoncent dans leurs fauteuils, secouent la tête et décrètent « Il est hors de question de s'aventurer là-dedans. » Et : « Économiquement, ça n'est pas viable. » Et : « Ne perdons pas de vue nos responsabilités. » Et : « Regardez l'Histoire. » Mais moi, je crois qu'il ne faut pas la regarder, l'Histoire. Regarder l'Histoire, c'est regarder en arrière. C'est droit devant qu'il faut regarder, toujours.

— C'est là un point de vue bien séduisant, dit gentiment Poirot.

Elle lui jeta un regard de mépris :

— Vous parlez comme eux !

— Sans doute parce que je suis vieux. *Leurs pères ont des rêves* — des rêves, voyez-vous, seulement des rêves.

Poirot se tut. Puis, revenant à des considérations plus terre à terre, il demanda :

— Pourquoi Mr Howard Raikes avait-il pris ce rendez-vous à Queen Charlotte Street ?

— Parce que, *moi*, je voulais qu'il rencontre oncle Alistair, et que je ne voyais pas comment combiner ça autrement. Il avait des propos si durs envers mon oncle, si pleins de... de haine, en fait, que je me suis dit : s'il pouvait seulement le voir, voir comme il est simple et gentil, peut-être que... qu'il changerait d'avis à son égard... Une rencontre ici, je n'y serais jamais parvenue à cause de ma mère — elle se serait ingéniée à tout gâcher.

— Mais après avoir organisé cette rencontre, vous avez... vous avez eu peur.

Ses yeux devinrent immenses, et très sombres :

— Oui. Parce que... parce que... parfois, Howard se laisse emporter. Il... il...

Poirot voulut expliciter sa pensée :

— Il souhaite couper au plus court, n'est-ce pas ? Extirper le « mal » à la racine...

Jane Olivera n'eut qu'un cri :

— Ne dites pas ça !

SEPT, HUIT : JE LES METS EN ORDRE

Le temps passa. Cela faisait plus d'un mois que Mr Morley était mort, et il n'y avait toujours aucune nouvelle de miss Sainsbury Seale.

Japp en concevait une irritation grandissante :

— Crénom, Poirot ! Cette femme doit bien être *quelque part* !

— Indubitablement, très cher.

— Ou bien elle est morte, ou bien elle est vivante. Si elle est morte, où est le cadavre ? Admettons qu'elle se soit suicidée...

— Encore un suicide ?

— Ne revenons pas là-dessus, Poirot ! *Vous*, vous

continuez à prétendre que Morley a été assassiné — c'est *moi* qui dis que c'était un suicide.

— Vous n'avez toujours pas découvert d'où venait le pistolet ?

— Non, il s'agit d'une arme étrangère.

— C'est significatif, ça, vous ne trouvez pas ?

— Pas comme vous l'entendez. Morley avait voyagé. Sa sœur et lui avaient fait des croisières. Tout le monde dans les îles Britanniques fait des croisières. Il a pu le dénicher à l'étranger Les gens adorent s'imaginer qu'ils vivent dangereusement.

Il s'interrompit, puis reprit :

— Oh, et cessez de détourner la conversation ! J'étais en train de dire que *si* — vous entendez : seulement si — cette satanée bonne femme s'était suicidée, si elle s'était jetée dans la Tamise, par exemple, son corps aurait été repêché depuis longtemps. Pareil si elle avait été assassinée, d'ailleurs.

— Pas si son corps avait été lesté d'un poids avant d'être précipité dans le fleuve !

— C'est ça ! Et pourquoi pas dans un cul de basse-fosse du côté de Limehouse, pendant que vous y êtes ! Vous parlez comme un romancier femelle qui écrirait des ouvrages d'épouvante.

— Je sais, je sais. Je rougis toujours quand je dis des choses pareilles.

— Et c'est une organisation criminelle internationale qui l'a exécutée, sans doute ?

Poirot soupira :

— Je me suis laissé dire, il n'y a pas si longtemps, que cela existait bel et bien.

— Qui vous a raconté ça ?

— Mr Reginald Barnes, Castlegarden Road, à Ealing.

— Eh bien, s'il le dit..., commenta Japp d'un ton dubitatif. C'était son rayon, les étrangers indésirables, quand il était au Home Office.

— Et vous n'y croyez pas, vous ?

— Ce n'est pas *mon* rayon. Bon, oui, d'accord, ça *existe.* Mais, de façon générale, ça ne représente guère que des broutilles.

Un court silence s'instaura, que Poirot mit à profit pour tortiller sa moustache.

— Nous avons un ou deux éléments nouveaux, reprit Japp. Elle est rentrée des Indes sur le même bateau qu'Amberiotis. Mais comme elle était en seconde classe et lui en première, ce n'est sans doute qu'une coïncidence... quoique l'un des serveurs du *Savoy* soit persuadé de l'avoir vue déjeuner avec lui une semaine environ avant sa mort.

— Qu'il puisse exister un lien entre eux n'est donc pas exclu ?

— Pas catégoriquement, mais j'ai du mal à y croire. Je n'arrive pas à imaginer une dame des Missions — harems ou pas — mêlée à des affaires louches.

— Amberiotis était mêlé à des « affaires louches », comme vous dites ?

— Oui. Il était en contact étroit avec certains de nos amis d'Europe centrale. Espionnage.

— Vous êtes sûr de ce que vous avancez ?

— Oui. Oh, lui-même ne se chargeait pas du sale travail. Nous n'aurions jamais pu le coincer. Organiser, réceptionner les rapports, c'était là sa partie.

Japp se tint coi un instant avant de reprendre :

— Mais cela ne nous apporte rien pour la mère

Sainsbury Seale. Elle n'aurait jamais été s'impliquer dans ce genre de racket.

— Elle a vécu aux Indes, rappelez-vous. Et il y a eu pas mal de troubles là-bas, l'année dernière.

— Amberiotis et l'excellente miss Sainsbury Seale... non, je ne les vois pas faisant équipe.

— Saviez-vous que miss Sainsbury Seale était une grande amie de la regrettée Mrs Alistair Blunt ?

— Qui a dit ça ? Je n'y crois pas une seconde. Pas le même monde.

— C'est elle qui l'a dit.

— Elle a dit ça à qui ?

— Mr Alistair Blunt.

— Ah, je vois ! Il doit avoir l'habitude de cette entrée en matière. Vous voulez dire qu'Amberiotis l'utilisait de cette façon ? Ça n'aurait rien donné : Blunt se serait débarrassé d'elle avec une petite somme. Il ne l'aurait pas invitée chez lui pour le week-end, ni quoi que ce soit. Il n'est pas aussi naïf que ça.

C'était d'une évidence telle que Poirot n'y trouva rien à redire. Après quelques instants, Japp reprit le point de la situation Sainsbury Seale :

— Son corps peut avoir été précipité dans une cuve d'acide par un savant fou — c'est encore une solution dont raffolent les romancières à succès. Mais, permettez-moi de vous le dire, tout ça, c'est de la blague. Si elle est morte, son corps a tout bonnement été enterré quelque part.

— Mais où ?

— Voilà ! Où ? Elle a disparu en plein Londres. Personne à Londres n'a de jardin — d'une taille suffisante tout au moins. Un petit élevage de volailles isolé, voilà ce qu'il nous faut !

Un jardin ! Poirot eut la vision soudaine de ce jardin bien propret, à Ealing, avec ses plates-bandes au cordeau. Ne serait-ce pas fantastique qu'une femme soit enterrée *là* ! Il s'enjoignit de ne pas sombrer dans l'absurdité.

— Et si elle *n'est pas* morte, continuait Japp, où diable est-elle allée se fourrer ? Cela fait plus d'un mois, maintenant, que son signalement est diffusé dans la presse à travers tout le pays.

— Et personne ne l'a vue ?

— Bien sûr que si ! Pratiquement *tout le monde* l'a vue ! Vous n'avez pas idée du nombre de dames entre deux âges, à l'allure fanée et vêtues d'ensembles artisanaux en lainage vert olive délavé qui sillonnent l'Angleterre ! On l'a vue sur les landes du Yorkshire, dans des hôtels de Liverpool, des pensions de famille du Devon, et même sur la plage de Ramsgate ! Mes hommes ont patiemment vérifié chacune de ces pistes — et tout ça n'a rien donné, excepté des problèmes avec un certain nombre de dames entre deux âges parfaitement respectables.

Poirot marqua sa compassion d'un claquement de langue.

— Et pourtant, c'est une personne réelle, dit Japp. Je veux dire qu'on tombe parfois sur un « leurre », quelqu'un qui apparaît quelque part sous le nom de miss Spinks alors qu'*il n'existe pas* la moindre miss Spinks. Non, cette femme est *réelle* — elle a un passé, une histoire. Nous savons tout d'elle depuis son enfance. Elle a mené une vie tout ce qu'il y a de normale et raisonnable — et soudain, passez muscade, plus personne !

— Il doit bien avoir une raison, dit Poirot.

— Elle n'a pas tué Morley, si c'est ça que vous avez en tête. Amberiotis l'a vu bien vivant après qu'elle fut partie. Et nous avons vérifié ses mouvements depuis son départ de Queen Charlotte Street ce matin-là.

— Je ne suggère pas un instant qu'elle a tué Morley, s'impatienta Poirot. Bien sûr que non. Mais il n'empêche...

— Si vous avez raison pour Morley, coupa Japp, alors ce qui me paraît le plus vraisemblable, c'est qu'il lui ait dit quelque chose qui, même si elle ne l'a pas compris, aurait pu nous révéler l'identité de l'assassin. Auquel cas, elle *aurait pu* être délibérément supprimée.

— Tout cela suppose une organisation, de gros intérêts, hors de proportion avec la mort d'un paisible dentiste de Queen Charlotte Street.

— Ne gobez pas tout ce que Reginald Barnes vous raconte ! C'est un drôle d'oiseau qui voit des espions et des communistes partout.

Japp se leva.

— Tenez-moi au courant si vous avez du nouveau, dit Poirot.

Japp s'en fut et il resta là, abîmé dans ses réflexions.

Il éprouvait une sensation d'attente. Mais attente de quoi ?

Il se remémora le jour où, assis à son bureau, il avait couché sur le papier quelques faits épars et une série de noms. Un oiseau était passé devant la fenêtre, une brindille au bec.

Lui aussi, il avait amassé des brindilles. *Cinq, six : j'amasse des brindilles...*

Il les avait, les brindilles — il en possédait même un bon nombre, maintenant. Elles étaient toutes là, chacune dans une des cases de son esprit méthodique — mais il n'avait pas encore essayé de les classer. C'était la prochaine étape : je les mets en ordre.

Qu'est-ce qui le retenait ? Il connaissait la réponse. Il attendait quelque chose.

Quelque chose d'inéluctable, de pré-ordonné, le maillon manquant de la chaîne. Quand cela viendrait, alors — alors, il pourrait aller de l'avant.

Ce n'est qu'une semaine plus tard, dans le courant de l'après-midi, que le signe vint enfin. Au bout du fil, la voix de Japp était tendue :

— C'est vous, Poirot ? *Nous l'avons trouvée.* Vous feriez bien de rappliquer. King Leopold Mansions. Battersea Park. Appartement 45.

Un quart d'heure plus tard, un taxi déposait Poirot à l'adresse indiquée.

C'était un groupe d'immeubles résidentiels dominant Battersea Park. Le numéro 45 était au deuxième étage. Japp en personne vint lui ouvrir la porte.

Il avait les traits tirés.

— Entrez, dit-il. Ça n'a rien d'agréable, mais je pense que vous voudrez voir par vous-même.

— Morte ? demanda Poirot — mais ce n'était pas vraiment une question.

— Tout ce qu'il y a de plus morte, pourrait-on dire.

Poirot dressa l'oreille à un bruit caractéristique derrière une porte sur sa droite.

— C'est le concierge, dit Japp. En train de vomir dans l'évier. Il avait bien fallu que je le fasse monter pour savoir s'il pouvait l'identifier.

Poirot le suivit dans le couloir. Ses narines frémirent.

— Ce n'est pas beau à voir, dit Japp. Mais qu'est-ce que vous croyez ? Ça fait plus d'un mois qu'elle est morte.

La pièce où ils entrèrent n'était qu'un débarras. Au milieu se trouvait une grande malle métallique, du modèle dont on se sert pour mettre ses fourrures à l'abri. Le couvercle était relevé.

Poirot regarda à l'intérieur.

Le pied fut ce qu'il vit en premier, avec sa chaussure éculée ornée d'une grosse boucle tape-à-l'œil. Sa première vision de miss Sainsbury Seale avait été, il s'en souvenait, une boucle de chaussure.

Son regard remonta jusqu'à la jupe de lainage verdâtre, la veste, puis la tête.

Il émit un grognement inarticulé.

— Je sais, acquiesça Japp. C'est assez insoutenable.

Le visage avait été écrasé jusqu'à devenir méconnaissable. Ça plus le processus naturel de la décomposition, il n'était pas étonnant que le teint des deux hommes ait pris une nuance cireuse quand ils ressortirent du débarras.

— Bof ! marmonna Japp, ça fait partie de la routine — notre routine. Aucun doute là-dessus, ce boulot est parfois franchement moche. Il y a un fond de cognac à côté. Vous feriez bien d'en prendre un peu.

Le salon était élégamment meublé, dans le style à la mode : du chromé à profusion et quelques larges fauteuils cubiques recouverts d'un tissu havane à motifs géométriques.

Poirot trouva la bouteille et se servit un peu de cognac. Quand il eut fini de boire, il soupira :

— Ça n'était pas joli, joli ! Maintenant, mon tout bon, racontez-moi.

— Cet appartement appartient à une Mrs Albert Chapman. Mrs Chapman, d'après mes renseignements, est une pétulante blonde bien en chair, dans les quarante et quelques. Elle paie ses factures, ne dédaigne pas une partie de bridge à l'occasion avec ses voisins, mais dans l'ensemble reste plutôt dans son coin. Pas d'enfants. Mr Chapman est voyageur de commerce.

» Miss Sainsbury Seale a débarqué ici le soir même de notre entrevue avec elle. Vers 7 heures et quart. Elle est donc probablement arrivée tout droit du *Glengowrie Court*. Elle était déjà venue une fois, d'après le concierge. Rien de louche, comme vous voyez — une visite amicale. Le concierge l'a fait monter au second et, la dernière fois qu'il l'a vue, elle était sur le paillasson, en train de sonner.

— Il a pris son temps pour retrouver la mémoire ! commenta Poirot.

— Il a eu des problèmes d'estomac, semble-t-il. Hôpital. Quelqu'un l'a remplacé pendant ce temps-là. Ce n'est que la semaine dernière qu'il a remarqué dans un vieux journal le signalement d'une « disparue ». Sur quoi il a dit à sa femme : « Ça ressemble comme deux gouttes d'eau à la toupie qui est venue voir Mrs Chapman, au second. Elle avait bien un truc de lainage vert et des boucles à ses godasses. » Une heure après, ça lui trottait encore dans la tête : « J'crois bien qu'elle avait un nom dans ce goût-là. Que j'sois pendu si c'était pas ça : miss Machintruc Seale ! »

« Après ça, poursuivit Japp, il lui a fallu environ quatre jours pour surmonter une répugnance naturelle à s'adresser à la police et pour venir nous dire ce qu'il savait.

» Nous ne pensions pas que ça mènerait quelque part. Vous n'avez pas idée du nombre de fausses pistes que nous avons suivies. J'ai quand même envoyé le sergent Beddoe — brillant jeune homme s'il en fut — faire un tour dans le coin. Un peu trop « Cambridge », ce garçon, mais après tout ce n'est pas sa faute. C'est devenu la mode.

» Beddoe a tout de suite senti que nous tenions enfin le bon bout. Pour commencer, cette Mrs Chapman, personne ne l'avait vue depuis plus d'un mois. Partie sans laisser d'adresse. C'était un peu bizarre. Et en fait, tout ce qui concernait Mr et Mrs Chapman était un peu bizarre.

» Il a vite appris que le concierge n'avait pas vu miss Sainsbury Seale ressortir. En soi, cela n'avait rien d'étonnant. Elle avait très bien pu descendre par l'escalier et s'en aller sans qu'il la remarque. Mais le concierge lui a dit aussi que Mrs Chapman était partie assez soudainement. Le lendemain matin, il y avait simplement sur la porte une pancarte : « PAS DE LAIT. PRÉVENEZ NELLIE QUE JE M'ABSENTE. »

» Nellie, c'est la femme de ménage qui venait tous les jours. Comme Mrs Chapman s'était déjà absentée de façon aussi précipitée une ou deux fois par le passé, Nellie n'avait pas trouvé cela bizarre. Mais ce qui était bizarre, c'est qu'elle n'ait pas appelé le concierge pour descendre ses bagages ou lui trouver un taxi.

» Quoi qu'il en soit, Beddoe a décidé d'entrer dans l'appartement. Nous avons obtenu un mandat de perquisition et le passe du gérant. Rien d'intéressant, sauf dans la salle de bains. Ça avait été nettoyé à la hâte. Il y avait des traces de sang sur le linoléum, dans les coins, là où la serpillière n'était pas allée. Après ça, il n'y avait plus qu'à trouver le corps. Mrs Chapman n'avait pas emporté de bagages encombrants, sinon le concierge l'aurait su. Le corps était donc forcément dans l'appartement. Nous avons vite repéré cette malle à fourrures — bien hermétique, vous comprenez : l'endroit rêvé. Les clés étaient dans le tiroir de la coiffeuse.

» Nous l'avons ouverte et qu'est-ce qu'il y avait dedans ?... Notre belle envolée !

— Et Mrs Chapman, dans tout ça ? interrogea Poirot.

— Hé oui ! Qui est Sylvia ? C'est son petit nom, Sylvia. Quel rôle joue-t-elle dans tout ça ? Une chose est sûre. Sylvia, ou les amis de Sylvia, ont assassiné la dame et l'ont mise en boîte.

Poirot acquiesça :

— D'accord. Mais pourquoi lui avoir défoncé le visage ? Ce n'est pas très amical, ça !

— Pas très amical, en effet. Quant au *pourquoi*, eh bien on en est réduit aux suppositions. Pure vindicte, peut-être. Ou alors il s'agissait d'empêcher l'identification.

— Mais cela n'a rien empêché du tout !

— Non. Parce que non seulement nous avions une bonne description des vêtements que portait Mabelle

Sainsbury Seale au moment de sa disparition, mais en plus son sac avait été fourré dans la malle, et dans le sac il y avait tout simplement une vieille lettre adressée à elle, à son hôtel de Russel Square.

Poirot se redressa :

— Mais ça n'a pas de sens !

— Je suis bien de votre avis. Une erreur, je suppose.

— Oui, peut-être bien une erreur... Mais...

Poirot se leva :

— Vous avez fouillé l'appartement ?

— De fond en comble. Il n'y a rien d'éclairant.

— J'aimerais voir la chambre de Mrs Chapman.

— Eh bien, allons-y.

Nette et bien rangée, la chambre ne montrait aucun signe de départ impromptu. Personne n'avait dormi dans le lit, mais il était ouvert pour la nuit. Tout était recouvert d'une couche de poussière uniforme.

— Pas d'empreintes digitales, dit Japp. Il y en a dans la cuisine, mais je suis sûr que ce sont celles de la femme de ménage.

— Ce qui tendrait à prouver que l'appartement a été entièrement nettoyé après le meurtre ?

— Oui.

Du regard, Poirot fit lentement le tour de la pièce. Comme le salon, elle était meublée en moderne — mais meublée, se dit-il, par quelqu'un qui ne disposait pas de moyens illimités. Tout avait dû coûter assez cher, mais pas affreusement cher. L'ensemble faisait de l'effet, mais n'était pas haut de gamme. La couleur dominante était le rose. Il ouvrit un placard et tâta les vêtements — des vêtements élégants, mais pas non plus ce qui se faisait de mieux. Ses yeux tombèrent sur les chaussures

— la plupart du modèle sandale qui faisait fureur, certaines avec des semelles de liège d'une épaisseur exagérée. Il en soupesa une, nota que Mrs Chapman chaussait du 38 et la reposa. Dans un autre placard il trouva plusieurs fourrures empilées sans précaution.

— Sorties de la malle, dit Japp.

Poirot acquiesça. Il tenait un manteau de petit-gris.

— Première qualité, apprécia-t-il en connaisseur.

Il passa dans la salle de bains.

Il y avait une grande exposition de produits de beauté. Poirot les examina avec intérêt. Poudre, fards, démaquillants, crèmes nourrissantes, plus deux flacons de teinture pour les cheveux.

— Pas vraiment aussi blonde platinée qu'elle voudrait bien le faire croire, notre Mrs Chapman, grommela Japp.

— À quarante ans, très cher, objecta Poirot, la plupart de ces dames commencent à grisonner, mais Mrs Chapman n'était pas femme à laisser la nature lui dicter sa loi.

— Elle doit être rouge henné à l'heure qu'il est, histoire de changer un brin.

— Je me demande.

— Quelque chose vous contrarie, Poirot. Qu'est-ce que c'est ?

— Eh bien, oui, je suis contrarié. Je suis très contrarié. Voyez-vous il y a là un problème insoluble pour moi.

D'un pas résolu, il retourna dans le débarras.

Il entreprit d'ôter la chaussure du pied de la morte. Elle vint, non sans difficulté.

Il examina la boucle. Elle avait été maladroitement recousue.

Hercule Poirot soupira :

— Je dois rêver...

— Qu'essayez-vous de faire ? s'enquit Japp. Rendre les choses encore un peu plus compliquées ?

— C'est exactement ça.

— Une chaussure en cuir, gronda Japp. Une chaussure complète, avec sa boucle... Qu'est-ce qui cloche là-dedans ?

— Rien, dit Poirot. Rigoureusement rien. Mais quand même... Je ne comprends pas.

Mrs Merton, appartement 82, King Leopold Mansions, avait été indiquée par le concierge comme étant l'amie la plus intime de Mrs Chapman dans la résidence.

C'est donc au numéro 82 que Japp et Poirot se transportèrent ensuite.

Mrs Merton était une personne qui avait la langue bien pendue, des yeux noirs avides et une coiffure élaborée.

Il ne fut pas nécessaire de l'encourager à parler : elle frétillait dans le drame.

— Sylvia Chapman ? Évidemment, je ne la connais pas très bien — pas intimement, si vous préférez. Nous avons eu quelques bonnes soirées de bridge, nous sommes allées ensemble au cinéma et, bien sûr, faire quelquefois du lèche-vitrines, Mais, oh ! Je vous en conjure... elle n'est pas morte, dites-moi ?

Japp la rassura.

— Ah, bon ! Vous m'ôtez un poids ! Voyez-vous, le facteur était dans tous ses états, juste là, il y a cinq minutes, à propos d'un cadavre qu'on aurait découvert dans un des appartements... Mais il ne faut jamais croire ce que les gens racontent, n'est-ce pas ? Personnellement, je ne donne *jamais* dans le panneau !

Japp posa une nouvelle question.

— Non, je n'ai pas eu de ses nouvelles, pas depuis que nous avions projeté d'aller voir le nouveau Fred Astaire et Ginger Rogers la semaine suivante. Et, à ce moment-là, elle ne m'avait pas signalé de déplacement.

Mrs Merton n'avait jamais entendu mentionner une quelconque miss Sainsbury Seale dans la conversation. Non, Mrs Chapman n'avait jamais prononcé un nom pareil.

— Et pourtant, c'est un nom qui me dit très nettement quelque chose. J'ai l'impression de l'avoir vu quelque part, *très récemment*.

— Dans tous les journaux pendant des semaines, dit Japp, un brin ironique.

— Bien sûr ! Une personne disparue, c'est cela ? Et vous pensiez que Mrs Chapman la connaissait peut-être ? Non, je vous le répète, je suis certaine de n'avoir jamais entendu Sylvia prononcer ce nom-là.

— Que savez-vous de Mr Chapman, Mrs Merton ?

— De *Mr* Chapman ?

Une expression curieuse passa sur le visage de Mrs Merton :

— Il est voyageur de commerce, je crois. C'est en tout cas ce que m'a dit Sylvia. Il se déplace beaucoup à l'étranger pour sa société — armements, je crois bien. Il voyage dans toute l'Europe.

— L'avez-vous déjà rencontré ?

— Non, jamais. Il est rarement chez lui, et quand il rentre, Mrs Chapman et lui n'ont pas de temps à consacrer à des tiers, il faut se mettre à leur place.

— Savez-vous si Mrs Chapman a des amis ou de la famille ?

— Des amis, je ne sais pas. De la famille proche, je n'ai pas le souvenir qu'elle m'en ait jamais parlé.

— A-t-elle jamais séjourné aux Indes ?

— Pas à ma connaissance...

Après un court silence, Mrs Merton n'y tint plus :

— Mais, s'il vous plaît, dites-moi pourquoi vous me posez toutes ces questions ? Je comprends bien que vous êtes de Scotland Yard et tout ça, mais il doit bien y avoir une raison ?

— Eh bien, Mrs Merton, comme vous l'apprendrez de toute façon tôt ou tard... On a effectivement trouvé un cadavre chez Mrs Chapman.

— Oh !

Pendant un instant, Mrs Merton ressembla au chien dont les yeux étaient comme des soucoupes.

— Un cadavre ! il ne s'agit pas de Mr Chapman, au moins ? Peut-être un *étranger*, alors ?

— Notre cadavre n'a rien de masculin, tint à préciser Japp. C'est celui d'une femme.

— Une femme...

Mrs Merton paraissait encore plus décontenancée.

— Pourquoi pensiez-vous qu'il s'agissait d'un homme ? demanda doucement Poirot.

— Oh, je ne sais pas, moi ! Ça me semblait plus logique.

— Mais pourquoi donc ? Mrs Chapman avait-elle l'habitude de recevoir des hommes ?

— Oh non ! Non, pas du tout ! s'offusqua Mrs Merton. Je n'ai jamais voulu suggérer ce *genre* de choses ! Sylvia Chapman n'est absolument pas le *genre* de femme à ça, vraiment, non ! C'était juste que Mr Chapman... Enfin...

Elle s'arrêta là.

— Je pressens, chère madame, la gronda gentiment Poirot, que vous en savez plus long que vous n'avez bien voulu nous le dire.

Mrs Merton parut égarée :

— Je... Je ne sais vraiment pas ce que je dois faire. Je veux dire... Je ne voudrais pas trahir un secret. Ce que Sylvia m'a confié, je ne l'ai jamais répété — si ce n'est à une ou deux amies, peut-être, mais dont j'étais tout à fait sûre.

Mrs Merton se pencha plus près et baissa la voix jusqu'au murmure :

— C'est venu comme ça, par hasard, au cinéma. un film d'espionnage... et Mrs Chapman était en train de me dire qu'on voyait bien que l'auteur du scénario ne connaissait rien aux Services secrets... et ça lui est sorti comme ça, mais elle m'a fait jurer de me taire... de ne jamais répéter que Mr Chapman... Parce qu'il est dans les Services secrets, si vous voyez ce que je veux dire. C'est pour ça qu'il est si souvent à l'étranger. La société d'armements, c'est juste une couverture. Et je ne vous dis pas l'angoisse que c'est pour Mrs Chapman à chacune de ses absences avec l'interdiction d'échanger du courrier et tout. Avec ça que, comme métier, il n'y a rien de plus *dangereux* !

Tout en dévalant l'escalier pour regagner l'appartement 45, Japp explosa :

— Par les mânes de Phillips Oppenheim, de Valentin

Williams et de William Le Queux, je crois que je vais devenir enragé !

Le jeune et brillantissime sergent Beddoe les attendait de pied ferme.

— Rien à tirer de la femme de ménage, monsieur, annonça-t-il avec un infini respect. Mrs Chapman en changeait semble-t-il souvent. Celle-ci n'a travaillé chez elle qu'un mois ou deux. Elle dit que Mrs Chapman était une femme adorable, raffolant d'émissions radio et toujours prête à bavarder. À son avis, le mari devait courir le guilledou, mais Mrs Chapman ne s'en rendait pas compte. Elle recevait parfois des lettres de l'étranger. La femme de ménage sait qu'il y en avait en tout cas eu quelques-unes d'Allemagne, deux d'Amérique, une d'Italie et une d'URSS : son petit ami collectionne les timbres et Mrs Chapman les lui mettait de côté.

— Rien dans les papiers de Mrs Chapman ?

— Rien du tout, monsieur. Elle ne gardait pas grand-chose. Quelques factures, des reçus — tous du coin. Quelques vieux programmes de théâtre, une ou deux recettes découpées dans des journaux et une brochure sur les Missions des Harems.

— Ça, pas la peine de chercher d'où ça vient !... Ce qu'il y a de sûr, c'est que tout ça ne ressemble guère au portrait-robot d'une criminelle. Or, c'est pourtant bien à une criminelle que nous avons affaire. Ou, au minimum, à la complice d'un criminel. À propos, aucun individu suspect repéré dans les parages ce soir-là, par hasard ?

— Le concierge n'en a pas souvenir, mais, depuis le temps, le contraire serait étonnant. Et, de toute façon, il y a pas mal d'appartements ici, et les gens entrent et sortent sans arrêt. S'il se rappelle la date de la visite de miss Sainsbury Seale, c'est qu'il s'est senti patraque ce soir-là et qu'il a été hospitalisé le lendemain.

— Les autres locataires n'ont rien entendu d'inhabituel ?

Le jeune homme secoua la tête :

— Je suis allé demander à l'appartement du dessus et à celui du dessous. Les occupants ne se souviennent de rien, mais leur radio marchait.

Le médecin légiste sortit de la salle de bains où il était allé se laver les mains.

— Pas appétissante, votre copine ! dit-il d'un ton réjoui. Envoyez-la moi dès que vous n'en aurez plus besoin, que je puisse m'atteler au boulot !

— Une idée sur la cause du décès, docteur ?

— Impossible à dire avant l'autopsie. A priori, ces blessures à la face ont été faites après la mort. Mais j'en saurai davantage quand je l'aurai à la morgue. Femme d'âge moyen, en bonne santé, Cheveux gris à la racine, teints en blond. On trouvera peut-être des signes particuliers sur le corps, sinon ça ne va pas être une mince affaire de l'identifier. Ah ! vous savez qui c'est ? Magnifique ! Pardon ? La disparue dont on a tant parlé dans les journaux ? Bof ! moi, vous savez, je ne lis jamais le journal, je me contente des mots croisés.

— Eh bien, bravo ! ronchonna Japp tandis que le médecin légiste s'éclipsait.

Poirot, quant à lui, tournicotait autour du secrétaire. Il s'empara d'un petit carnet d'adresses marron.

— Rien de bien intéressant là-dedans, s'empressa l'infatigable Beddoe. Coiffeurs, couturières, etc. J'ai relevé les noms et adresses des particuliers.

Poirot ouvrit le carnet à la lettre D.

Il lut :

Dr Davis, 17, Prince Albert Road ;

Drake & Pomponetti, poissonnerie...

Et puis, juste en dessous :

Dentiste : Mr Morley, 58 Queen Charlotte Street.

Une lueur fusa dans son regard.

— J'ai comme l'impression, déclara-t-il, que l'identification indiscutable ne soulèvera guère de problèmes.

Japp le dévisagea d'un drôle d'air :

— Vous... vous n'imaginez tout de même pas... ?

Le ton de Poirot se fit véhément :

— Peu importe ce que j'imagine ! Ce qu'il faut, c'est que j'en aie le *cœur net* !

Miss Morley s'était installée à la campagne. Elle vivait désormais dans un petit cottage, non loin de Hertford.

Le grenadier reçut Poirot avec infiniment de bonne grâce. Depuis la mort de son frère, son visage était devenu un peu plus sévère peut-être, son maintien un peu plus raide, et son attitude face à la vie en général résolument plus inflexible. il faut dire qu'elle avait amèrement souffert de voir l'honneur professionnel de son frère entaché par les conclusions de l'enquête.

Poirot, avait-elle quelque raison d'estimer, pensait lui aussi que le verdict était une erreur. D'où, à l'égard de ce dernier, un certain amollissement du grenadier.

Elle répondit de bon gré à ses questions, et avec précision. Tous les papiers professionnels de Mr Morley avaient été soigneusement classés par miss Nevill et remis au successeur du dentiste. Certains de ses patients étaient passés à Mr Reilly, d'autres avaient adopté le nouvel associé, une partie, enfin, s'était éparpillée chez d'autres confrères.

Après avoir dit tout ce qu'elle pouvait savoir, miss Morley ajouta :

— Ainsi, vous avez retrouvé cette femme qui était une patiente d'Henry, miss Sainsbury Seale. Et, *elle aussi*, elle a été tuée.

Il y avait du défi dans cet « elle aussi »-là.

— Votre frère n'a jamais fait devant vous de commentaire particulier sur miss Sainsbury Seale ? demanda Poirot.

— Non, pas que je me souvienne. S'il avait eu un patient particulièrement éprouvant, il m'en parlait ; ou si l'un d'eux avait dit quelque chose de drôle, il me le racontait. Mais, de façon générale, nous ne parlions pas beaucoup de son travail. Quand la journée était finie, il préférait penser à autre chose. Il était parfois vanné, vous savez.

— Vous souvenez-vous d'une Mrs Chapman dans la clientèle de votre frère ?

— Chapman ?... Non, ce nom-là ne me dit rien du tout. Mais pour ce genre de renseignement, miss Nevill vous serait bien plus utile que moi.

— Je serais très heureux d'entrer en contact avec elle. Savez-vous où je peux la trouver ?

— Elle travaille chez un dentiste de Ramsgate, je crois.

— Elle n'a pas encore épousé Frank Carter ?

— Non. Et j'espère bien qu'elle ne l'épousera jamais. Je n'aime pas cet individu, monsieur Poirot. Vraiment pas. Il y a chez lui quelque chose de mauvais. Je persiste à penser qu'il n'a aucun sens moral.

— Estimez-vous possible qu'il soit l'assassin de votre frère ?

— Rien ne m'ôtera de l'idée, dit lentement miss Morley, qu'il en aurait été *capable* — il a un caractère très violent. Mais je ne vois pas quelle raison il aurait eue, ni quand il aurait pu le faire. Bien sûr, si Henry avait réussi à convaincre Gladys de mettre un terme à cette relation... Mais elle était indéfectiblement loyale.

— Aurait-il pu être soudoyé, à votre avis ?

— Soudoyé ? Pour tuer mon frère ? Quelle idée extravagante !

Sur ces entrefaites, une jolie fille brune entra avec le plateau à thé. Quand elle fut ressortie, Poirot demanda :

— Cette jeune fille était à votre service à Londres, n'est-ce pas ?

— Agnès ? Oui, elle était femme de chambre. Je me suis séparée de la cuisinière : elle ne voulait de toute façon pas me suivre à la campagne. C'est Agnès qui fait tout, maintenant. Elle est en train de devenir un vrai cordon-bleu.

Poirot hocha la tête.

Il connaissait sur le bout du doigt l'organisation domestique du 58, Queen Charlotte Street, qui avait été étudiée dans le détail à l'époque du drame. Mr Morley et sa sœur occupaient les deux derniers étages de la maison. Le sous-sol avait été fermé, à l'exception d'un étroit couloir qui menait à la cour intérieure où se trouvait le monte-charge utilisé par les fournisseurs, ainsi qu'un tube acoustique. La seule entrée était donc la porte de façade, qu'Alfred avait en charge. C'était cela qui avait conforté la police dans sa certitude qu'aucun inconnu n'avait pu s'introduire dans la maison ce matin-là.

La cuisinière comme la femme de chambre étaient au service des Morley depuis plusieurs années et avaient toutes deux bonne réputation. Donc, même si théoriquement l'une ou l'autre avait pu se faufiler à l'étage inférieur et tuer son patron, cette éventualité n'avait jamais été sérieusement envisagée. Aucune des deux n'avait manifesté de nervosité particulière lors des interrogatoires, et ni l'une ni l'autre ne semblaient pouvoir être liées de façon plausible à la mort de Mr Morley.

Pourtant, quand Agnès tendit au visiteur sur le départ sa canne et son chapeau, elle lui demanda avec une brusquerie, une nervosité surprenantes :

— Est-ce que... Est-ce qu'on en sait plus sur la mort du patron, monsieur ?

Poirot fit volte-face pour la regarder :

— Aucun élément nouveau n'a été découvert.

— Alors on est toujours tout à fait sûr comme quoi il s'est tué parce qu'il avait fait une erreur avec cette drogue ?

— Oui. Pourquoi cette question ?

Agnès lissait son tablier. Elle avait détourné la tête.

— La... la patronne, elle ne croit pas à ça, dit-elle d'une voix quasi inaudible.

— Et vous pensez comme elle, sans doute ?

— Moi ? Oh, moi, j'sais rien, monsieur. Je voulais... Je voulais... Oh ! c'était juste histoire d'être sûre, quoi.

— Cela vous soulagerait d'avoir la certitude absolue qu'il s'agissait d'un suicide ? demanda Poirot de sa voix la plus engageante.

— Oh oui, monsieur ! répondit sans hésiter Agnès. Pour sûr !

— Auriez-vous à cela une raison particulière ?

Son regard effrayé croisa celui de Poirot. Elle eut un imperceptible mouvement de recul :

— Je... Je ne sais rien de rien, monsieur. Je posais une question, monsieur, c'est tout...

« Mais *pourquoi* l'a-t-elle posée ? » se demanda Poirot en se dirigeant vers la barrière.

Il savait qu'il existait forcément une réponse à cette question. Mais, à ce moment précis, il était incapable d'imaginer ce qu'elle pouvait bien être.

Tant pis, il n'en sentait pas moins qu'il venait de faire un pas en avant.

En rentrant chez lui, Poirot eut la surprise d'y trouver un visiteur inattendu.

Le sommet d'un crâne chauve émergeait du dossier d'un fauteuil. Et Mr Barnes se dressa de toute sa petite taille.

L'œil plus papillotant que jamais, il présenta de brèves excuses. Il était venu, expliqua-t-il, rendre sa visite à Hercule Poirot.

Poirot se déclara ravi de voir Mr Barnes.

George fut mandé de servir le café — à moins, bien sûr, que son hôte ne préférât du thé ou un whisky-soda ?

— Un café serait divin, dit Mr Barnes. J'imagine que votre domestique sait le faire. Les domestiques anglais en sont généralement incapables.

Ils échangèrent encore quelques amabilités, puis Mr Barnes s'éclaircit la gorge et entra dans le vif du sujet :

— Je vais être franc, monsieur Poirot. C'est la curiosité qui m'amène. Je me suis dit que vous étiez sûrement très au fait des détails de cette curieuse affaire.

J'ai lu dans les journaux qu'on avait retrouvé cette miss Sainsbury Seale et qu'une enquête avait été ouverte puis ajournée pour complément d'enquête. La mort serait due à une trop forte dose de véronal.

— C'est bien ça, acquiesça Poirot.

Il y eut un silence, puis Poirot demanda :

— Avez-vous jamais entendu parler d'Albert Chapman, Mr Barnes ?

— Ah ! le mari de la dame chez qui miss Sainsbury Seale a trouvé la mort ? Un personnage assez insaisissable, à ce que l'on dirait.

— Mais sûrement pas inexistant.

— Oh non ! Il existe. Oui, bien sûr, il existe — ou a existé. J'avais entendu dire qu'il était mort. Mais on ne peut guère se fier à ce genre de rumeurs.

— Qui était-il, Mr Barnes ?

— Je ne pense pas que ce sera révélé à l'enquête, si on peut l'éviter. On sortira l'histoire de la société d'armements.

— Il appartenait donc bien aux Services secrets ?

— Bien sûr. Mais il n'était pas censé le dire à sa femme — pas censé du tout. En fait, il n'aurait pas dû continuer dans le Service après son mariage. Telle est la règle... enfin, je veux dire... si on fait vraiment partie des éléments top-secret.

— Et Mr Chapman en faisait partie ?

— Oui. Q.X. 912. C'est ainsi qu'on le connaissait. On n'utilise pas les noms, ce serait tout à fait irrégulier. Oh, je ne veux pas dire que Q.X. 912 était spécialement important, ni quoi que ce soit de ce genre. Mais il était utile parce que c'était un type insignifiant, le genre de visage dont on ne se souvient pas. Il a pas mal servi de messager à travers l'Europe. Vous connaissez le système : une lettre pleine de dignité transmise via notre ambassadeur en Ruritanie, et une autre, pas du tout officielle, traitant du sale boulot et acheminée par Q.X. 912 — à savoir Mr Albert Chapman.

— Alors il détenait une quantité de renseignements précieux ?

— Il ne savait probablement rien du tout, gloussa Mr Barnes avec bonne humeur. Tout ce qu'on lui demandait c'était de sauter dans des trains, des bateaux, des avions, et d'avoir toujours une bonne excuse pour justifier ses déplacements.

— Et vous avez entendu dire qu'il était mort ?

— C'est bien ce que j'ai entendu dire. Mais il ne faut jamais croire les racontars. Je ne m'y risque jamais.

Poirot lui lança un regard pénétrant.

— Et sa femme, demanda-t-il, que pensez-vous qu'il lui soit arrivé ?

— Je n'en ai pas la moindre idée, dit Mr Barnes. Et vous ?

— J'en avais bien une, dit Poirot. Mais...

Il se tut, puis reprit d'une voix lente :

— C'est à n'y rien comprendre.

— Quelque chose vous tracasse ? murmura Barnes, compatissant.

— Oui, dit Poirot de la même voix lente. Ce que j'ai vu de mes propres yeux...

Japp entra dans le salon de Poirot et flanqua son chapeau sur le guéridon avec une telle violence qu'il en vacilla.

— Comment diable vous est venue cette idée ? lança-t-il.

— Mon bon Japp, j'ignore de quoi vous parlez.

L'inspecteur reprit en détachant ses mots :

— Comment vous est venue l'idée que le cadavre n'était pas celui de miss Sainsbury Seale ?

Poirot semblait chiffonné.

— C'est le visage qui me tracassait, dit-il. Pourquoi défoncer le visage d'un cadavre ?

— Ma parole ! gronda Japp, j'espère que, là où il est, ce pauvre vieux Morley voit ce qui se passe ! Après tout, il n'est pas impossible qu'on l'ait supprimé comme ça, exprès — dans le seul but qu'il ne puisse pas venir témoigner !

— Il aurait certainement été préférable, en effet, qu'il puisse témoigner lui-même.

— Leatheran fera très bien l'affaire. Le successeur de Morley. Un type très capable et infiniment respectable. Et puis, de toute façon, la preuve est irréfutable.

Le soir même, une nouvelle sensationnelle s'étalait à la une de tous les journaux. Le corps découvert dans l'appartement de Battersea dont on avait cru qu'il était celui de miss Sainsbury Seale venait d'être formellement identifié comme étant celui de Mrs Albert Chapman.

Après examen dentaire et comparaison avec les dossiers laissés par Mr Morley, Mr Leatheran, dentiste, 58, Queen Charlotte Street, pouvait affirmer de manière catégorique que la morte était Mrs Albert Chapman.

Les vêtements de miss Sainsbury Seale étaient sur le cadavre et son sac se trouvait à côté...

Mais miss Sainsbury Seale elle-même... où diable était-elle bien passée ?

En sortant de la salle où venait d'avoir lieu l'enquête, Japp jubilait.

— Beau travail ! exulta-t-il. Ils en sont restés comme deux ronds de flan !

Poirot voulut bien en convenir.

— Vous aviez tout de suite vu juste, poursuivit Japp. Oh, ça ne me plaisait pas trop non plus, ce corps. Après tout, on ne va pas écrabouiller le visage d'un cadavre comme ça, pour rien. C'est un sale boulot, répugnant, il fallait bien qu'il y ait une raison de le faire. Et de raison, il ne pouvait y en avoir qu'une : empêcher l'identification. Mais, ajouta-t-il, beau joueur, jamais je n'aurais deviné si vite qu'il s'agissait de l'autre femme.

Poirot sourit :

— Et pourtant, très cher, si on s'en tenait à l'essentiel, les descriptions des deux femmes en question ne présentaient guère de différences fondamentales. Mrs Chapman, je vous l'accorde, était une jolie femme élégante, bien maquillée, habillée à la mode. Et miss Sainsbury Seale un laideron mal fagoté qui ignorait tout du fard et du rouge à lèvres. Mais, pour l'essentiel, elles avaient toutes deux dépassé la quarantaine, toutes deux la même corpulence — et toutes deux camouflaient leurs cheveux grisonnants sous une teinture blonde.

— Oui, bien sûr, présenté comme *ça*... Il y a une chose qu'il faut admettre : la douce Mabelle nous a joliment roulé dans la farine J'aurais pourtant juré qu'elle ne nous racontait pas d'histoires.

— Voyons, très cher, elle ne nous a pas menti. Nous savons tout de son passé.

— Mais ce que nous ne savions pas, c'est qu'elle était capable de tuer — or, c'est comme ça que les choses se présentent maintenant. Sylvia n'a pas tué Mabelle... c'est Mabelle qui a tué Sylvia.

Poirot secoua la tête d'un air contrarié. Il n'arrivait toujours pas à associer miss Sainsbury Seale à un meurtre. Pourtant, à ses oreilles, résonnait encore la petite voix narquoise de Mr Barnes : « il faut toujours se méfier a priori des gens insoupçonnables ».

Et miss Sainsbury Seale lui était apparue éminemment insoupçonnable...

— J'aurai le fin mot de cette histoire ! s'écria Japp. Cette femme ne va pas s'en tirer comme ça.

Le lendemain, Japp téléphona. Il avait une drôle de voix :

— Vous voulez connaître la dernière, Poirot ? Rideau, mon vieux, kaput !

— Pardon ? La ligne doit être mauvaise. Je ne comprends pas un traître mot de ce que vous me chantez.

— C'est fini, mon vieux ! F-i-Fi, N-i-Ni ! On tire l'échelle. On ferme boutique et on se tourne les pouces !

L'amertume dans sa voix était palpable. Poirot en fut saisi.

— Qu'est-ce qui est fini ?

— Tout le cinéma ! Les révélations sensationnelles, la publicité et tout le bataclan !

— Je vous conjure de ne pas m'en vouloir, mais je ne comprends toujours pas.

— Alors, écoutez. Écoutez bien parce que je ne peux pas prononcer de noms. Vous vous souvenez de nos recherches ? Vous vous rappelez que j'ai fait passer le pays au peigne fin pour retrouver cette créature à ailes multiples ?

— À ailes multiples ? manqua s'étrangler Poirot. Ah vous voulez dire à deux *L*... Ha-ha ! Très drôle !

— Oui, eh bien, c'est annulé. On étouffe le coup. Silence dans les rangs. Est-ce que vous comprenez, maintenant ?

— Oui. Mais pourquoi ?

— Injonction du Foreign Office, voilà pourquoi !

— Mais, dites-moi, ce n'est pas banal, ça !

— Certes, mais ça arrive de temps à autre...

— Mais pourquoi tant d'indulgence envers miss... pourquoi laisser voler l'oiseau à deux L ?

— Oh, il ne s'agit pas de ça. Elle n'a aucune importance. C'est la publicité... Si miss... si l'oiseau en question comparaissait, il pourrait y avoir un peu trop de publicité autour de Mrs A.C., vous voyez ? Le cadavre. Et ça, c'est top-secret ! Tout ce que je suppose, c'est que le fichu mari... Mr A.C., vous me suivez ?

— Oui, oui.

— C'est qu'il est quelque part, à l'étranger, dans une situation délicate et qu'on ne voudrait pas gêner ses mouvements.

— Tsaaa !

— Qu'avez-vous dit ?

— Rien, très cher, je me contentais de manifester ma contrariété.

— Ah bon. Pendant un instant, je vous ai cru enrhumé. Contrariété, oui ! J'emploierais volontiers un mot un peu plus imagé ! L'idée d'avoir laissé filer cette bonne femme me fait voir rouge !

— Elle ne s'en tirera pas comme ça, dit Poirot d'une voix doucereuse.

— Nous avons les mains liées, vous dis-je !

— Vous, peut-être... Pas *moi* !

— Ce bon vieux Poirot ! Alors vous allez continuer sur votre lancée ?

— Bien évidemment, très cher... Jusqu'à ce que mort s'ensuive.

— Hé ! ne plaisantez pas, mon vieux ! Si cette affaire se poursuit comme elle a commencé, vous n'allez pas tarder à recevoir une tarentule venimeuse par la poste, je vous en fiche mon billet !

« Jusqu'à ce que mort s'ensuive » ! marmonna Poirot en raccrochant. Pourquoi ai-je employé une expression aussi mélodramatique ? J'espère ne pas me mettre à sombrer dans l'absurdité !

La lettre arriva au courrier du soir. Une lettre dactylographiée, à l'exception de la signature.

Cher monsieur Poirot,

Vous m'obligeriez grandement en ne rendant visite demain. Il se peut en effet que j'aie une mission à vous confier. Je vous propose 12 h, 30, chez moi, à Chelsea. Si toutefois l'heure ne vous convenait pas, pourriez-vous le faire savoir à mon secrétaire ?

Merci de me pardonner cette invitation an pied levé.

Bien à vous,
Alistair Blunt

Poirot lissa la lettre et la relut. À cet instant, le téléphone sonna.

Hercule Poirot se flattait à l'occasion de ce que la seule sonnerie du téléphone lui suffisait le plus souvent pour deviner la nature du message.

Cette fois, il eut immédiatement la certitude qu'il ne s'agissait ni d'une erreur ni d'un ami — mais bien d'un appel important.

Il se leva et alla décrocher.

— *Allô ?* dit-il de son ton le plus courtois et avec son plus bel accent.

— Votre numéro, s'il vous plaît ? fit une voix impersonnelle.

— Whitehall 7272.

Il y eut un court silence, un déclic, puis une voix parla. Une voix de femme :

— Monsieur Poirot ?

— Lui-même.

— Monsieur Hercule Poirot ?

— Oui.

— Monsieur Poirot, vous venez de recevoir, ou allez recevoir très bientôt une lettre.

— Qui est à l'appareil ?

— Vous n'avez pas à le savoir.

— Fort bien. J'ai reçu, madame, par le courrier du soir, huit lettres et trois factures.

— En ce cas, vous savez de laquelle je parle. Vous ferez preuve de sagesse, monsieur Poirot, en refusant la mission que l'on veut vous confier.

— Ça, chère madame, vous me permettrez d'en décider seul.

La voix se fit glaciale :

— Je dois vous prévenir, monsieur Poirot, que nous

ne tolérerons pas plus longtemps vos agissements. *Ne vous mêlez pas de cette affaire !*

— Et si je refuse ?

— Alors nous prendrons toutes dispositions utiles pour mettre un terme à vos menées.

— Vous me menacez, chère madame !

— Nous vous enjoignons simplement d'agir avec sagesse. Dans votre intérêt.

— C'est trop de bonté !

— Il est hors de question que vous entraviez le cours des événements ou que vous mettiez un frein aux décisions prises. Alors *ne mettez pas les pieds dans ce qui ne vous regarde pas !* Vous me comprenez ?

— Oh, très bien ! Cependant, voyez-vous, j'estime que la mort de Mr Morley me regarde !

— Sa mort n'était qu'un accident de parcours, rétorqua sèchement la voix. Il entravait le bon déroulement de nos plans.

— C'était un être humain, madame, et il est mort avant son heure.

— Il n'avait aucune espèce d'importance.

— C'est là que vous vous trompez, dit Poirot — et sa voix était dangereusement calme.

— Il est seul responsable. Il n'a rien voulu entendre.

— Je ne veux rien entendre non plus.

— Alors vous êtes un imbécile.

Il y eut un déclic à l'autre bout du fil : on avait raccroché.

— Allô ? fit encore Poirot.

Puis il reposa le combiné. Inutile de se renseigner auprès du Central — il ne faisait pas de doute que l'appel provenait d'une cabine publique.

Ce qui l'intriguait, le troublait, c'était l'impression d'avoir déjà entendu cette voix. Il s'efforça de faire resurgir un souvenir insaisissable. Était-ce à miss Sainsbury Seale qu'il avait pensé ?

Dans son souvenir, Mabelle Sainsbury Seale avait la voix haut perchée, assez maniérée, théâtrale. Là, rien de commun — et pourtant, ç'aurait pu être miss Sainsbury Seale déguisant sa voix. Après tout, elle avait été comédienne, elle devait pouvoir faire ça sans difficulté. Le timbre de la voix mystérieuse n'était pas si différent, au fond...

Mais il n'était pas satisfait de cette explication. Non, c'était à quelqu'un d'autre qu'il avait pensé — quelqu'un qu'il ne connaissait qu'à peine, mais qu'il était sûr d'avoir déjà entendu une fois, deux fois peut-être.

Pourquoi prendre la peine de lui téléphoner pour le menacer ? Ces gens croyaient-ils sérieusement que des menaces suffiraient à le dissuader ? Apparemment, oui. C'était mal le connaître !

Le lendemain matin, les journaux apportaient une nouvelle à sensation : on avait tiré, la veille au soir, sur le Premier ministre alors qu'il sortait du 10, Downing Street en compagnie d'un ami. Par chance, la balle s'était égarée. L'homme, un Indien, avait été appréhendé.

Dès qu'il eut pris connaissance des détails, Poirot fila en taxi à Scotland Yard où on le conduisit au bureau de l'inspecteur Japp.

Celui-ci le salua cordialement :

— Ah ! vous êtes venu. J'en étais sûr. Les journaux

mentionnent-ils le nom de l'« ami » qui était avec le Premier ministre ?

— Non. Qui était-ce ?

— Alistair Blunt.

— Pas possible ?

— Et, poursuivit Japp, nous avons de bonnes raisons de croire que c'est à lui que la balle était destinée. Sauf, bien sûr, si l'homme est encore plus mauvais tireur que nous ne le pensons !

— De qui s'agit-il ?

— D'une espèce de cinglé. Un étudiant hindou. Un demeuré, comme d'habitude, et qui a été manipulé. Pas le genre d'individu à avoir tout seul une idée pareille... Par parenthèse, il a bien failli nous filer entre les doigts ! Il y a toujours un petit attroupement devant le 10, vous le savez aussi bien que moi. Juste après le coup de feu, un jeune Américain a sauté sur un barbu en hurlant qu'il tenait le coupable. Pendant ce temps-là, l'Indien filait tranquillement. Mais un de nos hommes l'a quand même épinglé.

— L'Américain, qui était-ce ? interrogea vivement Poirot.

— Un dénommé Raikes. Pourquoi ?...

Japp s'interrompit, fixant Poirot

— Qu'y a-t-il ?

— Howard Raikes, séjournant actuellement au *Holboni Palace Hotel* ?

— Exact. Comment ?... Mais bien sûr ! Je me disais aussi que ce nom ne m'était pas inconnu ! C'est ce patient qui est parti sans attendre son tour le matin où Morley s'est tué...

Il réfléchit un instant :

— Curieux comme cette affaire ne cesse de revenir sur le tapis ! Vous avez toujours votre idée là-dessus, n'est-ce pas ?

— Oui, répondit gravement Poirot. J'ai toujours mon idée...

À Gothic House, Poirot fut reçu par le secrétaire, grand jeune homme lymphatique aux manières néanmoins exquises.

— Vous me voyez navré, monsieur Poirot, dit-il avec une politesse suave, et Mr Blunt tient à vous exprimer son regret le plus sincère, mais il a dû se rendre à Downing Street — fâcheuse conséquence de cet... euh... incident d'hier au soir. J'ai téléphoné chez vous — hélas ! vous veniez de sortir. Mr Blunt m'a chargé de vous demander si vous accepteriez de passer le week-end en sa compagnie dans sa propriété du Kent. À Exsham, pour être plus précis. Si toutefois vous en êtes d'accord, il se propose de vous prendre chez vous demain en fin d'après-midi.

Devant l'air hésitant de Poirot, le jeune homme se permit d'insister :

— Mr Blunt est infiniment désireux de vous voir, monsieur.

— Très bien, acquiesça Poirot. C'est d'accord.

— Magnifique ! Mr Blunt sera enchanté. S'il passait vous prendre vers 6 heures moins un quart, est-ce que cela vous convient... Oh ! bonjour, Mrs Olivera...

La plantureuse mère de Jane Olivera venait de faire son entrée. Manifestement sur son trente et un, elle portait — au creux de boucles permanentées — un petit chapeau fort coquinement incliné sur l'œil.

— Ah ! Mr Selby ! Mr Blunt vous a-t-il donné des instructions pour les chaises de jardin ? Je n'ai pas réussi à lui en parler hier soir et, puisque nous sommes absents pour le week-end, je...

Julia Olivera n'acheva pas sa phrase : elle venait d'aviser Poirot.

— Monsieur Poirot, connaissez-vous Mrs Olivera ? s'empressa le secrétaire.

— J'ai déjà eu la joie de rencontrer Madame, répondit Poirot en se fendant d'une de ses inévitables courbettes.

— Comment allez-vous ? dit-elle, manifestant la plus totale indifférence. Je le sais bien, Mr Selby, qu'Alistair est très occupé et qu'il n'accorde que peu d'importance à ces menus problèmes domestiques, mais j'estime tout de même que...

— Ne vous inquiétez pas, Mrs Olivera, intervint l'efficace jeune homme. Mr Blunt m'en a touché un mot et j'ai téléphoné chez Deevers à ce sujet.

— Eh bien, vous me délivrez là d'un réel souci, Mr Selby. Pourriez-vous me dire, à présent...

Et Mrs Olivera de continuer à caqueter tout son soûl. Une poule qui picore, pensa Poirot. Une grosse poule bien dodue ! Toujours caquetante et se rengorgeant, elle finit cependant par se diriger vers la porte :

... et si vous êtes certain que nous serons strictement entre nous ce week-end...

Mr Selby toussota :

— Hum !... M. Poirot sera également des nôtres.

Mrs Olivera se figea, fit volte-face et toisa Poirot d'un œil écœuré :

— Qu'est-ce que vous me racontez là ?

— Mr Blunt a eu l'extrême bonté de m'inviter, dit Poirot.

— Eh bien, ça, par exemple ! Voilà qui m'étonnerait *beaucoup* de la part d'Alistair ! Vous m'excuserez, monsieur Poirot, mais Mr Blunt m'a pourtant bien précisé à quel point il était particulièrement désireux de passer un week-end tranquille, *familial* !

Mr Selby intervint non sans fermeté :

— Mr Blunt n'en est pas moins particulièrement désireux de passer ce week-end en compagnie de M. Poirot, Mrs Olivera.

— Ah vraiment ? Il ne m'a rien dit de tel, à *moi* !

La porte s'ouvrit. Et Jane s'encadra dans l'embrasure.

— Mère ! s'emporta-t-elle. Vous venez, oui ou non ? Nous sommes attendues pour déjeuner à 1 heure et quart !

— J'arrive, Jane. Ne sois pas toujours aussi irritable.

— Alors, remuez-vous, bon sang !... Oh, bonjour, monsieur Poirot.

Elle s'était figée, toute vivacité enfuie, le regard méfiant.

— M. Poirot vient à Exsham pour le week-end, annonça Mrs Olivera d'une voix glaciale.

— Oh... Je vois.

Jane s'effaça pour laisser sa mère franchir le seuil. Sur le point de la suivre, elle se retourna :

— Monsieur Poirot !

Sa voix était impérieuse. Poirot s'en fut la rejoindre.

— Vous venez à Exsham ? l'interrogea-t-elle à mi-voix. Pourquoi ?

Poirot haussa les épaules :

— Délicate attention de votre oncle, je gage.

— Mais il ne peut pas savoir... Non, c'est impossible... Quand vous a-t-il invité ? Oh, mais ce n'est pas la peine de...

— Jane !

C'était la voix de sa mère, qui s'impatientait dans le hall.

— Ne venez pas, chuchota la jeune fille d'un ton pressant. Je vous en prie, monsieur Poirot, ne venez pas.

Sur quoi elle sortit, en coup de vent.

Poirot entendit aussitôt les échos d'une dispute. Et la voix criarde et caquetante de Mrs Olivera :

— Je ne tolérerai pas plus longtemps que tu te montres aussi grossière, Jane... Je vais prendre toutes dispositions utiles pour mettre un terme à tes agissements...

— Nous disons donc un peu avant 6 heures, demain soir, monsieur Poirot ? était en train de se faire préciser le secrétaire.

Poirot acquiesça d'un air absent. Il avait l'air de l'homme qui vient de voir un fantôme. Mais c'était ses oreilles, et non ses yeux, qu'il ne parvenait pas à croire.

Deux des phrases qu'il venait de surprendre étaient presque semblables à celles qu'il avait entendues la veille au téléphone — et il savait maintenant pourquoi la voix lui avait paru vaguement familière.

Il se retrouva à la lumière du soleil, complètement décontenancé.

Mrs Olivera ?

Mais ça ne tenait pas debout ! Ça ne pouvait quand même pas être *Mrs Olivera* qui l'avait menacé au téléphone !

Cette femme du monde stupide, avide, intéressée,

égocentrique et sans cervelle ? Cette... comment l'avait-il définie, au fait ?

— Cette grosse poule bien dodue ? C'est grotesque !

Ses oreilles avaient dû l'abuser.

Et pourtant...

La Rolls passa prendre Poirot un peu avant 6 heures, ainsi qu'il en avait été convenu.

Alistair Blunt et son secrétaire en étaient les seuls occupants. Mrs Olivera et Jane les avaient, semblait-il, précédés dans une autre voiture.

Le voyage se déroula sans incident. Mr Blunt parla un peu — de son jardin, surtout, ainsi que d'une récente exposition d'horticulture.

Poirot l'ayant félicité d'avoir échappé à l'attentat, Blunt se récria :

— Oh, ça ! Je ne crois pas que ce garçon m'avait pris pour cible plutôt qu'un autre. De toute façon, le pauvre diable n'avait manifestement pas l'air de savoir viser ! Encore un de ces étudiants illuminés. Ils ne sont pas bien dangereux. Ils se montent la tête et s'imaginent qu'en tirant à l'aveuglette en direction du Premier ministre, ils vont changer le cours de l'Histoire. C'est assez pathétique, au fond.

— Il y a eu d'autres tentatives d'attentat dirigées contre vous, si je ne m'abuse ?

— Voilà qui sonne de manière bien mélodramatique, dit Blunt avec l'ombre d'un sourire. J'ai, en effet, reçu par la poste un colis piégé, il n'y a pas bien longtemps. Un engin fort inefficace. Enfin, voyons ! Comment ces gens qui veulent prendre en main les destinées du monde peuvent-ils se croire capables d'accomplir des miracles ? Ils n'arrivent même pas à fabriquer une bombe qui explose !

Il secoua la tête :

— C'est toujours la même chose : des cheveux longs, un idéalisme fumeux — et pas l'ombre d'une connaissance pratique. Je ne suis pas un type brillant, mais je sais lire, écrire et compter. Vous voyez ce que je veux dire ?

— Je crois que oui, mais précisez quand même le fond de votre pensée.

— Eh bien, si je lis quelque chose qui est écrit dans ma langue, *je suis à même d'en comprendre le sens* — je ne parle pas ici de textes abscons, de théories savantes ou de philosophie transcendentale, mais du langage courant, pratique *alors que la plupart des gens en sont incapables* ! S'il me prend l'envie d'écrire quelque chose, *je suis à même d'exprimer ce que je veux dire* — ce qui n'est pas le cas de la grande majorité non plus ! Et, comme je vous le disais, je maîtrise l'arithmétique élémentaire. Si Jones a huit bananes et que Brown lui en prend dix, combien en restera-t-il à Jones ? Voilà le genre de problème dont il est bien vu de dire que la réponse est simple. Seulement les gens ne voient pas *primo,* que Brown ne pourra jamais y arriver, et *secundo,* que le résultat ne sera jamais un surplus de bananes !

— Ils préfèrent que la question soit réglée par un tour de passe-passe ?

— Exactement. Notez que les politiciens ne valent guère mieux. Mais moi, j'ai toujours brandi le sacro-saint bon sens. Au bout du compte, c'est toujours lui qui l'emporte, vous savez.

» Mais je ne devrais pas parler boutique, ajouta-t-il avec un petit rire embarrassé. C'est là une mauvaise habitude. De surcroît, j'aime laisser mes affaires derrière moi quand je quitte Londres. Je brûle depuis longtemps, monsieur Poirot, d'entendre le récit de quelques-unes de vos aventures. Je lis des tas de romans policiers, vous savez. En existe-t-il qui aient quelque rapport avec la réalité ?

Et, pendant le reste du voyage, la conversation roula sur les énigmes les plus spectaculaires résolues par Hercule Poirot. Avide de détails, Alistair Blunt se montrait aussi passionné qu'eût pu l'être un enfant.

Cette agréable atmosphère fut considérablement refroidie dès leur arrivée à Exsham où, derrière son buste abondant, Mrs Olivera irradiait une réprobation glacée. Ignorant Poirot autant qu'il lui était possible, elle n'adressa la parole qu'à son hôte et à Mr Selby.

Ce dernier montra sa chambre au détective.

La maison était charmante, de dimension moyenne et meublée avec le raffinement discret que Poirot avait observé à Londres. Tout y était coûteux mais simple, et la vaste fortune qui s'y abritait ne se manifestait que dans l'aisance moelleuse qui présidait à cette simplicité. Le service était admirable — la cuisine, anglaise et non continentale, ainsi que les vins ravirent le palais averti de Poirot. Ils eurent un consommé parfait, des soles grillées, une selle d'agneau accompagnée de ses petits pois du jardin et conclurent par des fraises à la crème.

Poirot était si enchanté de ces nourritures terrestres que c'est à peine s'il prêta attention à la persistante froideur de Mrs Olivera ainsi qu'à l'impertinence brutale de sa fille. Jane manifestait en effet à son égard une franche hostilité. Ce n'est que vers la fin du dîner que Poirot, brumeusement, se demanda pourquoi.

Le dessert s'achevait quand Blunt, balayant la table d'un regard étonné, posa à Mrs Olivera une question qu'elle n'attendait plus :

— Helen ne devait pas dîner avec nous, ce soir ?

L'opulente Julia Olivera pinça les lèvres :

— Cette chère Helen en a trop fait dans le jardin. Je lui ai suggéré de se mettre au lit sans plus attendre au lieu de se donner le mal de s'habiller pour nous rejoindre. Elle s'est rangée à mon avis.

— Oh, je vois, dit Blunt d'un air indécis et quelque peu déconcerté. Moi qui me disais que les week-ends lui faisaient un peu de changement...

— Helen est une âme simple, elle n'aime rien tant que se coucher avec le soleil, décréta Mrs Olivera d'un ton définitif.

Quand Poirot rejoignit les dames au salon — Blunt s'entretenant quelques instants avec son secrétaire — il entendit Jane qui disait à sa mère :

— Oncle Alistair n'a pas apprécié votre manière cavalière d'escamoter Helen Montressor, mère.

— Allons donc ! Alistair est trop bon. C'est très joli, les parents pauvres — et c'est très gentil à lui de lui avoir laissé le cottage gratuitement — mais de là à l'avoir à dîner chaque week-end, c'est absurde ! Ce n'est qu'une cousine au deuxième degré et encore. J'estime qu'Alistair n'a pas à se laisser envahir !

— Je la crois fière, à sa façon, dit Jane. Elle abat beaucoup de besogne, au jardin.

— Cela dénote une très bonne tournure d'esprit,

répondit paisiblement Mrs Olivera. Les Écossais sont très indépendants, et l'on se doit de les en féliciter.

Elle s'installa confortablement sur le canapé et, sans toujours prêter la moindre attention à Poirot, ajouta :

— Apporte-moi *Shocking Hebdo*, ma chérie. On y parle de Loïs Van Schuyler et du guide marocain qu'elle vient de se dénicher.

Alistair Blunt apparut enfin sur le seuil.

— Allons dans mon bureau, monsieur Poirot, dit-il.

Le sanctuaire d'Alistair Blunt était une pièce longue et basse, située à l'arrière de la maison et dont les fenêtres ouvraient sur le jardin. Une pièce confortable, avec des fauteuils profonds et juste ce qu'il fallait de désordre pour qu'on s'y sente bien.

Hercule Poirot — faut-il le préciser ? — eût préféré davantage de symétrie !

Blunt offrit une cigarette à son hôte, alluma sa pipe et entra dans le vif du sujet sans plus de préambule :

— Il y a beaucoup de choses qui me déplaisent dans cette histoire — je parle de cette dame Sainsbury Seale. Pour des raisons qui leur appartiennent — et qui sont à coup sûr parfaitement justifiées — les autorités ont décidé d'abandonner les recherches. Je ne sais pas au juste qui est Albert Chapman ni ce qu'il fait — mais, quoi que ce puisse être, cela semble très important et cette affaire pourrait le mettre en mauvaise posture, cela va de soi. Je n'en connais pas les tenants et les aboutissants, mais le Premier ministre m'a laissé entendre que toute publicité était exclue et que plus vite on l'oubliera, mieux cela vaudra.

» Je n'ai rien à redire à ça. C'est la position officielle,

dictée par des intérêts supérieurs. La police a donc les mains liées.

Il se pencha en avant :

— *Seulement, moi, je veux connaître la vérité, monsieur Poirot.* Et vous, vous n'êtes pas un fonctionnaire : vous avez les coudées franches. Ce qui revient à dire que vous êtes l'homme qu'il me faut.

— Qu'attendez-vous de moi, Mr Blunt ?

— Je veux que vous retrouviez cette miss Sainsbury Seale.

— Morte ou vive ?

Les sourcils d'Alistair Blunt se haussèrent :

— Vous pensez qu'elle pourrait être morte ?

Poirot garda le silence une bonne minute avant de répondre en pesant ses mots :

— Si vous voulez mon opinion — mais ce n'est qu'une opinion alors, oui, je pense qu'elle est morte...

— Qu'est-ce qui vous le fait penser ?

Hercule Poirot eut un léger sourire :

— Si je vous disais que c'est une paire de bas neufs dans un tiroir, vous ne me croiriez pas.

Alistair Blunt ne cacha pas son étonnement :

— Vous êtes un homme peu banal, monsieur Poirot.

— Très peu banal. À savoir que je suis méthodique, ordonné, logique et que je déteste voir déformer les faits pour les faire coïncider avec une théorie. Tout cela, je m'en rends compte, est bel et bien hors du commun.

— J'ai tourné et retourné toute cette histoire dans ma tête, monsieur Poirot. Il me faut toujours un certain laps de temps pour me forger une opinion. Et cette affaire est bizarre de bout en bout : le dentiste qui se tire une balle dans la tête, cette Mrs Chapman emballée dans sa malle à fourrures, le visage écrasé... Tout cela sent mauvais ! Très mauvais ! Je ne peux pas m'empêcher de penser qu'il y a quelque chose *derrière.*

Poirot approuva.

— Et plus j'y pense, poursuivit Blunt, plus je suis persuadé que cette créature n'a jamais connu ma femme. Ce n'était qu'un prétexte pour m'aborder, moi. Mais pourquoi ? Qu'est-ce que ça lui a rapporté ? Je veux dire... à part cinq livres de souscription qui ne lui étaient même pas destinées personnellement. Voyez-vous, j'ai le sentiment que... que me rencontrer comme ça, « inopinément », devant chez moi était prémédité. C'était si bien réglé, si exactement minuté ! Mais *pourquoi ?* C'est ce que je ne cesse de me demander : *pourquoi ?*

— C'est en effet le mot qui convient — pourquoi ? Moi aussi, je me le demande — et je ne le vois pas. Non, je ne le vois pas.

— Vous n'avez pas la moindre idée ?

Poirot eut un geste exaspéré :

— J'ai des idées — complètement idiotes. Je me dis que c'était peut-être un stratagème pour vous désigner à quelqu'un, pour vous montrer. Mais c'est absurde. Vous êtes un homme connu, et il est de toute façon bien plus simple de dire : « Vous avez vu ? C'est lui l'homme qui vient de passer cette porte. »

— Et, encore une fois, pourquoi diable voudrait-on me désigner à qui que ce soit ?

— Mr Blunt, essayez de penser à ce qui s'est passé ce matin-là avec Mr Morley. Rien, dans ses propos, ne vous a paru inhabituel ? Rien ne vous vient à l'esprit qui pourrait nous fournir un indice ?

Alistair Blunt réfléchit, puis secoua la tête :

— Désolé, je ne vois rien.

— Vous êtes bien sûr qu'il n'a pas mentionné cette femme cette miss Sainsbury Seale ?

— Certain.

— Ni l'autre femme — Mrs Chapman ?

— Non... non. Nous n'avons pas du tout parlé de gens. Nous avons parlé roses, jardins qui se languissent de la pluie, vacances, un point c'est tout.

— Et personne n'est entré dans le cabinet pendant que vous y étiez ?

— Attendez... Non, je ne crois pas. Les autres fois, je me souviens qu'il y avait une jeune femme — une jeune femme blonde. Mais pas ce jour-là. Oh ! ça me revient : un autre dentiste est entré — un garçon qui avait l'accent irlandais.

— Qu'a-t-il dit ou fait ?

— Il a juste posé une question à Morley et il est ressorti. Morley s'est montré un peu sec, je crois bien. Il n'est resté qu'une ou deux minutes.

— Et il n'y a rien d'autre dont vous vous souveniez ? Rien du tout ?

— Non. Morley m'a paru absolument normal.

— Moi aussi, je l'ai trouvé absolument normal, murmura Poirot d'un air songeur.

il y eut un long silence. Puis Poirot reprit :

— Vous souviendriez-vous, très cher monsieur, d'un jeune homme qui était dans la salle d'attente en même temps que vous ?

Alistair Blunt fronça les sourcils :

— Laissez-moi réfléchir... Oui, il y avait un jeune

homme, en effet — assez agité, d'ailleurs. Mais, en dehors de ça, je ne me souviens guère de lui. Pourquoi ?

— Pourriez-vous le reconnaître ?

Blunt fit non de la tête :

— Je l'ai à peine regardé.

— Il n'a pas essayé d'engager la conversation avec vous ?

— Absolument pas.

La curiosité se lisait sur le visage de Blunt :

— Où voulez-vous en venir ? Qui est ce jeune homme ?

— Il s'appelle Howard Raikes.

Poirot était à l'affût de la moindre réaction. Il n'y en eut pas.

— Serais-je censé connaître ce nom ? Aurais-je déjà rencontré Mr Raikes ailleurs ?

— Je ne crois pas que vous l'ayez déjà rencontré. C'est un ami de votre nièce, miss Olivera.

— Oh ! un des amis de Jane...

— Sa mère, ai-je cru comprendre, ne voit pas cette amitié d'un bon œil.

— Je doute fort que ce soit de nature à impressionner Jane, répondit distraitement le banquier.

— Mais sa mère a pris la chose tellement à cœur qu'elle a, je crois, fait traverser l'Atlantique à sa fille dans l'unique but de l'éloigner de ce jeune homme...

— Oh ! (Le visage de Mr Blunt s'éclaira :) Il s'agit donc de *ce garçon-là* ?

— Tiens, tiens ! cela commence à vous intéresser !

— C'est, à tous égards semble-t-il, un individu à éviter. Et qui trempe dans tout un tas d'activités subversives.

— D'après ce que m'a dit, miss Olivera, il avait pris rendez-vous ce matin-là à Queen Charlotte Street à seule fin de vous apercevoir.

— Dans l'espoir de se faire bien voir de moi ?

— Euh... pas exactement. L'idée, si j'ai bien compris, était plutôt de l'amener à plus d'indulgence envers vous.

— Ça, par exemple ! Il y en a qui ne manquent pas d'audace !

Poirot réprima un sourire :

— Il semble que vous ayez tout pour lui déplaire.

— Ah, vraiment ! Ce qu'il y a de sûr, c'est qu'il s'agit du genre d'individu qui a tout pour me déplaire à moi ! Le genre qui passe son temps à se tourner les pouces et à déplacer de l'air avec de grands discours au lieu de s'occuper à un travail digne de ce nom !

Poirot se tint coi une minute. Puis il s'enquit :

— Me permettez-vous de vous poser une question indiscrète et très personnelle ?

— Posez.

— En cas de décès, quelles sont vos dispositions testamentaires ?

Blunt sursauta.

— Pourquoi voulez-vous savoir ça ? demanda-t-il d'un ton roide.

Poirot haussa les épaules :

— Parce qu'il n'est pas exclu que ça ait un rapport avec cette affaire.

— Bêtises que tout cela !

— Peut-être bien que oui, peut-être bien que non.

— Je crains que vous ne poussiez un peu loin le mélodrame, monsieur Poirot, dit Blunt non sans froideur. Personne n'a tenté de me tuer moi, que je sache.

— Une bombe au petit déjeuner... un coup de feu dans la rue...

— Oh, ça ! Tous ceux qui jouent peu ou prou un rôle dans les finances internationales s'exposent à ce genre d'attention de la part d'une poignée de fanatiques qui travaillent du chapeau !

— Et s'il s'agissait de quelqu'un qui n'est ni fanatique ni travailleur du chapeau ?

Blunt le regarda fixement :

— Où voulez-vous en venir ?

— En termes simples, à ça : qui bénéficierait de votre mort ?

— En majeure partie l'hôpital St Edward, l'Institut de recherche sur le cancer et l'Institut royal des Aveugles, dit Blunt avec un sourire forcé.

— Ah !

— Je laisse en outre une certaine somme à ma nièce par alliance, Mrs Julia Olivera ; une somme similaire, mais en fidéicommis, à sa fille, Jane Olivera ; enfin une pension substantielle à ma seule parente encore vivante, une cousine au second degré, Helen Montressor, qui s'est retrouvée dans la gêne et qui vit ici, dans un petit cottage.

Il se tut, puis précisa :

— Ceci, monsieur Poirot, est strictement confidentiel.

— Bien entendu, très cher monsieur, bien entendu !

— J'imagine que vous ne suggérez tout de même pas, monsieur Poirot, ajouta Blunt d'un ton sarcastique, que Julia, ou Jane, ou ma cousine Helen Montressor projettent de m'assassiner pour hériter ?

— Je ne suggère rien — rien du tout.

La légère irritation de Mr Blunt sembla retomber :

— En tout état de cause, monsieur Poirot, accepterez-vous la mission dont je vous ai parlé ?

— Et qui consiste à retrouver miss Sainsbury Seale ? Bien sûr que je l'accepte !

Le ton d'Alistair Blunt redevint tout aussitôt cordial :

— Vous m'en voyez ravi.

En sortant du bureau, Poirot faillit heurter une silhouette élancée.

— Mille pardons, chère mademoiselle.

Jane Olivera s'écarta d'un pas :

— Savez-vous ce que je pense de vous, monsieur Poirot ?

— À dire le vrai, mademoiselle...

Elle ne lui laissa pas le temps de finir. Sa question, manifestement, n'était que de pure rhétorique.

— Un fouinard, voilà ce que vous êtes ! Un infâme petit fouinard plus bas que terre, qui fourre son nez partout et sème la zizanie sur son passage !

— Mademoiselle, je vous assure que...

— Oh ! Je le sais très bien, ce que vous cherchez ! Et je sais très bien maintenant quels mensonges vous débitez ! Pourquoi ne pas l'admettre franchement ? Mais j'aime autant vous prévenir, vous ne trouverez rien... rien du tout ! Pour la bonne raison qu'il n'y a rien à trouver ! Personne ne va toucher un seul des précieux cheveux de mon cher oncle. Il n'a rien à craindre, lui. Il n'aura jamais rien à craindre. Tranquille comme Baptiste, repu et prospère — et tout juste bon à débiter des vérités premières ! L'Anglais moyen dans toute son horreur, voilà ce qu'il est — sans une once d'imagination, sans la moindre ouverture sur l'avenir.

Elle reprit son souffle, puis sa voix, baissant d'un ton, se fit venimeuse :

— Vous me levez le cœur, monsieur Poirot. Vous n'êtes qu'un sale petit flicaillon bourgeois !

Sur quoi elle s'éclipsa dans un tourbillon de falbalas de haute couture.

Quant à Poirot, l'œil écarquillé et le sourcil en accent circonflexe, il resta planté là à se caresser les moustaches d'une main pensive.

L'épithète « bourgeois », il en convenait bien volontiers, lui seyait à ravir. Sa conception de l'existence était — et avait toujours été — intrinsèquement bourgeoise. Mais qu'elle lui soit lancée comme une injure par l'exquisément vêtue Jane Olivera, voilà, se confia-t-il, qui donnait « furieusement à penser ».

Et c'est tout songeur qu'il regagna le salon.

Mrs Olivera y faisait une réussite.

Tout en le toisant du regard froid qu'elle aurait pu poser sur un cancrelat, elle murmura d'un ton distant :

— Valet de carreau sur dame de pique.

Douché, Poirot battit en retraite.

« Hélas ! songea-t-il non sans mélancolie, j'ai comme l'impression que plus personne ne m'aime ! »

Il gagna le jardin par la porte-fenêtre. La nuit était enchanteresse et l'air chargé du parfum magnifié des giroflées. Poirot s'engorgea les poumons avec délice et suivit une allée qui s'enfonçait entre les massifs.

Au détour d'une courbe, il vit deux silhouettes s'écarter en toute hâte.

Son arrivée inopinée semblait avoir dérangé un couple d'amoureux.

Il pivota aussitôt sur ses talons et rebroussa chemin.

Même dehors, sa présence paraissait importune.

Il longea la fenêtre d'Alistair Blunt. Las ! Alistair Blunt était occupé à dicter du courrier à Mr Selby.

À l'évidence, Hercule Poirot n'était ici nulle part à sa place.

Il s'en fut dans sa chambre.

Et, longtemps, médita sur toutes les incohérences de cette affaire.

S'était-il trompé en imaginant que la voix du téléphone était celle de Mrs Olivera ? Il faut bien reconnaître qu'une telle idée ne pouvait guère être qu'absurde !

Il se remémora les révélations mélodramatiques du tranquille petit Mr Barnes. Il se demanda où pouvait bien se trouver le mystérieux Mr Q.X. 912, alias Albert Chapman. Il se souvint avec contrariété du regard anxieux d'Agnès, la petite bonne...

C'était toujours la même chanson : les gens ne pouvaient s'empêcher de garder pour eux ce qu'ils savaient. Bien sûr, il ne s'agissait la plupart du temps que de détails parfaitement insignifiants. Mais tant que l'insignifiant encombrait le chemin, comment diable progresser en ligne droite ?

Or, pour le moment, la ligne était tout sauf droite !

Et l'élément le plus incompréhensible, qui empêchait toute vision nette, toute progression méthodique, était ce qu'en lui-même il appelait le paradoxe impossible de miss Sainsbury Seale. Car si les faits qu'il avait observés étaient bien des faits avérés, alors plus rien n'avait de sens !

« Se pourrait-il que je vieillisse ? » se demanda Hercule Poirot, stupéfait d'une pensée aussi incongrue.

Onze, douze : les garçons bêchent

Après une nuit agitée, Hercule Poirot fut debout et d'attaque aux aurores. Le temps était splendide et il refit sa promenade de la veille au soir.

Les plates-bandes d'herbacées regorgeaient de fleurs épanouies, et bien que, pour sa part, Poirot inclinât pour une architecture florale plus stricte — un bel alignement de géraniums rouges, par exemple, tels qu'on en peut admirer à Ostende — il se rendait compte qu'il avait sous les yeux la quintessence du jardin anglais.

Il poursuivit son chemin à travers une roseraie, dont la plantation en massifs bien ordonnancés l'enchanta, puis le long des allées sinueuses d'un jardin de rocaille, et parvint finalement à un potager ceint de murs.

Il y entrevit une femme d'allure énergique, vêtue de tweed, noire de cheveux et de sourcils, en train de parler d'une voix lente aux inflexions écossaises à un individu qui était manifestement le chef jardinier. Lequel chef jardinier, observa Poirot, ne semblait guère goûter ladite conversation.

Une note sarcastique se fit entendre dans la voix d'Helen Montressor, et Poirot s'esquiva prestement par une allée de côté.

Un jardinier en second qui, Poirot l'aurait juré, somnolait deux secondes plus tôt sur le manche de sa bêche, se remit à retourner la terre avec frénésie. Poirot s'approcha. L'homme, un garçon jeune, bêchait désormais sans relâche tout en tournant obstinément le dos à Poirot qui s'était arrêté pour l'observer.

— Bonjour ! lança Poirot, aimable.

L'autre marmonna un « 'jour, m'sieur » sans cesser de travailler.

Poirot en fut quelque peu étonné. Sa longue expérience lui avait appris qu'un jardinier, même désireux de prouver son ardeur à la tâche, était toujours prêt à faire une pause pour parler de la pluie et du beau temps quand l'occasion s'en présentait.

Cela ne lui semblait pas très naturel. Il resta quelques instants à observer cette silhouette laborieuse. N'y avait-il pas quelque chose de familier dans ces épaules ? Ou bien se mettait-il à imaginer partout des voix et des épaules familières ? Était-il en train de vieillir, comme le soupçon l'en avait effleuré la veille ?

Pensif, il s'éloigna, sortit de l'enceinte du potager et tomba en arrêt devant un talus planté d'arbustes.

Quelques instants plus tard, telle une lune fantastique, un objet rond apparut lentement à la crête du mur du potager. Il s'agissait bien entendu du célèbre crâne ovoïde d'Hercule Poirot. Et tout aussitôt les yeux d'Hercule Poirot considérèrent avec un vif intérêt le visage du jeune jardinier qui avait arrêté de bêcher et s'essuyait le front d'un revers de manche.

— Voilà qui est à la fois très curieux et fort intéressant, murmura Poirot dont la tête disparut aussi discrètement qu'elle était apparue.

Il émergea d'entre les arbustes en chassant de la main feuilles et brindilles qui offusquaient sa mise.

Oui, très curieux et fort intéressant, vraiment, que Frank Carter, qui avait un emploi de secrétaire hors de Londres, se trouvât précisément là, à jouer les jardiniers au service de Mr Alistair Blunt.

Tout à ses réflexions, Poirot entendit un coup de gong au loin et prit la direction de la maison.

En chemin, il tomba sur son hôte conversant avec miss Montressor qui venait de sortir du potager par la porte du fond.

— C'est trrès aimable à vous, Alistairr, disait-elle d'une voix sonore et rocailleuse, mais je préfèrre ne pas venirr cette semaine, pendant que vos parrentes d'Amérique sont là !

— Julia n'a aucun tact, plaida Mr Blunt, mais je suis sûr qu'elle ne veut pas...

— Je trrouve très insultantes ses manièrres avec moi, et je ne suis pas prrête à accepter cela ni d'une Amérricaine ni de quiconque ! rétorqua miss Montressor en pivotant sur ses talons.

Elle s'éloigna et Poirot vint au devant d'un Alistair Blunt aussi déconfit que la grande majorité des hommes face à la colère de leur parentèle féminine.

— Les femmes sont vraiment terribles, dit-il d'un ton piteux. Belle journée, n'est-ce pas ?

Ils cheminaient ensemble vers la maison quand Blunt lâcha dans un soupir :

— C'est fou ce que ma femme me manque !

À quelques instants de là, en s'asseyant à la table du petit déjeuner, il s'adressa à la redoutable Julia :

— Je crains, Julia, que vous n'ayez froissé Helen.

— Les Écossais se froissent pour un rien, rétorqua froidement Mrs Olivera.

Mr Alistair Blunt afficha un air de détresse.

— Vous avez un jeune jardinier qui ne doit pas être là depuis bien longtemps, hasarda Poirot.

— C'est bien possible, répondit Blunt. Ah oui ! Burton, le troisième jardinier, est parti il y a environ trois semaines, et nous avons embauché ce garçon pour le remplacer.

— Savez-vous d'où il vient ?

— Absolument pas. C'est MacAlister qui l'a engagé. Dieu sait qui m'avait demandé de le prendre à l'essai. J'en suis d'ailleurs assez surpris, parce que MacAlister prétend qu'il ne vaut pas grand-chose. Il ne veut pas le garder.

— Comment s'appelle-t-il ?

— Dunning... Sunbury... quelque chose dans ce genre-là.

— Serait-il indiscret de vous demander combien vous le payez ?

— Pas du tout. Deux livres quinze, je pense.

— Pas plus ?

— Certainement pas plus et peut-être même un peu moins.

— Alors, ça, c'est vraiment curieux ! dit Poirot.

Alistair Blunt, intrigué, allait poser une question, mais la conversation fut interrompue par Jane Olivera qui feuilletait bruyamment le journal :

— On dirait qu'il y a des tas de gens qui veulent votre tête, oncle Alistair !

— Ah, tu lis le débat à la Chambre. Ce n'est rien — tout au plus Archerton qui part en guerre contre les moulins, comme d'habitude ! En matière de finances, je n'ai jamais rencontré quelqu'un qui ait des idées plus farfelues. Si on les mettait en pratique, l'Angleterre ferait faillite en une semaine !

— Vous ne voulez donc jamais rien essayer de nouveau ? fit Jane.

— Pas tant que le nouveau n'est pas mieux que l'ancien, ma chérie.

— Mais vous n'imaginez jamais qu'il pourrait l'être ! Vous vous contentez de répéter : « Ce truc-là ne marchera pas. » Sans même essayer.

— Les expérimentateurs peuvent faire beaucoup de dégâts.

— D'accord, mais comment pouvez-vous vous satisfaire du monde tel qu'il est ? Avec tout ce gaspillage, ces inégalités, ces injustices... Il *faut* faire quelque chose !

— Tout bien considéré, dans ce pays, ça ne va pas si mal, tu sais, Jane.

Jane bondit.

— Ce qu'il nous faut, c'est un nouvel horizon, un monde nouveau ! s'enflamma-t-elle brusquement. Et vous, vous êtes là à manger vos rognons !

Elle se leva et se précipita dans le jardin par la porte-fenêtre.

Alistair parut un peu abasourdi et légèrement mal à l'aise.

— Jane a beaucoup changé, dit-il. D'où sort-elle ces idées ?

— Ne faites pas attention à ce qu'elle raconte, dit Mrs Olivera. Jane est une sotte. Vous savez comment sont les filles : elles vont à ces réunions bizarres où les jeunes gens portent des cravates invraisemblables, et elles rentrent chez elles en débitant un tas de bêtises.

— Oui, mais jusqu'ici Jane a toujours eu les pieds sur terre.

— C'est la mode, Alistair. Ces idées-là sont dans l'air !

— Oui, c'est le moins qu'on puisse dire, acquiesça Alistair Blunt, le visage soucieux.

Mrs Olivera se leva, et Poirot lui ouvrit la porte. Elle s'en fut, la mine sombre.

— Ça ne me plaît pas, vous savez ! lança Blunt tout à trac. Tout le monde répète ce genre de choses ! Et ça n'a aucun sens ! Du vent ! Sans arrêt on me lance cette incantation à la figure : un nouvel horizon, un monde nouveau ! Mais qu'est-ce que cela *veut dire* ? Ils se saoulent de mots — c'est tout ce qu'ils savent faire.

Un sourire lui vint, un peu triste :

— Je suis un des derniers de la Vieille Garde, vous savez.

— Si vous étiez... écarté, demanda Poirot avec curiosité, qu'arriverait-il ?

— Écarté ! Quelle façon d'exprimer ça ! (Son visage se fit grave :) Je vais vous le dire. Un ramassis d'imbéciles se lanceraient. dans un tas d'aventures hasardeuses, et ce serait la fin de la stabilité, du bon sens, de la solvabilité. La fin de l'Angleterre telle que nous la connaissons...

Poirot hocha la tête. Il se sentait profondément en accord avec le banquier. Lui aussi, il attachait du prix à la solvabilité. Et il commença à voir sous un jour nouveau ce que représentait au juste Alistair Blunt. Mr Barnes le lui avait dit, bien sûr, mais sur le moment il n'avait pas bien saisi. Brusquement, il se mit à avoir peur...

— J'ai fini mon courrier, annonça Blunt, plus tard dans la matinée. Maintenant, monsieur Poirot, je vais vous montrer mon jardin.

Les deux hommes cheminèrent donc de concert, et Mr Blunt parla avec animation de sa passion. Le jardin de rocaille, avec ses plantes alpines, était sa fierté. Ils y passèrent un long moment tandis que Blunt désignait à son hôte certaines espèces rares et délicates.

Poirot, les pieds emprisonnés dans ses meilleures bottines de cuir, écoutait patiemment. Avec moult précautions, il faisait passer son poids d'une jambe sur l'autre, grimaçant imperceptiblement sous la brûlure du soleil qui lui donnait l'impression que ses pieds étaient transformés en puddings géants.

Enfin, montrant diverses plantes au passage, son hôte l'emmena plus loin. Des abeilles bourdonnaient et on entendait, tout près, le cliquetis monotone d'un sécateur élaguant une haie de lauriers.

Tout était paisible et assoupi.

Blunt s'arrêta au bout de la haie. Bien que l'élagueur restât invisible, le cliquetis du sécateur était tout proche.

— Regardez la vue qu'on a d'ici, Poirot. Les œillets de poète sont particulièrement beaux, cette année. Je crois que je ne les ai jamais vus comme ça. Et là, ce sont des lupins de Russel — merveilleuses couleurs !

Pan ! La détonation brisa la paix matinale. Quelque chose déchira l'espace en sifflant rageusement.

Hébété, Alistair Blunt s'était tourné vers la haie d'où s'élevait une mince volute de fumée.

Il y eut une brusque explosion de fureur, les remous d'un corps à corps dans les lauriers. Puis un cri de victoire lancé par une voix indubitablement américaine :

— Je te tiens, canaille ! Lâche cette arme !

Deux hommes enchevêtrés surgirent à découvert. Le jeune jardinier qui bêchait si industrieusement ce matin-là se débattait dans la poigne puissante d'un homme qui le dépassait d'une bonne tête. Poirot reconnut aussitôt ce dernier. La voix l'avait d'ailleurs déjà renseigné.

— Lâchez-moi ! glapit Frank Carter. Ce n'est pas moi, je vous dis !

— Ah non ? grinça Howard Raikes. Tu tirais les moineaux, sans doute !

Il regarda les deux hommes qui approchaient :

— Mr Alistair Blunt ? Ce gars-là vient de vous tirer dessus. Je l'ai pris sur le fait !

— Ce n'est pas vrai ! s'écria Frank Carter. Je taillais les lauriers. J'ai entendu un coup de feu et le pistolet est tombé à mes pieds. Je l'ai ramassé sans même savoir ce que je faisais... sur quoi ce malade m'a sauté dessus !

— Le pistolet était dans ta main et il venait de servir ! dit Howard Raikes d'une voix menaçante.

Dans un grand geste, il lança l'arme à Poirot :

— Voyons un peu ce que le privé a à dire ! Une chance que je t'aie attrapé à temps. Il doit bien y avoir encore quelques balles dans cet automatique !

— Exact, murmura Poirot.

Sourcils froncés, Alistair Blunt interpella le jardinier :

— Vous, là, Dunnon... Dunbury... quel est votre nom, au juste ?

— Cet homme s'appelle Frank Carter, intervint Poirot.

Carter se tourna vers lui avec hargne :

— Depuis le début, vous me cherchez ! L'autre

dimanche, vous n'avez fait qu'essayer de me tirer les vers du nez. Je vous dis que ce n'est pas vrai. Je ne lui ai jamais tiré dessus.

— *Qui* l'aurait fait ? releva doucement Poirot en secouant la tête. Vous voyez bien qu'il n'y a personne d'autre que nous.

Jane arrivait en courant. Ses cheveux défaits flottaient derrière elle. Ses yeux étaient agrandis par la peur.

— Howard ? souffla-t-elle.

— Salut, Jane, dit l'Américain avec désinvolture. Je viens de sauver la vie de votre oncle !

— Oh !

Elle s'immobilisa :

— *Vous* ? C'est *vous* qui avez... ?

— Votre intervention a certainement été des plus... opportunes, Mr... euh... hésita Blunt.

— Je vous présente Howard Raikes, oncle Alistair. C'est un ami à moi.

Blunt dévisagea le jeune homme... et sourit :

— Tiens ! Voici donc le petit ami de Jane ! Eh bien, acceptez mes remerciements.

Dans un halètement de locomotive en surchauffe, Julia fit son entrée en scène. Le souffle court, elle ahana :

— J'ai entendu un coup de feu. Est-ce qu'Alistair est... ? Mais...

Interdite, elle fixait Howard Raikes :

— *Vous* ? Mais, mais... comment *osez*-vous ?

— Howard vient de sauver la vie d'oncle Alistair, mère, coupa Jane d'une voix glaciale.

— Quoi ? Je...

— Cet homme a essayé de tirer sur oncle Alistair. Howard s'est jeté sur lui et l'a désarmé.

— Sales menteurs, bande de sales menteurs ! s'exclama rageusement Frank Carter.

Mâchoire pendante, Mrs Olivera émit un « oh ! » inexpressif. Puis, le temps de reprendre contenance, elle se tourna vers Blunt :

— Mon cher Alistair ! Quelle *horreur* ! Dieu merci, vous n'avez rien. Mais ç'a dû être un choc terrible. Je... Je crois bien que je vais m'évanouir. Pensez-vous qu'une *larme* de cognac, peut-être... ?

— Bien sûr, dit aussitôt Blunt. Rentrons.

Elle se pendit lourdement à son bras. Par-dessus son épaule, Blunt s'adressa à Poirot et à Howard Raikes :

— Pouvez-vous vous charger de cet homme ? Sitôt arrivés à la maison, nous appellerons la police.

Frank Carter ouvrit la bouche, mais aucun son n'en sortit. Il était blanc comme un linge et ses genoux flageolaient. Howard Raikes entreprit de le traîner sans ménagement :

— Allez, *avance !*

— Ça n'est pas vrai... c'est un mensonge ! croassa encore Carter, faiblement cette fois et de manière aussi peu convaincante que possible.

Howard Raikes lança un regard à Poirot :

— Pour un superdétective, vous avez sacrément peu à dire ! Qu'est-ce que vous attendez pour étaler votre science ?

— Je réfléchis, Mr Raikes.

— À mon avis, il serait grand temps de vous y mettre ! Parce que cette histoire va vous coûter un client !

Si Alistair Blunt est encore vivant à l'heure qu'il est, ce n'est sûrement pas grâce à vous !

— Tandis que, *vous*, vous en êtes même à votre seconde bonne action du genre, si je ne m'abuse, n'est-ce pas, Mr Raikes ?

— Qu'est-ce que vous me chantez là ?

— Avant-hier, c'est bien vous, n'est-ce pas, qui avez ceinturé l'homme qui avait, pensiez-vous, tiré sur Mr Blunt et le Premier ministre ?

— Euh, oui, c'est vrai. On dirait que ça devient une habitude.

— Seulement il y a une différence, souligna Poirot. La première fois, l'homme que vous avez attrapé n'était pas le bon. Vous aviez fait une erreur :

— Il vient d'en faire une autre, maugréa Frank Carter.

— La ferme, toi ! gronda Raikes.

En lui-même, Hercule Poirot se prit à murmurer :

— Je me demande...

Habillé pour dîner, Hercule Poirot mettait la dernière main à son nœud de cravate. Il jeta un regard maussade à son reflet dans la glace.

Il n'était pas content — mais il n'aurait pas su dire pourquoi. L'incident était on ne peut plus clair — force était de le reconnaître. Frank Carter avait bel et bien été pris la main dans le sac.

Ce n'était pas qu'il éprouvât le moindre intérêt, ni la moindre sympathie, pour Frank Carter. Non. Carter, estimait-il froidement, ne valait rien. C'était une vulgaire petite crapule, le genre d'individus qui plaisent aux femmes et qu'elles refusent de voir tels qu'ils sont, même et surtout quand cela crève les yeux.

Et son système de défense était d'une faiblesse consternante. Selon lui, il avait été contacté par des agents des Services secrets qui lui avaient offert le pactole. Dans quel but ? Remplacer un jardinier, histoire de surveiller les faits et gestes des autres jardiniers de Mr Blunt. Ce conte avait été facilement démonté. Il ne reposait sur aucun fondement.

Une fable minable, voilà ce que c'était. Typiquement le genre de boniment qui pouvait venir à l'idée d'un Carter, se dit Poirot.

Il n'avait rien à dire pour sa défense. Aucune explication à fournir, à part que quelqu'un d'autre avait dû tirer. Il répétait ça obstinément : on l'avait piégé.

Non, rien ne pouvait être retenu en sa faveur, sauf peut-être cette étrange coïncidence que, deux fois de suite, Howard Raikes se soit trouvé là au moment précis où une balle venait de manquer Alistair Blunt.

Mais ce n'était, à tout prendre, qu'une coïncidence. Ce n'était assurément pas Raikes qui avait fait feu lors de la tentative de Downing Street. Quant à la raison de sa présence à Exsham, elle était sans ambiguïté : il était venu là pour être près de sa belle. Non, il n'y avait aucune raison de mettre en doute son histoire à lui.

Évidemment, tout ceci arrangeait pas mal les choses pour Raikes. Quand un homme vient de vous sauver la vie, il serait mal venu de lui interdire votre porte. Le moins que vous puissiez faire, au contraire, est de lui offrir votre hospitalité et votre amitié. Mrs Olivera n'appréciait guère. Mais force lui avait été de se rendre compte qu'il fallait se faire une raison.

L'indésirable ami de Jane avait mis le pied dans la maison, et il avait bien l'intention de l'y garder !

Pendant toute la soirée, Poirot, méditatif, l'observa.

Il jouait son rôle en finesse. Gardant pour lui ses idées révolutionnaires, évitant de parler politique, il fit le récit plein de verve de ses vagabondages dans les contrées sauvages.

« Le loup a revêtu les habits de l'agneau, songeait Poirot. Mais qu'y a-t-il sous cette défroque ? Je me le demande... »

Ce soir-là, Poirot s'apprêtait à se coucher quand on frappa à sa porte.

— Entrez, dit-il.

Et Howard Raikes entra.

Il rit de l'expression de Poirot :

— Surpris de me voir ? Je vous ai observé toute la soirée. Je n'aimais pas l'air que vous aviez. L'air de... d'une araignée qui tisse sa toile.

— Et alors ? Et si tel était bien le cas ?

— Alors j'en suis arrivé à la conclusion que je ferais mieux de me mettre à table. À propos de l'autre jour, je veux dire. C'était un coup de bluff, c'est vrai ! Je regardais Sa Seigneurie sortir du 10, Downing Street, quand j'ai vu Ram Lal lui tirer dessus. Je connais bien Ram Lal. C'est un brave gosse. Il est un peu émotif, c'est vrai, et il tourne à l'écorché vif chaque fois qu'il est question des souffrances de son pays. Mais enfin, bon, il n'y a pas eu de casse, nos deux précieuses baudruches pensantes n'ont pas souffert — la balle est passée à des kilomètres — sur quoi j'ai décidé de faire diversion pour laisser au gosse le temps de filer. J'ai ceinturé un malheureux bougre qui traînait par là et j'ai hurlé que je tenais le type qui avait fait le coup en espérant que Ram Lal avait mis les voiles. Mais les flics ont été plus rapides. Il lui sont tombés dessus en un clin d'œil. C'est comme ça que ça s'est passé.

— Et aujourd'hui ? s'enquit Poirot.

— Ce n'est pas pareil. Aucun Ram Lal à l'horizon. Il n'y avait que Carter, et c'est bien lui qui a tiré ! Il avait encore l'arme au poing quand je lui ai sauté sur le poil. Il s'apprêtait sûrement à tirer un deuxième coup.

— Vous teniez donc tellement à préserver la vie de Mr Blunt ?

Raikes eut un sourire désarmant :

— Un peu curieux, à votre avis, après tout ce que je vous ai raconté l'autre jour ? Bah ! vous avez raison. Même si, à titre personnel, je le trouve plutôt bon bougre avec son genre tellement britannique, au nom du Progrès et de l'Humanité, j'estime que Blunt est un type qu'il faudrait à tout prix éliminer. Seulement voilà, quand j'ai vu quelqu'un le prendre pour cible, j'ai bondi pour l'en empêcher. Ce qui tendrait à prouver que l'être humain est un animal illogique. C'est drôle, non ?

— Entre la théorie et la pratique, il y a un abîme, c'est ça ?

— C'est bien ça !

Howard Raikes se leva du lit où il s'était assis. Il souriait d'un air dégagé :

— Je m'étais dit qu'il fallait que je vienne vous expliquer toute l'histoire.

Sur quoi il sortit de la chambre en refermant sans bruit la porte derrière lui.

— *Délivre-moi, Seigneur, de l'homme méchant — préserve-moi des hommes d'iniquité !* chantait Mrs Olivera d'une voix ardente quoique un tantinet fêlée.

À la féroce conviction qu'elle y mettait, on ne pouvait douter que, pour elle, l'homme méchant avait les traits de Howard Raikes.

Poirot avait accompagné Blunt et la gent féminine à l'office religieux, dans l'église du village.

Howard Raikes avait dit d'un petit air moqueur :

— Alors, comme ça, vous allez à l'église tous les dimanches, Mr Blunt ?

Ce à quoi Alistair Blunt avait répondu en marmonnant quelque chose sur ce qu'on attendait de vous à la campagne : « On ne peut quand même pas laisser tomber le pasteur ! » sentiment typiquement anglais qui avait plongé le jeune homme dans des abîmes de perplexité et amené un sourire complice sur les lèvres de Poirot.

Mrs Olivera avait eu la délicatesse d'accompagner le banquier et enjoint à Jane d'en faire autant.

— *Ils aiguisent leur langue de serpent — ils ont du venin d'aspic sous les lèvres,* entonnèrent les enfants de chœur dans des aigus stridents.

Basses et ténors supplièrent avec entrain :

— *Garde-moi, Seigneur de la main de l'impie — préserve-moi des hommes d'iniquité — qui méditent de me faire trébucher...*

Hercule Poirot barytonna d'une voix incertaine :

— *Des orgueilleux ont tendu un lacet pour me prendre — ils ont noué les mailles d'un filet — ils ont dressé des embûches sur ma route...*

Il se figea, hébété.

Il venait de le voir — de voir le *piège* dans lequel il avait failli tomber...

Comme un homme en transe, Poirot restait pétrifié, la bouche ouverte, les yeux fixés dans le vide. Il resta planté là, tandis que les fidèles s'asseyaient dans un bruissement d'étoffes, jusqu'à ce que, finalement, Jane Olivera le tire par la manche en chuchotant un bref : « Asseyez-vous ! »

Hercule Poirot s'assit. Un vieux pasteur barbu psalmodia :

— *Ainsi commence le quinzième chapitre du premier Livre de Samuel...* et se mit à le lire.

Mais Poirot n'entendit rien du châtiment des Amalécites...

Un lacet... les mailles d'un filet... un piège tendu sur son chemin, soigneusement préparé pour qu'il y tombe.

Il était pris d'un éblouissement, emporté dans une clarté glorieuse où des faits isolés tourbillonnaient follement avant d'aller se mettre en place.

C'était comme un kaléidoscope. Des boucles de soulier, des bas de taille 3, un visage écrasé, Alfred le groom aux lectures déplorables, les activités de Mr Amberiotis, et le rôle joué par feu Mr Morley, tous ces fragments s'envolèrent, tourbillonnèrent et se reposèrent dans un ordre cohérent.

Pour la première fois, Poirot voyait cette affaire dans la bonne perspective.

— *Car la rebellion est un péché comme la divination — et l'entêtement un crime comme l'idolâtrie. Puisque tu as rejeté la parole de Yahvé — Yahvé te rejette, et tu n'es plus roi... Ainsi s'achève la première leçon,* chevrota le vieux pasteur d'un seul souffle.

Comme dans un rêve, Hercule Poirot se leva pour louer le Seigneur dans le *Te Deum.*

— Mr Reilly, si je ne m'abuse ?

Le jeune Irlandais tressaillit en entendant la voix à la hauteur de son épaule.

Il tourna la tête.

Juste à côté de lui, au guichet de la compagnie de navigation, se dressait un petit homme au crâne ovoïde et aux moustaches phénoménales.

— Peut-être ne vous souvenez-vous pas de moi ?

— Vous vous faites injure, monsieur Poirot. Vous n'êtes pas quelqu'un qu'on oublie facilement.

Il se retourna vers l'employé qui attendait, derrière son comptoir.

À la hauteur de son épaule, la voix murmura :

— Vous partez en vacances à l'étranger ?

— Pas en vacances, non. Et vous-même, monsieur Poirot ? Vous n'abandonnez pas l'Angleterre, j'espère ?

— Il m'arrive parfois d'aller faire des petits séjours chez moi, en Belgique.

— Je vais plus loin que ça, dit Reilly. Pour moi, c'est l'Amérique. Et je n'ai pas l'intention de remettre les pieds ici un jour.

— Je suis désolé de l'apprendre, Mr Reilly. Ainsi donc, vous abandonnez votre clientèle de Queen Charlotte Street ?

— Vous seriez plus près de la vérité en disant que c'est elle qui m'abandonne.

— Vraiment ? C'est bien triste.

— Je ne vais pas en faire un drame. Quand je pense aux dettes que je vais laisser derrière moi, je nage dans la joie.

Il eut un bon sourire :

— Ce n'est pas moi qui me suiciderais pour des problèmes d'argent. Tire un trait et reprends tout à zéro, voilà ce que je me dis. J'ai des diplômes et, toute modestie mise à part, ils ont de la valeur.

— J'ai vu miss Morley, l'autre jour, murmura Poirot.

— Et ce fut un plaisir ? Non, sûrement pas. Oncques ne se vit femelle plus revêche. Je me suis souvent demandé à quoi elle pourrait bien ressembler pompette — mais c'est ce que personne ne saura jamais.

— Êtes-vous d'accord avec les conclusions de l'enquête sur la mort de votre associé ?

— Absolument pas ! s'insurgea Reilly.

— Vous ne croyez pas qu'il ait pu faire une erreur de dosage ?

— Si Morley a vraiment injecté à ce Grec la dose qu'on prétend, de deux choses l'une : ou bien il était saoul, ou bien il avait l'intention de tuer ce type. Et je n'ai jamais vu boire Morley.

— Donc vous pensez que c'était un geste délibéré ?

— Non, je ne voudrais pas dire ça. C'est une accusation trop grave. Et puis, très franchement, je n'y crois pas une seconde.

— Il doit pourtant bien y avoir une explication...

— Évidemment, mais je n'ai pas encore trouvé laquelle.

— Quand avez-vous vu Morley vivant pour la dernière fois ?

— Voyons... C'est un peu loin pour me demander une chose pareille. La veille au soir, je crois. Vers 7 heures moins le quart.

— Vous ne l'avez pas vu le jour même du meurtre ?

Reilly secoua la tête.

— Vous en êtes bien sûr ? insista Poirot.

— C'est beaucoup dire. Mais je ne me souviens pas de...

— Vous ne seriez pas allé dans son cabinet vers 11 h 35, alors qu'il était avec un patient ?

— Mais si ! Vous avez raison ! J'avais une question technique à lui poser à propos d'une commande d'instruments. J'avais la firme au bout du fil. Mais je ne suis resté chez lui qu'une minute, ce qui fait que ça m'était sorti de la tête. Oui, il avait effectivement un patient.

Poirot hocha la tête. Puis il reprit :

— Il y a une question que j'ai toujours eu envie de vous poser. Votre patient, Mr Raikes, est parti sans respecter son rendez-vous. Qu'avez-vous fait de cette demi-heure de libre ?

— Ce que je fais toujours en pareil cas : je me suis servi un verre. Et, comme je viens de vous le dire, j'ai eu ce coup de fil, et j'ai couru voir Morley.

— Vous n'avez pas eu de patient non plus entre midi et demi et 1 heure, c'est-à-dire après Mr Barnes. À quelle heure est-il parti, à propos ?

— Oh, à midi et demi et des poussières.

— Et qu'avez-vous fait ensuite ?

— La même chose qu'avant. Je me suis servi un autre verre !

— Et vous êtes retourné voir Morley ?

Reilly eut un sourire amusé :

— Vous me demandez si je suis allé l'assassiner ? Je vous ai déjà dit, il y a pas mal de temps déjà, que ce n'était pas moi qui avais fait le coup. Mais c'est vrai que vous n'avez que ma parole.

— Que pensiez-vous d'Agnès, la femme de chambre ?

Reilly eut l'air étonné :

— En voilà une drôle de question !

— J'aimerais pourtant avoir la réponse.

— J'y viens. Je n'en pensais rien. Georgina tenait ses bonnes à l'œil — et ce n'est pas moi qui lui en donnerai tort. Quant à la gosse, elle ne m'a jamais accordé un regard — ce qui ne plaide pas en faveur de son bon goût.

— J'ai le sentiment que cette jeune personne sait quelque chose, dit Poirot en jetant à Reilly un regard inquisiteur.

Ce dernier sourit en secouant la tête :

— Ce n'est pas à moi qu'il faut le demander. Je ne sais pas de quoi il s'agit. Et je ne peux vous être d'aucune utilité.

Il ramassa les billets qui attendaient sur le comptoir et s'en fut, toujours souriant, sur un petit signe de tête.

Quant à Poirot, il expliqua à l'employé désabusé que, tout bien réfléchi, il renonçait à sa fameuse croisière-découverte des capitales nordiques.

Poirot retourna à Hampstead. Oh ! on ne saurait nier que Mrs Adams fut quelque peu interloquée de cette visite. En effet, et bien qu'il eût été garanti — s'il est permis d'user d'un tel mot — par un inspecteur principal de Scotland Yard, ce n'était à ses yeux qu'un « petit étranger bizarroïde » dont elle n'avait pas pris les prétentions très au sérieux. Elle se montra, néanmoins, toute disposée à bavarder.

Après la révélation retentissante de l'identité de la

victime, les résultats de l'enquête n'avaient pas reçu beaucoup de publicité. On avait mentionné une erreur d'identification : le « corps » de miss Sainsbury Seale était en fait celui de Mrs Chapman. C'était là tout ce que le public avait su. On n'avait pas insisté sur le fait que miss Sainsbury Seale était sans doute la dernière personne à avoir vu l'infortunée Mrs Chapman vivante ; ni laissé entendre qu'elle pouvait être recherchée pour meurtre.

Mrs Adams avait été infiniment soulagée d'apprendre que le cadavre découvert de manière si rocambolesque n'était pas celui de son amie. Elle ne paraissait pas avoir la moindre idée des soupçons qui pesaient sur Mabelle Sainsbury Seale.

— Mais c'est tellement invraisemblable qu'elle ait disparu comme ça ! Je suis persuadée, monsieur Poirot, qu'il *ne peut s'agir* que d'une perte de mémoire.

Poirot admit que c'était fort possible, en effet. Il avait connu de semblables cas.

— Oui... Ça me rappelle aussi l'amie d'une de mes cousines... Trop d'enfants, trop de soucis... De fil en aiguille, elle en était arrivée à ça. Une amnésie, je crois qu'ils avaient appelé ça comme ça.

Poirot reconnut qu'il croyait savoir que c'était en effet là le terme technique.

Puis, après un silence, il demanda à Mrs Adams si elle avait jamais entendu miss Sainsbury Seale parler d'une certaine Mrs Chapman.

Non, Mrs Adams ne se souvenait pas d'avoir entendu ce nom-là dans la bouche de son amie. Mais, naturellement, il n'y avait pas de raison que miss Sainsbury Seale mentionnât à tout bout de champ tous les gens qu'elle connaissait. Qui était cette Mrs Chapman ? La police avait-elle une idée sur l'identité du meurtrier ?

— Cela reste un mystère, madame.

Poirot dodelina de la tête et demanda si c'était elle qui avait recommandé Mr Morley comme dentiste à son amie.

Mrs Adams répondit par la négative. Elle allait elle-même chez un Mr French, dans Harley Street, et si Mabelle lui avait demandé conseil, c'était là, bien sûr, qu'elle l'aurait envoyée.

Peut-être était-ce cette Mrs Chapinan, suggéra Poirot, qui avait recommandé Mr Morley à miss Sainsbury Seale ?

Mrs Adams convint que tel pouvait bien être le cas. N'y avait-il pas moyen d'en avoir le cœur net chez le dentiste ?

Mais Poirot avait déjà posé la question à miss Nevill, et miss Nevill n'avait pu lui répondre. Elle se rappelait Mrs Chapman mais ne pensait pas que celle-ci eût jamais mentionné miss Sainsbury Seale. Si tel avait été le cas, elle s'en serait souvenue.

Poirot persévéra dans ses questions.

Était-ce bien aux Indes que Mrs Adams avait connu miss Sainsbury Seale ?

Mrs Adams acquiesça.

Mrs Adams savait-elle si miss Sainsbury Seale y avait rencontré Mr ou Mrs Blunt à un moment quelconque ?

— Oh, je ne crois pas, monsieur Poirot. Vous voulez dire le banquier ? Il leur est arrivé de séjourner aux Indes, à l'invitation du vice-roi, mais si Mabelle les avait rencontrés, je suis bien sûre qu'elle m'en aurait parlé.

Elle eut un petit sourire :

— On est tous tellement snobs, au fond. On adore se faire valoir en citant les noms des gens importants.

— Elle n'a donc jamais fait allusion aux Blunt ? À Mrs Blunt, en particulier ?

— Jamais.

— Si elle avait été une amie intime de Mrs Blunt, vous l'auriez probablement su ?

— Oh oui ! Je ne crois pas qu'elle ait jamais fréquenté ce milieu-là. Les amis de Mabelle étaient tous des gens très ordinaires... dans notre genre.

— Comment pouvez-vous dire une chose pareille, chère madame ! s'insurgea galamment Poirot.

Mrs Adams continua de parler de miss Sainsbury Seale comme on parle d'un ami récemment disparu. Elle évoqua les innombrables bonnes œuvres de Mabelle, sa gentillesse, son inlassable dévouement à la causes des missions, son sérieux.

Poirot écoutait. Comme l'avait souligné Japp, Mabelle Sainsbury Seale était une personne bien réelle. Elle avait vécu à Calcutta, avait donné des cours de diction et travaillé au sein de la population indigène. Elle avait été respectable, pleine de bons sentiments, un peu chichiteuse et stupide, peut-être, mais aussi ce qu'on appelle un cœur d'or.

— Elle prenait tout tellement *à cœur*, monsieur Poirot, poursuivit Mrs Adams. Elle trouvait les gens si apathiques, si difficiles à... à remuer. Avec l'augmentation des impôts, du coup de la vie et tout, il était très difficile d'obtenir des dons... chaque année plus difficile. Une fois, elle a été jusqu'à me dire : « Quand on sait ce que l'argent peut faire, Alice, et les miracles qu'on peut accomplir avec lui, il y a vraiment des jours où je me dis que je serais capable de commettre un *crime* pour en trouver ! » Ça montre bien l'importance qu'elle attachait à tout ça !

— Elle a dit cela ? fit pensivement Poirot.

Il demanda, l'air de ne pas y toucher, quand elle avait fait cette déclaration. Il lui fut répondu que c'était il y avait trois mois environ.

Il prit congé et s'en retourna, perdu dans ses pensées.

Il réfléchissait au caractère de Mabelle Sainsbury Seale. Une brave femme, sérieuse et bonne — une personne respectable, bien sous tous rapports. C'était parmi de telles personnes, avait laissé entendre Mr Barnes, qu'il fallait chercher le criminel en puissance.

Elle était revenue des Indes sur le même bateau que Mr Amberiotis. Et il y avait tout lieu de penser qu'elle avait déjeuné une fois avec lui au *Savoy*.

Elle avait accosté Alistair Blunt en prétendant le connaître et en se prévalant de l'amitié de sa femme.

Par deux fois, elle s'était rendue à King Leopold Mansions où, par la suite, un cadavre avait été découvert, habillé de ses vêtements et flanqué de son sac à main — ce qui l'identifiait commodément.

Un peu trop commodément, en fait !

Quant au *Glengowrie Court*, elle l'avait quitté en coup de vent après avoir reçu la visite de la police.

Tous ces faits trouvaient-ils leur explication dans la théorie que Poirot croyait la bonne ?

Il estimait que oui.

Sur le chemin du retour, ces méditations avaient occupé Poirot jusqu'aux abords de Regent's Park. Il décida d'en traverser une partie avant de prendre un taxi. Par expérience, il savait avec précision quand ses élégantes bottines de cuir commenceraient à lui comprimer douloureusement les pieds.

C'était une belle journée d'été et Poirot jetait des regards bienveillants sur les nurses en train de se faire conter fleurette par leurs soupirants attitrés, riant et gloussant tandis que leurs gagne-pain joufflus profitaient de leur inattention.

Des chiens s'ébattaient en aboyant.

Des garçonnets faisaient voguer des voiliers.

Et au pied de chaque arbre ou presque, des couples s'enlaçaient.

— Ah ! Jeunesse, belle jeunesse ! murmura Poirot, ému de ce spectacle.

Elles avaient de la classe, ces petites Londoniennes. Elles poilaient leurs robes de trois sous avec allure.

Leurs appas, néanmoins, étaient tristement maigrelets. Où étaient ces courbes pleines, ces formes voluptueuses qui, autrefois, ravissaient l'œil du connaisseur ?

Hercule Poirot, lui, se souvenait des femmes qu'il avait connues... d'une femme en particulier — quelle somptueuse créature ! Un oiseau de paradis, une Vénus...

Laquelle de ces gamines aurait pu se mesurer à la comtesse Vera Rossakov ? La fine fleur de l'aristocratie russe, racée jusqu'au bout des ongles ! Et aussi, se remémorait-il, voleuse hors pair... Un de ces génies innés...

Avec un soupir, Poirot s'arracha au souvenir de la flamboyante créature de ses rêves.

Il n'y avait pas que des petites nurses et assimilées qui se faisaient faire la cour sous les arbres.

Il y avait là, sous ce tilleul, une création de Schiaparelli serrée de près par un jeune homme qui plaidait sa cause avec ardeur.

Surtout ne pas céder trop vite ! Il espérait que la jeune fille savait cela. Le plaisir de la conquête, il importe de le faire durer le plus longtemps possible...

Tandis qu'il les contemplait d'un œil attendri, il prit soudain conscience de quelque chose de familier dans ces deux silhouettes.

Ainsi, Jane Olivera était venue à Regent's Park pour y retrouver son jeune révolutionnaire américain ?

Son visage devint triste, sévère même.

Après une brève hésitation, il marcha sur la pelouse dans leur direction :

— Bonjour, mademoiselle ! dit-il en ôtant son chapeau d'un geste ampoulé.

Il lui sembla que son arrivée ne déplaisait pas entièrement à Jane Olivera.

Howard Raikes, en revanche, parut très contrarié de cette interruption.

— Tiens, c'est encore vous ! grommela-t-il.

— Bonjour, monsieur Poirot, dit la jeune fille. Vous surgissez toujours de façon tellement inattendue !

— Comme un diable de sa boîte, marmonna Raikes, qui considérait Poirot avec une extrême froideur.

— J'espère que je ne vous dérange pas ? s'inquiéta Poirot.

— Pas du tout, dit gentiment Jane Olivera.

Raikes, lui, ne releva pas.

— C'est un endroit bien agréable que vous avez trouvé là, reprit Poirot.

— C'était, rétorqua Mr Raikes.

— Taisez-vous, Howard ! Vous feriez bien d'apprendre un peu les bonnes manières !

— Ça sert à quoi, les bonnes manières ?

— Vous finirez par découvrir qu'elles ont du bon et qu'elles peuvent se montrer utiles, dit Jane. Moi, je n'ai pas de manières, mais ça n'a pas grande importance. Primo, je suis riche, et puis je suis plutôt jolie, et enfin j'ai plein d'amis influents — et aucune de ces affligeantes disgrâces qu'on étale maintenant dans les réclames. Je peux très bien me passer de bonnes manières.

— Je ne suis pas d'humeur à écouter ce genre de bavardages, Jane ! gronda Raikes. Je crois que je vais m'en aller.

Il se mit sur ses pieds, inclina sèchement la tête en direction de Poirot et s'éloigna à grands pas. Jane Olivera le suivit des yeux, le menton dans la main.

— Hélas ! s'excusa Poirot, le proverbe dit vrai. Quand il s'agit de faire sa cour, à deux on rit, à trois on s'ennuie.

— Faire sa cour ! Quelle drôle d'expression !

— Mais c'est pourtant bien la formule exacte, non ? Pour un jeune homme qui... s'intéresse à une jeune fille avant de lui demander sa main ? N'est-ce pas ce qu'on appelle « faire sa cour » ?

— Vous fréquentez des gens qui parlent un anglais d'un autre âge.

« Treize, quatorze : les filles se font faire la cour » chantonna Poirot. Regardez autour de nous, c'est ce qu'elles font toutes.

— Oui, eh bien je suis probablement faite comme tout le monde, je suppose, dit Jane d'un ton sec.

Brusquement, elle se tourna vers Poirot :

— Je veux vous présenter mes excuses. Je me suis trompée, l'autre jour. Je croyais que vous aviez réussi à vous faire inviter à Exsham juste pour espionner Howard. Mais ensuite oncle Alistair m'a dit qu'il avait insisté pour que vous veniez, parce qu'il voulait vous demander d'éclaircir cette affaire de la femme disparue — miss Sainsbury Seale. C'est bien exact, n'est-ce pas ?

— Tout à fait.

— C'est pourquoi je regrette ce que je vous ai dit l'autre soir. Mais ça en avait vraiment tout l'air, vous savez. Je veux dire : que vous suiviez Howard et que vous nous espionniez et rien d'autre.

— Quand bien même c'eût été le cas, mademoiselle, je n'en ai pas moins été le parfait témoin de la bravoure de Mr Raikes alors qu'il sauvait la vie de votre oncle en sautant sur son assaillant pour le désarmer.

— Vous avez décidément une drôle de manière de dire les choses, monsieur Poirot. Je ne sais jamais si vous êtes sérieux ou non.

Poirot se fit grave :

— Pour l'instant, je suis très sérieux, mademoiselle Olivera.

— Pourquoi me regardez-vous ainsi ? dit Jane d'une voix mal assurée. Comme si... comme si vous aviez pitié de moi ?

— Parce que j'ai pitié de vous, mademoiselle. À cause de ce que je vais bientôt devoir faire.

— Eh bien... ne le faites pas.

— Hélas, mademoiselle, il le faudra bien.

Elle le dévisagea un long moment :

— Avez-vous... retrouvé cette femme ?

— Disons tout au plus *que je sais où elle est.*

— Elle est morte ?

— Je n'ai pas dit ça.

— Elle est vivante, alors ?

— Je ne l'ai pas dit non plus.

L'irritation gagnait Jane.

— Il faut bien qu'elle soit l'un ou l'autre, non ? s'emporta-t-elle.

— En fait, les choses ne sont pas aussi simples.

— Ce que je crois, c'est que vous aimez les compliquer !

— On a déjà dit ça de moi, admit Poirot.

Jane frissonna :

— N'est-ce pas étrange ? Il fait un temps splendide, et pourtant je suis transie soudain.

— Peut-être devriez-vous marcher un peu, mademoiselle.

La jeune femme se leva et resta un moment indécise, les bras ballants. Puis, à brûle-pourpoint, elle murmura :

— Howard veut que je l'épouse. Immédiatement. Sans prévenir personne. Il dit... il dit que sinon je ne le ferai jamais... que je suis faible...

Elle s'interrompit et agrippa soudain la manche de Poirot avec une force surprenante :

— Que dois-je faire, monsieur Poirot ?

— Pourquoi est-ce à moi que vous demandez conseil ? Vous avez des proches.

— Maman ? Elle pousserait des glapissements à tout casser. Oncle Alistair ? Il serait prudent et ferait des phrases : « Rien ne presse, ma chérie. Il faut être bien sûre de ce que tu veux, tu sais. C'est quand même un drôle de zigoto, ce garçon. Pourquoi se précipiter ? »

— Vos amis ? suggéra Poirot.

— Je n'ai pas d'amis. Juste une bande d'écervelés avec lesquels je danse, je bois et j'échange les formules de ralliement à la mode. Howard est la seule personne vraie que j'aie jamais rencontrée.

— Quand même... pourquoi me demander ça à moi, miss Olivera ?

— Parce que vous avez une expression bizarre — comme si vous étiez désolé de quelque chose... comme si vous saviez quelque chose... quelque chose qui... qui va arriver...

Elle se tut. Puis elle reprit d'une voix pressante :

— Alors ? Quel est votre verdict ?

Hercule Poirot, lentement, secoua la tête.

Sitôt que Poirot eut regagné son domicile, George lui signala :

— L'inspecteur Japp est là, monsieur.

En le voyant entrer au salon, Japp eut un sourire mi-figue mi-raisin :

— Eh oui, mon vieux, c'est bien moi. Je suis venu battre ma coulpe : « N'est-il pas prodigieux, cet homme ? Comment fait-il son compte ? Comment pense-t-il à tout ça ? »

— Ce qui signifie... ? Mais, je vous demande mille pardons, voulez-vous boire quelque chose ? Un sirop ? Ou un whisky, peut-être ?

— Un whisky m'ira très bien.

Deux minutes plus tard, il levait son verre en déclarant :

— À Hercule Poirot, qui jamais ne se trompe !

— Voyons, très cher...

— Nous avions là un gentil petit suicide. Seulement H.P. prétend que c'est un meurtre... tient mordicus à ce que ce soit un meurtre... et, sacré nom de Dieu, c'est bel et bien un meurtre !

— Ah ! Vous l'admettez enfin ?

— Personne ne peut m'accuser d'être borné. Jamais on ne m'a vu nier l'évidence. Mais d'évidence, jusqu'à présent il n'y en avait pas.

— Or, il y en a maintenant ?

— Oui, et je suis venu faire amende honorable, comme vous dites, et vous offrir cette douceur sur un plateau.

— Je brûle d'impatience, Japp, mon tout bon !

— Très bien, voici : le pistolet avec lequel Frank Carter a tenté de tuer Blunt samedi est le frère jumeau de celui qui a tué Morley !

Poirot écarquilla les yeux :

— Mais voilà qui est extraordinaire !

— Oui, et qui assombrit sérieusement l'horizon du dénommé Carter.

— Ce n'est pas une preuve.

— Non, mais ça y ressemble suffisamment pour qu'on révise le verdict de suicide. Les deux armes sont de fabrication étrangère, et d'un modèle peu courant qui plus est !

Les yeux de Poirot étaient toujours écarquillés sous des sourcils en croissant de lune.

— Frank Carter ? dit-il enfin. Non... sûrement pas !

Japp émit un soupir d'exaspération :

— Qu'est-ce qui vous arrive, Poirot ? Vous commencez par clamer à tous les échos que Morley ne s'est pas suicidé mais qu'il a été assassiné. Et quand je viens vous dire que nous inclinons à penser comme vous, voilà que ça a tout d'un coup l'air de vous déplaire et que vous vous mettez à ergoter.

— Vous pensez vraiment que Morley a été assassiné par Frank Carter ?

— Ça colle. Carter avait des griefs contre Morley — ça, nous l'avons toujours su. Il est venu à Queen Charlotte Street ce matin-là, et il a prétendu plus tard que c'était pour annoncer à sa fiancée qu'il avait trouvé un travail — or, nous savons maintenant qu'à ce moment-là, *tel n'était pas encore le cas* : il n'a été engagé que plus tard dans la journée. Il le reconnaît, maintenant. Et voilà le mensonge n° 1. Ce qu'il a fait à partir de midi 25, il est incapable de le prouver. Il prétend qu'il a baguenaudé dans Marylebone Road, mais le premier témoignage que vous ayons de ses mouvements, c'est celui du barman du pub où il est entré à 1 h 5. Et dans un drôle d'état, d'après le témoin ; blanc comme un linge et les mains qui avaient la tremblote.

Poirot secoua la tête en soupirant :

— Ça ne cadre pas avec ma théorie.

— On peut savoir ce qu'elle est, cette théorie ?

— C'est très embêtant, ce que vous me dites là. Très embêtant. Parce que, voyez-vous, si vous avez raison...

La porte s'entrouvrit et George murmura avec circonspection :

— Que Monsieur m'excuse, mais...

Il ne put achever. Miss Gladys Nevill s'en débarrassa d'une bourrade et pénétra en trombe dans le salon. Elle ruisselait de larmes :

— Oh, monsieur Poirot !

— Bon, eh bien il faut que je me sauve ! dit précipitamment Japp.

Et il s'enfuit sans demander son reste.

Gladys Nevill lui gratifia le dos d'un regard venimeux :

— C'est lui, cet horrible inspecteur de Scotland Yard ! C'est lui qui a tout manigancé contre mon pauvre Frank !

— Allons, allons, il ne faut pas s'agiter, mademoiselle.

— Mais je sais ce que je dis ! D'abord ils racontent qu'il a essayé de tuer Mr Blunt et puis, comme si ça ne suffisait pas, ils l'accusent d'avoir assassiné ce pauvre Mr Morley !

Hercule Poirot toussota :

— Je... J'étais à Exsham, vous savez, quand on a tiré sur Mr Blunt.

Gladys se lança dans une tirade assez incertaine quant à l'usage des pronoms :

— Mais même si Frank a fait... a fait une chose aussi stupide... et il fait partie d'un mouvement fasciste, vous savez : ils défilent derrière des drapeaux et ils ont un salut ridicule, et, bien sûr, je suppose que Mrs Blunt était en réalité une juive très connue, et ils excitent ces pauvres garçons — des garçons tout ce qu'il y a d'inoffensifs comme Frank — tant et si bien qu'ils sont persuadés de faire des choses merveilleuses et patriotiques...

— Est-ce là la défense de Mr Carter ? s'inquiéta Poirot.

— Oh *non* ! Frank jure qu'il n'a rien fait et que c'était la première fois qu'il voyait ce pistolet. Je ne lui ai pas parlé, bien sûr, on ne m'a pas laissée, mais il a un avocat qui s'occupe de lui et qui me tient au courant. Frank dit que c'est un coup monté.

— Et l'avocat, murmura Poirot, est d'avis que son client ne ferait pas mal de trouver une histoire plus plausible ?

— Ces hommes de loi sont si compliqués ! Ils ne disent jamais rien *clairement*. Mais c'est cette accusation d'assassinat qui me rend folle... Oh, monsieur Poirot ! Je suis sûre que Frank *n'aurait jamais pu* tuer Mr Morley. Ce que je veux dire, c'est que... qu'il n'avait vraiment aucune raison de faire ça.

— Est-il exact que, quand il est venu ce matin-là, il n'avait pas encore trouvé le moindre travail ?

— Je vous assure, monsieur Poirot, je ne vois vraiment pas la différence que ça peut faire. Qu'il ait obtenu cette place le matin ou l'après-midi, qu'est-ce que ça change ?

Poirot fit appel à toute sa patience :

— Mais il a raconté qu'il était venu pour vous apprendre la bonne nouvelle. Et voilà qu'il apparaît maintenant que, de nouvelle, il n'y en avait pas à ce moment-là.

— Eh bien, monsieur Poirot, il était déprimé, le pauvre, et, pour vous dire la vérité, je crois qu'il avait un peu bu. Pauvre Frank, il n'a pas la tête très solide, et l'alcool lui a donné envie de... de faire du scandale, alors il est venu à Queen Charlotte Street pour régler ses comptes avec Mr Morley, parce que, vous comprenez, Frank, c'est un hypersensible, et il avait vraiment été blessé de sentir que Mr Morley pensait du mal de lui et l'accusait de me « pervertir l'esprit », comme il disait.

— Alors il s'était donc mis en tête de faire un scandale pendant les heures de consultation ?

— Euh... oui... Je crois que c'est ça. Bien sûr, c'était très mal de sa part.

Poirot contempla un long moment la blonde jeune femme en larmes qui lui faisait face.

— Saviez-vous que Mr Carter possédait un pistolet — ou plutôt une paire de pistolets ? demanda-t-il enfin.

— Oh non, monsieur Poirot. Je vous jure que je n'en savais rien. Et je ne crois d'ailleurs pas non plus que ce soit vrai.

Poirot, perplexe, secoua lentement la tête.

— Oh, aidez-nous, monsieur Poirot ! implora-t-elle. Je vous en prie ! Si seulement je pouvais me dire que vous êtes de notre côté...

Il l'interrompit avec douceur :

— Je ne prends jamais parti. Je me contente d'être du côté de la vérité.

Après s'être débarrassé de la jeune femme, Poirot appela Scotland Yard. Japp n'était pas encore de retour, mais le sergent Beddoe se fit un plaisir de le renseigner.

Non, la police n'avait pas encore pu formellement établir que Frank Carter était en possession du pistolet avant l'attentat d'Exsham.

Poirot raccrocha, plus songeur que jamais. C'était un point en faveur de Carter, mais jusqu'ici c'était le seul.

Beddoe lui avait donné quelques détails supplémentaires sur la déclaration faite par Carter à propos de son emploi de jardinier à Exsham. Il ne démordait pas de son histoire de Services secrets. On l'avait payé d'avance, on lui avait fourni des certificats témoignant de ses compétences en matière de jardinage et on lui avait dit de s'adresser à Mr MacAlister, le chef jardinier, pour la place.

Ses instructions étaient d'écouter les autres jardiniers et de sonder leurs tendances « rouges » en se faisant passer pour un sympathisant. Ces consignes lui avaient été données par une femme qui lui avait confié être l'agent Q.H. 56, à qui il avait été recommandé pour son anticommunisme notoire. L'entretien avait eu lieu dans une pièce peu éclairée, et il ne pensait pas qu'il pourrait la reconnaître. C'était une créature rousse, couverte de maquillage.

Poirot grommela. Encore le petit côté Phillips Oppenheim qui refaisait surface.

Il fut tenté de consulter Mr Barnes.

À en croire Mr Barnes, ces choses-là existaient.

Ce qu'il reçut par le dernier courrier ne fit qu'ajouter à sa perplexité.

Il s'agissait d'une enveloppe ordinaire, rédigée d'une écriture maladroite et postée dans le Hertfordshire.

Poirot l'ouvrit et lut :

Cher Monsieur, J'espère que vous m'excuserez du dérangement, mais je suis très ennuyée et ne sais pas quoi faire. Je ne veux pas avoir quoi que ce soit à voir avec la police. Je sais que j'aurais peut-être dû en parler plus tôt, mais comme on disait de Monsieur qu'il s'était suicidé je m'étais dit comme ça que ça n'avait pas d'importance et puis je n'aurais pas voulu créer de problèmes à l'ami de miss Nevill dont j'avais jamais vraiment cru qu'il avait fait le coup mais j'apprends maintenant qu'il a été arrêté pour avoir tiré sur un monsieur à la campagne et alors peut-être qu'il n'a pas toute sa tête et que je devrais dire ce que je sais mais je me suis dit comme ça que c'était mieux que je vous écrive à vous vu que vous êtes comme qui dirait un ami de Madame et que vous m'avez posé tout plein de questions si bizarres l'autre jour pour savoir si je savais ci ou ça et que bien sûr je regrette bien maintenant de ne pas vous avoir dit à ce moment-là ce que je savais. Mais j'espère quand même bien que ça ne va pas me faire avoir des affaires avec la police parce que ça ne me plairait pas et que ça ne plairait pas à ma mère non plus. Comme on dit, elle a toujours été très à principes.

Respectueusement vôtre

Agnès Fletcher

— Je m'étais toujours dit qu'un bonhomme quelconque avait quelque chose à voir avec toute cette histoire, murmura péniblement Poirot. Je m'étais trompé de bonhomme, un point c'est tout.

Quinze, seize : les unes sont à la cuisine...

Agnès Fletcher ayant insisté pour raconter son histoire loin de l'œil critique de miss Morley, l'entretien eut lieu à Hertford, dans un salon de thé qui avait connu des jours plus fastes.

Pendant le premier quart d'heure, Poirot put apprécier à quel point la mère d'Agnès était « comme on dit, à principes ». Et comment son père, quoique propriétaire d'un débit de boissons, n'avait jamais eu de problèmes avec la police — l'heure de fermeture étant toujours respectée à la seconde près ; comment, en fait, le père et la mère d'Agnès jouissaient de l'estime et de la considération générales à Little Darlinham, Gloucestershire ; et comment, enfin, aucun des six enfants Fletcher (huit en comptant les deux qui étaient morts en bas âge) n'avait jamais donné le moindre souci à leurs parents. Et si maintenant Agnès devait avoir des histoires avec la police, m'man et p'pa en mourraient, c'est sûr, parce que, comme elle l'avait dit, ils avaient toujours gardé la tête haute et n'avaient jamais eu de leur vie affaire à la police.

Ceci ayant été répété plusieurs fois, *da capo*, et avec moult fioritures, Agnès se risqua un peu plus près du sujet de leur entrevue :

— Je ne voulais rien dire à miss Morley, monsieur, parce que ça aurait pu se trouver qu'elle dise que j'aurais dû en parler avant, mais, nous deux avec la cuisinière, on en avait parlé et reparlé et on s'était dit comme ça que c'était pas nos affaires vu qu'on avait lu noir sur blanc dans le journal comme quoi le patron s'était trompé avec ses drogues et qu'il s'était suicidé et que le pistolet était dans sa main et tout, et donc ça paraissait clair comme le jour, vous comprenez, monsieur ?

— Quand avez-vous commencé à changer d'avis ?

Par le biais de cette question — incitative sans être trop directe — Poirot espérait arriver à la révélation promise.

Agnès ne se fit pas prier pour foncer de nouveau tête baissée :

— En voyant dans le journal qu'on causait de Frank Carter... le petit ami de miss Nevill, par le fait. Quand j'ai vu comme quoi il avait tiré sur ce monsieur où il était jardinier, « eh bien, que je me suis fait, ça serait-y pas qu'il serait pas bien dans sa tête », parce que je sais qu'il y a des gens que ça leur prend comme ça, ils croient qu'ils sont persécutés ou quoi, qu'ils sont entourés d'ennemis, et au bout du compte c'est dangereux de les garder à la maison et il faut les mettre à l'asile. Alors j'ai pensé que c'était peut-être ça pour Frank Carter parce que je me rappelais bien qu'il arrêtait pas d'en avoir après Mr Morley, comme quoi Mr Morley était contre lui et essayait de le séparer de miss Nevill, mais bien sûr, elle, elle ne voulait rien entendre — et elle avait bien raison, avec ça, on se disait Emma et moi, parce qu'il faut reconnaître ce qui est et que Mr Carter, on peut pas dire qu'il soit pas bien de sa personne, et avec des manières et tout. Mais, bien sûr, tant l'une que l'autre, on ne pensait pas qu'il aurait fait quelque chose à Mr Morley. On pensait juste que c'était un peu bizarre, si vous voyez ce que je veux dire.

— Qu'est-ce qui était bizarre ? demanda patiemment Poirot.

— C'était ce matin-là, monsieur, le matin où Mr Morley s'est tué. J'étais là à me demander si j'allais pas descendre chercher le courrier en vitesse. Le facteur était passé, mais Alfred n'avait pas monté les lettres — il ne le faisait pas, sauf s'il y avait quelque chose pour miss Morley ou Monsieur, mais si c'était juste pour Emma ou moi, il ne prenait pas la peine de l'apporter avant l'heure du déjeuner...

Enfin bref, je suis allée me poster sur le palier pour regarder dans les escaliers. Miss Morley n'aimait pas trop nous voir en bas, surtout pendant les heures de travail de Monsieur, mais je m'étais dit que je verrais peut-être Alfred s'il accompagnait un client, et que je l'appellerais quand il ressortirait de chez Monsieur.

À bout de souffle, Agnès inspira un grand coup et repartit de plus belle :

— Et c'est là que je l'ai vu — Frank Carter, je veux dire. Au milieu des escaliers — de nos escaliers, je veux dire, après l'étage du patron. Et il était là à attendre et à regarder en bas. Et plus ça va plus j'ai comme l'impression qu'il y avait quelque chose de *bizarre* là-dedans. il avait l'air d'écouter tant qu'il pouvait, si vous voyez ce que je veux dire.

— Quelle heure était-il ?

— Il devait pas être loin de midi et demi, monsieur. Et juste comme je pensais « ah là là ! voilà Frank Carter et avec ça que miss Nevill est pas là de la journée, il va être drôlement déçu » et que je me demandais s'il aurait pas fallu que je descende vite le prévenir parce que ça m'apparaissait que cet empoté d'Alfred y avait pas pensé — « sinon, que je me suis fait, il ne serait pas resté là à attendre »... eh bien, juste comme c'est que j'hésitais, voilà-t'y pas Mr Carter qui se décide finalement, qui dévale les marches quatre à quatre et qui file droit dans le couloir qui va au cabinet du patron, ce qui fait que je me suis fait la réflexion « *ça,* ça va pas plaire à Monsieur » et que je me suis demandé s'il allait pas y avoir du grabuge, mais juste à ce moment-là, Emma m'a appelée — et qu'est-ce que je faisais et tout ? — et je suis remontée et après ça j'ai entendu dire que le patron s'était suicidé, et c'était si horrible que tout le reste m'est sorti de la tête. Mais après ça, quand cet inspecteur de police est parti, ça m'est revenu et j'ai dit comme ça à Emma, j'y ai dit « j'ai rien dit à propos de

Mr Carter qui est monté voir Monsieur ce matin » et elle m'a fait « il était là ? » alors je lui ai raconté, et elle m'a dit que bon — que peut-être je *devrais* le dire, mais j'y ai dit que de toute façon je ferais mieux d'attendre un peu, et elle a trouvé que j'avais raison, vu que si c'était que de nous, on préférait pas faire d'ennuis à Frank Carter. Et ensuite, quand c'est venu à l'enquête et que ça a été su que Monsieur avait fait cette erreur et que ça l'avait complètement tourneboulé et qu'il s'était suicidé comme de juste, il n'y avait plus de raison de dire quelque chose. Mais quand j'ai vu l'article dans le journal avant-hier, alors là, vous parlez d'un coup que ça m'a fait ! Et je me suis dit comme ça : « Si c'est un de ces timbrés qui se croient persécutés et qui tirent sur les gens à tout bout de champ, c'est peut-être bien *lui* tout compte fait qui a tué Monsieur ! »

Son regard anxieux se posa, plein d'espoir, sur Hercule Poirot qui prit sa voix la plus rassurante :

— Soyez certaine, Agnès, que vous avez fait exactement ce qu'il fallait en me parlant.

— Eh bien je peux dire que ça m'enlève un grand poids. Vous comprenez, je n'arrêtais pas de me demander si je n'aurais pas dû en parler. Mais alors je pensais aux histoires que j'aurais avec la police, et à ce que maman dirait. Parce que, pour ça, maman, elle est comme on dit très à principes sur tout et...

— Oui, oui, dit précipitamment Poirot.

En ce qui concernait la mère d'Agnès, il avait, sentait-il bien, atteint sa limite pour l'après-midi.

Poirot se précipita à Scotland Yard et demanda à voir Japp. Et, à peine introduit dans le bureau de l'inspecteur, il décréta :

— Je veux voir Carter.

Japp lui lança un regard en biais :

— Qu'est-ce que c'est que cette nouvelle lubie ?

— Vous me mettez les bâtons dans les roues ?

— Oh, je ne me permettrais pas. Ça ne me vaudrait d'ailleurs rien de bon. Qui est le chouchou du secrétaire du Home Office ? Vous. Qui a la moitié du Cabinet dans sa poche ? Vous. Vous, l'homme qui n'a pas son pareil pour leur étouffer leurs scandales.

L'Affaire des Écuries d'Augias revint trotter à l'esprit de Poirot. Il sourit et murmura, non sans une certaine complaisance :

— C'était ingénieux de ma part, non ? Avouez ! Ou bien imaginé, si vous préférez.

— Personne d'autre que vous n'aurait jamais été imaginer une chose pareille ! Il m'arrive de me dire, Poirot, que vous n'avez aucun scrupule !

Le visage de Poirot se fit soudain grave :

— Ça, ce n'est pas vrai.

— Bon, d'accord, Poirot, je ne le pensais pas. Mais vous êtes tellement satisfait parfois de votre satanée ingéniosité... Au fait, pourquoi voulez-vous voir Carter ? Pour lui demander s'il a vraiment tué Morley ?

À la stupeur de Japp, Poirot acquiesça avec la plus totale conviction :

— Oui, très cher, c'est fort précisément pour ça.

— Et vous imaginez sans doute qu'il va vous le dire ?

Japp avait lancé sa phrase en riant. Mais Poirot ne se départit pas de son sérieux :

— C'est bien possible, en effet.

Japp le dévisagea :

— Vous savez, cela fait un bon bout de temps que je

vous connais. Vingt ans ? Pas loin, en tout cas. Mais il m'arrive encore de ne pas comprendre ce que vous avez en tête. Je sais bien que vous avez une idée fixe à propos du jeune Carter. Pour Dieu sait quelle raison, vous *ne voulez pas* qu'il soit coupable...

— Non, non, là, vous vous trompez ! interrompit Poirot avec vigueur. C'est tout le contraire...

— Je me disais que c'était peut-être à cause de son amie de cœur, la blonde sculpturale. Vous êtes un vieux sentimental, dans votre genre...

Poirot prit la mouche et s'emporta :

— Ce n'est pas moi qui suis sentimental ! Ça, c'est un travers britannique ! C'est en Angleterre qu'on sanglote sur les amoureux transis, les mères à l'agonie et les enfants modèles. Moi, je suis logique. Si Frank Carter est un assassin, je ne suis certainement pas sentimental au point de souhaiter de le voir uni par le mariage à une jeune femme jolie quoique banale — et pas sculpturale pour deux sous — qui l'aura oublié et remplacé dans un an s'il lui advient d'être pendu.

— Alors pourquoi refusez-vous de croire à sa culpabilité ?

— Je *veux* croire à sa culpabilité, au contraire.

— Ce que vous êtes en train de dire, c'est que vous êtes en possession d'un élément qui prouve plus ou moins formellement son innocence ? Mais pourquoi le garder pour vous, alors ? Vous devriez jouer franc-jeu avec nous, Poirot.

— C'est ce que je fais. Là, dans quelques instants, je vais vous donner le nom et l'adresse d'un témoin capital pour l'accusation. Sa déposition devrait permettre de ficeler le dossier contre lui.

— Mais alors... Oh, vous me donnez le tournis ! Pourquoi désirez-vous tant le voir ?

— Pour ma satisfaction *personnelle,* dit Poirot.

Et il refusa de s'expliquer davantage.

Blême, hagard, encore faiblement enclin à crâner, Frank Carter jeta un regard torve à son visiteur inattendu.

— Tiens ! voilà le sale petit métèque qui s'amène dit-il grossièrement. Qu'est-ce que vous voulez ?

— Vous voir et vous parler.

— Eh bien, rincez-vous l'œil. Mais je ne parlerai pas. Pas en l'absence de mon avocat. C'est mon droit, pas vrai ? Et à ça vous ne pouvez rien : j'ai le droit d'exiger la présence de mon avocat avant de prononcer un seul mot.

— Je n'en disconviens pas. Vous pouvez l'envoyer chercher si vous voulez... mais je préférerais que vous ne le fassiez pas.

— Tiens donc ! Vous croyez que vous allez m'embobiner et que je vais avouer des choses compromettantes, hein ?

— Je vous fais remarquer que nous sommes seuls.

— Un peu inhabituel, non ? Vos copains flics ont sûrement l'oreille collée à la porte.

— Vous faites erreur. Ceci est un entretien privé entre vous et moi.

Frank rit avec une expression rusée, déplaisante :

— Laissez tomber, allez ! Si vous croyez m'avoir avec ce truc vieux comme le monde !

— Vous souvenez-vous d'une fille nommée Agnès Fletcher ?

— Jamais entendu parler.

— Je pense que vous allez vous en souvenir, même si vous ne l'avez jamais particulièrement remarquée. Elle était femme de chambre au 58, Queen Charlotte Street.

— Grand bien lui fasse ! Et alors ?

— Le matin du jour où Mr Morley a été assassiné, dit lentement Poirot, il se trouve que cette Agnès s'est penchée par-dessus la balustrade du troisième étage. Elle vous a vu dans les escaliers, immobile, l'oreille aux aguets. Et bientôt, vous vous êtes dirigé vers le cabinet de Mr Morley. Il était alors midi 26 et des poussières.

Frank Carter fut pris d'un tremblement violent. Il se mit à transpirer. Ses yeux, plus fuyants que jamais, roulaient en tous sens.

— C'est un mensonge ! s'écria-t-il avec rage. C'est un foutu mensonge ! Vous l'avez payée... la police l'a payée pour qu'elle raconte ça !

— À cette heure-là, poursuivit Poirot avec le plus grand calme, et d'après votre déposition, vous aviez quitté la maison et déambuliez dans Marylebone Road...

— Parfaitement ! Cette fille ment ! Elle ne peut pas m'avoir vu ! C'est une machination ! Si c'était vrai, pourquoi n'en a-t-elle pas parlé avant ?

— Elle en a parlé à l'époque à son amie la cuisinière, répondit Poirot, impavide. Toutes deux étaient troublées, perplexes, et ne savaient pas quoi faire. Quand l'enquête a conclu au suicide, elles ont été très soulagées et ont décidé qu'il n'était pas nécessaire d'en parler à la police.

— Je n'en crois pas un mot ! Elles sont dans le coup

toutes les deux, un point c'est tout ! Ce sont deux espèces de fichues saletés de menteuses de...

Sa furieuse tirade de jurons semblait devoir le mener à l'extinction de voix.

Poirot attendit.

Quand elle s'éteignit finalement dans un râle, Poirot reprit du même ton calme, mesuré :

— La colère et les injures ne vous seront d'aucun secours. Ces filles vont raconter leur histoire, et on les croira. Parce que, voyez-vous, elles disent la vérité. La petite, Agnès Fletcher, vous a bel et bien vu. Vous étiez bel et bien là, dans l'escalier, à ce moment-là. Et vous êtes bel et bien allé dans le cabinet de Mr Morley.

Il marqua un temps, puis demanda sans hausser le ton :

— Que s'est-il passé alors ?

— C'est un mensonge, je vous dis !

Hercule Poirot se sentait très fatigué — très vieux. Il n'aimait pas Frank Carter. Ce garçon l'écœurait même. À ses yeux, Frank Carter n'était qu'une sale petite frappe, un menteur, un profiteur — somme toute le type d'individu dont la société pouvait fort bien se passer. Lui, Hercule Poirot, n'avait qu'à se retirer, laisser ce jeune homme persister dans ses mensonges, et le monde ne tarderait pas à être débarrassé de l'un de ses habitants les plus déplaisants...

Il murmura :

— Je vous suggère de dire la vérité...

Il voyait très clairement la situation. Frank Carter était stupide, mais pas au point de ne pas comprendre que le meilleur parti, le plus sûr pour lui, était de persister dans ses dénégations. Qu'il admette un seul instant avoir pénétré chez Morley à midi 26 et il mettait le pied dans un terrain miné. Parce qu'après ça, il pourrait bien dire ce qu'il voudrait, on ne le croirait pas.

Qu'il persiste donc à nier. Auquel, cas, la tâche de Poirot était terminée. Selon toute probabilité, Frank Carter serait pendu pour le meurtre de Henry Morley — et, peut-être, après tout, pendu en bonne justice.

Hercule Poirot n'avait qu'à se lever et sortir.

— C'est un mensonge ! clama encore Frank Carter.

Il y eut un temps mort. Hercule Poirot ne se leva ni ne sortit. Il aurait bien aimé le faire — vraiment. Néanmoins il resta là.

Il se pencha. Il dit — et toute la force de sa personnalité passa dans sa voix :

— Je ne suis pas en train de vous mentir. Je vous demande de me croire. Si vous n'avez pas tué Morley, votre seul espoir est de me dire très exactement ce qui s'est passé ce matin-là.

Le visage mesquin et faux qui lui faisait face se défit, se brouilla. Frank Carter se tirailla la lèvre. Ses yeux roulaient de tous côtés, terrifiés — un visage qui n'avait plus rien d'humain.

C'était maintenant ou jamais...

Et puis soudain, subjugué par une personnalité trop forte pour lui, Frank Carter rendit les armes.

— Très bien, dit-il d'une voix rauque. Je vais tout vous dire. Et que Dieu vous maudisse si vous me laissez tomber ! Je suis bien entré chez Morley... J'avais monté l'escalier, j'attendais d'être sûr de le trouver seul. J'ai attendu là, quelques marches au-dessus de son palier. Un type est sorti et est descendu — un gros. J'allais me décider quand un autre type est sorti du cabinet et a suivi le premier. Je savais que je devais me grouiller. Alors j'ai fait ni une ni deux et je me suis faufilé dans le cabinet sans frapper. J'étais décidé à régler mes comptes avec lui. Que le diable l'emporte à dégoiser sur moi, à me débiner auprès de ma fiancée...

Il s'arrêta.

— Oui ? le poussa Poirot de ce même ton impérieux.

La voix de Carter dérailla. Il croassa :

— *Mais lui, il était étendu là par terre... mort. Et ça, c'est la vérité !* Je vous jure que c'est la vérité ! Étendu exactement comme on l'a dit à l'enquête. Sur le coup, je ne suis pas arrivé à y croire. Et puis je me suis penché sur lui. Il était bien mort. Sa main était toute froide et j'ai vu le trou qu'avait fait la balle dans sa tête, avec une croûte de sang noir tout autour...

Ce souvenir fit de nouveau perler la sueur à son front :

— Et, tout d'un coup, je me suis rendu compte que j'étais dans le pétrin. Ils allaient dire que *c'était moi* qui l'avais fait ! Je n'avais rien touché, que sa main et la poignée de la porte. Je l'ai essuyée des deux côtés avec mon mouchoir en partant et j'ai dévalé les escaliers quatre à quatre. Il n'y avait personne dans le hall, je suis sorti et j'ai filé aussi vite que j'ai pu. Pas étonnant qu'on m'ait trouvé un air bizarre !

Il fixa sur Poirot un regard terrifié :

— C'est la vérité ! *Je vous jure que c'est la vérité*... Il était déjà mort. Il faut que vous me croyiez !

Poirot se leva.

— Je vous crois, dit-il d'une voix infiniment lasse et triste.

Il se dirigea vers la porte.

— Ils vont me pendre ! se mit à crier Carter. C'est sûr qu'ils vont me pendre s'ils savent que j'étais là !

— En me disant la vérité, vous venez d'échapper à la corde, marmonna Poirot.

— Je ne comprends pas ! Ils vont dire que...

Poirot l'interrompit :

— Votre histoire vient de confirmer ce que je savais déjà. Laissez-moi faire, maintenant.

Il sortit.

Et ce qu'il y a de sûr, c'est qu'il ne respirait pas la joie.

Il arriva chez Mr Barnes à 7 heures moins le quart. L'heure idéale pour trouver les gens chez eux, lui avait dit ce dernier.

Mr Barnes jardinait.

— Nous manquons de pluie, monsieur Poirot, dit-il en guise de salutations. Nous manquons cruellement de pluie.

Il examina pensivement son visiteur et ajouta :

— Vous n'avez pas l'air très bien, monsieur Poirot.

— C'est qu'il m'arrive parfois de ne pas aimer les choses que je dois faire.

Mr Barnes hocha la tête avec sympathie.

— Je connais ça, dit-il.

Le regard de Poirot erra sur l'architecture stricte des petits massifs :

— Il est bien conçu, ce jardin, murmura-t-il. Tout est à l'échelle. Il est petit, mais rigoureux.

— Quand on n'a que peu d'espace, il importe de l'utiliser au mieux. On ne peut pas se permettre d'erreurs dans le tracé.

Hercule Poirot opina du bonnet.

— J'ai vu que vous aviez mis la main sur votre homme, poursuivit Mr Barnes.

— Frank Carter ?

— Oui. Je suis assez surpris, en fait.

— Vous ne pensiez pas qu'il s'agissait d'un crime domestique, si l'on peut dire, n'est-ce pas ?

— Non. Franchement non. Avec Amberiotis et Alistair Blunt dans le tableau... J'imaginais plutôt un micmac d'espionnage ou de contre-espionnage.

— C'est d'ailleurs, en gros, l'opinion que vous m'aviez exposée lors de notre première rencontre.

— Je sais. J'en étais persuadé, à l'époque.

— Mais vous vous trompiez, dit lentement Poirot.

— Oui. Ne retournez pas le couteau dans la plaie. Le problème, c'est qu'on se laisse influencer par sa propre expérience. J'ai trop connu ce genre d'affaires pour ne pas les voir partout.

— Vous avez sûrement déjà vu ce tour d'illusionniste, vous savez bien : la « carte forcée » ?

— Bien sûr.

— C'est ce qu'on n'a cessé de me faire ici. À chaque fois que j'envisageais une raison « domestique » à la mort de Morley, hop ! on me tendait la carte forcée. Amberiotis, Alistair Blunt, la fragilité de la situation politique, de la situation du pays...

Il haussa les épaules :

— Et vous, Mr Barnes, vous avez fait plus que quiconque pour m'égarer.

— Vraiment, Poirot, je ne sais que vous dire. Mais vous n'avez pas tort.

— Vous étiez en position de *savoir*, voyez-vous. Cela donnait du poids à vos paroles.

— Que voulez-vous... Je croyais ce que je disais. C'est ma seule excuse.

Il soupira :

— Ainsi, au bout du compte, il s'agissait d'une affaire tout bonnement domestique ?

— Eh oui ! Il m'a fallu du temps pour comprendre le mobile du meurtre, mais j'ai bénéficié d'un coup de chance décisif.

— Un coup de chance ?

— Les bribes d'une conversation. Très éclairantes, vraiment, si toutefois j'avais pu en saisir la signification sur le moment.

La mine songeuse, Mr Barnes se gratta le nez avec son plantoir. Une parcelle de terre y resta collée.

— Vous vous faites assez sybillin, non ? fit-il avec bonhomie.

Poirot haussa les épaules :

— Peut-être suis-je vexé que vous n'ayez pas été plus franc avec moi.

— Moi ?

— Oui.

— Mais, cher ami, jamais l'idée ne m'a effleuré que Frank Carter pouvait, être le meurtrier ! Pour moi, il avait quitté les lieux bien avant que Morley ne soit assassiné. On a donc découvert qu'il n'était pas parti quand il l'a prétendu ?

— À midi 26, dit Poirot, Carter était dans la maison. Et, en fait, il a vu l'assassin.

— Mais alors ce n'est pas Carter qui a...

— Carter a vu l'assassin, je vous dis !

Mr Bames se prit à murmurer :

— Et il l'a reconnu ?

Lentement, Poirot secoua la tête.

DIX-SEPT, DIX-HUIT :... ET LES AUTRES AU SALON

Le lendemain, Poirot passa quelques heures en compagnie d'un agent théâtral de ses connaissances. L'après-midi, il alla à Oxford. Le lendemain matin, il se rendit à la campagne en voiture — et il se faisait tard quand il rentra.

Avant de partir, il avait téléphoné pour prendre rendez-vous avec Mr Alistair Blunt le soir même.

Il sonna à la porte de Gothic House à 9 heures et demie.

Alistair Blunt était seul dans la bibliothèque quand Poirot fut introduit.

Le regard interrogateur, il serra la main de son visiteur.

— Et alors ? dit-il.

Poirot se contenta d'un lent hochement de tête affirmatif.

Blunt le dévisagea avec une sorte d'admiration incrédule :

— Vous l'avez retrouvée ?

— Oui. Oui, je l'ai retrouvée.

Il s'assit. Et il soupira.

— Vous êtes fatigué ? compatit Blunt.

— Oui, je suis fatigué. Et puis... ce n'est pas joli-joli, ce que j'ai à vous dire.

— Elle est morte ?

— Cela dépend, dit lentement Poirot, de la façon dont on veut voir la situation.

Blunt fronça les sourcils :

— Mon cher monsieur, de deux choses l'une : soit on est vivant, soit on est mort. Miss Sainsbury Seale ne peut qu'être que dans l'un ou l'autre cas.

— Certes... Mais qui est miss Sainsbury Seale ?

— Vous ne voulez pas dire que... que cette personne n'existe pas ?

— Oh non, pas du tout. Cette personne a existé. Elle vivait à Calcutta. Elle enseignait la diction. Elle s'adonnait aux bonnes œuvres. Et elle est revenue en Angleterre à bord du *Maharanah,* sur lequel voyageait également Mr Amberiotis. Ils n'étaient pas dans la même classe, mais il lui a offert son aide — des problèmes de bagages, peut-être. À sa manière, ce n'était pas un mauvais bougre. Et parfois, Mr Blunt, la gentillesse est récompensée de façon inattendue. Ce fut le cas pour Mr Amberiotis. Il tomba par hasard sur la dame dans les rues de Londres. il se sentait d'humeur conviviale. Il l'invita aimablement à déjeuner au *Savoy.* Un festin inespéré pour elle. Et une aubaine inespérée pour Amberiotis ! Car son geste n'était pas prémédité — il ne soupçonnait pas que cette femme plus ou moins sur le retour allait lui offrir l'équivalent d'une mine d'or. C'est pourtant ce qu'elle fit sans le savoir.

» Elle n'était pas, voyez-vous, de la première intelligence. Une âme généreuse et bonne, certes, mais une cervelle de linotte.

— Ce n'est donc pas elle qui a tué cette Mrs Chapman ?

— Comment présenter cette affaire ? dit lentement

Poirot. Ce n'est pas commode. Le mieux est encore, je crois, de commencer là où elle a commencé pour moi : par une *chaussure* !

— Par une *chaussure* ? répéta Blunt sans comprendre.

— Oui, une chaussure à boucle. Je sortais de ma séance chez le dentiste et j'étais là, sur les marches du 58, Queen Charlotte Street, quand un taxi s'est arrêté, la portière s'est ouverte et un pied de femme est apparu. Je suis homme à m'émouvoir d'un pied, d'une cheville de femme. Celui-là était bien fait, et la cheville fine dans des bas de qualité. Mais la chaussure m'a déplu : neuve, en cuir trop brillant, avec une grosse boucle fantaisie. Sans chic — sans le moindre chic !

» J'en étais là de mes réflexions quand le reste de la dame a suivi et, franchement, ce fut une déception — une femme d'âge mûr, sans charme, mal fagotée.

— Miss Sainsbury Seale ?

— Précisément. Comme elle s'apprêtait à sortir, il y eut une anicroche : la boucle de sa chaussure se prit dans la portière et fut arrachée. Je la ramassai et la lui rendis. L'incident était clos.

» Plus tard dans la journée, j'allai avec l'inspecteur Japp interroger la dame. Incidemment, elle n'avait pas encore recousu sa boucle.

» Le même soir, miss Sainsbury Seale sortit de son hôtel et disparut. Ceci, dirons-nous, est la fin de l'acte I.

» L'acte II commence quand l'inspecteur Japp me convoque à King Leopold Mansions. Là, dans un appartement, il y avait une malle à fourrures et, dans cette malle à fourrures, on venait de trouver un cadavre.

J'entrai dans la pièce, me dirigeai vers la malle... et la première chose que je vis fut une chaussure à boucle éculée !

— Et alors ?

— Vous n'avez pas dû bien comprendre : c'était une chaussure *éculée* - une chaussure *beaucoup portée.* Or, voyez-vous, miss Sainsbury Seale s'était rendue à King Leopold Mansions le soir de ce même jour — le jour du meurtre de Mr Morley. Le matin, ses chaussures étaient flambant neuves, et le soir elles étaient vieilles. On n'use pas une paire de chaussures en l'espace d'une journée, comprenez-vous ?

— Elle pouvait en avoir deux paires, non ? suggéra Blunt que la question n'avait pas l'air de passionner.

— Oui, *mais ce n'était pas le cas.* Parce que Japp et moi avions visité sa chambre au *Glengowrie Court,* et examiné toutes ses affaires, et il n'y avait là aucune paire de chaussures à boucle. Elle aurait pu porter une vieille paire, d'accord. Elle aurait pu la mettre pour ressortir le soir après une journée fatigante, d'accord. Mais alors nous aurions dû trouver l'autre paire, la neuve, à l'hôtel. C'était curieux, avouez-le !

— Je ne vois pas en quoi c'est important.

— Ça ne l'est pas. Pas important du tout. Mais c'est agaçant, les choses qu'on ne s'explique pas. J'étais devant la malle à fourrures et je regardais la chaussure — la boucle en avait été récemment recousue. J'avoue avoir eu alors un moment de doute. « Eh bien, Hercule Poirot, me suis-je dit, tu avais la tête dans les nuages, ce matin. Tu voyais tout en rose. Même des vieilles chaussures te semblaient flambant neuves. »

— C'était peut-être l'explication, après tout ?

— Non, ça ne l'était *pas*. Mes yeux ne me trompent pas ! Et puis j'ai regardé le cadavre de cette femme, et je n'ai pas aimé ce que je voyais. Pourquoi son visage avait-il été délibérément, gratuitement écrasé au point d'être méconnaissable ?

Alistair Blunt s'agita, mal à l'aise :

— Faut-il reparler de tout cela ? Nous savons que...

— C'est indispensable, répliqua fermement Poirot. Il faut que je vous fasse reparcourir, pas à pas, le chemin qui m'a finalement conduit à la vérité. Je me suis dit : « Il y a là quelque chose qui cloche. Voilà le cadavre d'une femme qui porte les vêtements de miss Sainsbury Seale — à l'exception, peut-être, des chaussures — et qui est flanqué du sac à main de miss Sainsbury Seale... mais pourquoi son visage est-il méconnaissable ? Serait-ce parce que ce visage n'est pas celui de miss Sainsbury Seale ? » J'ai immédiatement récapitulé ce que je savais de l'*autre* femme — celle dont c'était l'appartement — et je me suis demandé : « Est-ce que ce ne pourrait pas être *cette autre femme* qui est là, dans la malle ? » Alors je suis allé examiner la chambre de l'autre femme. J'ai essayé de me représenter quelle sorte de personne c'était. De prime abord très différente de miss Sainsbury Seale. Élégante, une certaine ostentation dans la toilette, très maquillée. Mais, pour l'essentiel, pas tellement différente, en fait. Cheveux, taille, âge... Il y avait une différence, pourtant. Mrs Albert Chapman chaussait du 38. Miss Sainsbury Seale, je le savais, portait des bas de taille 3, ce qui correspond à un 39, au minimum. Mrs Chapman avait donc le pied plus petit que miss Sainsbury Seale. Je suis retourné voir le corps. Si mon intuition était bonne, si le corps était celui de Mrs Chapman revêtue de la défroque de miss Sainsbury Seale, *alors les chaussures devraient être trop grandes.* J'en ai saisi une. Mais elle n'était pas trop grande. Elle était exactement à la taille du pied. Ce qui semblait signifier que c'était bien, en fin de compte, le corps de miss Sainsbury Seale. Mais alors, *pourquoi* l'avait-on défigurée ? Et pourquoi avoir *laissé* ce sac à main qui l'identifiait, alors qu'on aurait facilement pu le faire disparaître ?

» C'était un mystère... une énigme. En désespoir de cause, je parcourus le carnet d'adresses de Mrs Chapman : seul son dentiste pourrait confirmer, ou infirmer, que ce corps était le sien. Coïncidence, le dentiste de Mrs Chapman était Mr Morley. Mr Morley était mort, mais l'identification restait possible. Vous connaissez le résultat. Lors de l'enquête, le cadavre fut formellement identifié par le successeur de Morley comme étant celui de Mrs Albert Chapman.

Mr Blunt commençait à s'impatienter. Mais Poirot n'en tint aucun compte et poursuivit :

— J'avais à résoudre un problème psychologique. Quelle sorte de femme était Mabelle Sainsbury Seale ? Il y avait deux réponses à cette question. La première était l'évidence, corroborée par toute sa vie aux Indes et par le témoignage de ses amis. Tout cela donnait le portrait d'une femme consciencieuse, dévouée et un peu stupide. Existait-il une autre miss Sainsbury Seale ? Il semblait que oui. Il y avait une femme qui avait déjeuné avec un agent étranger notoire, qui vous avait accosté en pleine rue en prétendant être une amie intime de votre épouse — allégation qui, presque certainement, était fausse — une femme qui avait quitté la maison d'un homme fort peu de temps avant qu'un meurtre n'y soit commis, une femme qui avait rendu visite à une autre femme le soir où, selon toute probabilité, celle-ci avait été assassinée, et qui avait disparu ensuite sans plus donner de nouvelles bien qu'elle n'ait pu ignorer que toutes les polices d'Angleterre étaient à sa recherche. Ces actes étaient-ils compatibles avec le caractère que ses amis lui prêtaient ? Il m'apparaissait que non. Si donc miss Sainsbury Seale n'était pas la bonne, l'aimable créature qu'elle semblait, rien ne s'opposait à ce qu'elle fût une froide criminelle, ou à tout le moins la complice d'un meurtre.

» Il y avait un autre critère : ma propre impression. J'avais parlé à Mabelle Sainsbury Seale. Comment m'était-elle apparue ? Et cela, Mr Blunt, c'était la question la plus difficile de toutes. Ce qu'elle avait dit, sa façon de s'exprimer, ses gestes, ses attitudes, tout était parfaitement en accord avec son caractère supposé. *Mais tout pouvait également être le fait d'une bonne comédienne jouant un rôle.* Et, après tout, Mabelle Sainsbury Seale avait débuté dans la vie sur les planches.

» J'avais été très impressionné par une conversation que j'avais eue avec Mr Barnes, de Ealing, qui était aussi venu se faire soigner au 58, Queen Charlotte Street, ce jour-là. Sa théorie, présentée avec autorité, était que les morts de Morley et d'Amberiotis n'étaient que des incidents fortuits, si l'on peut dire, et que la cible en réalité visée, c'était vous.

— Oh, allons donc ! C'est un peu tiré par les cheveux !

— Vraiment, Mr Blunt ? N'est-il pas exact qu'il existe en ce moment divers groupes de gens qui estiment indispensable qu'on vous fasse — comment dire ? — *déguerpir* ? Que vous soyez, écarté, empêché d'exercer votre influence ?

— C'est tout ce qu'il y a d'exact. Mais pourquoi mêler la mort de Mr Morley à ces querelles au sommet ?

— Parce qu'il y a une certaine — comment exprimer ça ? — prodigalité dans cette affaire. L'argent ne compte pas, les vies humaines ne comptent pas. Oui, il y a une insensibilité, des moyens qui évoquent la *grande* criminalité.

— Vous ne croyez pas que Morley s'est suicidé parce qu'il avait commis une erreur ?

— Je ne l'ai jamais cru, pas un instant. Non, Morley a été assassiné, Amberiotis a été assassiné, et une femme non identifiable a été assassinée. Pourquoi ? Pour un enjeu d'importance. Barnes supposait qu'on avait essayé d'acheter Morley ou son assistant pour qu'ils vous suppriment.

— Grotesque ! s'exclama sèchement Alistair Blunt.

— Est-ce vraiment si grotesque ? Mettons qu'on veuille supprimer quelqu'un. Oui, mais ce quelqu'un est prévenu, sur ses gardes, difficile à approcher. Pour tuer cette personne, il faut pouvoir l'approcher sans éveiller ses soupçons. Et où un homme sera-t-il moins sur ses gardes que sur le fauteuil du dentiste ?

— Oui, vous devez être dans le vrai. Je n'avais jamais envisagé les choses sous cet angle.

— Je suis on ne peut plus dans le vrai ! Et dès que je l'ai compris, j'ai entrevu ma première lueur de vérité.

— Ainsi donc vous avez accepté la théorie de ce Barnes ? Qui est-ce, à propos ?

— Mr Barnes était le patient de midi de Reilly. C'est un ancien fonctionnaire du Home Office, qui vit à Ealing. Un petit homme insignifiant. Mais vous vous trompez en pensant que j'ai accepté sa théorie. Je n'ai pas fait ça. Je n'en ai accepté que le *principe.*

— Que voulez-vous dire ?

— Dès le début et tout au long de cette affaire, j'ai été induit en erreur — parfois de façon involontaire, parfois délibérément et dans un but bien précis. Tout du long, on m'a présenté, on m'a imposé l'idée qu'il s'agissait d'un crime *public,* si j'ose dire. À savoir que vous, Mr Blunt, étiez au centre de tout cela, vous en tant qu'homme *public.* Vous, le banquier, le grand argentier, le défenseur de la tradition conservatrice !

» Mais tout personnage public a également une vie privée. C'était là mon erreur. J'avais oublié la vie privée. Il y avait bien des motifs *privés* pour tuer Morley — ceux de Frank Carter, par exemple.

» Il pouvait y en avoir aussi pour vous tuer vous... Il y avait vos proches qui hériteraient à votre mort. Il y avait des gens qui vous aimaient, et d'autres qui vous haïssaient... en tant qu'homme, non en tant que personnage public.

» Et j'en vins alors à la dernière, la suprême « carte forcée ». Le prétendu attentat de Frank Carter contre votre personne. S'il était réel, alors il s'agissait forcément d'un acte politique. Mais pouvait-il y avoir une autre explication ? *Eh bien, oui.* Il y avait un deuxième homme dans les buissons. L'homme qui a bondi et désarmé Carter. Un homme qui pouvait très bien avoir tiré sur vous puis lancé l'arme aux pieds de Carter de sorte que ce dernier la ramasserait presque immanquablement et se ferait prendre « la main dans le sac ».

» Je me suis donc intéressé à Howard Raikes. Raikes s'était trouvé au 58, Queen Charlotte Street, le matin de la mort de Morley. Raikes était farouchement opposé à tout ce que vous étiez et représentiez. Oui, mais Raikes était encore autre chose. *Raikes était l'homme qui allait peut-être épouser votre nièce,* et, vous mort, votre nièce hériterait d'un joli revenu, même si vous vous étiez prudemment arrangé pour qu'elle ne puisse toucher au capital.

» L'affaire n'était-elle en fin de compte qu'un crime *privé,* pour un profit *privé,* pour satisfaire une convoitise *privée* ? Pourquoi l'avais-je considérée comme un crime *public* ? Parce que, non pas une, mais d'innombrables fois, cette idée m'avait été suggérée, m'avait été imposée comme une carte forcée...

» C'est à ce moment-là, quand cette idée m'est venue, que j'ai commencé à entrevoir la vérité. J'étais à l'église et je chantais un psaume. Il y était question des mailles d'un filet, d'un piège tendu...

» Un piège ? Tendu pour moi ? Oui, cela se pouvait. Mais alors, *qui* l'avait tendu ? *Une seule personne pouvait l'avoir fait...* Et cela n'avait aucun sens — *à moins que...* Est-ce que je n'aurais pas, jusque-là, pris toute cette affaire *à l'envers* ? De l'argent sans compter ? Oui, c'était le cas. Un total mépris pour la vie humaine ? Encore oui. Car, dans cette partie, l'enjeu, pour le coupable, était *énorme...*

» Mais si cette nouvelle, cette étrange idée que j'avais était juste, elle devait pouvoir expliquer *tout.* Elle devait pouvoir expliquer, par exemple, le mystère de la double nature de miss Sainsbury Seale. Elle devait pouvoir résoudre l'énigme de la boucle de chaussure. Et elle devait pouvoir répondre à la question : *Où se trouve maintenant miss Sainsbury Seale ?*

» Eh bien, voyez-vous, elle pouvait faire tout cela, et davantage. Elle me montrait que miss Sainsbury Seale était le début, le milieu et la fin de l'affaire. Pas étonnant que j'aie eu l'impression qu'il y avait deux Mabelle Sainsbury Seale : il y avait *effectivement* deux Mabelle Sainsbury Seale. Il y avait la bonne, la stupide, la généreuse femme pour laquelle ses amis témoignaient avec tant de confiance et de chaleur. Et puis il y avait l'autre, la femme qui était impliquée dans deux meurtres, qui racontait des mensonges et qui disparaissait mystérieusement.

» Rappelez-vous : selon le concierge de King Leopold Mansions, miss Sainsbury Seale était déjà venue une première fois...

» Dans ma nouvelle lecture de l'affaire, cette première fois était la seule. Elle n'était jamais ressortie de l'appartement. *L'autre miss Sainsbury Seale avait pris sa place.* Cette deuxième Mabelle Sainsbury Seale, portant des vêtements du même style et des chaussures à boucles neuves, parce que les autres étaient trop grandes pour elle, s'était rendue au *Russell Square Hotel* à une heure d'affluence. Elle avait ramassé les affaires de la morte, payé la note et était allée s'installer au *Glengowrie Court Hotel.* Aucun des amis de la vraie miss Sainsbury Seale ne l'a revue après cette date-là, si vous vous en souvenez bien. L'autre a joué son rôle pendant un peu plus d'une semaine. Elle portait les vêtements de Mabelle Sainsbury Seale, elle parlait avec sa voix, mais il a quand même bien fallu qu'elle s'achète une paire d'escarpins habillés à sa taille. Et puis soudain... la voilà qui se volatilise : on la voit pour la dernière fois quand elle revient à King Leopold Mansions, le soir du jour où Morley a été assassiné.

— Êtes-vous en train de me chanter que, au bout du compte, le corps trouvé dans cet appartement était bien celui de Mabelle Sainsbury Seale ? s'insurgea Alistair Blunt.

— Bien sûr que oui ! C'était un double coup de bluff, très astucieux. Le visage écrasé, c'était *précisément* pour faire naître des doutes sur l'identité du cadavre !

— Mais l'examen dentaire ?

— Ah, nous y voilà ! Ce n'est pas le *dentiste en personne* qui a déposé. Morley était mort. Il ne pouvait témoigner de son travail. Lui, il aurait su qui était la morte. Ce sont les *dossiers dentaires* qui ont servi de preuve — et ces dossiers avaient été falsifiés. Les deux femmes étaient ses patientes, souvenez-vous. Il suffisait de changer les noms sur les dossiers.

» Vous comprenez maintenant, ajouta Hercule Poirot, ce que je voulais dire quand vous m'avez demandé si miss Sainsbury Seale était morte et que j'ai répondu : « Cela dépend. » Car quand vous dites « miss Sainsbury Seale », *de quelle femme parlez-vous ?* De celle qui a disparu du *Glengowrie Court Hotel* ou de la vraie miss Sainsbury Seale ?

— Monsieur Poirot, dit Alistair Blunt, je sais quelle réputation est la vôtre. Je suppose donc que vous avez quelques éléments à l'appui d'une aussi extraordinaire hypothèse — car ce n'est là qu'une hypothèse, rien de plus. Mais ce qui me frappe personnellement, c'est l'aspect totalement invraisemblable de la chose. Si j'ai bien compris, vous affirmez que Mabelle Sainsbury Seale a été délibérément assassinée et que Morley a été assassiné lui aussi pour qu'il ne puisse identifier le corps. Mais pourquoi ? C'est là ce que j'aimerais comprendre ! Voilà une femme parfaitement inoffensive et d'âge respectable, qui a de nombreux amis et n'a apparemment aucun ennemi. Pourquoi diable aller imaginer un scénario aussi compliqué pour se débarrasser d'elle ?

— Pourquoi ? Oui, c'est bien là toute la question :

Pourquoi ? Comme vous dites, Mabelle Sainsbury Seale était une créature parfaitement inoffensive, qui n'aurait jamais fait de mal à une mouche ! Pourquoi, alors, a-t-elle été délibérément, sauvagement assassinée ? Eh bien, je vais vous dire ce que je pense.

— Oui ?

Hercule Poirot se pencha en avant :

— J'ai la conviction que Mabelle Sainsbury Seale a été assassinée parce qu'elle avait une trop bonne mémoire des visages.

— Que voulez-vous dire ?

— Nous avons résolu le mystère de la double personnalité. D'un côté, nous avons donc la bonne dame qui revient des Indes. Mais il y a un incident qui se situe à mi-chemin entre les deux personnages. Quelle est la miss Sainsbury Seale qui vous a abordé devant la maison de Morley ? Elle prétendait, vous vous en souvenez, être « une grande amie de votre femme ». Cependant, ses proches nous disent — et les probabilités nous le confirment — que cela ne saurait être vrai. Il nous est alors permis de décréter : « C'était un mensonge. Or, la vraie miss Sainsbury Seale ne ment pas. » Ce qui tendrait à prouver que c'était un mensonge émis par la fausse pour une raison qui n'appartient qu'à elle.

Alistair Blunt hocha la tête :

— Oui, le raisonnement se tient. Quoique je ne voie pas de quelle raison il pourrait s'agir.

— Un instant ! Examinons d'abord *l'hypothèse inverse.* Il s'agissait de la *vraie* miss Sainsbury Seale. Celle qui ne débite *pas* de mensonges. *Donc son histoire doit être vraie.*

— On peut évidemment voir les choses sous cet angle — mais ça paraît très improbable...

— Bien sûr que c'est improbable ! Partons néanmoins de cette hypothèse : l'histoire est *vraie.* Il en découle que miss Sainsbury Seale *connaissait* votre femme. Qu'elle la connaissait *bien.* Ce qui tendrait à prouver... *que votre femme devait être le genre de personne que miss Sainsbury Seale était à même de bien connaître.* Quelqu'un de son milieu. Une Anglo-Indienne... une missionnaire... ou, en remontant plus loin... une comédienne. Et donc *en aucun cas* Rebecca Arnholt !

» À présent, Mr Blunt, voyez-vous ce que je voulais dire quand je parlais d'une vie publique et d'une vie privée ? Vous êtes certes l'éminent banquier que tout le monde sait. Mais vous êtes également un homme qui a épousé une femme richissime. Et avant ce mariage, vous n'étiez qu'un jeune associé de la banque, frais émoulu d'Oxford.

» Vous comprenez... Je commençais à regarder enfin cette affaire *dans le bon sens.* L'argent ne comptait pas ? Non, bien sûr — pas pour vous. Les vies humaines non plus ? Non, car cela fait longtemps que vous êtes virtuellement un dictateur, or un dictateur attache à sa propre vie un prix démesuré et compte celle des autres pour quantité négligeable.

— Où voulez-vous en venir, monsieur Poirot ? dit Blunt.

— À ceci, Mr Blunt, répondit calmement Poirot, que lorsque vous avez épousé Rebecca Arnholt, *vous étiez déjà marié.* Que, ébloui par le spectacle non tant de la fortune que du pouvoir, vous avez dissimulé ce fait et vous êtes délibérément rendu coupable de bigamie. Que votre véritable épouse a accepté la situation.

— Et qui serait cette véritable épouse ?

— Mrs Albert Chapman était le nom qu'on lui connaissait à King Leopold Mansions — endroit commode, à peine cinq minutes à pied de votre maison de Chelsea Embankment. Vous avez emprunté le nom d'un agent secret réel : vous aviez compris que cela donnerait de la substance à ses propos voilés sur un mari dans le Renseignement. Votre plan marcha impeccablement. Il n'y eut jamais le moindre soupçon. Néanmoins, le fait demeurait : *vous n'aviez jamais été légalement marié avec Rebecca Arnholt,* et vous étiez coupable de bigamie. Après tant d'années, l'idée même de danger avait disparu de votre esprit. Il resurgit comme un coup de tonnerre sous l'apparence d'une enquiquineuse qui se souvenait de vous, presque vingt ans après, comme du mari de son amie. Le hasard avait voulu qu'elle revînt en Angleterre, le hasard l'a placée sur votre chemin dans Queen Charlotte Street — et le hasard a voulu que votre nièce soit témoin de cette scène. Sinon, je n'aurais peut-être jamais deviné.

— Ça, je vous en ai parlé de moi-même, mon cher Poirot.

— Non, c'est votre nièce qui tenait absolument à m'en parler, et vous ne pouviez vous y opposer trop violemment de peur d'éveiller les soupçons. Et, après cette rencontre imprévue, le hasard vous a encore joué un mauvais tour. Mabelle Sainsbury Seale est tombée sur Mr Amberiotis, a déjeuné avec lui et lui a raconté avec force détails comment — « après toutes ces années ! » — elle avait rencontré le mari d'une vieille amie : « Il avait vieilli, bien sûr, mais pas vraiment changé ! » Cela, je l'admets, n'est que pure conjecture de ma part, mais je suis persuadé que c'est ce qui s'est passé. Je ne pense pas que Mabelle Sainsbury Seale ait un seul instant fait le rapprochement entre le Mr Blunt qu'avait épousé son amie et le grand banquier qui, dans l'ombre, tire les ficelles des finances internationales. Blunt, après tout, est un nom assez répandu. Mais, outre ses activités d'espionnage, Amberiotis, vous vous en souvenez, était un maître chanteur. Les maîtres chanteurs ont, pour les secrets, un flair redoutable. Amberiotis s'est posé des questions. N'a guère eu de mal à découvrir qui était ce fameux Mr Blunt. À la suite de quoi, je n'en doute pas un instant, il vous a écrit ou téléphoné... Oh oui, vous étiez une mine d'or, pour Amberiotis.

Poirot s'interrompit. Puis il reprit :

— Il n'y a qu'une façon de faire avec un maître chanteur expérimenté : le réduire au silence.

» Dans cette affaire, le problème n'était pas « Comment éliminer Blunt ? », comme on me l'avait suggéré à tort, mais au contraire « Comment éliminer Amberiotis ? » Il se trouve simplement que la solution était la même ! La meilleure façon pour se débarrasser d'un homme est d'agir quand il n'est pas sur ses gardes — or, quand l'est-il moins que sur le fauteuil du dentiste ?

Poirot s'arrêta de nouveau. Il eut un petit sourire :

— La vérité sur cette affaire fut mentionnée très tôt. Le groom, Alfred, lisait un roman policier intitulé *La mort frappe à 11 h 45*. Nous aurions dû y voir un signe, car c'est bien entendu à peu près à cette heure-là que Morley a été tué. Vous l'avez tué au moment de sortir, puis vous avez pressé sur la sonnette, ouvert les robinets du lavabo et quitté la pièce. Vous aviez minuté vos gestes de façon à apparaître en bas des escaliers au moment où Alfred escorterait la fausse Mabelle Sainsbury Seale à l'ascenseur. Vous avez ouvert la porte d'entrée, peut-être même avez-vous fait mine de sortir, mais à peine l'ascenseur démarrait-il que vous reveniez sur vos pas et remontiez par les escaliers.

» Au cours de mes propres visites, j'ai eu maintes fois l'occasion de voir comment Alfred faisait quand il accompagnait un patient. Il frappait à la porte, l'ouvrait et s'effaçait pour laisser entrer le patient. À l'intérieur, l'eau du lavabo coulait — déduction : Morley était en train de se laver les mains comme à l'accoutumée. Mais, ça, Alfred ne pouvait pas le *voir*.

» Dès qu'Alfred est redescendu par l'ascenseur, vous vous êtes glissé dans le cabinet de Morley. Avec l'aide de votre complice, vous avez transporté le corps dans le petit bureau adjacent, Une fouille rapide des dossiers : ceux de Mrs Chapman et de miss Sainsbury Seale sont habilement falsifiés. Vous enfilez une blouse blanche, peut-être votre femme vous met-elle une touche de maquillage. Mais ce n'était sans doute même pas nécessaire. C'était la première fois qu'Amberiotis venait voir Morley. Il ne vous avait jamais rencontré. Et votre visage est rarement reproduit dans la presse. Et puis, pourquoi se méfierait-il ? Un maître chanteur ne craint pas son dentiste. Miss Sainsbury Seale redescend et Alfred l'accompagne à la porte. La sonnette retentit, Amberiotis est conduit en haut. Il trouve le dentiste très réglementairement occupé à se laver les mains derrière la porte. Vous l'installez dans le fauteuil. Il vous indique la dent qui le fait souffrir. Vous débitez le boniment habituel. Vous expliquez qu'il vaut mieux insensibiliser la gencive. La procaïne et l'adrénaline sont là. Vous lui injectez une dose suffisante pour le tuer à retardement. Et, incidemment, il n'aura aucun reproche à faire à votre art !

» C'est donc sans le moindre soupçon que Mr Amberiotis regagne son hôtel. Vous retournez chercher le corps de Morley en le traînant sur le tapis car, cette fois, vous n'avez personne pour vous donner un coup de main. Vous essuyez le pistolet, le lui mettez dans la main ; vous essuyez également la poignée de la porte, afin que vos empreintes ne soient pas les dernières. Les instruments dont vous vous êtes servi sont passés au stérilisateur. Vous sortez du cabinet, descendez les escaliers et vous glissez dans la rue dès que la voie vous semble libre. C'est le seul moment où vous courez un risque.

» Tout aurait dû passer comme une lettre à la poste ! Deux personnes menaçaient votre sécurité ? Elles sont désormais mortes toutes deux. Une troisième est morte également ? Bof ! vous ne pouviez l'éviter. Et puis tout s'expliquait si bien : le suicide de Morley expliqué par l'erreur qu'il avait commise sur la personne d'Amberiotis ! Les deux morts s'annulaient. Un de ces accidents regrettables comme il en arrive parfois.

» Mais, hélas pour vous, *moi*, j'entre en scène. *Moi*, j'ai des doutes. Moi, je fais des objections. Tout ne va pas aussi bien que vous l'espériez. Il vous faut donc organiser une seconde ligne de défense. Il vous faut, en cas de besoin, un bouc émissaire. Vous vous étiez déjà informé très précisément sur l'entourage de Morley. Il y a cet individu, ce Frank Carter. Il fera l'affaire. Votre complice organise sa rocambolesque embauche comme jardinier. Si, par la suite, il raconte une histoire aussi ridicule, personne ne le croira. En temps utile, le cadavre de la malle viendra au jour. On pensera d'abord qu'il s'agit de miss Sainsbury Seale, puis on en cherchera confirmation par un examen dentaire. Grosse sensation ! Cela peut sembler une complication inutile, mais elle était *indispensable*. Vous ne voulez pas que toutes les forces de police britanniques se lancent à la recherche d'une Mrs Albert Chapman disparue. Non, mieux vaut faire « mourir » Mrs Chapman — et lancer la police aux trousses de Mabelle Sainsbury Seale. Puisque de toute façon on ne la retrouvera jamais. En outre, vous avez le bras assez long pour faire en sorte que l'affaire soit enterrée.

» Vous ne vous en êtes d'ailleurs pas privé. Seulement vous aviez besoin de savoir ce que, *moi*, je faisais de mon côté, alors vous m'avez prié de venir vous voir et vous m'avez pressé de retrouver la disparue pour vous. Tout en continuant, comme de bien entendu, à me tendre une « carte forcée », par l'intermédiaire de votre complice, cette fois. Votre complice qui m'a adressé un avertissement mélodramatique au téléphone — toujours la même idée : espionnage, l'aspect *public.* C'est une bonne actrice, la première Mrs Blunt ; mais quand on déguise sa voix, on a souvent tendance à en imiter une autre. Votre femme a pris celle de Mrs Olivera. Cela m'a posé quelques problèmes, ça, je peux bien vous le dire.

» Puis j'ai été mené à Exsham pour assister à la scène finale. Rien de plus facile que de disposer un pistolet chargé dans un des lauriers de façon que celui qui est en train de les tailler fasse partir involontairement le coup. L'arme tombe à ses pieds. Stupéfait, il la ramasse. Que veut-on de plus ? Il est pris sur le fait — avec une histoire abracadabrante et un pistolet qui est le frère jumeau de celui qui a tué Morley.

» Et voilà le piège dans lequel se laissera prendre Hercule Poirot.

Alistair Blunt s'agita dans son fauteuil. Son visage était grave et un peu triste.

— Ne vous méprenez pas sur le sens de ma question, monsieur Poirot, dit-il. Dans tout cela, que devinez-vous ? Et que savez-vous *vraiment* ?

— J'ai en ma possession le certificat de mariage — délivré par un bureau de l'état-civil, non loin d'Oxford — de Martin Alistair Blunt et Gerda Grant. Frank Carter a vu deux hommes sortir du cabinet de Morley, juste après midi 25. Le premier était gros et gras : Amberiotis. Le second, c'était bien entendu vous. Frank Carter ne vous a pas reconnu. Il ne vous a vu que de haut.

— C'est très fair-play de votre part de me le préciser.

— Il est entré dans le cabinet et a trouvé le corps de Morley. Ses mains étaient froides et le sang de sa blessure était coagulé. Cela signifie que Morley était déjà mort depuis un certain temps. Donc le dentiste qui avait soigné Amberiotis ne pouvait être Morley, mais devait être le meurtrier de ce dernier.

— Quelque chose d'autre ?

— Oui. *Helen Montressor a été arrêtée cet après-midi.*

Alistair Blunt sursauta, puis se figea :

— C'en est donc... fini.

— Oui, dit Poirot. La véritable Helen Montressor, votre cousine éloignée, est morte il y a sept ans de cela, au Canada. Vous avez dissimulé ce fait afin d'en tirer un parti évident.

Alistair Blunt se mit à parler, avec naturel, avec une sorte de plaisir juvénile. Il souriait :

— Gerda s'est beaucoup amusée, vous savez. J'aimerais vous faire comprendre. Vous êtes tellement intelligent. Je l'avais épousée sans le dire à ma famille. Elle était comédienne dans une troupe régulière, à l'époque. Mes parents étaient du genre collet-monté, et je débutais ma carrière. Nous avions résolu de garder le secret. Elle a continué à jouer. Mabelle Sainsbury Seale faisait partie de la même compagnie. Elle connaissait nos liens. Puis elle est partie pour l'étranger avec une troupe itinérante. Gerda a reçu une ou deux fois de ses nouvelles des Indes. Et puis un beau jour elle a cessé d'écrire. Elle s'était embarquée dans une histoire sentimentale avec je ne sais quel Hindou. Ç'a toujours été une fille crédule et stupide.

» J'aimerais pouvoir vous faire comprendre ma rencontre et mon mariage avec Rebecca. Gerda, elle, avait tout de suite compris. Pour moi, c'était comme atteindre à la royauté, je ne vois pas d'autre façon de l'exprimer. J'avais la chance d'épouser une reine et de devenir prince consort, voire roi. Je considérais mon mariage avec Gerda comme une union morganatique. Je l'aimais. Je ne voulais pas me débarrasser d'elle. Et tout s'arrangea à merveille. J'aimais immensément Rebecca. Elle possédait le génie de la finance et sur ce plan j'étais son égal. Nous formions une bonne équipe. C'était suprêmement exaltant. Elle était une excellente compagne, et je crois que je l'ai rendue heureuse. J'ai été sincèrement malheureux de sa mort. Étrangement, Gerda et moi avions appris à aimer le secret qui entourait nos rapports. Nous avions toutes sortes de ruses. C'était une comédienne-née. Elle avait un répertoire de sept ou huit personnages — Mrs Chapman n'était que l'un d'entre eux. À Paris, elle jouait les veuves américaines. Je l'y retrouvais quand je traversais la Manche pour mes affaires. En Norvège, elle singeait les artistes, avec tout son attirail de peintre. J'y allais pour la pêche. Et puis, plus tard, je l'ai fait passer pour ma cousine, Helen Montressor. C'était très amusant, et cela, je suppose, aiguisait nos sentiments. Après la mort de Rebecca, nous aurions pu nous unir au grand jour, mais ni elle ni moi n'en éprouvions l'envie. Gerda se serait difficilement habituée à ma vie officielle et, bien sûr, il y avait le risque qu'on aille fouiller dans notre passé, mais si nous avons continué à mener plus ou moins la même existence, c'est surtout parce que nous en aimions le secret. La vie conjugale au grand jour nous aurait paru insipide.

Alistair Blunt resta un moment silencieux. Puis sa voix se durcit :

— Et puis voilà que cette espèce de folle est venue tout détruire ! Me reconnaître... après toutes ces années ! Et aller le raconter à Amberiotis ! Vous comprenez bien — vous *devez* le comprendre — qu'il fallait faire quelque chose ! Ce n'était pas seulement moi, mon intérêt personnel. Si j'étais ruiné, traîné dans la boue, le pays, mon pays était frappé lui aussi. Parce que j'ai fait quelque chose pour l'Angleterre, monsieur Poirot. Je l'ai tenue debout, je l'ai gardée solvable. Je lui ai épargné les dictateurs, le fascisme et le communisme. L'argent en lui-même ne m'intéresse pas. J'aime le pouvoir, c'est vrai — j'aime régenter, mais je n'ai aucun penchant pour la tyrannie. Nous vivons sous un régime démocratique, en Angleterre, profondément démocratique. Il nous est permis de rouspéter, de dire ce que nous avons sur le cœur et de nous moquer de nos hommes politiques. Nous sommes *libres.* C'est tout ce qui m'importe — c'est l'œuvre de ma vie. Et si je devais m'en aller... eh bien vous savez ce qui arriverait. On a *besoin* de moi, monsieur Poirot. Et un minable escroc, une saleté de maître chanteur grec allait détruire l'œuvre de toute une vie ? Il *fallait* faire quelque chose. Gerda aussi s'en rendait compte. Nous étions navrés pour cette gourde de Sainsbury Seale, mais il le fallait. Nous ne pouvions pas compter sur sa discrétion. Nous devions donc la réduire au silence. Gerda lui rendit visite, l'invita à prendre le thé, lui dit de demander Mrs Chapman, lui expliqua qu'elle occupait l'appartement d'un Mr Chapman. Mabelle Sainsbury Seale est venue sans se douter de rien. Elle n'a rien su, rien senti — le véronal était dans le thé, c'est tout à fait indolore. On s'endort, simplement, et on ne se réveille pas. Après, nous nous sommes occupés de son visage — assez peu ragoûtante besogne, mais nous avions le sentiment qu'il le fallait. Mrs Chapman devait faire sa sortie définitive. J'avais donné à ma « cousine » Helen un petit cottage. Nous avions décidé de nous marier après quelque temps. Mais d'abord, il importait de régler le problème Amberiotis. Tout se passa impeccablement. Il ne soupçonna pas un instant que je n'étais pas le dentiste. Je m'en suis bien tiré avec les sondes et les grattoirs. Mais je ne me suis pas risqué à la roulette. Quoique, de toute façon, après l'anesthésie, il ne sentait plus rien de ce que je lui faisais. Ce qui n'était probablement pas plus mal !

— Les pistolets ? demanda Poirot.

— Ils appartenaient à un secrétaire que j'ai eu un temps aux États-Unis. Il les avait achetés à l'étranger, je ne sais où. Quand il m'a quitté, il a oublié de les emporter.

Après un petit silence, Alistair Blunt demanda :

— Y a-t-il autre chose que vous désiriez savoir ?

— Parlez-moi de Morley, dit Poirot.

— Je suis désolé pour lui, répondit simplement Alistair Blunt.

— Oui, je vois...

Il y eut un long silence.

— Eh bien, monsieur Poirot ? fit enfin le banquier.

— Helen Montressor est déjà arrêtée...

— ... Et maintenant, c'est mon tour ?

— C'est ce que je voulais dire, oui.

— Mais vous n'en êtes pas heureux, n'est-ce pas ? dit doucement Blunt.

— Non, pas le moins du monde.

— J'ai tué trois personnes. J'imagine donc que je *devrais* être pendu. Mais vous avez entendu ma défense.

— Qui est, au juste... ?

— Que je crois, en mon âme et conscience, être nécessaire au maintien de la paix et de la prospérité de ce pays.

— Sans doute est-ce exact, en effet.

— Vous en convenez, n'est-ce pas ?

— J'en conviens, oui. Vous défendez tout ce qui compte à mes yeux. Le bon sens et la modération, la stabilité et la probité.

— Merci, murmura Alistair Blunt. Alors... ?

— Vous suggérez que je... que je laisse tomber cette affaire ?

— Oui.

— Et votre femme ?

— J'ai une influence qui n'est pas négligeable... Erreur sur la personne, c'est la meilleure solution.

— Et si je refuse ?

— Dans ce cas, dit simplement Blunt, je payerai.

Il ajouta :

— Mon sort est entre vos mains. La décision dépend de vous. Mais je vous répète ceci — et ce n'est pas dans le seul but de sauver ma peau : ce monde a besoin de moi. Et savez-vous pourquoi ? Parce que je suis un honnête homme. Et parce que j'ai du bon sens — et que je ne recherche pas mon intérêt personnel.

Poirot hocha la tête. Si curieux que cela puisse paraître, il ajoutait foi à ce propos.

— Oui, dit-il, c'est un aspect de la situation. Vous êtes l'homme qu'il faut, à l'endroit où il le faut. Vous avez de la modération, du jugement, de la pondération.

Mais il y a le revers de la médaille : trois êtres humains assassinés.

— Oui, mais regardez à quoi ils ressemblaient Mabelle Sainsbury Seale — vous l'avez dit vous-même : une cervelle de linotte ! Amberiotis : un escroc doublé d'un maître chanteur !

— Et Morley ?

— Je vous l'ai déjà dit, je suis désolé pour Morley. Bon, c'était un brave type et un bon dentiste... mais, après tout, il y en a d'autres.

— Oui, acquiesça Poirot, il y en a d'autres. Et Frank Carter ? Vous l'auriez laissé mourir, lui aussi, sans un remords ?

— Je ne vais pas m'apitoyer sur un type comme ça. Il ne sert à rien. C'est un parasite.

— Mais un être humain...

— Bon, d'accord, nous sommes tous des êtres humains...

— Eh oui, nous sommes tous des êtres humains. Et c'est précisément ce que vous aviez oublié. Vous dites que Mabelle Sainsbury Seale était un être humain stupide, et Amberiotis un être humain nuisible, et Frank Carter un être humain inutile, et Morley, bof ! Morley n'était qu'un dentiste et des dentistes, ça court les rues. Et c'est là que vous et moi, Mr Blunt, différons du tout au tout. Pour moi, la vie de ces quatre personnes est aussi importante que la vôtre.

— Vous avez tort.

— Non, je n'ai pas tort. Vous êtes un homme d'une grande honnêteté, d'une grande rectitude morale. À un moment donné, vous vous êtes écarté du droit chemin, et cela n'a en rien affecté votre apparence. Aux yeux du monde, vous restiez le même homme, droit, intègre, digne de confiance. Mais, au fond de vous-même, l'appétit de pouvoir grandissait au point d'en écraser tout le reste. Quatre vies humaines, cela ne comptait plus pour rien à vos yeux : vous les avez sacrifiées.

— Vous ne comprenez donc pas, Poirot, que le bonheur et la sécurité de toute une nation reposent sur mes épaules ?

— Les nations ne sont pas mon affaire, monsieur. Mon affaire, ce sont les individus, dont nul n'a le droit de prendre la vie.

Il se leva.

— C'est là votre réponse ? dit Alistair Blunt.

— Oui, répondit Poirot d'une voix lasse. Oui, c'est là ma réponse...

Il alla à la porte et l'ouvrit. Deux hommes entrèrent.

Poirot descendit dans le salon où une jeune fille attendait.

Blanche, les traits tirés, Jane Olivera était adossée à la cheminée. Howard Raikes se tenait à côté d'elle.

— Alors ? s'enquit-elle.

— C'est fini, dit doucement Poirot.

— Ce qui signifie ? demanda Raikes avec violence.

— Que Mr Alistair Blunt vient d'être arrêté pour meurtre.

— Moi qui aurais parié qu'il allait vous acheter...

— Non, Howard, non, monsieur Poirot, coupa Jane. *Moi*, en tout cas, je n'ai jamais imaginé une chose pareille.

Poirot soupira :

— Quoi qu'il en soit, les jeux sont faits. Le monde

vous appartient désormais. Ce monde que vous rêvez tourné vers l'avenir. Qu'il y ait seulement place pour la liberté et la compassion, dans votre monde nouveau, mes enfants... C'est bien là mon seul souhait.

DIX-NEUF, VINGT : MON ASSIETTE EST VIDE...

Hercule Poirot rentrait chez lui par les rues désertes.

Une silhouette discrète vint cheminer à sa hauteur.

— Eh bien ? fit Mr Barnes.

Poirot haussa les épaules et écarta les mains.

— Quel parti a-t-il adopté ? demanda Mr Barnes.

— Il a reconnu tous les faits et présenté sa défense. Il dit que ce pays a besoin de lui.

— Ce qui est le cas, reconnut Mr Barnes.

Au bout d'une minute, il ajouta :

— Vous n'êtes pas de mon avis ?

— Si.

— Eh bien, alors...

— Peut-être nous trompons-nous, murmura Poirot.

— Je n'avais jamais pensé à ça, reconnut Barnes. Peut-être bien, en effet.

Ils marchèrent un moment en silence. Et soudain Barnes ne put résister plus longtemps à la curiosité.

— À quoi pensez-vous ? interrogea-t-il.

Hercule Poirot récita :

— *Puisque tu as rejeté la parole de Yahvé, Yahvé te rejette, et tu n'es plus roi.*

— Hum... je vois..., dit Mr Barnes. Saül, après le châtiment des Amalécites. Oui, on peut voir ça comme ça.

Ils firent encore quelques pas, puis Barnes dit :

— Je prends le métro ici. Bonsoir, Poirot.

Après un court silence, il ajouta d'une voix embarrassée :

— Vous savez, il y a une chose que j'aimerais vous avouer.

— Oui, mon bon ami ?

— J'ai le sentiment que je vous dois bien ça. Je vous ai égaré sans le vouloir. À propos d'Albert Chapman, Q.X. 912.

— Oui ?

— Je suis Albert Chapman. C'est en partie pour ça que cette affaire m'intéressait. Voyez-vous, j'étais assez bien placé pour savoir que je n'ai jamais eu de femme.

Sur quoi il s'éloigna d'un pas vif, avec un petit rire.

Poirot resta planté là au milieu du trottoir. Puis ses yeux s'agrandirent, ses sourcils se haussèrent.

Il chantonna :

— *Dix-neuf, vingt : mon assiette est vide...*

Et s'en retourna chez lui.

Cet ouvrage a été imprimé
sur du papier sans bois et sans acide

Achevé d'imprimer en mai 2000
pour le compte de France Loisirs
123, bd de Grenelle, 75015 Paris
N° d'édition 33477 / N° d'impression L 60090
Dépôt légal, mai 2000
Imprimé en France